ZHONGGUO XIAOSHUO
100 QIANG

中国小说100强（1978—2022）

风中的母亲

邵丽 著

北京联合出版公司
Beijing United Publishing Co.,Ltd.

图书在版编目（CIP）数据

风中的母亲 / 邵丽著. -- 北京：北京联合出版公司, 2023.9
（中国小说100强）
ISBN 978-7-5596-7077-9

Ⅰ.①风… Ⅱ.①邵… Ⅲ.①长篇小说－中国－当代 Ⅳ.①I247.5

中国国家版本馆CIP数据核字(2023)第117918号

风中的母亲

作　　者：	邵　丽
出 品 人：	赵红仕
出版监制：	张晓冬　范晓潮
责任编辑：	徐　樟
特约编辑：	和庚方　刘沐雨
封面设计：	武　一

北京联合出版公司出版
（北京市西城区德外大街83号楼9层　100088）
北京兴星伟业印刷有限公司印刷　　新华书店经销
字数230千字　650毫米×920毫米　1/16　23.5印张
2023年9月第1版　2023年9月第1次印刷
ISBN 978-7-5596-7077-9
定价：68.00元

版权所有，侵权必究
未经书面许可，不得以任何方式转载、复制、翻印本书部分或全部内容。
本书若有质量问题，请与本公司图书销售中心联系调换。
电话：010-65868687

中国小说 100 强（1978—2022）丛书

编委会

丛书总策划

  张　明　著名出版人
  张　英　资深媒体人

编委主任

  吴义勤　中国作协副主席
     中国小说学会会长

编　委

  吴义勤　中国作协副主席、中国小说学会会长
  宗仁发　《作家》杂志主编
  谢有顺　中山大学教授、中国小说学会副会长
  顾建平　《小说选刊》副主编
  张　英　资深媒体人
  文　欢　作家、出版人

总　序

"中国小说100强"（1978—2022）是资深出版人张明先生和腾讯读书知名记者张英先生共同策划发起的一套大型文学丛书。他们邀请我和宗仁发、谢有顺、顾建平、文欢一起组成编委会，并特邀徐晨亮参与，经过认真研讨和多轮投票最终评定了100人的入选小说家目录。由于编委们大多都是长期在中国文学现场与中国文学一路同行的一线编辑、出版家、评论家和文学记者，可以说都是最专业的文学读者，因此，本套书对专业性的追求是理所当然的，编委们的个人趣味、审美爱好虽有不同，但对作家和文学本身的尊重、对小说艺术的尊重、对文学史和阅读史的尊重，决定了丛书编选的原则、方向和基本逻辑。

从文学史的角度来说，1978年以后开启的新时期文学是中国当代文学的黄金时代，不仅涌现了一批至今享誉世界的优秀作家，而且创造了许多脍炙人口的文学经典，并某种程度上改写了20世纪中国文学史的版图。而在中国新时期文学的经典家族中，小说和小说家无疑是艺术成就最高、影响力最大的部分。"中国小说100强"（1978—2022）就是试图将这个时期的具有经典性的小说家和中国小说的经典之作完整、系统地筛选和呈现出来，并以此构成对新时期文学史的某种回顾与重读、观察与评判。呈现在读者面前的这套丛书是对1978—2022年间中国当代小说发展历程的一次全面、系统的整体性回顾与检阅，是中国当代文学经典化的重要成果，从特定的角度集中展示了中国新时期文学在小说创作方面的巨大成就。需要说明的是，与1978—2022年新时期文学繁荣兴盛的局面相比，100位作家和100本书还远远不能涵盖中国当代小说的全貌，很多堪称经典的小说也许因为各种原因而未能进入。莫言、苏童、余华等作家本来都在编委投票评定的名单里，但因为他们已与某些出版社签下了专有出版合同，不允许其他出版社另出小说集，因而只能因不可抗原因而割爱，遗珠之憾实难避免，而且文学的审美本身也是多元的，我们的判断、评价、选择也许与有些读者的认知和判断是冲突的，但我们绝无把自己的标准强加于别人的意思。我们呈现的只是我们观察中国这个时期当代小说的一个角度、一种标准，我们坚持文学性、学术性、专业性、民间性，注重作家个体的生活体验、叙事能力和艺术功力，我们突破代际局限，老、中、青小说家都平等对待，王蒙、冯骥才、梁晓声、铁凝、阿来等名家名作蔚为大观，徐则臣、阿乙、弋舟、鲁敏、林森等新人新作也是目不暇接，我们特别关注文学的新生力量，尤其是近10年作品多次获国家大奖、市场人气爆棚的新生代小说家，我们禀持包容、开放、多元的审美立场，无论是专注用现实题材传达个人迥异驳杂人生经验、用心用情书写和表现时代精神的现实主义作家，还是执着于艺术探索和个体风格的实验性作家，在丛书里都是一视同仁。我们坚信我们是忠实于自己的艺术理想、艺术原则和艺术良心的，但我们并不认为自己的角度和标准是唯一的，我们期待并尊重各种各样的观察角度和文学判断。

当然，编选和出版"中国小说100强"（1978—2022）这套大型丛书，除了上述对文学史、小说史成就的整体呈现这一追求之外，我们还有更深远、更宏大的学术目标，那就是全力推进中国当代文学"经典化"的历程和"全民阅读·书香中国"建设。

从 1949 年发端的中国当代文学已经有了 70 多年的发展历程，但对这 70 多年文学的评价一直存在巨大的分歧，"极端的否定"与"极端的肯定"常常让我们看不到当代文学的真相。有人认为中国当代文学达到了前所未有的高度和水平。王蒙先生在法兰克福书展上就说：中国当代文学现在是有史以来最繁荣的时期。余秋雨、刘再复甚至认为中国当代文学的成就远远超过了现代文学。也有人极端否定中国当代文学，认为中国当代文学都是垃圾。他们认为现代文学要远远超过当代文学，中国当代文学连与现代文学比较的资格都没有。比如说，相对于鲁（迅）、郭（沫若）、茅（盾）、巴（金）、老（舍）、曹（禺）这样大师级的人物，中国当代作家都是渺小的侏儒，根本不能相提并论，两者比较就是对大师的亵渎。应该说，与对中国当代文学的肯定之声相比，对当代文学的否定和轻视显然更成气候、更为普遍也更有市场。尽管否定者各自的角度和出发点不同，但中国当代作家、作品与中外文学大师、文学经典之间不可比拟的巨大距离却是唱衰中国当代文学者的主要论据。这种判断通常沿着两个逻辑展开：一是对中外文学大师精神价值、道德价值和人格价值的夸大与拔高，对文学大师的不证自明的宗教化、神性化的崇拜。二是对文学经典的神秘化、神圣化、绝对化、空洞化的理解与阐释。在此，我们看到了一个非常有趣的悖论：当谈论经典作家和文学大师时我们总是仰视而崇拜，他们的局限我们要么视而不见要么宽容原谅，但当我们谈论身边作家和身边作品时，我们总是专注于其弱点和局限，反而对其优点视而不见。问题还不在于这种姿态本身的厚此薄彼与伦理偏见，而是这种姿态背后所蕴含的"当代虚无主义"。这种"虚无主义"的最大后果就是对当代作家作品"经典化"的阻滞，对当代文学经典化历程的阻隔与拖延。一方面，我们视当下作家作品为"无物",拒绝对其进行"经典化"的工作,另一方面又以早就完全"经典化"了的大师和经典来作为贬低当下泥沙俱下的文学现实的依据。这种不在同一个层面上的比较,不仅毫无意义,而且只能使得文学评价上的不公正以及各种偏激的怪论愈演愈烈。

其实,说中国当代文学如何不堪或如何优秀都没有说服力。关键是要进行"经典化"的工作,只有"经典化"的工作完成了才有可能比较客观地对当代的作家作品形成文学史的判断。对当代的"经典化"不是对过往经典、大师的否定,也不是对当代文学唱赞歌,而是要建立一个既立足文学史又与时俱进并与当代文学发展同步的认识评价体系和筛选体系。当然,我们也要承认,"经典化"问题是一个非常复杂的问题,并不是凭热情和冲动一下子就能完成的,但我们至少应该完成认识论上的"转变"并真正启动这样一个"过程"。

现在媒体上流行一些对于中国当代文学经典化冷嘲热讽的稀奇古怪的言论,其核心一是否定中国当代文学有经典、有大师,其二是否定批评界、学术界有关"经典化"的主张,认为在一个无经典的时代,"经典"是怎么"化"也"化"不出来的,"经典化"是一个实实在在的"伪命题"。其实,对于文学,每个人有不同的判断、不同的理解这很正常,每一种观点也都值得尊重。但是,在"经典"和"经典化"这个问题上,我却不能不说,上述观点存在对"经典"和"经典化"的双重误解,因而具有严重的误导性和危害性。

首先,就"经典"而言,否定中国当代文学早就不是什么新鲜事,对当代文学的虚无主义态度在很多人那里早已根深蒂固。我不想争论这背后的是与非,也不想分析这种观点背后的社会基础与人性基础。我只想指出,这种观点单从学理层面上看就已陷入了三个巨大误区:

第一个误区,是对经典的神圣化和神秘化的误区。很多人把经典想象为一个绝对的、神圣的、遥远的文学存在,觉得文学经典就是一个绝对的、乌托邦化的、十全十美的、所有人都喜欢的东西。这其实是为了阻隔当代文学和"经典"这个词发生关系。因为经典既然是绝对的、神圣的、乌托邦的、十全十美的，那我们今天哪一部作品会有这样的特性呢？如果回顾一下人类文学史，有这样特性的作品好像也没有。事实上，没有一部作品可以十全十美，也没有一部作品能让所有人喜欢。在这个问题上，我们应该明确的是，"经典"不是十全十美、无可挑剔的代名词，在人类文学史上似乎并不存在毫无缺点并能被任何人所认同的"经典"。因此，对每一个时代来说，"经典"并不是指那些高不可攀的神圣的、神秘的存在，只不过是那些比较优秀、能被比较多的人喜爱的作品而已。从这个意义上说，当今中国文坛谈论"经典"时那种神圣化、莫测高深的乌托邦姿态，不过是遮蔽和否定当代文学的一种不自觉的方式，他们假定了一种遥远、神秘、绝对、完美的"经典形象"，并以对此一本正经的信仰、崇拜和无限拔高，建立了一整套关于中国当代文学的伦理话语体系与道德话语体系，从而充满正义感地宣判着中国当代文学的死刑。

第二个误区，是经典会自动呈现的误区。很多人会说，是金子总是会发光的。但对文学来说，文学经典的产生有着特殊性，即，它不是一个"标签"，它一定是在阅读的意义上才会产生意义和价值的，也只有在阅读的意义上才能够实现价值，没有被阅读的作品没有被发现的作品就没有价值，就不会发光。而且经典的价值本身也不是固定不变的。如果一个作品的价值一开始就是固定不变的，那这个作品的价值就一定是有限的。经典一定会在不同的时代面对不同的读者呈现出完全不同的价值。这也是所谓文学永恒性的来源。也就是说，文学的永恒性不是指它的某一个意义、某一个价值的永恒，而是指它具有意义、价值的永恒再生性，它可以不断地延伸价值，可以不断地被创造、不断地被发现，这才是经典价值的根本。所以说，经典不但不会自动呈现，而且一定要在读者的阅读或者阐释、评价中才会呈现其价值。

第三个误区，是经典命名权的误区。很多人把经典的命名视为一种特殊权力。这有两个层面的问题：一，是现代人还是后代人具有命名权；二，是权威还是普通人具有命名权。说一个时代的作品是经典，是当代人说了算还是后代人说了算？从理论上来说当然是后代人说了算。我们宁愿把一切交给时间。但是，时间本身是不可信的，它不是客观的，是意识形态化的。某种意义上，时间确会消除文学的很多污染包括意识形态的污染，时间会让我们更清楚地看清模糊的、被掩盖的真相，但是时间同时也会使文学的现场感和鲜活性受到磨损与侵蚀，甚至时间本身也难逃意识形态的污染。此外，如果把一切交给时间，还有一个前提，那就是对后代的读者要有足够的信任，要相信他们能够完成对我们这个时代文学的经典化使命。但我们对后代的读者，其实是没有信心的。我们今天已经陷入了严重的阅读危机，我们怎么能寄希望后代人有更大的阅读热情呢？幻想后代的人用考古的方式对我们这个时代的文学进行经典命名，这现实吗？我不相信后人对我们身处时代"考古"式的阐释会比我们亲历的"经验"更可靠，也不相信，后人对我们身处时代文学的理解会比我们亲历者更准确。我觉得，一部被后代命名为"经典"的作品，在它所处的时代也一定会是被认可为"经典"的作品，我不相信，在当代默默无闻的作品在后代会被"考古"挖掘为"经典"。也许有人会举张爱玲、钱钟书、沈从文的例子，但我要说的是，他们的文学价值早在他们生活的时代就已被认可了，只不过很长时间由于意识形态的原因我们的文学史不谈及他们罢了。此外，在经典命名的问题上，我们还要回答的是当代作家究竟为谁写作的问题。当代作家是为同代人写作还是为后代人写作？幻想同代人不阅读、不接受的作品后代人会接受，这本身就是非常乌托邦的。更何况，当代作家所表现的经验以及对世界的认识，是当代人更能理解还是后代人更能理解？当然是当代人更能理解当代作家所表达的生活和经验，更能够产生共鸣。因此，从这个角度来说，当代人对一个时代经典的命名显然比后代人更重要。第二个层面,就是普通人、普通读者和权威的关系。理论上,我们都相信文学权威对一个时代文学经典命名的重要性,权威当然更有价值。但我们又不能够迷信文学权威。如果把一个时代文学经典的命名权仅仅交给几个权威,那也是非常危险的。这个危险表现在什么地方呢?就是几个人的错误会放大为整个时代的错误,几个人的偏见会放大为整个时代的偏见。我们有很多这样的文学史教训。在这个问题上,我们既要相信权威又不能迷信权威,我们要追求文学经典评价的民主化、民主性。对一个时代文学的判断应该是全体阅读者共同参与的民主化的过程,各种文学声音都应该能够有效地发出。这个时代的文学阅读,最理想的状态应该是一种互补性的阅读。为什么叫"互补性的阅读"?因为一个批评家再敬业,再劳动模范,一个人也读不过来所有的作品。举个例子:现在我们一年有5000部以上的长篇小说,一个批评家如果很敬业,每天在家读二十四小时,他能读多少部?一天读一部,一年也只能读三百部。但他一个人读不完,不等于我们整个时代的读者都读不完。这就需要互补性阅读。所有的读者互补性地读完所有作品。在所有作品都被阅读过的情况下,所有的声音都能发出来的情况下,各种声音的碰撞、妥协、对话,就会形成对这个时代文学比较客观、科学的判断。因此,文学的经典不是由某一个"权威"命名的,而是由一个时代所有的阅读者共同命名的,可以说,每一个阅读者都是一个命名者,他都有对经典进行命名的使命、责任和"权力"。而作为一个文学研究者或一个文学出版者,参与当代文学的进程,参与当代文学经典的筛选、淘洗和确立过程,更是一种义不容辞的责任和使命。说到底,"经典"是主观的,"经典"的确立是一个持续不断的"过程","经典"的价值是逐步呈现的,对于一部经典作品来说,它的当代认可、当代评价是不可或缺的。尽管这种认可和评价也许有偏颇,但是没有这种认可和评价,它就无法从浩如烟海的文本世界中突围而出,它就会永久地被埋没。从这个意义上说,在当代任何一部能够被阅读、谈论的文本都是幸运的,这是它变成"经典"的必要洗礼和必然路径。

总之,我们所提倡的"经典化"不是要简单地呈现一种结果,不是要简单地对一个时代的文学作品排座次,不是要武断地指出某部作品是"经典",某部作品不是"经典",不是要颁发一个"谁是经典"的荣誉证书,而是要进入一个发现文学价值、感受文学价值、呈现文学价值的过程。所谓"经典化"的"化"实际上就是文学价值影响人的精神生活的过程,就是通过文学阅读发现和呈现文学价值的过程。可以说,文学的经典化过程,既是一个历史化的过程,更是一个当代化的过程。文学的经典化时时刻刻都在进行着,它需要当代人的积极参与和实践。因此,哪怕你是一个对当代文学的虚无主义者,你可以不承认当代文学有经典,但只要你还承认有文学,你还需要和相信文学,还承认当代文学对人的精神生活具有影响力,你就不应该否定当代文学经典化的重要性。没有这个"经典化",当代文学就不会进入和影响当代人的生活,就失去了存在的意义。每一个人,哪怕你是权威,你也不能以自己的好恶剥夺他人阅读文学和享受文学的权利。

从这个意义上说,当代文学的经典化当然是一个真命题而不是一个伪命题。在一个资讯泛滥的时代,给读者以经典的指引是文学界、出版界共同的责任,而这也是我们编辑出版这套书的意义所在。

最后,感谢张明和张英先生为本套书付出的辛劳,感谢北京立丰天文化传播有限公司、北京金圣典文化有限公司的资金支持,感谢全体编委和北京联合出版公司各位编辑,感谢所有对本套丛书的出版给予大力支持的作家和他们的家人。

是为序。

吴义勤

2022年冬于北京

目 录
Contents

迷　离____1

寂寞的汤丹____14

明惠的圣诞____44

北去的河____76

第四十圈____85

北地爱情____153

春暖花开____211

天台上的父亲____225

黄河故事____247

风中的母亲____344

迷 离

安小卉是个生活中多少有点儿迷离的女人。不是神秘的那种迷，也不是故意踩在人生边上的那种离，而是种天然，用纯粹和纯情都不太合适。反正生活是什么样子就是什么样子，她好像对一切都不着力。

能让安小卉感兴趣的是那些自然中的事物，比如春天来的时候，她常常会立在金子般柔和的阳光下眯起眼睛，柔嫩的树叶儿还有那些漂浮在空气中无穷无尽的白色的绒毛儿，都会让她长时间地对它们倾诉。有一只绚丽的蝴蝶飞过来，那会令她惊喜万分。而秋天里高远而白蓝的天空下的那些红红黄黄的景致就更不一般。有时她站在一棵树下，会觉得自己就和这棵树有了息息相关的依托。如果有一片叶子落下来，碰巧打在她的头上或者肩膀上，她的眼泪就会流出来，表情是微微笑着的。她看天，有点感恩似的。田野里开放着的一朵野花，一个奔跑着的小女孩，一条狗，这些都会让她激动。她沉浸在自我里，喃喃地低语，好像她对一片叶子一朵花要比对一个人更容易表达自己，就那样不管不顾地让情感裸露着。

安小卉的丈夫李铁当初被她感动，很可能就是因为她的这种虚化的性情。她见到一条小河就和小河说话，见到一只飞鸟就同鸟儿打招呼。当李铁和她说话的时候，她就满目的不知所措，仿佛她并不懂得如何与同类进行交流。

李铁是在他们读大二那一年的一次郊游时向她发起冲锋的。当时大敌当前，很多男同学都喜欢她。他想，我不能再等了。而且，与她这样与人隔绝得有点胆怯的女孩交往不但需要足够的时间，还有足够的耐心。他感觉那时已经爱她爱得发了疯，其实那只不过是他当时的感觉罢了。年轻时爱一个人，并不知道自己要的是什么，也不知道对方能让自己爱的是什么，而是哪一个人先撞入了，就把急待发泄的情感全部寄托在了撞入者身上。李铁并没想到他攻陷安小卉会是那样轻而易举。

那次郊游，安小卉常常一个人拉在最后面，她比别的人要办的事情多，是那些花呀朵呀小虫呀或者是一头埋头吃草的驴子，不停地让她停下来。要么她就在许多人驻足在某一个地方指点江山的时候不管不顾地走到很远的前面去了。她几乎不在意一直追随在她身边的李铁，她的结着长辫儿的头和脸一半是因为得了春天阳光的照射，一半是因为内心里的激动，毛绒绒地粉嫩着，看上去多少有些不真实的感觉。李铁有一会儿很恍然，仿佛自己面前站的，是从波旁时期的油画里走出的一位天使。反正他顾不得想那么多了，爱就是爱，没有必要仔细地追究。李铁追随在安小卉的身旁，有时候递过去几块饼干。安小卉接过去就吃了，那时她刚好觉得有一点饿。李铁递过去一壶水，安小卉接过去又喝了。安小卉觉得有点热，她脱去了裙子外面的外套，李铁就接过来拿在手上。他们之间的交接衔接得非常自然，特别是安小卉，她差不多是把李铁当成了她自身的一部分，完成那些动作就像是自己多长了一只手。

这些事情极其自然地发生在他们这一对男女之间，也许不完全算是爱情，但绝对算是缘分。安小卉那天在快要和李铁分手的时候，终于把眼睛定格在了他的脸上。

李铁抓住了时机。他说：安小卉，我喜欢你！

安小卉定定地看了他好大一会，回答说：好吧！

没有通常的那些女孩儿面对求爱者的娇羞，甚至少了一点必要的矜持。她扑朔迷离的大眼睛在他身上带点欢喜地一掠而过，然后她转过身去走了。

安小卉对李铁的这种态度让他感到他和那些田野里的活物没有什么本质的分别。年轻的李铁应该觉得有些失落，并没有遭遇到他内心期望的那种热切。可是李铁并没有那样去想。李铁觉得自己虽然被安小卉同那些动物植物们剪接在一起，但却让他感受到另外一种形式的浪漫。没办法，爱一个人会连她的小缺点都爱。恋爱中的李铁，被这种激情拍打着，想，安小卉只有对待他才是这样啊！

李铁和安小卉酝酿了四年的感情，确切说是李铁带着她走过了四年。在这恋爱的四年里，几乎没有谈情说爱。李铁常常带着她散步，偶尔也带着她出去吃一顿饭。李铁在和她一起看电影的时候偷偷拉起她的手，窝在自己温湿的手心里。李铁实在按捺不住时亲她一下或者抱她一下。一切都是李铁安排的，李铁要怎么样就怎么样。这开始很让李铁愉悦，有一种成就感。可后来李铁越想越后怕，幸亏是我提前抓住了她，如果是换了一个坏蛋该怎么办呢？这时，安小卉就像是读懂了他眼中的疑虑似的，用另一种不需言述的方式告诉他，他们之间的一切都是提前预备好的，不会有如果。李铁就有了一种感动，那是被自己所感动，他觉得自己有了一种神圣的使命感，一种舍我其谁的责任。

安小卉大学毕业满一个年头时嫁给了李铁，当然是李铁提出要娶她。李铁在同她的一次散步将要结束的时候拉住了她的手。他说：安小卉，我要娶你！

安小卉定定地看了他好大一会，说：好吧！

仍然是扑朔迷离的大眼睛在李铁身上带点欢喜地一掠而过，那情形和当年他向她求爱的时候几乎没有任何改变。只是这次她还没有转身走开，李铁就抱住了她。

面对真正的生活，安小卉可没有了那份敏感。住什么样的房子，两室一厅还是三室一厅？房间里该用什么样的家具，买成品还是自己做？具体怎么布置，保姆睡书房还是睡贮藏间？一切完全由李铁操持，李铁怎么说，安小卉仍然都只是那一句话，好吧！这还仅仅是开始，在一起生活起来，李铁才知道什么叫操心。小到吃什么饭穿什么衣服，大到什么时候生孩子，生男孩还是生女孩，安小卉好像从来不知道应该担忧什么或者不担忧什么，要什么或者舍弃什么。对所有的一切，好的不好的，她都是微笑着，安静地承接，然后说，好吧！日子对于她真的就是小河淌水，没有什么东西改变它，也没有什么人试图去改变它。她从不祈求什么，她就更容易得到满足和安详。

安小卉嫁给李铁的第二年生了一个女儿，她觉得这简直是一件意外的惊喜。

春天里一只蝴蝶飞过来！

秋天里一片掉落的树叶！

雨后出现一道亮丽的彩虹！

一个攥着拳头声嘶力竭的女儿！

安小卉的女儿很漂亮,她就无法想象还有哪个孩子比这个更好。母爱对她也许有了一点点的触动,生活更有了一些真实的意味。她仰望天空,好像感谢它的赐予。如果说孩子是她生命的一部分,李铁就成了遮挡在她前面的一株根深蒂固枝繁叶茂的大树。

安小卉毕业后分配到市档案局做文员,李铁觉得这工作对她再合适不过。她工作起来很轻松,没有事做的时候就在纸上写下当时的心情,她对这个世界的感激和爱,她不习惯用语言表达的情绪。她在纸上书写得很精彩,连她自己都觉得出乎意料。为了证实自己的判断,她悄悄地把写好的稿子寄了出去。她给自己取了个笔名叫舒放,以至于过了好几个年头,她已经在不小的范围里有了一定的影响,李铁一点都没有觉察。

李铁在他三十八岁那一年升到了他们那个城市副市长的位置上,在这之前他已经在很多岗位上锤炼过了。先是市委的秘书,而后是市乡镇企业局的局长,后来又到一个区里当了几年区委书记,再后来,就是现在,他被提升为这个城市的副市长。丈夫的升迁对安小卉来说,仅仅是档案上的几行字或者一页纸而已,比如:"市委任命李铁同志任中共××区党委书记","副市长李铁,18日带领公检法等部门的领导,就群众反映的一些问题召开现场办公会",等等。如果这些事情不对她的家庭造成影响,李铁的任何一个职务对她都是没有意义的。当然她在不知不觉中是分享了丈夫的成果的,房子越换越大,车子越坐越小,可她只是当作是生活的普通给予。

安小卉三十几年的生命里程中没有遭遇过让她刻骨铭心的事儿。她的父母亲就是领导干部,在她之前他们生的都是男孩,这样在爸妈的眼里她就成了宝贝。安小卉小的时候就比别的孩子乖,她的哥哥们也把她当宝贝。安小卉是带着保姆嫁给李铁的,她妈妈唯恐唯一的女儿受别人家的气，就把自己远房亲戚家的女孩和女儿一起嫁给了李铁。那个女孩管李铁叫哥哥，管安小卉叫姐姐。安小卉待她如同亲妹妹。女孩在他们家里生活了七年，从十五岁到二十二岁。后来是妈妈给她安排了工作又把她嫁掉了。安小卉在家里不操心是有道理的，除了有保姆的照顾外，主要还有李铁的呵护。李铁有一副非常强壮的身板，本来身体素质就好，他又特别注意养护和锻炼，从来没有感觉到过精力不济。这和安小卉形成了强烈的反差，要说安小卉的身体也没有什么毛病，就是看上去弱，说话屏声敛气，走路轻轻的，好像不是一步步地走而是在飘。李铁天生勤快，又有过剩的精力，保姆负责细碎的家务，需要有打外的应酬事或者男人打点的力气活他都全部承当了。在外面，李铁从普通的秘书开始，一直做到副市长，对家庭的态度一点儿都没有改变。安小卉适应了他的照顾，他也早已习惯了安小卉的与世无争。

李铁是在电视上看到安小卉和女主持人对话的，他大吃一惊。这个女人分明是他老婆安小卉，可主持人却称呼她为舒放。她居然叫舒放！她这些年还写了许多的文章！李铁开始还不以为然，后来就有了一种说不出来的滋味。安小卉对着电视镜头显得很平静，说话依然屏声敛气，但却在她那波澜不兴的表述里，道出了许多深刻的思想，有些甚至是李铁都没有想到的。李铁突然之间就迷惑了，这个在他枕边睡了十几年的女人，好像从来没和他说过这么多话，也从来没有这样说过话。

安小卉和李铁的女儿李安妮十二岁了，女儿在很多方面都更像安小卉。李铁非常疼爱安妮，许多时候他甚至不放心保姆照顾女儿，有时间他就帮助女儿擦鼻涕呀系鞋带呀洗澡呀，照顾她吃饭穿衣写作业。女儿对爸爸也是非常依赖。李铁照顾女儿的时候安小卉常常跟在他们身边转悠,她有时也想帮她,可是李铁对她对女儿的帮助显然不放心,就连安妮也会嫌弃她弄得不好。安小卉干脆就撒手不管了,独自看书,或者对着窗子外面发呆。现在除了看书和发呆,她有时还到书房里写写文章。从她在电视上露面后,她已经开始在家里写文章了。李铁给她买了台电脑。

安小卉生活得很安心,她觉得日子没有什么改变,一切都在正常的轨道上运行着。她正常上班,每个月发九百多元的工资;她写文章,有时稿费比工资拿的还多。她很幸福,她从来没有过什么不满足。

那一天照例是由李铁照顾女儿睡觉,李铁忙完后,自己也洗了睡了。安小卉关了电脑悄没声息地躺到了李铁的身边。按照惯例李铁会爱抚她一下,有时说几句话,有时各自看一会儿书。那天他们躺下后李铁没并有抚摸安小卉。李铁说:我觉得你现在离开我,也可以独立生活了!

李铁说了就睡了。安小卉听了李铁的话只是笑笑,看着李铁睡了她也就睡了,睡了一会儿,却从恍惚状态中猝然惊醒。安小卉不明白李铁说的那句话是什么意思。她看看李铁,可惜李铁已经睡着了。换个其他人,也许会把李铁从被窝里拉起来问个究竟,但安小卉不会这样。我们知道,安小卉是个对生活中的琐事不爱思考的女人,但李铁的这句话却引出了她的许多思考。

而且,追根求源,这和她在电视上露面后,李铁对她的态度有关。

其实应该说,李铁对她的态度,也没什么大的改变。

那么,李铁在这个时候,说出这样的话来,到底是什么意思呢?

李铁是责怪我不会生活吗?

李铁是嫌弃我不够独立吗?

李铁是自己想要求独立吗?

安小卉在黑暗中想出了一身汗。安小卉第一次找不到心里的平静了。
　　此后的两天里,安小卉一直在观察李铁。李铁并没有表现出什么异样的地方,他很沉得住气。是安小卉自己打破了自己的平静,她最近几年曾经听到过不少官场里的事情,他们周围的熟人也发生过许多事故。比如某某的丈夫有了外遇,比如某某领导已经离了婚,又娶了一个年轻的姑娘。安小卉不是听不懂,她只是进不去,她觉得那些事情离她很遥远,甚至和她没有任何关系。李铁会怎么样?他在外面有过或者有了事情吗?安小卉这样一思考,她的脸就黄了起来,甚至有点儿尖。过去她的眼睛总是迷迷蒙蒙的样子,现在却常常定睛地望着李铁,这让李铁十分不舒服。她不对他说什么,就那么望。李铁不是没有发现安小卉有了变化,李铁本来是可以和她谈一谈的,但是李铁毕竟是当了市长的人,在此之前他还当过几年区委书记,他很沉得住气。他想,问题得让它自己暴露。
　　安小卉开始做家务,很多事情她不让保姆弄,全是自己亲自干。她哆里哆嗦地做家事,笨手笨脚地给李铁和安妮盛饭添汤。有一次她给李铁盛汤的时候,因为紧张弄了他一裤子的汤水,后来又把安妮的勺子碰到了地上。保姆在一边埋头吃自己的饭。李铁想说,你这是何苦呢?可是李铁却没有说,他想,她干就让她干吧!李铁记得他吃饭的时间去过市委书记的家,也是夫人给他盛的汤。
　　安小卉从不刻意地打扮自己,始终是那种天然的本色。她当姑娘的时候梳了一条独辫,生了安妮就在后面轻轻地挽了。安小卉到理发店洗头,小姐劝她把头发烫一烫。因为是熟客,小姐说,烫了可以改变一下形象,不然老是一个样子。安小卉烫了头发,半长不长地在肩上披着。安小卉本来是个在自然状态下才能显示个性的女人,烫了头发就有点不伦不类了。李铁看了非常不开心，李铁本来想说她几句，想想她最近的表现，又把到了嘴边的话咽了回去。他想，烫就烫吧，别的领导干部的女人都懂得修饰，何必让自己的女人像张白纸一样。

安小卉和李铁生活了十几年后，突然发现自己是离不开这个男人的。不但她离不开他，安妮更不能离开他。想一想觉得有点害怕，想一想李铁实在是难得。李铁好，体贴、善良、知道她需要什么，她不说话李铁就能知晓她的意思。要是没有了李铁，她就没有了生活。她这一阵子一直想告诉他，她离开他没有办法生活。她根本就不想离开他。可她搞不清楚李铁的想法，她不敢轻易表白，她更不知道该怎样表白。有一天她在他们躺在床上的时候终于说了一句：李铁，我喜欢和你在一起。她的声音很小，像是在耳语。李铁那一会儿已经差不多睡着了，他常常睡得很快，他当了副市长以后感觉很累，所以他睡得很快。实际上他们一起生活的这许多年，安小卉几乎没有喊过几次他的名字，如果他不是快要睡着了，他是会感动的，他会感动地抱她，或许还会和她做一次爱。他那一会儿，是真的太疲倦了。他咕哝了一句，睡吧，就径自睡了。

安小卉现在仿佛才意识到，她根本没有学会怎样和爱人在一起生活。她觉得自己是那么笨。

这的确是一个严重的问题。

安小卉瘦起来，走路就更像飘，她常常走到李铁的身边李铁都不知道。安小卉的皮肤很白，若是在夏天她简直白得透亮。现在就是夏天，她瘦起来，像张纸片一样，飘飘然在屋子里晃动，弄得李铁心神不宁。李铁也趁她不注意的时候打量她，他不明白自己当初爱的究竟是这个女人的什么。

李铁的秘书小马刚刚结婚，两个人还正处在磨合期，小马和新媳妇无所顾忌地吵，有时候还动手。突然有那么一天，竟然打到办公室里来了。新娘子还像一朵鲜花一样娇嫩，关键是她的泼，嘟着小嘴发怒和撒娇，对李铁也撒娇，又哭又闹地让市长给她做主，不然就去怎么怎么的。李铁一点都不嫌烦，居然真的被她唬住了，板起面孔训斥小马。刚说了不几句，小两口儿却又笑起来。刚刚还闹得泼猴一般，一会儿的工夫又好了。两个人反而给李铁道了歉，出了门就勾肩搭背的。看得李铁眼都直了，李铁想一想，心里突然堵得厉害，要是安小卉也泼起来，能和他吵一架就好了。他陷在这种沉闷的婚姻里有多久了？好像有一辈子了，这一辈子他们俩连一句嘴都没拌过。想一想，这是多么让人垂头丧气的事情啊！人生中有许多东西是不能或缺的，包括暴力。他现在才明白了古人所谓阴阳相生相克的道理，没有粗暴，哪有温柔？没有丑，怎么会有美？

　　但李铁毕竟是个有责任心的男人，他从来都没有想过要对不起安小卉。尤其是在安小卉面前，他觉得自己更像个父亲。但是，现在安小卉的眼睛里有了一种沉重的东西，盯他的时候就像石头打在他心上，看得李铁终于沉不住气了，他就想安慰安小卉。但是，他又不知道问题出在哪里。

　　李铁刻意地对安小卉好起来，睡觉前他准备好了要对她说上几句安慰话。因为话是准备好了的，像是背台词。安小卉惊讶地听了，什么话都不说。一连几天，倒是李铁自己品出了演戏的味道。李铁烦躁起来，自己也觉得自己假模假式的，那一点点的真心就真的没有了。比如他说：小卉，过了这么多年，我才知道真的离不开你，而脸上的表情却是试试探探的样子。安小卉就更加坚定自己的猜想，他爱我的时候从来不这样表白。再比如他说：小卉，你最近太消瘦了，你一定要注意把自己养好啊！他说话的时候不敢看她的眼睛，看着别处，安小卉就觉得他是真的要离开自己了。李铁说：小卉，你凡事都要想开一些，该说出来的事就说出来，你往后一个人还可以写写文章。安小卉听了脸都白了。李铁说：我要是做错了事情你可以骂我。安小卉想，这是开场白，已经开始道歉了！

李铁努力做了几次，像是用锤子敲打空气，越使劲越闪失得没有着落。李铁想，谁他妈的遇到这么个女人也会疯掉的，爱怎样就怎样吧！

李铁开始拖延回家的时间，过去他一般尽可能不在外面陪人吃饭，现在他常常找人出去吃饭。李铁回家也是埋头吃饭，上床就睡，对待安妮也没有了以前的耐心。安妮招呼他，他就说：你长大了，不要再总是缠着爸爸了。

安小卉在一旁听了，眼神就变成直的了。安小卉想，李铁你是打好了主意的？

李铁想，安小卉我就这样了，我看你到底卖啥药！

安小卉现在盛饭的技术已经很娴熟，安小卉还开始学着用毛衣针织东西。她织的时候不知道怎么样让指头灵活，太着力，浑身的力气都加强在手上，一针一针地剜，针下去像是能刺穿一个人，累得满头大汗。她停下来的时候，眼睛就会呆呆地盯着一个地方，但又目中无物，像是鲁迅笔下的人物。李铁看得心惊肉跳。李铁很快就做不到上床就睡了，常常好不容易睡着了却又突然醒来，想尿。他蹑手蹑脚开灯，怕弄醒安小卉。灯一亮，才发现安小卉大睁着眼睛看天花板，像死人一样，半天还回不过神来。李铁被她吓得毛骨悚然，险些大叫起来。李铁不知道什么时候学会了抽烟。他像和烟有仇一样，狠狠地抽下去，再大口大口地吐出来，制造了满屋子的烟雾。空气紧张得像要爆炸。李铁这回是真的害怕回家了，他只有在单位里才能定定神。可是现在在单位他也有了一个新毛病，老是想尿。一天多往洗手间跑几趟倒还不算什么大事，让他害怕的是他有时颠颠儿地跑到尿池跟前，站了半天，一滴尿都没有了，紧跟着就出一身虚汗。

李铁想，无论如何我不能再忍受了。安妮睡了之后，李铁进到卧室，对坐在床头埋头织毛衣的安小卉说：小卉，我们还是分开的好！

事情终于有结果了。安小卉好像一直在等这句话落地，她的心也就落地了。安小卉没说话，又继续织了一阵子毛衣。良久，她手里的毛衣才像一朵败落的花一样匍匐落地。金属针落在木地板上，发出惊天动地的声响。她停了一会就开始流泪，没有声音，大滴大滴的眼泪吧嗒吧嗒往下落。李铁的心揪得紧紧的，他不忍心看下去。他想，让她再哭一会儿，再有一小会儿，他必须得抱抱她。可是李铁等了一会儿，安小卉那边却没有动静了。李铁吓了一跳，他伏过身去看，却看见安小卉分明是睡着了。

一颗悬着的石头落地了，终于可以睡个安稳觉了。

李铁很晚都没有睡着，大概是天将亮的时候才迷糊起来，他是进入了梦乡。他梦到安妮一个人在田野里跑，跑得很快。她跑什么呢，这个女孩儿？李铁醒了，天已经大亮，安小卉不见了。李铁紧张起来，他害怕看到她绝望的样子。她这会儿会蜷缩在什么地方？李铁的心都要流出血来了。她会自杀吗？他得赶快找到她，告诉她他还爱她，哪怕是欺骗！

李铁是在阳台上找到安小卉的，她正在悉心地收拾她养的一盆栀子花。那盆花在夜里开了一朵，她的眼睛里流露出孩子一样的惊喜。还有什么比这更灿烂的事情呢？一夜之间她竟然又滋润起来，她的脸上出着微汗，在阳光的照射里每一根汗毛都显得金灿灿的。头发轻轻地挽在脑后，她居然穿着那条当姑娘时的裙子。李铁出现在她跟前，她一点都不惊讶，她迷离地看他。

李铁说，小卉，我不能和你分开！

安小卉定定地看看他又看看她的花说，好吧！

安小卉的那双大眼睛带点喜悦地在他身上扑朔迷离地一掠而过，而后又盯在自己的花瓣上。

安小卉没有走开，李铁也没有抱住她。两个人就那么站着，让李铁觉得，那时间足足有一千年之久。

发表于《青年文学》2002年第10期

寂寞的汤丹

汤丹和李逸飞头回见面是在市委宣传工作会议上。汤丹参加这个会很偶然。汤丹在单位是做工会工作的。单位没有宣传科，宣传口的事就乱推，一会儿推给办公室，一会儿推给人事科。最近一段时间搞机构改革，办公室和人事科都比较忙，干脆又推给了工会。汤丹不是机关工会的头儿，工会没有头儿已经差不多两年了。汤丹只是工会的一个副主任科员，工会主席调走以后只剩下汤丹一个人，因此，大小事都是由汤丹一个人全权代理。事实上一个人的工会也是非常清闲的，除了应付一下上边时不时召开的会议，年底给大伙倒腾点儿福利，好像从来没有发生过什么大事。最近汤丹一直担心，机构改革会不会把工会革掉。

汤丹今天参加这个会确实非常愉快。李逸飞做了一个很漂亮的工作报告，别的人鼓掌汤丹也跟着鼓掌，事实上汤丹有些走神。李逸飞本人修饰得和他的报告一样漂亮，汤丹原来在电视上也是见过部长的，今天坐近了才发现其实部长很有丰采，反倒比电视上更年轻一些。

汤丹尽管走了一会儿神，但还是深深为部长的口才折服。看着部长那口若悬河的样子，汤丹无端想起"小乔初嫁了，羽扇纶巾"这样的词句来，后来的思想跑得就更远。再后来，她就不知道讲的是什么了，只顾着揣测这个男人的方方面面。上午的会议结束时，因为下午要讨论，路远的可以在开会的宾馆吃一顿自助餐。说是每人交十块钱，许多人都走了，后来钱却并没有收，由会议上一并算了。汤丹家住得并不算远，步行十多分钟就能走回去，况且她也不是一个喜欢凑热闹的人，本来想回去吃，却被宣传部的陈君拉住了。

陈君说：走什么走，大家住在一个城里一年却难得见几回面，聊一聊嘛。

陈君是汤丹小学时的同学。汤丹想，反正丈夫到省里开会去了，儿子送日托，就在会上吃吧。哪知他们刚坐下，李逸飞就端了一大盘子饭菜走了过来。李逸飞一边吃一边和周围的同志不失分寸地讲着笑话。这让汤丹渐渐活泼了起来。

陈君说：我给你们说一个脑筋急转弯吧。

李逸飞说：又是冰箱里面放大象吧？

陈君说：不是不是。一个精神病院里选楼长，院长指着一个脸盆问一群病人是什么？一个人说是碗，另一个人说是茶杯，只有一个病人说是脸盆。院长说，这个人可以当一楼的楼长。院长第二回真的拿出了一只茶杯问这又是什么？一个病人说痰盂，另一个说盆子，还有一个说花瓶，后来终于有一个说，你们说得都不对，是茶杯。院长说，好，这个人就是二楼的楼长。

陈君故意喝了一口汤停了一小会儿，才继续说：你们猜院长第三次拿出了什么？他用手比画了一下，那个细长的擀面条用的东西叫什么？

别的人都还没有来得及回答，汤丹就抢着说：擀面杖嘛！

李逸飞哈哈大笑起来，问汤丹：你叫什么名字？

汤丹认真地说：汤丹呀！

李逸飞神情严肃地说：汤丹同志，三楼的楼长可以让你当了。

大家哄笑汤丹也跟着笑。汤丹一边笑一边想着李逸飞朝她笑的时候的样子来，心里不免有几分说不出来的别样感受。

吃完饭，李逸飞提议不休息打一会儿纸牌。部办公室的秘书就去买了几副牌来。不知为什么大家仍然把汤丹和李逸飞让在一个桌上。汤丹刚吃完饭脸红红的更显得细白粉嫩的样子，她一开始和部长挨着坐还有点儿拘谨，见部长随意也就放得开了。大家输了都往自己脸上贴一张纸条，部长输了汤丹也坚持在他脸上贴。大家都说算了。汤丹说，不行，不行，大家都一样。一边说一边强行在部长脸上贴了一张。大家都笑，部长也笑。后来汤丹的一张牌掉在桌子下面去了，汤丹去拾，李逸飞也去帮忙，两个人的手触在了一起。重新坐好气氛突然低落下来，部长好像没了兴趣。打了几圈就散了。

下午讨论时汤丹全然不知道是什么内容，一直有些走神，总是忍不住去注意李逸飞，有几次两人的目光碰在一起，又都像是不经意的样子躲开了。散会的时候李部长和大家握手道别。李部长给汤丹发了一张名片，名片也给了其他的人，但汤丹总觉得是单给她自己的，别的人是沾了她的光。

汤丹以往收了名片总是扔在办公室的一个抽屉里，但是李逸飞的名片她却放在了随身带着的一个钱夹的夹层里。尽管她并没有别的意思，但打开钱夹看到这张名片时，总会若有所思地看一会。

机构改革的事终于定下来了，汤丹所在单位的行政编制要减去三分之一。事实上一个也减不去，减来减去还是单位的人，只不过由行政变成了事业，由财政拨款变成自筹自支。换汤不换药。大家开始有些急躁，八方神仙各显神通，纷纷找人打招呼写条子。心里有了把握就又不急了。汤丹却有些着急，汤丹的副主任科员也干了三四年了，她年轻又有学历，工作干得也不错。特别是近两年主持工会工作，委领导明里暗里也多次说过要提拔她干实职。但这次改革方案里除了减人还要减掉几个科室。机关工会在机关本来就可以设可以不设，很有可能首先被裁掉，难怪汤丹会急。若砍了工会别说实职，各科室人员本来就难以自保，汤丹想再找一个虚职的位置恐怕也难。汤丹大学毕业差不多十年了，对自己的工作能力她是自信的，她还从来没有因为工作的事让人打过招呼。汤丹的丈夫也是一个小企业的头目，要说是有能力替她周旋些什么事情的。要说两夫妻的感情还是不错的，但中间似乎又总有一些说不清的东西阻隔着。汤丹的个性强，她帮不上丈夫什么，她也不想受到丈夫的帮衬，两个人一贯是分得很清的，所以这些事情她根本没有告诉丈夫。

汤丹去找了委领导，领导正被一些条子电话弄得没有办法，确实没有替汤丹设想。

领导说：有些事情确实很不合理，但机构改革是大趋势，总是要涉及到一些人的利益，这不是哪一个人能改变得了的，尽量努力做工作；真的照顾不周全同志们也要体谅，要顾全大局。

汤丹想说，你以前工作上用我的时候怎么不这样说！这真是，改革，改革，反而给领导找了个台阶。

汤丹说：不给我找个合适的地方我就不干了，谁能够把我彻底精简了我就自己搞单干去。我谁的脸色也不看了，省得担心老是被别人涮来涮去的。

领导的脸被她说得一红一白的,汤丹也不管,转身就走。领导就有些发愣,汤丹一向说话是有分寸的,今天是咋回事儿,是不是心里有了准星儿,有什么人在后面撑着腰?

过了两天,电话就给汤丹的领导打过来了。是市委宣传部部长李逸飞亲自打的。李部长说:汤丹是个很不错的女干部,比较适合搞宣传工作,你们要作为苗子重点培养一下。目前中央正强调加大政治思想工作力度,可以考虑设一个宣传科吗。机构的问题我可以给有关部门打个招呼。汤丹的领导半天都没有回过神来,事情办到这个份上可见是关系之深了。但是,这件事一直到机构改革结束,汤丹如愿当上宣传科长,对所有的人都还是一个谜。真实的情况只有汤丹一个人清楚。

汤丹这人有一个毛病,生气的时候就出去花钱,钱花出去气也就消了。以往这个办法是针对丈夫的,她烦心的时候不愿意和人斗嘴,她总是说不屑与人争吵。吵来吵去,你有一万个理又有谁替你评判是非?净是落个自己生气。汤丹那天在领导那里生完气,实在是想不出消解的办法,就在心里骂了一声:妈的,不过了!汤丹拎起包原是准备去购物的,掏钱夹时却看见了李逸飞的那张名片。她当时情绪正是激动,如果是平心静气时,思想得多一点她未必有勇气打那个电话。她借着一时的冲动往李部长办公室拨了一个号。汤丹没有料到李逸飞的态度会那样热情。严格说她在潜意识里也应该是有一点把握的,只不过她对自己把握的事情不是太肯定。汤丹一贯对人对事凭的是感觉,她是个聪明的女人,没有一点感觉上的认知,在事情的萌芽状态她就会将其否决。

李逸飞说：小汤你还没有把我给忘了呀！

汤丹说：哪里会呢，我是怕您太忙不敢打扰。

李逸飞说：忙什么呀忙，共产党的活也不是一天半天干得完的。有时间可以到我办公室里玩，大家都是朋友了，有啥事情咱办得了的一定不要客气。

受了鼓舞的汤丹真的去了李逸飞的办公室。李部长亲自给她倒了水，让汤丹有一种见到亲人般的感觉，很自然地就把自己面临的问题说了出来。说到激动处眼睛里汪着一点点泪，更是显得一双美目亮晶晶的发出动人的光泽。李逸飞站起来给她弄了条热毛巾，又给她的杯子换了一次水。把水送到汤丹的面前时，他直视着汤丹含泪的眼睛说：你怎么还像个孩子似的，工作可以慢慢做嘛。

这个场景让汤丹燃烧起来，好像一个风雪交加的夜里，一脚踏进了生着热腾腾的炉火的家里。家人特意为等待她而准备的热茶，溢着满屋子的清香，使她好想闭上眼睛，享受一下那种妥帖。

此后的一段日子汤丹无论干什么事情都有些神情恍惚，精神却一直处于一种亢奋状态。汤丹再过一个多月就满二十九岁了，这一段时间却越发地水灵起来，一张脸细白粉嫩的，眼睛又恰似两汪秋水。她深陷在某一种难以自拔的激情里，莫名地兴奋又夹杂着一点隐约的痛苦。这种东西在她的内里并无一丝邪恶的念想。她承认李逸飞是能够让她心怡的那种男人，这里不存在感激的成分，反正至少汤丹不愿意那样想，她觉得那会破坏掉他们之间的一些东西，至于是什么东西连她自己都还说不清楚。她喜欢李逸飞，她仅仅是说喜欢，对她这种外表热情内心冷漠的女人，喜欢已经是不得了的事情。她也能感觉到李逸飞也是喜欢她的，也仅仅是有点儿喜欢。她对他的了解还太少，在那成熟得近乎完美的男人的内里包藏的是怎么一种心态她一点也不知道。不想知道也是不可能的，只是她不肯把他想得过于复杂化。读大学时她的心理学老师讲过，每一个女人的内心世界永远都有一个按照自己意愿想象的精神恋人。不管别人信不信这一点，汤丹是信的，她把她想象中的形象与以前的男友作过比较，同后来的丈夫作过比较，他们身上的世俗味都太重了一点。她宁可把李逸飞想象成能与她神交的那种，并非真的要有什么事情发生。

汤丹想过给李逸飞打电话，她之所以没有打是因为她对这一切太过于珍惜，她唯恐她不小心会破坏掉一些什么。同时她也真的不清楚该如何继续进行。她这两日正在读张承志的《心灵史》，哲合忍耶的哲学有两句话，第一句话是"伊斯兰的终点，那是无计无力"，第二句话是"川流不息的天命"。汤丹对宗教一无所知，她不甚明白这两句话所要表述的思想，可这两句话却莫名其妙地不停地在她的思想里回荡，撞得她的心空空地疼。

汤丹走在路上，她会想到李逸飞的车子也许随时会在她的身边驶过，她就格外注意自己走路的姿态，尽可能走出一点韵致来。汤丹坐在办公室里，也想着会突然接到他的电话，所以她接每一个电话时声音就表现得非常悦耳。附近办公的同事们听到她接电话都会凝一会儿神，并不是有意探测她的隐私，其间当然也不能完全排除没有这方面的因素，但是他们真的乐意听到她那甜美的软金属一样的语音。汤丹自己睡觉前也会凝一会儿神，会有一个敏感的问题在心头划过：他在干什么呢？

汤丹怀揣着一个既甜蜜又有一丝痛苦的秘密。这秘密涨得她轻飘飘的，好像有点虚脱。可是回到家来，她又能格外地平静。她对自己的理智也感到暗暗吃惊。这些天来，对丈夫她却是格外地温柔，包括房事都进行得很愉快。这倒不是她虚伪，目前对这种事情的思维她还是仅仅限定在她和丈夫之间的。她觉得自己和丈夫之间的一切都完好无损。她并没有想过破坏掉什么或者损害谁，她所做的，充其量就像长途跋涉后，把发烫的脚从鞋子里解放出来，享受一下外面自由自在的凉爽空气。

头天晚上汤丹和丈夫过得非常愉快，早上起床精神越发地好。她先到食街买了早点。卖早点的是一个小伙子，嘴巴有点贫，他说，大姐您亲自买点心，我亲自给您包好。只有汤丹一个人笑，别的买点心的人对他的调皮都似乎已经麻木，他们都绷着脸不笑。有几个好像还没有从睡眠里完全清醒过来，也许是他们的日子过得不太顺心。汤丹的日子还是顺心的，汤丹只是突然想到李逸飞每天吃什么样的早点这个问题，但也仅仅是稍微想了一下，就让这个问题迅速划过去了。汤丹买了早点，又做了两个煎蛋，热了奶。两口子脸上红扑扑的出了门。这样的日子尽管有不尽如人意之处，也不会有太多的缺憾。

汤丹到办公室先把科里的卫生打扫一下，她哼着一支自己编的曲子又拖了走廊的地，大冬天的干了一身小汗。汤丹洗了手，刚刚坐消停电话就脆生生地响了起来。当电话那端李逸飞的声音飘过来的时候，汤丹突然不知道该怎么样讲话了，她那非常悦耳的声音，一下子跑了调。

她说：是你！

李逸飞大度地笑了。他说：是我呀，我是想问问工作落实得怎么样。还满意吧？

汤丹努力让自己镇定下来。她没等李逸飞再开口，就赶着半真半假地说了几句感谢的话。她不敢停下来，她唯恐再给李逸飞一个说话的机会，他会说出什么不合时宜的话来。或者完全不是这样，她不想真的听到事情的结果——就像刚才李逸飞说的那样,打电话的目的就是为了问问她的工作吗?如果真是那样的话,会让她比失去工作更痛苦万分。

李逸飞说:我打电话就是想问问你的工作,可真没有别的意思。

汤丹偷偷地笑了。汤丹想,他压根就不是这个意思,如果是这个意思,他不会这样反复地解释,而且工作的问题,委主任早都去邀过功了。

汤丹说:我也没有别的意思,就是从心里想感谢感谢你啊!

这样说的时候,她的声音已经自如起来。她把"你"说得很重。

李逸飞说:你呀,说什么感谢不感谢的,你到现在都还把我当外人啊。你要是还把我当外人我可是要生气了。

汤丹被这句话温暖着,温暖得喉咙都有一点哽咽起来。她好一会儿都说不出话来,她也真的不知道该怎么说,她于是只有沉默着。汤丹一沉默,李逸飞立即就转了话头。

李逸飞说:小汤你可千万不要客气,我帮这一点忙还不是举手之劳,说不定今后我也有需要你帮忙的地方呢。

事实上刚才的那一番话已经把他和她拉得很近,大家心里都有点明白,但是谁都不想主动往前走那么一点点。尤其是李逸飞,更懂得恰到好处地控制自己的情绪,没有百分之百的把握,他是不会撤掉理智的盾牌的。李逸飞的话头一转折,那点儿情绪突然就散了。然而既然已经到这个份儿上了,又有点心犹未甘,说出的话仍是试试探探的,却已经没有了初时的自在,他只消再往前走那么一点点,汤丹也许就会不能自持的。但是!他是绝对不会轻易走的!他太过于警觉。是他自己,稍不经意就把自己划了出去。就恰似一辆出了轨的列车,一旦偏离出去,就再也不能回到原来的轨道上了。而汤丹这样的女人又恰恰太过于自敛，两个人的交谈就变得空洞乏味起来，泛泛地说了一些不着边际的话。好像说出了一点什么又好像什么都没有说。放下电话汤丹突然流了眼泪，表情却分明又是笑着的。这时有人进来，汤丹就说被灰尘迷了眼睛，进来的人看她真的一副笑模样也就信了。

中午下班汤丹有意无意地磨蹭了很大一会儿才离开办公室。在自己家的楼下碰到一个卖豆腐的，这人吆喝豆腐的声音又尖锐又急促，倒是像生着气喊叫一个人的名字。汤丹觉得有点好笑就买了一块豆腐。以往她是不买的，她有点过于干净，她宁可跑远一点买那些食品店的东西。

汤丹进了家，丈夫小袁已经先回来了。汤丹虽然对自己说着，我并没有做什么对不起人的事，可心里还是有一丝惭愧。她去做饭，做了一半突然又说不舒服就不做了，径自到床上躺下睡了。她觉得她的脑子乱得像一团棉絮，理也理不成个套就干脆不理了。这样过了半天反倒好了。

汤丹一直没有把单位机构改革的事对小袁说，过了两天，有人打电话到家来说工作。汤丹在电话上把工作交代完之后，却看到小袁坐在自己的身后放下报纸在听她说话，就觉得还是把这事跟他说了好。原本也是没有准备的，一下子就说了出来。汤丹说：我前一段到市里开宣传会认识了宣传部的李部长，人家可真是个好人，一面之交，这次机构改革他却帮了大忙，点名要我搞宣传。汤丹有意忽略了打电话的细节。小袁倒是个善解人意的性情中人，但也是个极精明的人。他马上说：这可得好好地谢谢人家。说完就看汤丹的脸，汤丹被他看得心里毛毛的，连忙附和说：我也是这个意思。小袁就说：那我们就到他家里去一趟，表示一下心意？

汤丹说：这样不太好吧，人家是领导，我们怎么好随便到人家里去。

小袁说：正是因为人家是领导，又没有什么特殊关系，人家帮了这么大的忙我们才要表示一下心意，省得人家说我们不知好歹。

小袁说到这份上，汤丹再说不去就没有一点道理了。心里却悔得七荤八素的。两个人又在拿不拿东西的问题上讨论了一大阵子。汤丹说不拿，小袁却坚持说拿，并且要有分量一些。汤丹说不出拒绝的理由只好说买两箱水果。小袁说少了一点。汤丹这时有点恼了，她说再多我就不去了。小袁这才依了她。

第二天小袁就去买了两箱进口水果。整整一天汤丹的心里都像是装着只活兔子。她几次想给李逸飞提前打个电话，却怎么也想不好该怎么解释。到后来她就想，听天由命吧！她还侥幸地想，也许李逸飞不在家，介绍得含糊一点，先把丈夫这头了结了，回头再向李逸飞解释。

那天晚上汤丹穿了一件颜色很暗的外套，小袁劝她换一换她坚决不换。小袁自己开了车，先前只知道李部长家住在市委常委家属院，可到了院子里才知道无处可问。小袁在前面打电话问朋友，汤丹坐在后座上拼命地控制着不让自己的身体发出颤抖。她几次想提出来回去，可看到小袁那孜孜不倦的样子，又不好开口。她好像是第一次这样，从小到大她都不是个羞于出头露面的人。

开院门的是一个小丫头，汤丹的心里怦怦地跳，她以为她会问得很多，但小姑娘只是多看了他们两眼就把他们放进去了。院子里养了一院子好看的树，汤丹一棵都没有认出是什么。客厅只有女主人一个人在吃饭，女人虽然有一点胖，可仍然看得出是个美人坯子。恰恰是因为胖，一张脸绷得紧紧的皮肤极好。部长夫人是个十分贤良的女人，热情地让他们坐下。汤丹的心定了一点，磕磕绊绊地说明了来意。汤丹的丈夫倒是个社交高手，三五句话就把部长夫人说得开开心心的。他说：过去我们就听说部长的夫人又漂亮又有气质，虽然没有见过您，光见李部长那么优秀就知道您肯定错不了。这过来一看才知道名不虚传。你们夫妻俩在市里可是被大家视为楷模啊！

夫人开心地说：我这个教书匠哪里可以和他比得起。话说得十分谦虚骨子里却透着几分得意。

汤丹则诧异地望着小袁，真会说话啊，他什么时候见到过部长呢？有那么一瞬间她突然觉得就连丈夫也陌生起来。她的丈夫却浑然不觉，还在自顾地搭讪。

没有两下子，教师哪里是谁都能当得起的？特别是夫人有这样的身份还不放弃这份劳累的职业，让人敬佩。

他这句话算是说到部长夫人的心里去了。这夫人师范院校毕业，人的确是要强，是省市连续多年的一级模范教师。夫人的情绪马上飞扬起来。

夫人说：他当他的部长，我教我的书。什么身份地位的，也只是行业不同罢了，其实他当部长的还不一定有我这个当老师的心里踏实呢。

两个人聊得越来越起劲，汤丹心里有事，哪里听得进去，坐了几分钟就要告辞。夫人刚刚挑起了谈兴连忙起身阻拦说，既然先前是熟人，来了就还是见一见他吧。说着就真的给部长打了电话。汤丹想阻拦都来不及。部长那边说马上就回，汤丹人坐着不能动心却恨不得跳到门外面去迎一迎。她哪里经过这样的事情，心里是一丁点的底子也没有，好像自己是有过天大的见不得人的事情，急于找一个同谋，她似乎觉得李逸飞已经是她的同谋了。李逸飞那么着急地赶着回来，汤丹惊归惊，心里还是有一丝温暖的。

说是十分钟，果然不到十分钟就回来了。汤丹自觉尴尬得不得了，李逸飞却表现得没有任何不妥，就是对汤丹也比往日客气得多。小袁夸他的夫人他也跟着夸自己的夫人，既平朴又不失身份地与他们谈笑，真是做得滴水不漏。那种世故，汤丹在一边看得心里是热了凉凉了又热。但终归是放了心，却又有了一种隐隐的失落。李逸飞同小袁谈得很融洽。谈到汤丹的工作问题，小袁替汤丹说了不少感谢的话，好像汤丹自己是个哑巴，哪里还有往日的伶俐，真是丢人丢到家了。李夫人却非常喜欢，一个劲儿地夸赞汤丹年轻稳重。她说：我就是看不惯现在的一些年轻女干部，一个个那张扬的样子。一边说一边用眼睛扫李逸飞。李逸飞并不去看汤丹，但也顺着说了一些小汤工作干得不错的官话。告别的时候汤丹明显地感觉到了李逸飞对她刻意的冷淡，当然，另外两个人是看不出什么的，不过是汤丹自己心里有鬼罢了。汤丹那时不敢看大家的眼睛，死盯着右首边的一棵样子很小却是很老的盆景树，这次她看清楚了，是棵白蜡。汤丹的父亲也养树，她多少懂得一点。当时她脑子没有转过圈来，过了很长一段时间以后，汤丹回忆起那天的情景，才想起树修剪得很好。汤丹想，其实李逸飞是很懂得养盆景的。李逸飞和小袁握手道别，却看都没有看汤丹一眼就关了门。小袁说事情办得好，一副开开心心的样子。汤丹也觉得从头到尾都没有什么不妥，神情却恍惚得要命。

　　回到家里汤丹很想立刻去睡了，可她鞋都没有换却先是打开了电视机，她一个台一个台地跳，跳了两遍又反过来看中央一套。时间大约是二十一点左右的样子，几个台全是广告。小袁也看了一会儿，小袁说：你什么时候变得爱看广告了？

　　汤丹也不说话。小袁让她去冲凉汤丹不动，他便自己先去洗了。小袁洗完了出来径自去睡了。汤丹这才关了电视机去洗，她把自己关在洗澡间里反锁了门,想了一想又过去把门打开。这是自己的家,家里就只有她和丈夫两个,即便是上了锁,丈夫要进来还不是照样得打开。

汤丹一放开水龙头就开始哭泣,她哭得没有一点声音却任凭自己哭得十分放纵。她是觉得有什么地方不对了,却又不知不对在什么地方。想一想也想不出个什么结果,只是想哭,也许是哭得没有任何道理,但是她感觉这样很痛快,她就拼命地哭着。哭了一会儿她又觉得这样也不妥,想打住,眼泪却一点不听话了,简直比水龙头流得还凶。她没有一点办法只好把水龙头关掉了,眼泪这才慢慢地止住,眼睛却是红得像是害了病,她用冷水敷了一会儿又涂了一点粉底子,回到卧室小袁却已经睡着了。汤丹听着丈夫细微的鼾声,看他睡得熟透的样子突然又觉得有几分惭愧,心反而静了下来,渐渐地也就睡了。

汤丹第二天很想给李逸飞打个电话,可她又想,要打也应该是李逸飞先打过来,她等了一天。第二天又等了一天。李逸飞仍然没有打过来,于是汤丹便没有再打过去。

汤丹是个外表放得很开内里却过于讲究分寸的女人。

汤丹和小袁结婚之前是谈过恋爱的,对象是她的大学同学。两个人的关系虽然没有发展到死去活来,郎才女貌的一对璧人儿也是十分招人羡慕的。那时大学里男女关系已经放得很开,恋爱同居的比比皆是,不知道为什么汤丹却一直可笑地坚持着要守身如玉,那男孩也不是个勇往直前的人,几次下来就弄得心灰意冷的,也不敢再提什么非分的要求。也许是她觉得事情并没有十分的把握,她是个干什么事情都强调把握的人。汤丹毕业分配到了当地的机关工作,那男孩却去了深圳,一开始还做汤丹的工作让她辞职过去,后来就不做了,再过了一段时间就提出要分手。汤丹反而有些过意不去，男孩对她还是有情意的，在她身上浪费了这么些年。她明白自己干事情是有点过于理智了，对待感情上的事也是权衡来权衡去的，时间长了还不冷了人家的心。汤丹一点都不恨那个男孩，分了手反而常常想起那人的许多好处。

汤丹现在的丈夫袁胜利是个部队转业干部，他在汤丹之前没有谈过恋爱，小伙子一表人才浑身透着机灵。他家里穷，十几岁就当了兵，在部队待了十多年，一门心思想着进步。后来考了军校，军校毕业又想着升职，根本没有考虑过婚事。他转业的时候军转办的一个人恰好和汤丹熟悉，这人见小伙子不错就给他们俩撮合了一下。两个人认识不到两个月，互相都感觉对方挺合适的就办了婚事。虽然从头到尾都没有找到那种触电般的感觉，婚后的生活还是温馨的。汤丹从心眼里觉得自己可能根本就不是能产生那种感觉的人。

汤丹心神恍惚地过了两日。开始她总是下意识地坐在距电话很近的地方，听到铃声就拿话筒，后来就故意坐得很远了，有电话来她也不接。到了第三日上午，汤丹的心似乎已经安定了，她决定努力把一份拖了几天的机关学习规划写出来。突然有她的电话，汤丹的心跳得差一点从胸口里蹦出去。抱住话筒听了一会儿却是儿子的老师，儿子的老师打电话来是说最近几天幼儿园里有几个孩子患了黄疸肝炎，家长们都忙着给孩子请假。老师的意思是问汤丹要不要也让孩子请两天假避一避。

汤丹放了电话，突然觉得热，出了一身虚汗。不是老师打来电话她几乎都要把儿子忘记了，她难过得只想找个地方把自己藏起来。对面办公的一个小伙子瞪着眼睛看着她，让她觉得自己的失态。她撑着去给自己倒杯水，昨天的茶叶却还在杯子里泡着。她也懒得倒掉就在里面续了一点。茶叶刚泡进杯子里的时候一颗颗的嫩芽儿透着警醒的机灵劲，隔了一夜它们好像全都死了，喝到嘴里就有了股子死尸的味道。好容易定了会儿神，胃却又无端地疼了起来。

　　下午汤丹赶着把儿子接了回来，她还特意给他买了许多好吃的东西，儿子却恹恹的打不起精神来。晚饭汤丹做了儿子最喜欢吃的包子，儿子看着包子只是一个劲地发呆。汤丹拉他过来一摸小肚子是胀胀的，小袁说一定是在幼儿园里吃了什么不好消化的东西。这孩子一贯贪吃，出现这样的情况也不是第一次，小袁并不介意，找了半粒肥儿丸给他吃了。汤丹却心疼得要命，把儿子搂在怀里抱了一个晚上。儿子才四岁，这么小的一个孩子，汤丹无法对他说点什么，心里却惶恐得要命。儿子像是要惩罚她似的，到了夜里果然发起烧来。小袁这才跟着急起来，抱着孩子去看了急诊。值班医生说是要等白天上班时间化验一下才能诊断，孩子只是温烧也没有给用药，两口子又抱着孩子回家麻团一样乱了大半宿。天亮的时候大男人和小男人都睡了一会儿，汤丹却是眼都没有合一下。好容易熬到了八点医院上班时间，赶快喊醒父子二人往医院赶。汤丹慌了一夜，头发都没有顾得理一理，整个人憔悴得像是一张经了霜的白菜叶子。

　　化验结果很快就出来了，证实儿子已经得了黄疸肝炎。

　　汤丹抱着孩子坐在候诊室的椅子上哭得一塌糊涂，完全失了平日的丰采。她并不是个爱流眼泪的女人，她生活的近三十个年头里，流的眼泪加在一起也没有最近一段时间多，包括那时和男朋友分手，她都没有流一滴泪水。汤丹不知道自己的精神为何变得如此脆弱。

　　医生再三安慰夫妻二人，黄疸肝炎只是甲型肝炎，好治，也不会留下任何后遗症。输几天液，十天半个月的，黄疸一退就好了。汤丹只是觉得对不起孩子，好像孩子生这个病全是自己的错。小袁见不会有什么大的妨碍，就松了一口气。给儿子办了住院手续，安置停当了，汤丹这才顾得上给机关打了一个电话请假。汤丹原本是想让小袁去上班的,企业毕竟和机关不一样,比较忙。但是汤丹实在是太累了,儿子的事又太上心,她唯恐自己犯了迷糊误了什么事,就没有让他走。儿子输上液不大一会儿就睡着了,小袁也劝她在儿子的床头休息一下,汤丹就真的眯了一会儿。小袁果然是忙,手机是一个劲地响,有时候是说工作的,有时候汤丹没有听明白在说些什么事情,好像还有一个什么人说要来,小袁坚辞,后来就到外面说去了。

汤丹不知道迷糊了多大一会儿,忽然听到一个女人在窗外说话的声音,开始还以为是护士,仔细听一听又不是,使劲睁开眼睛看了一眼,见是一个时髦的女子在和丈夫说话,两个人的神态有点鬼祟的样子,汤丹就疑心自己没有睡醒。她只印象那女子不漂亮也不难看,年龄却要比自己年轻得多。后来俩人就从窗口外面走开了。汤丹想,人家一定要笑话丈夫的,瞧他太太这个样子,实在是太难看了。小袁什么时候回来的,汤丹就不知道了,她这次是真的睡着了。

医生说十天半个月的就好了,到了第八天,小孩子就像是没事人一样要吃要玩了。汤丹心里欠着儿子,加倍地心疼这个小人儿,医生交代孩子不能吃油腻的,戒了荤又担心营养跟不上。汤丹就把鸡蛋煎了掺了各种蔬菜给孩子包包子,小孩子吃得像头小菜猪一样。汤丹自己却是瘦了一圈,颜色也没有以前的红润了。

到了一个月头上,儿子是彻底好起来。汤丹不放心,又带着他去复查了一次。汤丹就是拿化验单的时候和从电梯上下来的李逸飞夫妇碰了面。汤丹已完全失了往日的从容,脸涨得通红,说出的话更是语无伦次的。李逸飞夫妇倒是很客气,李逸飞的客气却有了更多尊贵的成分,语气也是居高临下的。李夫人说部长是陪着她看脖子的,脖子昨天不小心扭了。部长夫人还让小汤有空去家里玩。部长突然说:小汤，你丈夫看上去很能干呀！汤丹不知道部长说这话的意思，就更不知道说什么好了，一张脸眼看着由红变白。部长说完这话，却道了再见拥着夫人进了停在门口的轿车里。有那么几秒钟的时间，汤丹觉得关了门的车子，变成了李逸飞，让她熟悉得辛酸，又陌生得可怕；虽然伸手可及，但永远又是咫尺天涯。车子旁若无人地向前驶去，把道边的一簇开得正好的白蔷薇花荡得好似汤丹的心一样颤巍巍的。车子走了，汤丹的半颗心也像是被拉走了一般，剩下的半颗还记得去给儿子拿化验单。

儿子病了一场，汤丹的心好像骤然安静了下来，但她的心态却大不如从前了。有时候在电视或者报纸上什么地方看到一个人的名字，仍然会泛起一种异样的感觉，有一点淡淡的甜，又有一点微微的忧伤，空虚而又幸福。她喜欢他，并且这种喜欢在她以前的男友和现在的丈夫那里都是不曾有过的。但这种喜欢在她的心里只是一种虚空的喜欢，她是一个为人妻母的女人，她喜欢的也是一个做了人家的丈夫的男人。她就没有一点作为了。

汤丹是一个聪明的女人，汤丹首先明白她的情感是无望的，她望而却步。但感情这种东西，自古以来就是才下眉头却上心头的，哪里能说了就了？况且汤丹已经是关了前门，开了后门的，也只不过是一个人的时候独自想一想，让她完全撇开曾经过往的一切，她又是那样地舍不得。"唉！——"夜静更深时她常常在心底叹息，"平生不知相思，才知相思，便害相思。"

过了一段时间，汤丹的单位里分配了一个到省里学习的名额，要求是青年干部。机关的青年干部也不止汤丹一个，她本来是可以去也可以不去的。汤丹对小袁说，儿子病那一段时间她的神经出了点问题，一直休息不好,她想出去散散心。汤丹以为小袁这里会有点障碍,他这人精明,什么事情都能够处理得很得体,可干什么事情也都是以不损害自己的利益为前提的。像外出学习这样的事情,没有什么益处,女人出门难免又要增加花费,他一向是不支持的。可即便是不支持,他也会把话说得十分婉转。比如去年春天汤丹的单位组织去昆明,一人补助一千块钱,不去的不给。算下来一个人来回大概需要三千块钱左右。汤丹倒不是舍不得那一千块的经费,主要是想和大家一起玩一回。她对小袁一说,小袁就说,还不如把自己那两千块的路费省下来,找个机会一家人一起去,你自己先去了,回头三口人就没有办法一起去了。汤丹想一想也确实是那个道理,就没再坚持。

这次汤丹却是拿定主意要去,不知道为什么,她想不管丈夫同不同意她都是要去的。

汤丹没有想到,小袁很爽快地支持她。小袁说:你这段时间是过于劳累了,出去散散心也好。

汤丹走的前一个晚上,小袁拿出两千块钱,说是上半年公司发的奖金让她带着用。汤丹心里有些感动,小袁平时在经济问题上虽然有点小家子气,大事上还是拎得清的。那天晚上两个人过得非常愉快,温存得相互都有点陌生了。

汤丹到了学习班上,条件还算可以,宾馆是公寓式的,三个女人各住一个房间。厨房卫生间是公用的。因为是青年干部培训班,大家年龄都差不多,开始还都有点矜持,一天下来就成了一台戏。大家相互之间是毫不搭界的,谈起话来反而没有一点防备的意思,有时甚至会把自己保留多年的隐私一下子吐露出来。和汤丹同屋的两个女人一个叫汪键另一个叫金子玉。汪键比汤丹还要大两岁,是个生活上放得开嘴巴更放得开的女人。汪键是结过婚的,只是结了又离了,不过现在仍然和离了婚的丈夫一起过。有一天晚上,三个女人又在屋子里聊天。汪键毫不避讳地说,她至少有过三次婚外情的经历。

她这句话本身就让汤丹抓到了小辫子。汤丹不依不饶地说:那至多呢?

汪键模样很无赖地回答:短暂的撞击是不算的。

金子玉和汤丹同岁,却是个心理年龄尚有几分天真且十分好学的女人,她赶着让汪键谈感受。

汪键说:能有什么感受,还不是天下乌鸦一般黑!

金子玉:第一个和第二个总会有点不一样吧?如果都一样,还换什么换!

汪键:第一次婚姻是上当,他手里有几个小钱儿,我有点爱个小财儿,年轻嘛,虚荣心强。结了婚才知道,除了钱他妈的什么都没有了。嫁了他你就成了他的钱财的一部分,一生气他就和我计算我花了他多少多少钱。这个还不算,心眼比钱眼还小,和别的男人说句话他就闹头疼。我看个新闻他都在旁边喊,关了,关了,那哪是咱管的事!

汪键夸张地学着男人说话的样子,汤丹和金子玉笑得都喘不过气来了。

金子玉:后来呢?

汪键:后来我就爱上了第二个男人。现在说起来好笑,那个时候可是爱得死去活来的,觉得他就是普天下最完美的男人了。人是不错,知识面挺宽的,我丈夫不知道的他全知道,我丈夫办不成的事情在他那里统统是小菜一碟,哄女人也有办法,他可以让你幸福得云山雾罩,然后心甘情愿地为他做一切事情。

金子玉：后来呢？

汪键叹了一口气接着说：睡了几宿才知道，和他在一起你就必须为他做一切事情，他可以付出他的智商，你却必须用金钱百分之百地购买他的产品。妈的，哪里是亲兄弟明算账了！和他亲妈都是一分一毫地计较，整个一个自私自利的小男人。汪键又叹了一口气：想开了就么回事，理想的男人只是在自己的想象里罢了。

汤丹：那怎么还会有后来呢？

汪键：不到黄河心不死，到了黄河不死心呀！其实到了第三次，大家都是心照不宣了，双方都不要那么认真，合作愉快。至于爱不爱的最好提都不要提。嗨，你也别说，这样过得倒挺神仙！

汪键的语气其实是有那么一点沉重的，金子玉却听得一脸的神往，汤丹也是很过瘾的样子。汤丹有自己的生活原则，但对待别人选择的方式她同样是很能够理解的。她读大学的时候就是这样。

汪键有着女侠士一样的性格，有时却不够宽容，并不知道她内心是如何想她身边那些男人的，她的嘴巴却一味地刻薄着，男女之事哪怕是海誓山盟的情缘一经她的口说出来什么都淡了。金子玉受了她的挑拨，思想觉悟也迅速上了一个台阶，也净拣些丈夫的不足来说。这是一个既甜蜜又单纯的女人，和她丈夫是中学同学，没有经过大起大落，生活和爱情都是一帆风顺的，除了自己的丈夫她没有任何情感经历。汤丹既好笑又有点羡慕她们，同时她心里也有一丝小小的庆幸，较之汪键她是安定的，丈夫也还算好。较之金子玉她的生活并不单调。

汤丹躺在洁净而干爽的被子里，心情一点一点地好起来。生活是好的，她周围的事物也是好的，她不爱谁也不恨谁，那一刻，她的心变得异常地纯净。黑夜像只宽宽大大的睡袍，将整个世界都覆载了，她在黑暗的拥裹里重新回复成一个婴孩。

汤丹有了一个新的情人，这个人是她过去根本不认识的。汤丹与他在一个从没有去过的地方约会，她的情人对她非常好，她一次次地告诉汤丹他爱她。但是他的情人却要把她送回到她丈夫那里去，奇怪的是汤丹并不觉得伤心。他们三个在一个广场中心相遇，那里有鲜花，有草地，有树，还有许多五色的小鸟。这个广场也是汤丹从没有去过的，像想象里的天堂。汤丹觉得所有的一切都是新鲜的，情人、约会、广场，这些平时读起来就让人浪漫又温暖的东西，使汤丹有点激动。她的情人撇下他们走了。她非常想对丈夫表达点什么。她的丈夫只看了她一眼，突然抬手重重地打了她一巴掌。她的嘴角马上流出血来，耳朵也嗡嗡的听不到任何声音。她丈夫站在她的右首边，在她的左首边有一对男女正在亲热，这么大的声音都没有影响到他们。左前的一个男人则惊愕地盯着她看。汤丹觉得她和这个男人的距离不会超过一米远，他看她的脸像是在看特写。汤丹羞愧极了，脸上几粒淡淡的雀斑还在其次，鼻子下面的一颗粉刺倒是给他看了个清楚。天啊！汤丹捂住脸开始哭泣。

汤丹的哭声像蜜蜂一样嘤嘤嗡嗡地在屋子里盘旋，后来就有人唤了她。汤丹醒来时天已经亮了。穿鞋子的时候她想，一切都是好好的，幸亏只是做了一个梦。

汤丹学习总共才一个月的时间，完全可以坚持到底的。但第二个礼拜日汤丹突然决定回家一次，她有点想儿子。金子玉已经回去两次了，就是她不回去，她丈夫礼拜六也会来看她。汪键主要是社交活动多，正常的上课时间她都要占用，休息日就更不用说了。昨天晚上走了一个，今天一大早又走了一个。汤丹就决定回去了。

火车准确的行驶时间是两个小时二十分钟，汤丹一直看着表。到站之前汤丹没有忘记给丈夫打一个电话。家里和办公室都没有人,手机是关着的。汤丹打了一个车,径自回家去了。

汤丹插钥匙的时候手有点抖,门没有打开。汤丹觉得自己有点好笑,这是自己的家呀,出门还刚刚不到半个月时间。汤丹再开,门仍然没有被打开。汤丹疑心自己把钥匙搞错了,汤丹看了看钥匙并没有错,汤丹再开。这时小袁从里面把门打开了,汤丹松了一口气。汤丹说:我说是咋回事儿,是你在里边上了小锁吧?她并没有去看小袁的模样和表情,却很快发现了屋子里的另一个人,当然不是她的儿子,而是一个女人。汤丹觉得在什么地方见过的,她一向对记人的事情比较迟钝,因为她心里想着儿子,就突然想起是儿子生病时在医院里见过的。汤丹很想说点什么,但是她什么都没有说。倒是那个女的穿好了衣服理直气壮地对小袁说:你送我出去好吗?

剩汤丹自己,站在没有关门的家里。想想刚才那个大摇大摆进出的女人,门关与不关还有什么意义吗?汤丹没等小袁送那个女人回来,她回到自己家里连坐都没坐一下就又提上自己的小包出门了。她走到外面,好像又想起了什么似的,就又返身进屋,在床头柜上找到她还没看完的那本《心灵史》。她把书很细致地放进她的小包里。小袁仍是没有回来,她于是便再一次走了出去。她仍是回学习班上的,她没有什么地方好去。汤丹买了一张火车票,半个小时以后又坐上了返程列车。

汤丹坐好了位置,努力想让自己伤心一点,可她的心却像张白纸一样空着,只是眼睛有一点干,大概是有些疲倦的缘故。汤丹想要是能弄出一点泪水来可能就好了,于是她努力去做了,眼睛却仍然是干的。汤丹不再想这个问题,她让自己去注意看铁道两边的树。杨树的外面是一些枣树,枣树的外面还是枣树。汤丹这才想起来,他们这里是生产枣子的，汤丹的儿子特别爱吃枣。汤丹过去要是坐汽车出来，她总是让车子停下来买一点回去。可是现在汤丹即便是同样能让火车也停下来，也是没有枣子可买的，因为枣子只有小指肚那样大，还是青着的。整个枣树看上去都是绿的，是那种很新鲜的嫩绿，汤丹看了一会儿眼睛就不再疼了，那样的绿色是养眼的。

想到儿子的时候，汤丹的眼睛才有点模糊起来。

汤丹一个人在学习班的宿舍里睡了一个下午，天黑下来她才有点清醒。她觉得总要干点什么，她就想起了李逸飞。汤丹拨了李逸飞的手机号，电话立刻就接通了，里面清晰地传出李逸飞的声音：喂，是谁？怎么不说话？喂，电话出了什么问题？

汤丹的心跳得越来越欢。他在哪里？他和谁在一起？他正在干什么？她这样做会不会给他带来麻烦？汤丹挂断了手机。

李逸飞那边喂了几声也挂掉了。他那天恰好是在省城开会的，汤丹打电话那会儿他正在想怎么打发整个晚上的寂寞。

小衷是事情发生后的第三天赶来的。那会儿天已经黑了下来。他敲响门的时候汤丹正一个人在房间翻看那本《心灵史》。这本书许多的地方让她对生命产生一种新的困惑，读起来也有一点吃力。但她现在需要的就是这种吃力，有时候一句话她可以读好多遍。"几十万的哲合忍耶的多斯达尼从未怀疑自己的魅力，他们对一个自称是进步了的世界说：你有一种就像对自己血统一样的感情吗？"她不懂宗教，但她为那种完全摈弃物质欲望的信仰而震撼而感动。人的智慧中为什么能产生信仰这样一种东西？人为什么不能没有信仰？人对某种信仰的追索为什么可以达到如此痴狂的程度？汤丹不知道她自己是不是也是有信仰的，她的信仰又是什么呢？她是一个平和的女人，她一贯的原则是从不去想那些让她费解的事情，她甚至都没有认真想过生命究竟是意味着什么，真的是"川流不息的天命"吗？

汤丹打开房门，小袁那张若无其事又非常心虚的脸让她的头突然剧烈地疼痛起来。另外两个小房间里刚才还有叽叽喳喳的说话声，现在却一下子消失了。幸好她们都不在，否则她真不知道该如何应付。

小袁说：就你一个人吗？

汤丹：我的房间就我一个人。

小袁说：我可以用一下洗手间吗？

汤丹说：随便。然后朝走廊里的洗手间努了一下嘴。

小袁推开洗手间的门，一个面相俊气的男人从里面走了出来。汤丹和小袁定定地看着他。

汤丹说：你？怎么回事？

男人笑着说：汪键打电话让我陪她去买磁带。

汤丹环了一下四周：汪键？见鬼，人呢？

男人说：人呢？

小袁看着他们俩笑了一下。

男人说：你们忙，我不奉陪了。说完就出去了。

汤丹说：见鬼！

小袁说：是啊，真见鬼！

汤丹说：你什么意思？

小袁说：嘿，你说什么意思？

汤丹停了大约有半分钟的时间，无声地叹出一口气来。她说：我说什么意思都没有，你走吧，我们之间扯平了。

汤丹没有和丈夫离婚，小袁坚决不肯离。小袁说让他们重新开始，他会对她和儿子负责任。汤丹对他的承诺毫不怀疑，小袁就是这样的人，他说出的话一定能够做到，汤丹也没有认真地想过离婚的事。汤丹只是不再让小袁靠近她，并不是有什么心理或者生理上的障碍，她只是觉得这样对他们双方都要好一点。小袁很配合，汤丹学习结束以后他一直睡在沙发上。

时间过了很久，大约有两个月。那天小袁一大早就出去了，他说要到一个县里谈他们那个企业建立基地的事。小袁现在无论干什么事情都会给她说得很清楚。他还说他的手机是开着的，汤丹有急事可以随时和他联系。

那天汤丹带着儿子去公园玩了一个上午。汤丹有点累可汤丹的儿子却玩得很开心。汤丹这一段日子把精力都放在儿子身上了。汤丹让儿子去玩滑梯，她对儿子说男子汉要勇敢一点，儿子很英勇地去了。汤丹坐在旁边的椅子上晒太阳。阳光把她的眼睛弄得酸酸的，有一种想流泪的感觉。她突然地就想明白了一件事情，其实，有一个人让她常常想念着也是一种幸福。

儿子每完成一次滑翔就跑过来报告一回。他大口地喘着气说：妈妈，我又滑了一次！

汤丹说：好样的，像个男子汉。

儿子于是说：我再去滑，妈妈你可千万不要走开。

儿子对她的依恋让她感动。儿子，妈妈怎么会走开呢。这个世界只有你和他最亲。你生育了这个小生命，你就意味着要永远对他负责任。无论在生命的岁月里你是爱他还是恨他，你都没有办法不让他依恋着。

儿子玩累了，儿子看见一个卖烤羊肉的就要吃，汤丹平时总是嫌那东西脏，今天却给儿子买了一点，汤丹也吃了一点，味道真的很不错。后来儿子又看到一个卖酸辣粉的，仍是要吃，汤丹就又和儿子一起吃了酸辣粉,也是比较好吃的。这让汤丹又明白了一件事情,生活中有许多滋味是她没有尝过的,只是她自己并不知道。

汤丹带儿子玩了一个上午,儿子吃饱了喝足了才肯回去。娘儿俩回到家就在客厅的地毯上看电视,这时有人敲门。声音断断续续的有点不够坚定的样子,汤丹开了门。汤丹有点意外地说:怎么会是你?

来的人也不在意汤丹的态度,却说:我来看你,请找一个说话的地方。

汤丹这才不好意思地笑了一笑就把客人让进了屋子。客人进了屋,眼睛并不往四处看,很认真地和汤丹的小儿子打招呼。小家伙有点疲乏,不是太热情,眼睛只顾盯着电视。客人这才回头和汤丹讲话。不说来意,一副正襟危坐的样子,说话也是不落板眼的,模样和性情都是没有变化的。他坐在沙发的一端,汤丹坐在沙发的另一端。沙发不太长,坐三个人就不显得宽裕。沙发那端的旁边是汤丹养的一盆树,严格说是一盆草。一种叫扫帚苔的草本植物,有树的枝干,叶子则细细碎碎地蓬松着。男人说出的语言也是细细碎碎的。

男人说:这都是命,其实我那时是非常……

男人顿了一下。汤丹明白他的意思,他想说的是爱你的。可他的脸很快红了起来,他改口说:我是想对你好的。说话的时候并不看着汤丹,却紧张地盯着她的儿子。

汤丹说:我儿子四岁。

男人说:是的,挺机灵的。

男人说:我刚到那边的时候很苦,每个月挣的钱除了吃饭还不够租房子的。

汤丹说:我知道,要是两个人可能会好一点。

男人说:你不恨我?说完仍然拿眼睛去看汤丹的儿子。

汤丹说：我儿子都四岁了。

男人说：是的，挺漂亮的。

男人一边和汤丹说话，一边用他的手去拂弄那盆草。后来他就干脆不说话而专心地去拂弄那盆草了。汤丹就有点奇怪，自己过去是爱这个人的什么呢？

男人见汤丹定定地看他，他的脸立即又红了起来。他说：对不起汤丹，爱一个人其实挺难的。

汤丹说：其实一点都不难，你只要告诉她你爱她，你就只管放心大胆去爱就是了。

汤丹心里终于想明白了，其实她当初之所以没有把自己交给这个男人，并不是因为太传统，同时也不是自己没有把握，而是这个男人压根就没有不管不顾地爱过她。女人有时候是希望在爱情中遇到风暴的感觉的。

汤丹的儿子听他们二人说了一会觉得无聊就伏在地毯上睡着了。汤丹把儿子抱起来放到床上去。

汤丹把儿子安置好，只一小会儿的工夫，来人就变了模样。他变得很激动，他的脸也是涨红的，说话也急促起来。他说：我是专门从深圳回来看你的，我听说了你的事情，我不想你过得不好。汤丹觉得不以为然，想笑一笑缓和一下气氛，但是眼泪却不合时宜地出来了。汤丹开始还想掩饰，泪水却分明不听话，汤丹就坐在沙发上任它流，脸上也没有任何表情。男人于是就很自然地走过去拥住了她。两个人的呼吸都有点急促起来。汤丹闭上眼睛很丧气地想：你过去不是一直想要我吗？现在你要想要就要吧！男人什么也没有干，男人只是抱了她一会儿就松开了。汤丹松了一口气同时又有点灰心。

男人红着脸说：我没别的意思，就是为了回来看看你。

汤丹愣了一下，猛然想起来好像另外一个人也说过类似的话，苦笑了一下，说：谢谢你！

男人又说：你需要钱吗？

汤丹笑了，这次真的笑得很坦然。汤丹说：我要钱能干什么呢？我又不做生意。

男人又坐了一会儿，空气越来越郁闷，汤丹也不再倒水。男人就站起来要走，他走的时候迟疑了一下，因为站得很靠近，汤丹就以为他要抱她一下，男人却没有做。男人说：地址没有变，有什么事情一定告诉我。

汤丹关上房门，儿子仍在睡。汤丹感觉脚下轻飘飘的，像踩在棉花上。她靠在门上，把胳臂交叉着放在胸前，重新打量着自己生活了许多年的家。一切依旧，但一切已经远远不是那么回事了。她看到了她和丈夫的结婚照。仔细看看，她觉得他搂着她肩膀的手有点错位，好像掐着她的胳臂似的。这才想起来，他们这张结婚照是两张照片粘贴在一起重新翻拍的。当时因为一张小袁挤眼了，一张她的笑不很自然，摄影师就把两张照片剪了粘贴在一起。汤丹想，也许婚姻就是这样吧，有时候已经摔打成了碎片，也就这么粘巴粘巴，又成为一个整体了。远远看了，还真像他妈的那么回事儿！

汤丹突然轻松起来，她的忧伤，像那个下楼的男人一样，已经渐行渐远。也许生活永远都是这样，带着明显的不确定性。它有时候像个没完没了跟你撒欢的孩子，逗着圈子和你开玩笑；有时候像个面目狰狞的邻居，龇牙咧嘴地跟你叫真儿；有时候又像个善良的老人，温和地守护着你。有时候它会一拳把你打翻在地然后再把你扶起来，为你拍拍身上的土，跟你和解。

不管是曾经哭过还是笑过，汤丹还是浸润在生活里。

她站到屋子中央,整了整衣服和头发,一阵突然而至的快意强烈地拍打着她,让她有点恍惚。

明天吧,明天给李逸飞打一个电话。她这样想着。

发表于《中国作家》2002年第3期

明惠的圣诞

一

明惠是实在咽不下那口窝囊气才去找桃子的。桃子从城里回来已经七天了,明惠在徐二翠连绵不绝的骂声里数这个日子数得好艰难。七天,她每一分钟都计算着桃子会随时推门进来。

明惠每天都仔细地洗脸,找出像样点的衣服穿好。徐二翠若是出去了,她就手忙脚乱地把屋子收拾一下。心里明明是毛烘烘地躁着,却要强迫自己不断找件活计拿在手里。有时是拆一只旧手套,有时是翻看一本《妇女生活》。好像只有手里拿了点儿东西才让她心里更踏实。桃子来找她从来不敲门。桃子如果不敲门就进来,明惠就得一边做自己的事情一边漫不经心地责怪她。你这个人就是没教养,跟你说一百遍都不行,什么时候学会敲敲门再进来!

明惠在家里等桃子等了七天,她把手里的活计摔得满屋子翻跟斗。徐二翠的骂声越来越凶恶。徐二翠很凶恶地骂猪骂鸡骂狗骂她明惠的时候,明惠一声都不吭,她已经听习惯了,从她考大学落榜回来的那一天起徐二翠就不断地这样变着花样儿骂。徐二翠的骂声中气十足地回荡在她们家那宽大的房间里，在新油漆过的门后不疾不徐地余音缭绕。拉开门，那徐二翠就完全是另外一副嘴脸了。要么是满脸堆笑点头哈腰，要么是面无表情居高临下。有时候徐二翠骂得太不堪，肖正方就会和她对骂。比如徐二翠骂，老娘我省吃俭用啊，我白白供了你十几年啊，我还不如养只鸡养只猪啊！养只鸡还会给我下只蛋，养头猪还能卖些钱。老娘我都累死了，你倒还有脸回来白吃白喝做小姐啊，要是有囊气你就一头扎哪坑里死了去！肖正方若是碰巧在家，就用手指着徐二翠的鼻子回骂，你这臭狗屎娘们儿，你这像是当娘的说的话吗？闺女都这么大了你还不给她个脸，要是有个三差两错的，看我不把你揍得坐次红月子！肖正方一接口徐二翠就不骂了。徐二翠不骂了，肖正方好像士气才刚上来，一脚踢翻一只凳子或者是一个空坛子，看看并没遇到抵抗，才气收丹田，十分沉稳地点支"大前门"，大模二样地出去打牌去了。徐二翠不做饭，倚着门框抹眼泪。肖两万突然从外面忽悠着进来，痴着脸子在院子里喊，妈，妈啊，我饿啊妈！徐二翠急忙站起来给肖两万洗干净手脸。徐二翠说，乖儿子啊，妈这就去给你弄。然后手忙脚乱地去给一家人做饭吃，眼泪却仍然刷拉刷拉地落。

　　明惠那时不恨徐二翠，她觉得实在是她自己伤了娘的心。徐二翠是什么人啊？徐二翠从在村子里当小姑娘就是个人尖子，初中毕业一口气当了二十多年的村妇女主任啊。妇女主任位低权重，生育指标和避孕家什都在她手里握着，生杀大权莫过于此了。徐二翠是为了继续当村干部才嫁给了本村好逸恶劳的二流子肖正方。徐二翠很少流眼泪，徐二翠生了白痴两万不被人同情，反被人指着脊梁骂她是逼人家断子绝孙遭了报应她都没有哭。徐二翠把个女儿明惠养得鼻子是鼻子眼睛是眼睛的，徐二翠让明惠吃最好的食粮穿最好的衣服受最好的教育。徐二翠和肖正方每次生气都底气十足地指着他的鼻子说，等着！等俺明惠考上大学嫁到城里我就跟闺女享福去。我让你们爷们去喝西北风！

明惠在乡上念了三年初中，明惠又在县上念了三年高中。明惠在村子里矜持得像个公主。过去村里人因为徐二翠恭敬明惠，现在是因为明惠而对徐二翠恭敬三分了。哪个不知道明惠念完高中是要接着念大学的，念完大学理所当然地要留在城里的。现在明惠回来了，明惠的落榜让村里人集体出了一口恶气。他们嬉笑怒骂的声音突然增加了好几个调门，含沙射影的语言像带了毒刺的钉子，一根一根地钉在了徐二翠的耳根上。

村里人现在开始恭敬黄毛，黄毛从来没有被人恭敬过。黄毛长得丑丑的。黄毛不会过日子，养的孩子个个都吃不饱穿不暖的。黄毛的女儿桃子初中没有毕业就不念了，桃子跟人到省城打工去了。关于桃子的一些传说很让村里人不屑，徐二翠就不止一次地加重了语气对明惠明确强调，我们是正经人家的女孩，我们得靠正经本事吃饭。

明惠从县城里回来了。明惠见了村里人把头一低就过去了。明惠把自己关在家里就再不露面儿了。

桃子从省城回来了。桃子回来就在村子里四处招摇。桃子见了谁都婶子大娘的喊得蜜甜。

桃子可是模样儿大变了，脸儿白了，奶子挺起来了，屁股翘得可以拴住一头公牛，衣服洋气得挂人的眼珠子。啧啧，俺的娘，桃子给全家人都买了新衣服，桃子是挣下大钱了！

桃子回来领着一个城里的小伙子，桃子说是她朋友。

啧啧，哪个会想到黄毛的闺女会出息得这样本事啊！

徐二翠说，日他亲娘，龟孙黄毛都比俺有本事啊！

徐二翠每天骂人的时候，与时俱进地增加了桃子回来的内容。明惠不出门，明惠什么都知道。

明惠想，我就不相信你桃子还真的成了精，你过去整天巴结着给我背书包提行李我都嫌不耐烦，我就不信你桃子在城里打两天工就敢把我明惠不放在眼里了。

明惠足足等了七天，明惠是实在咽不下那口窝囊气。明惠决定去找桃子出气。

明惠出门的时候天正落着小雨，秋风一下子就把她单薄的夏季衣衫给吹透了。明惠已经在屋子里关了快两个月了，明惠以为天还是夏天。明惠心里是气愤的，明惠只是有些冷，明惠因为冷，在村街里走得多少有些狼狈。明惠在村街上碰上了不少眼睛，有懒散的人的眼睛，有悠闲的动物的眼睛。明惠决定不和他们或它们中的任何一个打招呼，明惠目不斜视地从他们和它们身边走过。明惠觉得那些盯着她的眼睛没有一只是良善的，那眼睛统统流露着恶毒。他们分明是要看她明惠的笑话，他们分明是要看人尖子徐二翠的笑话。明惠腔子里的气息和皮肤一样透骨地寒着。明惠被徐二翠骂了快两个月了。明惠觉得她一定是得出口气了。

明惠没有敲门。明惠一脚就跨入桃子家的院子。桃子家院子里没有人，桃子家堂屋的门是虚掩着的，明惠直接就把门给推开了。

明惠推开门想逃都来不及了，一股火呼啦一下子就从屋子里窜出来。明惠的脸顿时被火苗子舔得血红。明惠忘了逃跑，竟然就那么傻呆呆地站着。屋子里的桃子正和一个高出她一头的小伙子浓烈地燃烧在一起。桃子背对着门，桃子正专注地在小伙子嘴上一下一下地咬着，分明就像她妈缝完被子用牙咬断线头一样。桃子觉得小伙子的身体突然间松懈了。桃子睁开眼睛，桃子发现小伙子的眼睛是盯着门口的，桃子终于看见了门口站着的明惠。

桃子拢一拢头发，丢开她手头的活计，漫不经心地责备明惠，是你呀，进来怎么都不知道敲门！

明惠被徐二翠骂了两个月都没有流出的泪水，不争气地从胸腔里往外翻涌，忍都忍不住啊。明惠转过身朝外走，桃子就追出来把她拖住了。

桃子说，来家啊明惠。

桃子说，明惠，我就说要带马强去给你看呢。

桃子说，马强这就是我跟你说的我的好朋友明惠。明惠这是我的男朋友马强。

明惠明惠明惠明惠……这明惠是她喊的吗？这明惠她是这样喊的吗？过去她曾经明惠姐明惠姐地喊个不停，现在她倒成了明惠的姐了！但毕竟有个陌生的男人在旁边，明惠把愤怒和委屈暂时压了回去，明惠迅速回复了她惯常的表情和姿态。明惠说，我路过你家，看到门没关就进来了。

桃子根本没在乎明惠在说什么，桃子张罗着给明惠拿出一些吃的喝的。

明惠不吃，明惠也不去打量桃子的穿着，明惠的眼睛始终盯着院子里的一些别的事物，明惠眼睛的余光却把桃子的周身飞快地透视了个遍。徐二翠没有说错，桃子出息了，桃子的脸白得像细瓷，桃子的眉毛变得细溜溜的，桃子的胸脯挺得很高，桃子的乱蓬蓬的黄头发变得又柔顺又光滑，桃子……

桃子身上还有什么不好的呢？

桃子穿了白色的羊毛套衫，烟红的格子呢裙，高勒高跟的黑靴子。

明惠的心扑通一声被刺了一下，像中了铅弹般酸沉酸沉的。那是她无数次设计过的装扮。如果考上学校，她首先向徐二翠讨钱，给自己买一套秋装。就是这样的裙子，这样的毛衣，这样的靴子。

明惠是可以比桃子穿得更出彩，更理直气壮的啊！

桃子从里屋翻出许多半旧衣服让明惠看，桃子说，明惠你要是喜欢可以把我的衣服拿一套去穿。明惠摆了手说谢谢桃子。明惠心里说，桃子那时候你穿了多少我的旧衣服，你总是穿我剩下的，而我怎么有可能穿你的？

明惠的目光小心地躲闪着不与桃子交接，明惠却在倏忽之间和那个马强对接了。明惠发现马强的目光非常明亮地盯着她，这目光让明惠立刻想起了王伍。王伍在他们高中的三年里始终用这样的目光盯她。哪怕是在她的背后，她也能感觉到他的眼光一波一波的像飞镖似的打过来。王伍和明惠一道在学校等通知，王伍考上了地区师专，明惠却什么都没有考上。王伍说，明惠，你还可以继续复习，明年你如果考上了，我们还可以在城里会合。

如果！如果？

明惠是咬着牙走出的校门。

明惠觉得马强的眼睛比王伍亮多了，明惠想凭什么桃子该拥有这么亮的一双眼睛啊？明惠想，桃子我若是现在在省城干事，若是穿上你这样的衣裳，马强立刻就得跟我走。明惠是从马强的眼睛里得出这样的结论的，明惠被自己的想法吓了一跳，明惠又被自己的想法抚慰得很妥帖。明惠活到十八岁才知道，自己的内心会是这样地邪恶。

一瞬间，明惠好像走出了暗长的隧道，扑面而来的阳光呼啦啦打在自己的脸上，她眼睁睁地看着桃子像一株被抽了筋的植株，在自己面前一寸一寸地矮下去，心里更是受用了。明惠十分矜持地站起来告辞。明惠看都没看桃子一眼，说，桃子我是顺路过来看看你，桃子有时间带马强到我家去玩啊。

明惠说完对着马强抛了一个很明媚的笑脸站起来就走。桃子留都留不住，桃子只好跟着明惠相送。明惠说，回去啊桃子，不要送。明惠小声说，桃子，一定去我家啊，我工作的事情还得和你商量呢。

桃子啥时候得过明惠这样的信任？桃子激动得脸都红红的了。桃子的脸一红，明惠就知道她的话起了什么作用，她知道桃子很快就会去她家的。明惠哪里会有什么工作的事要商量，她不过就是要桃子到她家去。

桃子是第二天去明惠家的。马强没有去。桃子说，好好的，不知道马强为什么昨儿下午一定要走？

桃子心神不定地说，我这两日也就要走。

明惠不露声色地在心里笑了一下，明惠真的和桃子谈起工作的事情。桃子立刻忘了她的疑惑，十分热心地向她介绍起省城。

桃子说，活好找，在服装店在饭店干一个月差不多都是五百，在饭店干实惠些。累点，但是管吃住。要是学会了按摩那就挣得多了。桃子诚实地说，她就是在宾馆做按摩的。明惠悉心请教道，挣多少？桃子的目光暧昧地闪烁了一下说，那要看你自己的修行了。

桃子把什么都说了。桃子说，明惠你要是愿意出去工作，明天就可跟我走。桃子说，别忘了带身份证啊明惠。

明惠走的时候徐二翠哭得一死一活的，徐二翠一边哭一边说，我们这样的人家怎么会让闺女去卖力气？考不上学就不上，妈就在家养你一辈子！

徐二翠一边哭，一边帮明惠收拾东西。

明惠是和桃子一起去的省城，但是明惠很坚决地拒绝了桃子要为她介绍工作的打算。明惠说桃子介绍的工作她都不想做，她想到职业介绍所看看有没有给小孩子聘请家教的。明惠的沉着让桃子很敬佩，到底人家是读过高中的，有主见，不像自己，初来时只会瞎着急，遇到事情就哭。桃子让明惠先到自己租的住处住下，明惠只住了三天。那三天明惠可办了不少事情。桃子去上班后她就开始行动，她先后去了几家大宾馆和洗浴中心。

明惠直接请求见经理，经理不论是男的女的，见到明惠眼睛都是亮亮的。明惠才十八岁，明惠的美丽和稚嫩是最时鲜的武器。明惠看懂了那眸子里的亮，明惠的神态一下子就安定了。

明惠说，我想做按摩小姐。

你过去做过吗？

没有。

哦。女老板笑了笑，说，只要用心，没什么好学的啊！

明惠被女老板试用了。明惠腿勤手勤嘴勤，明惠会干的不会干的都争着干，明惠管谁都叫姐姐，甭管哪个姐姐的话都认真听认真记。明惠对谁都笑眯眯的，明惠和谁又都保持着一定的距离。明惠在半个月后就成了那里最受人喜欢的小姑娘。

一个月后明惠被正式录用了。女老板说，基本工资五百，活做多了另有提成。上班时间只许正常服务，至于下班后的事情他们不管，可也不承担任何责任。

明惠又去了一趟桃子那里，拿了她存在那里的已经没有多大用处的衣服。明惠告诉桃子，她到一个人家去带两个学前班的孩子。

明惠走后再没有和桃子联系过。桃子有心去找明惠，可她不知道那两个孩子的家，到底在什么地方。

二

圆圆到这家洗浴按摩中心做事还只有三四个月。从不见圆圆多言语，圆圆对谁都是既不热情也不冷淡，可几乎所有被她服务过的客人再来时，都拿眼睛寻找圆圆。圆圆微微地笑着，眸子里流淌着一股子迷蒙的距离感。倒是这距离感，反而拉近了客人与她的距离。圆圆的态度矜持得倒不像是个做按摩的小姐呢。圆圆的神态让所有的中年男人看了都觉得心疼，觉得这女孩似乎是不该在这里做事情的。可她应该在什么地方做呢？谁又都想不出一个准确答案。她在这里做事的神情又恰恰是那么妥帖，那么让人受用。圆圆偶尔与客人谈上两句，总是让他们更加刮目相看，这姑娘小小的年纪，有见地又有思想，实在难得。当然，这是他们把圆圆与其他按摩小姐相比较的结果。

圆圆不管客人怎样夸奖她，也不管客人用怎样赞许的目光打量她，一律不动声色地做自己手头的活计，极认真，极周致。别人做五分钟的活她做七分钟，别人用八分的力气她用十分半，客人们如何会不喜欢这样既乖巧又踏实的圆圆啊。

圆圆学了别的姑娘，穿那种把奶子束得很挺的文胸，在冬天里仍然着一件领口开得很低的薄羊毛套衫。圆圆干活的时候，奶子几乎要贴到客人的脸上去。圆圆给人按摩肩膀的时候，奶子就顶住了客人的头。终于有客人耐不住，假装用手挠自己的痒痒，却分明在圆圆的奶子上蹭过去，圆圆没有任何反应。客人再等一会儿，就直接在那奶子上摸一把，圆圆仍然是没有任何反应。圆圆就好像一个汽车司机，心无旁骛地行走在面前的道路上,仿佛什么事情都没有发生,只管认真地驾驶。

到了晚上就有圆圆的电话,圆圆安详地接了,说是表哥,下了班自然就去见那表哥。

表哥就是下午的客人。见了也不说什么事情,只管带她去一家宾馆吃饭。饭菜要得很丰盛,再加两个人都吃不完。那人劝圆圆多吃一点,圆圆怕浪费,就慢慢地吃。那人并不怎么吃,只端了一只杯子喝红酒,吃到中间也给圆圆倒了一两杯。说,不辣,干红。圆圆也不拒绝,让她喝就一口喝下去。外表看不出心里有无变化,脸蛋却喝得红红的。

圆圆好像是有些醉了,醉得也是那么单纯,惹人爱怜。吃完饭那人就带她去另一家宾馆开了房间。

进了房间圆圆就尽顾着打量里面的摆设了。圆圆觉得这地方真不错,特别是那铺得柔软的席梦思大床。圆圆喝了酒有些困,要是能在那床上睡一觉就好了。那人却让圆圆去洗澡。圆圆在洗浴中心做事,天天都要洗澡,可她还是顺从地去洗了。圆圆洗了一半那人就进去了。圆圆没有反抗。

事情很快就完了。

圆圆觉得一切都平平淡淡的,就连她身下的处女血都没有让她惊讶。圆圆觉得其实《妇女生活》上的好多文章都太夸大其词了,没有什么撕心裂肺的疼,更没有什么叫人痛不欲生的难过。

那人叫了的士送她回去,分手的时候在她手里塞了五张大票。圆圆回到宿舍手都没有洗就睡下了,那一夜她手里就攥着那五张大票,就像攥着自己的命。

有了那次,那人就经常叫了圆圆出去。后来,又有别的人同样带了圆圆出去。

程序基本上全是一样的，圆圆没有觉得这个和那个有什么不一样。结束的时候他们也总是悄悄地塞给她一些钱，好像他们做得声张些就会亵渎了圆圆。无论得到的是三百还是五百，圆圆回去的第一件事情，就是把那钱展得平平的，有时还把昨天的或者前天的放在一起，反复地数上几遍。

圆圆有一阵子很为她的钱犯愁，藏在任何地方都不能放心。放在宿舍怕偷，带在身上怕抢。圆圆只好把钱存在银行里，她没有办法顾及那些银行小姐的表情了。圆圆到底是有心计的女孩，她总是把存折带在身上，假如碰到坏人就丢给他们，反正她设了密码的。再想一想，自己又冷笑起来，像自己这样子的，如果碰不见"坏人"，还有什么活路？

那些客人照常出现在按摩中心。圆圆见了任何一个都与惯常的表情姿态没有什么两样，稳稳地做自己的事，似乎和任何一个都不曾有过瓜葛。圆圆的态度让那些做过"表哥"的家伙们非常满意，至少让他们觉得安全。圆圆的休息时间渐渐被"表哥"们安排得很满。

圆圆已经往家里寄了两次钱，一次一千元。她知道那两千元足足可以让徐二翠重新抬起头做人了。圆圆没事做的时候，会偶尔往家乡的方向望一望，隔了几百公里的路程，圆圆清楚地看到她妈徐二翠又开始居高临下地做她的思想政治工作了。啊！新社会新时代了，生男生女还不是都一样。养个闺女出息了，一样可以享福啊！

圆圆告诉徐二翠她在人家家里教孩子功课，工资高，人家还管吃住。这让徐二翠更加得意起来。我不枉多让我们家闺女念了那么多年的书啊。

圆圆往家里寄了两次钱就再也不寄了，圆圆也不再朝家乡的方向望。没有事情的时候,她就低着头想自己的打算。圆圆想,我寄得再多我都不会再回去看你徐二翠的脸色了。圆圆想,我是不会再回那个到处都是泥巴的家乡了。

圆圆现在只在乎她的那些钱,她天天都要拿出存折来看上许多遍。圆圆的钱增加得很迅速,圆圆还是觉得慢了些。圆圆不放过每一个人的邀请,哪怕那个人让她很不耐烦,她也许根本不在意自己耐不耐烦。圆圆要钱,为了一百元她都肯出去。她知道有哪几个人是吝啬的,她完全可以找借口不和他们出去。可她不愿意让日子闲着,如果闲着,连一百元都没有。

圆圆和那些人出去,差不多都是先去吃饭。完全凭了客人的性子,性子急的吃得草率些,有时候就在小馆子里吃碗面。有的人就不一样了,他们把圆圆带到很讲究的地方,很细致地劝她吃,慢条斯理地说着闲话。这人也许是想培养一点感觉,但圆圆的感觉怎么样都是没有变化的。相反,拖的时间长了她反而着急起来。圆圆不在意吃,填饱肚子就行。她恨不得那些人把她带到一个地方直接就把事情办了,那样她就可以早一点知道她那天得到的是多少钱了。

圆圆给自己租了一套小房子,在一个破旧的小单元楼上。20多平方米,没有客厅,但有厨房和卫生间。卧室放了一张大床和一张小木头桌子。圆圆很满意,圆圆觉得有那张床和那间能冲淋浴的小卫生间就足够了。圆圆以每个月一百五十元的价格租下了那套小房子。

圆圆主动提出让客人到她那里去,她含蓄地告诉人家,省时间省开房费的。圆圆的意思很明确。有人明白了她的意思,走的时候就会多放一张大票在她那里。圆圆心里得意起来,想起了自己曾经学过的资本总是追逐利润最大化的课程。把理论和实践在这里结合了,别有一番滋味涌在心头。

圆圆很讨厌自己的月经，每次例假她都烦躁得要死。眼看着到手的钱却不能拿，还要找出许多理由搪塞。晚上一个人睡在小屋子里，身子下面潮湿着，又冷又饿，肚子一阵一阵地疼，她就忍不住心烦意乱起来。她小小的年纪，倒是知道爱惜自己的身子。她有想法，她不想就这么把自己毁掉。

圆圆来例假的时候不愿意见人，可圆圆例假时与老曹做过一次。老曹就是第一次带圆圆出去的那个人。老曹很大方，老曹是国营企业的老板。老曹每一次给圆圆的钱都是最多的。老曹用那双肉乎乎的手握住圆圆的手。圆圆感觉到那里面是一沓子报酬和安慰，还有些体贴。每次圆圆低着眼笑，老曹就把钱贴到圆圆的手心里，却并不松开她的手。老曹说，我真喜欢你啊圆圆！圆圆就抬起头，把笑脸更灿烂地给他。

老曹在圆圆来例假的时候说要见她。圆圆就答应了他。

圆圆与别人做的时候很木然，圆圆与老曹做的时候也很木然，但是圆圆在来例假的时候与老曹做就显得有些委屈。如果老曹说两句体贴的话，她会伤心，也许还会流下眼泪。如果老曹说了体贴话，圆圆流了眼泪，也说不定会有一些别的故事发生。但是，老曹那天并没有对圆圆体贴，老曹因为厂里职工上访告状的事情正烦着。老曹一看到圆圆的伤口，立马就变了脸色。老曹火气很大地说，你这小姑娘不是成心要我倒霉吗你？

圆圆不说话，圆圆的情绪仍旧变得木然起来。老曹火归火，火完了就开始办事。因为有两股火烧着老曹，他那天办事有点像开职代会一样潦草。当然，依然秉承了国有企业的气派，钱一点也没少给。

圆圆送走老曹，觉得下面火辣辣地疼。圆圆顾不得那疼，她洗都没洗就开始数老曹丢下的钱。仍然是一个令人满意的数字。圆圆想，老曹终归是个不错的人啊！

圆圆后来再逢例假时，死活都不肯见人了，倒不是因为老曹的火气，圆圆是真的很爱惜自己的身子。

圆圆没有事时就算她的钱，圆圆计算的结果，她这样积累下去，五年之后她就可以在城里买一套很不错的房子了。

圆圆想在城里买房子。圆圆想房子的时候可没有想到她妈徐二翠，更没有想到她爸肖正方和白痴肖两万。圆圆压根就没有想过要把他们接到城里来。圆圆有自己的想法，圆圆想房子的时候总是想到被桃子领回家去的马强。圆圆想，等买了房子就找一个马强那样的丈夫，甚至是比马强都好的丈夫。圆圆想，她不在乎那人是不是有钱，他若是个没有钱的，她就自己找一份踏实的工作养着他。圆圆想，人只要肯下力气，哪会有过不去的日子？圆圆想，她要给那人生两个孩子，她的两个孩子绝不会像她圆圆一样整天挨徐二翠的骂，更不能像白痴肖两万一样一辈子都不能走出自己的村子。圆圆想，我要比徐二翠更有出息，我要把我的孩子生在城里！我要他们做城里人，我圆圆要做城里人的妈！

三

李羊群是雅园的常客。有很长一段时间了，李羊群每个礼拜六的午后都要到雅园非常耐心地洗浴按摩。许多常常来雅园的客人都把自己弄得很匆忙，好像他们耽搁的时间太长久了，世界的末日便会提前来临。实际上他们已经耽搁得很久,只不过他们假装不知道已经过了很久罢了。李羊群从来不着急,李羊群的情绪摆明了就是来此休闲,他来的时候总是显得很疲倦。李羊群和他们显然不一样,像是个文化人。李羊群只是不太爱讲话,他不挑人,赶上哪个就让哪个做,也从来不与这些女孩子搭讪。他把自己像要大卸八块似的扔在按摩床上,然后把头埋在床头的透气孔里,说,开始吧!就没一点声息了。

李羊群常常来雅园,这里的女孩子他大约是一个都识不得的。

圆圆第一眼看到李羊群就觉得他不是一个好色的男人,她就是这样感觉的。李羊群那天显然是喝过酒,他洗完裹着一条浴巾进按摩间的时候,透过屋顶玻璃射进来的阳光突然间逆着打在他干净的身体上,圆圆的感觉有些模糊起来。这个生得很体面的人的脸上是透着丝丝缕缕悲伤的,当然,这悲伤别人是看不出的。

圆圆那一刻觉得那悲伤是从她自己的心底里涌出,却写在了这个男人的脸上。圆圆的心多少有一些被打动的东西。圆圆是第一次招呼了他,她赶在别的女孩之前对他笑了一笑,她站起身重新理了一下已经很整齐的小床,李羊群便很顺从地走来。李羊群躺下了。李羊群说,开始吧!然后一句话都没再同她说。圆圆于是便开始和泥一样地揉搓着手下的人,她觉得这个人是完全听任她摆布的,圆圆就发挥得极好,她的一双肉乎乎的小手均匀流畅地上下翻飞,她是用这种无言的方式安慰一个人的伤悲,也是用自己的伤悲去安慰另外一个人的伤悲。圆圆的小手胖胖的,伸开来手背上全是圆圆的小肉窝窝。圆圆的指肚阔而绵软,客人们享受了它们的安抚没有不喜欢的。客人们说,这姑娘凭了这双手就该是个有福气的呀!李羊群没有夸奖圆圆的手,但是李羊群是彻底放松了让圆圆那双舒适无比的小手揉搓,李羊群觉得自己在这个女孩的手下变成了一个乖觉无比的婴孩。李羊群的脑子里变得空荡荡的了，他的脑子里却又装进了许多意想不到的东西，他活在这个世界上所有的不快，都被这个女孩子一把一把地抓起来，像在河水里漂摆衣服一样拨来荡去。水花溅起来，波浪互相撞击着，一圈一圈地向外扩展，就像李羊群突然间流出来的泪水，而且是越想控制越流淌得汹涌澎湃。李羊群被自己吓了一大跳，他以为圆圆会大呼小叫，他以为至少圆圆会停下手来呼唤同伴过来看他。她们会笑他，她们像参观一个精神病人一样用异样的目光打量他。她们假模假样的，可气又可笑地安慰他。可是李羊群想错了，圆圆什么都没有做，她甚至没有让自己的手有片刻停顿，她就那样用按摩膏和着李羊群的泪水继续她的工作。她仿佛事先就知道了一切。李羊群无声地伸出自己的大手把那双小手在脸上捂了片刻。

那次按摩结束后，李羊群第一次在按摩间里打量一个女孩。他觉得这个年轻的女孩子脸上有一种成熟镇定得让他惊心动魄的东西。

她知道，他遇到了一个和他一样怀了委屈的人。

李羊群那一时间是应该让自己觉悟的。

李羊群再来按摩间是直接奔了圆圆过去的。圆圆有一种预感，她觉得李羊群肯定会约她出去，她只是想不出李羊群会用什么方式约她。圆圆的正常按摩做到一半的时候，有人打电话找她。圆圆去接那电话，那时李羊群就睁开眼睛看她。是一个熟人打来的，约了她出去吃饭。圆圆眼前晃着李羊群看她的目光，圆圆就找了个理由推辞了。圆圆回来的时候有点儿心神不定。李羊群仍然是睁了眼睛看她。圆圆的心里就安适了一些。他和她不说话，但是他和她的心里好似是有了长久的默契似的；李羊群走的时候在圆圆的手里迅速塞了一张字条，毫无疑问是提前写好了的。圆圆觉得她那天的那一着是押对了。

圆圆下班前，洗了澡，特意把自己弄得更精彩些。那些女孩就起哄，说圆圆你是不是相对象啊？圆圆不理她们，她的脸上溢出一丝不易察觉的睥睨的笑。

圆圆从雅园洗浴中心出来的时候，李羊群的车子已经在门口不远的地方等她了。白色的本田雅阁，很有一些奢华。但圆圆一点都不惊奇。倒是李羊群一瞬间有些奇怪或者失落，在心里快速地闪烁了一下，他再次觉得这姑娘是有些不同凡俗的。

李羊群问了圆圆的名字。圆圆说我叫圆圆。李羊群就告诉她他叫李羊群，李羊群说，你就称呼我李哥行了。

李羊群带圆圆去吃了肯德基，他好像知道圆圆的口味似的，问都没问就要了辣鸡腿汉堡，还要了一大包香辣鸡块，要了可乐，要了薯条和奶玉米。李羊群自己只吃了一只田园堡，然后就停下来看着圆圆吃。圆圆突然有一种丧气的感觉，她预感到等她吃完，这个叫李羊群的男人立马就会送她回去。

圆圆吃了很久，圆圆把李羊群给她叫的所有的东西都吃掉了。圆圆想，她能多吃一点就会挽回一些失望。圆圆终于吃完了，圆圆又坐到了李羊群舒适的车子里。她满心想听到的是我带你去宾馆吧圆圆。可李羊群却说，我带你去喝茶吧圆圆。圆圆是跟了这个叫李羊群的男人第一次走进省城的茶馆。圆圆觉得那里灯光朦胧着，里面的人说话时细声细气的，服务生走路都轻手轻脚的，是一个非常雅致的去处呢。圆圆注意到了，李羊群带她吃饭总共花了不到一百元钱，可李羊群在这里要一杯龙井就花了一张大票。李羊群让圆圆自己点，圆圆净在茶单子上瞅价钱了。一瓶矿泉水要二十五元，可矿泉水是单子上最便宜的了，她就指了矿泉水。李羊群说，矿泉水没意思，你不习惯喝茶，就要杯玫瑰花茶吧！圆圆手里还拿着单子，就又瞅了一眼价钱，五十元。她心里又有了一股子没有缘由的沮丧。李羊群也不看她的脸，又点了几样茶瓜子、点心。

那漂亮的玻璃杯子里是放了些许的花和茶，水是续了又续。圆圆想，这什么时候才是个头啊？李羊群慢慢地品着茶，说着一些散碎的话，那声音就像粘在杯子口上，断断续续地像茶烟一样漂浮着。李羊群有一刻说圆圆你的性格有些像我的夫人，包括喜欢吃的东西。圆圆的表情紧了一紧，分明想说什么，但她到底没有打问他夫人的事情。李羊群再说些慢条斯理的、适合聊天的话题，圆圆一句都没有听进去。李羊群仍旧说他的，他把圆圆当作一个成熟女人了，他甚至把圆圆当作一个城市里的知识女孩。圆圆作为一个听众，那倾听的状态也确实做得非常好，她的两只眼睛自始至终有礼貌地盯着李羊群的眼睛，她在李羊群询问她什么的时候，不失时机地点头或者摇头。她心里却盘算着，走的时候能不能把他们要的一大堆点心打包带回去当作明天的早点啊！

那杯顶级的高原玫瑰被开水浸泡得鲜艳无比，香气诱人。可圆圆已经喝不动了，圆圆把玩着杯子里的花朵，圆圆的心情越来越灰暗，就像那些玫瑰一样，刚被开水浇灌的时候，还泛着鲜艳。几泡下来，已经变成暗灰的茶泥了。圆圆的心里难过得要死，她是没有时间陪这个人这样消磨光阴的呀！

圆圆的确是个懂得礼貌的好女孩，圆圆心里无论有多难过，她的脸上始终没有流露出一点点的不耐烦来。

圆圆是在子夜时分被李羊群送回家去的，她的耐心似乎已经到了极限。这是第一次也将是最后一次，她想。

李羊群没有要求去她那间租来的小屋，圆圆提前已经知道，结局本来就应该是这样的。圆圆没有料到的是，在李羊群送她下车的时候，却在她的手心里塞了一个纸包，同下午塞那张字条时的情形差不多一样，迅速准确，多少有一些慌乱与不安。圆圆是通过那只白皙沁凉的手得到这些信息的。

圆圆紧攥了纸包上楼开了门锁，她打开灯，用后背抵住门，迫不及待地抖开那薄薄的牛皮纸信袋。她提着心想，该不会又是一个大失望吧？圆圆看到了崭新崭新的一叠老头票。雅园的女孩子们都把百元的票子叫作老头票。

圆圆闭上眼睛，把那叠老头票一字排开，放在嘴上吻了一下，然后又抛向屋顶。票子纷纷扬扬落下来，圆圆半天都没有睁开眼睛。

李羊群请圆圆吃了肯德基，喝了玫瑰茶，给了她整整十张老头票。但是李羊群从头到尾手都没有拉她一下。

李羊群与别的男人确实是不一样的。

圆圆同李羊群的交道就是从那时开始的，距今大概有两三个月了。李羊群每个礼拜六的下午准时来雅园拯救自己疲倦的身体和灵魂，他已经是圆圆固定的客户了。真是这样的，不单是那些女孩子，连做派夸张的女经理看到李羊群都会柔了嗓子说，李老板啊，圆圆姑娘可是等着您呢。

圆圆在心里算着，李羊群带她出去已经是第十二次了。李羊群每一次带了圆圆出去照例都是先吃饭，然后去喝茶。圆圆总是在被李羊群送回家的时候得到一个小小的纸包，当然不是总会像第一次那么多，可是比起别的客人，仍然算是不少的。何况，圆圆根本什么都没有做。圆圆只是一个陪伴，一个听众。她只是需要在那么一个固定的时间，固定陪伴一个人，听一个人说一些无关紧要的闲话，或者仅只是陪他坐一坐。

这是一个寂寞的人！这段休息时间分明又是一段寂寞的时间！

圆圆是一个好听众，圆圆是一个好的陪伴者。圆圆一般情况下不发表意见，圆圆只是点头或者摇头，圆圆用面部表情表达她的理解与认同。

那是一段非常特别的日子，圆圆知道了一个叫李羊群的男人的许多事情。这个叫李羊群的男人却几乎对这个叫圆圆的姑娘一无所知。

李羊群者，男性。曾经是某国家机关的公务员，曾经是某市国家机关被正式任命的副局长。李羊群有一个青梅竹马的、很漂亮很出色的夫人。李羊群却因为与另一个女人的一次艳遇把他青梅竹马的、很漂亮很出色的夫人给弄丢了。李羊群当然算是很英俊很出色的男人了，能够与其夫人相媲美。李羊群的前夫人却带着她与李羊群共同生育的儿子，嫁给了另一个非常出色的男人。

李羊群对圆圆说，这个世界太混乱了，太混乱了。然后把头埋在自己的手掌里。那个时候他就像一只脱离了羊群的羔羊，被伤悲和孤独一层层地缠绕着。

圆圆想这个世界并不算太混乱，只是这个叫李羊群的男人有点儿混乱，李羊群是辞了公职的。李羊群丢了老婆觉得很没面子。李羊群觉得老婆儿子都丢了还当什么副局长！就像一只丢了羊群的羊还有什么资格当头羊！李羊群现在自己搞了一个文化传播公司。李羊群宁愿自己走羊肠小道也不想同过去的朋友混在一起。李羊群是这样要求自己的：再来一次，一切重新开始！

李羊群是这样说的，可圆圆觉得李羊群仍然生活在他的过去时空里，他甚至像是仍旧与前夫人活在一起。

是啊，丢个老婆也许就像丢件衣服；而被老婆丢掉，就像丢掉了所有的衣服，赤身露体地站在人前！

是圆圆自己觉得过不去的，圆圆觉得李羊群终归是一个男人，是男人就会有那方面的欲望的。而且，李羊群是一个失去老婆的男人。圆圆很明确地表达了她的意思，她告诉李羊群，她不能老欠着他。

李羊群不老，且相貌英俊，当是一个十分优秀男人。可圆圆总是不能确定她是否有爱上这个男人的意思。圆圆说实在的只是觉得有一些东西是她应该付出的，否则她心里会不踏实。

圆圆说，李哥，我不能老欠着你的情，你什么都可以做的。圆圆说这话的时候，这么一个鲜嫩的女孩儿家就那样明眸皓齿地与李羊群的目光对接了。是一种坦坦荡荡的直白，没有一丝半点的矫揉或者造作。这真的是一个好女孩呢！李羊群这样想。李羊群如果在这种时刻再拒绝圆圆的意思，那他肯定就不算个男人了。

李羊群送圆圆的时候去了她的小屋。

一切都显得很合适，亦很舒适。李羊群觉得没有任何不自然，李羊群是个懂得体贴人的男人，这让圆圆感觉到了。男人与男人之间是有一些不同之处的。

李羊群的礼拜六除吃饭喝茶之外，又多了一项活动内容。圆圆的礼拜六成了一个特别的日子。连老曹都觉悟到，圆圆在那一天是拒绝见他的。圆圆自己感觉，其实并没有什么特别的地方，只不过她的那一天是相对固定给某一个人的。

李羊群与圆圆的相识叫作赶巧，赶巧遇上了，赶巧觉得合适。

圆圆与李羊群的交道只是出人意料地轻松自然，省了许多不必要的盘桓与周旋，省了她心里的如意或不如意，高兴或不高兴。有许多东西圆圆确实是琢磨不清楚的，她很放松，在这个叫李羊群的男人跟前她放松起来。

礼拜六那一天成了他们共同的休息日。

圆圆生病了，圆圆是个血肉的身子理所当然会生病的。圆圆在某一个周末请了一天假，圆圆患了感冒，更重要的是她来例假了。圆圆想，她没有办法对李羊群解释她的例假，她想到老曹的态度，她决定干脆不见的好。

　　圆圆同李羊群在每个周末见一次面，是按惯例，并没有什么特殊的约定。他们之间甚至连电话都不曾有，开始是偷偷塞上一张小条子，后来完全凭了眼神。他们在服务与被服务即将结束的时候相互看上一眼，好像在说，你明白吗？明白。我等你？知道了。圆圆下了班，四处看一看，便能寻到白色的雅阁，像一只温驯的绵羊卧在路边。悄悄地踏了落叶走过去，自己开了车门上去。开车的人不说话，坐车的人也就没有声响。然后，车子就向某一个地方驶去。事情一直就是这样，他们没有任何约定，但是谁也不曾想会坏了这个没有约定的约定。

　　现在是圆圆这边突然出了故障，仍然按习惯延续的李羊群一下子觉得无所适从。他仍旧是去洗浴，仍旧是裹了浴巾进按摩间，圆圆却不见了。重新换了一个女孩给李羊群做规定程序的按摩，仍旧是把他揉得舒适起来。李羊群有些糊涂，后来李羊群就睡着了。

　　李羊群出了雅园才觉得有些不对。

　　圆圆姑娘到什么地方去了呢？

　　圆圆姑娘是谁？

　　他李羊群的生活里什么时候就有了一个圆圆姑娘啊！

　　叫圆圆的女孩好似深夜里的田螺姑娘突然从某一个地方跳出来，现在又一下子消失不见了。李羊群想，那么就等下一个周末，见了圆圆问个清楚。李羊群想，好久没有见几个旧友了，也许可以见一见，也许还可以独自去看一次夜场电影或者独自泡一次酒吧。李羊群想了好几种方案，毕竟还有许多可以供他消磨时间的方法方式。但是，李

65

羊群的心里竟然有了一丝慌乱。李羊群开着车子直接去了圆圆那里。

出现这样的结果,倒是圆圆万万不曾料想到的。

圆圆那一刻虚弱不堪地躺着,头发散乱,身上穿了家常的小花布棉袄,床上凌乱地堆了许多女孩家的小物什。这样的圆圆,突然看到李羊群,直羞得恨不能闭上眼睛看不见他。

圆圆说屋子里不干净,赶着让李羊群走。李羊群把桌上地下都看了个遍,他好像是第一次发现这个女孩子生活的简陋。再拿眼睛看那躺在床上的、小小的无助的身子,一阵强烈的爱怜涌上心头。可不就是个孩子吗?

李羊群走了,但是李羊群很快又回来了。李羊群不但回来了,而且带回了许多东西,大包小包吃的东西,甚至还从小店叫了一锅鸡汤。李羊群像个兄长,或者更像父亲般地把圆圆从床上拖起来。他说,吃吧!

圆圆的身子瑟瑟地抖。

李羊群说,吃吧,吃了就什么都好了!

圆圆吃了许多东西,又喝了好多汤。李羊群一直看着圆圆,她从头到尾都没有一点要哭的意思。李羊群还从来没有见过这个女孩的眼泪。

圆圆不哭,圆圆吃饱了恢复了体力,圆圆的脸色也变得红润润的了。圆圆说,李哥,我身子不干净,你要是不嫌弃你就把我要了。李羊群是结过婚的人,他哪能不知道轻重,就说,那哪成圆圆?李羊群说,圆圆我可不是为了这个。李羊群的脸上竟然露出处子一般的羞涩。那天是圆圆硬要的,圆圆在灯光下脱净了自己的衣服,圆圆说,李哥你是怕我淡了你的运气?圆圆说到这里,李羊群就过不去了。李羊群看到女孩儿病殃殃的一副娇弱样儿，也确实比往日添了许多激情。圆圆不哭也不说话，可圆圆的身体紧紧地缠绕着身上的男人。圆圆突然发现，她这才是第一次从心理上与人交合，她所有的感官系统都无比地快乐着。

那天李羊群在圆圆那里待到很晚，他走的时候圆圆已经睡着了。圆圆第二天醒来，感觉自己的力气全回来了，昨晚的一切像是一个香甜的梦。圆圆看到桌子上放了几张大票，她拿起又放下了，第一次没再数男人给她的钱，心里却涌满了欢喜。李羊群是个好男人，是个难得的好男人呢。过去认识的所有的男人加在一起，或许都赶不上李羊群的一根小指头！圆圆是这样跟自己说的。

圆圆歇了两天就开始上班了，圆圆的情绪显而易见地更加愉快了，见到每一个人都笑得蜜糖一样甜腻。中间老曹又约了圆圆出去，圆圆刻意地温存了许多，圆圆的身体感觉也好起来。圆圆让老曹觉得，这姑娘是开了窍了。老曹那天给了圆圆比往日都要多的钱。老曹让圆圆觉得，老曹也确实是个不错的人！

圆圆送老曹走的时候，听到一个孩子在对面的大街上对什么人喊，笨蛋啊，礼拜六是圣诞节！

圣诞夜那天，李羊群约了圆圆出去。天非常地冷，人行道上积了很厚的雪。到什么地方去呢？圆圆想着这样的天气应该躲在屋子里，钻在被子里。李羊群却把圆圆带到一个叫"直觉"的酒吧里去了。"直觉"那个夜晚是疯掉了，摇滚与尖叫组合得声嘶力竭。圆圆想逃跑，她忍受不了那样的声音与热闹。圆圆突然看到边上坐的一个70多岁的奶奶都在摇头晃脑。再看一会儿，发现那老太太的脑袋根本就稳不住，圆圆冲着李羊群乐了。圆圆不喝酒，但是酒吧里的热烈让她觉得口渴得厉害，圆圆把李羊群给她要的一瓶科罗那一口气喝掉了，圆圆发现自己同酒吧里的姑娘们一样渐渐变得兴奋起来。

圣诞节、酒吧，这在圆圆的词库里曾经都是多么洋气的字眼啊，圆圆越来越兴奋。李羊群惊讶地发现，这地方让圆圆变成了一只快乐的母鸽子，咕咕、咕咕不停地说，咯咯、咯咯不停地笑。

李羊群开始喝红酒，就给圆圆要杯红酒。李羊群后来改了洋酒，就给圆圆同样要一杯洋酒。李羊群不停地给服务生点钞票，李羊群根本不清楚自己喝了多少杯。

李羊群和圆圆从酒吧出来的时候已经是子夜时分，气温大概在零下二十摄氏度左右，北风像一头巨大的怪兽，一口就把两个人身上的热气吞没了。圆圆不由自主地把身子扑向身边的人。李羊群也极自然地与圆圆拥在一处。他们彼此把对方紧密地搂了，他们怕着那冷，更怕着那狂欢之后的黑暗与寂静。

李羊群说，我们回家吧！

圆圆说，我们回家啊！

圆圆是那年的圣诞夜住进李羊群家里去的。李羊群的家是他一个人的家，家对他来说意味着一所100多平方米的睡觉的窝。圆圆觉得她能为李哥治理这个家，圆圆还不到二十岁，可是她自己觉得，她一点不比三十五岁的李羊群更显得幼稚。

圆圆从进去起，就再没有出来做事。

圆圆在李羊群的家里生活得很像一个小主妇，李羊群的家里是雇了钟点工的，一个月要给人好几百块钱。圆圆说，李哥，反正我在家闲着也是闲着，要不我们把工人给辞了？李羊群说，辞了？干吗呀，我可不是让你来当工人的！圆圆一直琢磨他这话里的意思，不是让我当工人，那是把我当什么人呢？如果没有他这句话，圆圆还没觉得有什么问题。有了他这句话，倒真成了一个问题了。关于这个问题，圆圆想了许多天，想得自己都有些不痛快了，干脆就不想了。

圆圆把李羊群的家打理得井井有条。李羊群除了睡觉别的时间常常不回家。圆圆倒是从来没提过意见，是李羊群自己觉得挺过意不去的。李羊群就改了习惯，过去礼拜六的日子他也是在外面过，现在改了，现在他回自己的家和圆圆在一起过。圆圆在平常的日子就懒散得很，圆圆每到礼拜六就忙起来，把自己重新收拾得妥妥帖帖，等了李羊群接她出去。李羊群常常把圆圆带去原来的地方，吃饭、喝茶、聊天。那个时候，圆圆就有些糊涂，觉得呀，日子是从前的日子。李羊群也分明与往日不同，往日在家里见了她并不太讲话，换到外面，就重新喋喋不休起来。不同的是，现在他们消遣完了就一起回家。一起回家去的时候，就都感觉得出他们之间还是有了变化的。

圆圆时时会想起那个大风雪的圣诞夜的情形，可是那样的情形再没发生过。

圆圆每日都在家里养着，一日比一日地懒散起来。什么都由工人做，连喂喂金鱼，浇浇花这样的活她都懒得做了。她睡睡觉，看看电视。有时一个人出去逛逛街，有时还出去洗洗桑拿，做做美容。曾经是她伺候人家，现在是人家伺候她。姑娘们赶着嘘寒问暖，巴结着脱去她的外套，称赞她又白了漂亮了，称赞她的衣服首饰好看。短短的一年多的时间里，沧海已经变作桑田。圆圆开始穿上价格一件比一件更贵的衣服，本来就生得银盆大脸的饱满，两只肉耳垂厚厚地坠着。任谁家的女人还不都夸她是个有福气的命。

李羊群每月都会照时在一个抽屉里放些钱。圆圆不能把它们存起来，可那些钱足够她消费了。她花起钱来也不再吝惜，学会了那些在商场里一泡就是半天的女人，买一大堆没有用的东西回来。无聊的时候，就把那些东西翻了又翻，设想一些用场，常常想到一半就丢开了。

这样的日子，也许正是圆圆梦寐以求的。但真过上这样的日子，她心里又空得像一座被废弃的仓库。其实圆圆并不曾遗憾她是不是少挣了多少钱。她要钱的目的又是为了什么呢？

李羊群是个好男人，李羊群从来都不曾承诺圆圆什么。可谁又能说，日子不会这样一直过下去呢？

圆圆想，等上两年，她一定要养一个李羊群的孩子出来。

圆圆从来都不是一个娇气的女孩，可有一阵子她突然觉得有了撒娇的欲望。快到圣诞节了，她要求李羊群带她出去过圣诞夜。圆圆现在也洋气起来了，她渴望刺激，喜欢起节日里甘醇的酒香。

李羊群连想都没想就答应了，因为圆圆几乎没跟他提过什么要求。李羊群带了圆圆出去，他这次没有带她去"直觉"。他花了600多元买了两张"小上海"度假村圣诞晚会的票。他想，既然出去了，就应该让人家开开心心地玩儿个够。

装扮成圣诞老人的门童给了他们两顶红色的尖帽子。圆圆穿了雪白的鸭绒棉袄，配了大红的帽子，一张粉脸红红白白的，像个瓷实的瓷器娃娃。所有的人都忍不住看她。就连李羊群都吃惊地发现，与自己生活了这么久的一个女孩，竟然美丽得这么陌生。有一刻，当他从旁边看她的时候，仿佛觉得根本就不认识她。

二人找了一位置坐下，立刻就有小姑娘过来推销她的玫瑰花和礼品。买花吧先生，送太太圣诞节礼物啊！李羊群随手就抽了一枝递给圆圆。圆圆的脸立刻就红了，迟疑了一下才羞涩地把那枝天鹅绒一样深紫色的玫瑰放在胸前。那样的颜色衬了雪白的底子，就越发娇艳无比。李羊群恍然悟到，圆圆并不是他的太太。可那又有什么关系呢，他们在一起是愉快的。

还会有什么事情比让人愉快更重要呢!

圆圆并不能知道李羊群的心里在想些什么,圆圆见他对着自己发呆,就带了温情地与他的目光对接到一处。不相识的在一边看,就觉得是极好的一对。

真好啊!他们在心里兀自感叹。

李羊群的朋友就是这个时候从外面进来的,总共有那么七八个,也许是十来个,圆圆那时哪里敢把心放平了数一数。

那群时髦的男男女女一看到李羊群就喊,哇,这么巧,早知道让老李请客了!

李羊群说我请酒水吧,你们就放开了喝。

那帮人几乎同时把目光打在圆圆身上。李羊群说,她叫圆圆,我的伙伴。圆圆的心总算放下了,她没有上过大学,可她知道伙伴是有多种含义的,可以是生意伙伴,可以是工作伙伴,当然,也可以是性伙伴。

那些人好像立马就把圆圆给忘了,他们在他们身边坐下来。他们相互打情骂俏,也说一些文化事儿,有时还夹杂了英语。李羊群给他们每人要了一杯威士忌,男女都一样。他们开始自在地饮自己的杯中物。女孩子戴了很酷的首饰,翘了兰花指擎着杯子。她们也抽烟,样子极为优雅,就那么光明正大地在男人堆里抽。圆圆的那些女伴也有抽烟的,可她们是在没有客人的时候,偷偷地抽,样子放荡而懒散。圆圆放松了一些,她因为不再被他们注意而放松。他们吐出的烟雾像一条河流,但她觉得自己被他们隔在了河的对岸。他们喝酒,圆圆就喝自己那瓶加柠檬的科罗那。女士们是那么优越、放肆而又尊贵。她们有胖有瘦,有高有低,有黑有白。但她们无一例外地充满自信,而自信让她们漂亮和霸道。她们开心恣肆地说笑,她们是在自己的城市里啊!

她圆圆哪里能与他们这个圈子里的人交道?圆圆是圆圆,圆圆永远都成不了她们中的任何一个!

圆圆是有自知之明的,坐一会儿就说要先走。圆圆说完走就拿眼睛去看李羊群的反应,李羊群这只羊好像回到自己的羊群就把圆圆给忘记了,刚才还精神头十足地盯她的那双眼睛,现在一下子散了。他这样的神态与这帮人在一起才是合辙押韵的。圆圆以为,李羊群不陪她一起走,至少会挽留她。李羊群那时候正忘情地和他们追忆起一桩往事,他仿佛忘记了自己的角色,他本是陪了她出来玩的。但他不想让任何人在这个时候穿插到他们的往事里。他头都没扭就挥了挥手说,那好吧圆圆,你先回吧!

圆圆出了门并不觉得冷,她想起去年的这个日子,自己偷偷笑了一笑。她感觉笑容在脸上有些涩,也许是皮肤有些干燥,紧紧的。

圆圆打了车回家,放了满满一浴盆热水,然后洒了精油和浴盐。她脱光了衣服钻进水里,一边听音乐一边让自己的身体在水里一点一点地滋润。圆圆从水面上看着自己匀称的身体,舒服地叹出一口长气。她原本就是该这样在家里待着的啊!

圆圆洗了一个透水澡,慢慢地在身上涂上浴后霜。她年轻的皮肤紧绷绷地发出瓷的光彩,也许还没必要这样精心养护。可冬天皮肤是会干燥的,做一点特别的护理,会让触摸到的手有一种丝绸般光滑的快感,李羊群就这样称赞过她。她想起了李羊群那双手。那双手在这个圣诞夜也许在她的身体之外游走着,在一大群城里人中间,张扬而又镇定。

圆圆换了睡衣,又到卫生间细心地把头发吹干。她在洗浴中心做的时候,往往是洗了澡倒头就睡,早上却发现掉了很多头发。现在圆圆已经很知道如何保养自己了。

圆圆很快就睡了，她睡得很香甜，一夜连梦都没有做。

圆圆第二天醒来的时候，太阳已经亮晃晃地从没有拉严的窗帘缝里射进来。因为身边没有人，她有一刻曾经迷惑自己身在何处。李羊群一夜没有回来。

圆圆起来把窗帘全部打开，一屋子亮晃晃的太阳让她顿时觉得心里干净得像一面镜子。太阳很新，日子亦十分尽如人意。

圆圆先喝了一小瓶依云矿泉水，象征性地做了几节柔体操。钟点工还没来。圆圆没有等，她用冰奶冲了一杯玉米片，在煮蛋器里放一个蛋，往烘烤机里放了两片面包。面包的香味瞬间覆盖了整个餐厅，圆圆吸了一下鼻子，她太爱这种烤面包的味儿了。圆圆仔细地给面包涂了黄油和蜂蜜，用四个指头夹了。她吃得非常认真，实际上她是在做营养和健美专家的功课。怎么样才能保持苗条，怎么样又能让营养均衡吸收。圆圆是个好学生，从她移植到城里的那天起，实际上她就逐渐适应了这里的土壤和气候。

圆圆吃了面包喝了奶，才脱了睡衣冲了淋浴，然后坐在化妆镜前给自己化妆。这是她每日的主要工作，哪怕是没有一个观众，哪怕她化了再洗去，她都觉得不能急工。她今天占用的化妆时间可能比往常多一点，化得格外地细致。

圆圆穿了出门的衣服，她突然决定要去逛商场了。

圆圆走的时候，钟点工刘打来电话问中午买什么菜。圆圆说买一只土鸡，炖了做汤面。这是李羊群喜欢吃的饭，圆圆不能肯定李羊群中午会不会回来，但还是准备了的好。也许他会回来。

圆圆打车去了鸿虞，那是省城比较高档的品牌店了。已经有很久了，圆圆有事没事常常去转一转，也未必每次都真的买。圆圆其实是个买衣服非常挑剔的人,即便有李羊群付钱,不是十分理想的她都不肯要。而且,她也未必是奔着那些名贵的牌子。圆圆清楚,她太年轻,有一些大牌子并不适合她。圆圆一连试了几个她平常喜欢的牌子。她喜欢有朝气的,喜欢那种重的色调,她还太鲜嫩,只有靠重才能压得住自己的轻。圆圆那天却是看上了宝姿的一套西洋红的羊毛格子套裙。她试的时候,突然想起了桃子的那件裙子。她立马脱了下来,说,有些俗气了。店主说,是刚刚上的货啊!圆圆看了一下店主,选了一件纯红色的长裙,说,包起来吧!看见店主笑了,圆圆很老到地用手比了一下说,老八五啊?店主说,我们最低九折!说完在计算器上按出一个数,就开始给她包衣服。圆圆最后用手摸了一下那料子,做结婚礼服倒也是可以的。

圆圆回到家已经差不多十二点了。李羊群依然没有回来。那女工都习惯了,圆圆洗了手,她已经把饭菜摆好。

圆圆吃了一碗面,又喝了大半碗鸡汤。正午的阳光强烈地射进来,把满屋子弄得亮晃晃暖烘烘的。女工把屋子打扫得差不多纤尘不染了。这是个很负责任的女工,是个城里人呢!原来是个纱厂的工人,还当过省级劳模。圆圆问过的,说是现在下岗比当劳模挣得还多,工作亦没有从前的累。女工才四十来岁,总是穿着极朴素的衣衫,头发松松地在脑后打个结。她来的时候总是像一张纸那样悄无声息地飘进来,脸色苍白,目中无人,几乎是不带任何情绪的。这样的女工,倒是让圆圆看出许多尊重来。我老了大约就是这个样子的。圆圆想。

圆圆吃了饭就进了卧室。女工到底不记得她有没有给自己交代过什么,也许有,也许没有,她真的恍惚了。女工收拾干净,就关了门走了。

李羊群是晚间过了十一点后回家来的。他推开圆圆的门,见她穿了大红的衣裙，姿态端庄地躺在床上，脸色艳丽，已经睡得十分安静。

李羊群是第二日的早晨才看出异常的，他再去看她的时候，觉得那情形怎么与昨晚没有任何两样？过去摸了，才知道是冰凉的。

李羊群昨晚竟然没有发现，圆圆的枕头旁边是摆着一只空掉的药瓶的。

后来那药瓶就一直摆放在李羊群家里最显眼的地方。

清点遗物的时候，李羊群翻出了一张身份证。圆圆原来是叫肖明惠。

李羊群在一段较长的时间里基本上把肖明惠的历史搞清楚了，现在只剩下一个问题始终纠缠着他，那就是，这个叫肖明惠的姑娘为什么要寻死呢？

发表于《十月》2004 第 6 期

北去的河

刚刚走到出站口，他就看到了那块牌子。牌子上工工整整地写着"刘春生"仨字。才看到这几个字的时候他愣了一下，仿佛不认得似的。当意识到这是自己的名字时，不免红了脸。不值得哩！我是个啥啊，竟然写这么大仨字？活了半辈子，自己的名字还真没有被人这样认真地写过。

堂弟秋生和女儿雪雁站在牌子下面等他。秋生过来亲热地接下他手里的东西。女儿只是低着眼睛瞅地下，害羞似的不敢看他，直到他把一个小包袱递给她，她才慌乱地看了一眼爹。

秋生打头，三人往外走。他在后面看见秋生穿的衣服跟平时回老家穿的不一样。新崭崭的，式样还好看。别人从城里回老家，都是打扮得跟新姑爷似的。秋生回来老是穿一件屎黄色的夹克衫，一条灰不拉几的裤子，很多年都没变过。那时他就想问问秋生，后来想想这事儿挺伤脸面的，就忍住了。

他带了三个大蛇皮袋子，秋生非要拿两个。他不让，自己拿了俩，秋生拎了一个，明显看出来秋生拎着很吃力。里面装的都是自家地里长出来的东西。一个袋子里装的花生，是大别山区特有的"小籽红"，皮薄肉厚，即使是最小的壳子里也都顶得满满的，像山里人一样厚实。这都是媳妇去刨的，天还没明透她就爬起来下地，连鸡鸭都忘了喂。惹得它们像一大群叫花子一样不依不饶地跟着，直到她把荷着的锄头顺下来砸过去，它们才悻悻地回了家。媳妇扛着花生从地里直接去了激流河，把花生洗好摊在石头上晾干，下半晌才回来。一个袋子里装的是莲藕，也是家乡的特产，谁给起了一个傻好听的名字："三河白莲"。他们这个地方叫三河间，这三条河虽然都不大，可是走的路都不近，分别来自鄂豫皖三个省。他们门前这条向北流的河叫激流河。这里的莲藕也跟其他地方的不一样，洗好切开白生生的，可以当水果吃，既没渣也没丝。收白莲的季节，无论你到谁家里去串门，山里人都是端一盘子白莲出来待客，看着都让人心里水荡荡。还有一个袋子里装的是野核桃，个子只有拇指肚那么大，砸开得用缝衣针挑着吃。这东西看着不起眼，但是特别养人。据说那时候徐海东和许世友他们在这一带打游击，腰里边缠着两个袋子，一个装子弹，一个装核桃。许世友许和尚说，子弹不能当核桃，娘的核桃能当子弹。据说他起急的时候，还真拿核桃把手下的一个连长砸了个狗趴。

　　说话间三人已经站在了一条扶梯前。他是在电视上认识这玩意儿的，上的时候他想着先用脚试一下，不过没容他停步，人流已经把他推上去了。他感到身子好像被人提起来，头蒙一下，已经到了地面上。这才发现原来人是在地下的，那么火车站台也是在地下了？怎么没感觉到呢？他是大睁着眼，看着火车在周围高楼大厦的左搂右抱下进的站。他想问问秋生，可是秋生只顾忙着赶路，根本没有说话的工夫。秋生带他们来到一个停车场，他看到灯光下汽车黑压压地停了一片，像霜打的棉花田，一眼望不到边。秋生找到一辆半新不旧的枣红车，把东西填在车屁股后头，过来招呼他们上车。

　　天已经黑了，北京的夜晚比白天还要明亮。坐在车上，秋生的话多了起来。他知道秋生的习惯，每次回家，他总是问长问短，从村东头唠到村西头，连刘二寡妇都不落下。秋生跟老家人亲啊！不过虽说是兄弟辈，可他比秋生大十几岁。秋生小时候，他常常背着他跑十几里山路去看电影。那时候秋生就爱跟他唠叨。后来他娶了媳妇，秋生上小学了，还常常窝在他们的炕窝里，早上起来小鸡鸡憋得跟拨火棍似的。媳妇老是逗他，说，秋生啊，你长大肯定比你哥尿得高！这是他们家乡的一句土话，谁尿得高就是谁出息大。果然，秋生一泡尿冲到了北京，还折了人家一个城里姑娘。

　　到了家门口，秋生按门铃的时候他才同女儿雪雁对了一下目光。雪雁很快又把头低下去。门开了，秋生的媳妇脸上挂满了笑，喊了一声大哥赶紧往后撤，让他们进去。他一只脚刚刚踏进去，雪雁就在后面拽住他，让他把鞋脱了换拖鞋。他愣在那里，来的时候啥都想到了，全身上下都换了新的，就是没想到还有人看他的脚。他是汗脚，袜子鞋都比人家费，袜子穿不了两水都得透底，所以每双袜子都被老婆打了补丁，哪能让人看！秋生看他迟疑，已经明白了，过来把他拉过去说，哪有这种规矩，来来来赶紧坐吧！他屁股刚挨着沙发，秋生媳妇已经把湿毛巾拿了过来。擦了手脸，一杯热茶又递到了手里。

　　喝了几口，他觉得不对头。看了看杯子里的茶，是秋生最爱喝的自己茶山上的茶，可是汤色不对，味道也不对。秋生看着他笑了，说，凑合着喝吧，这可不是咱山上的水泡出来的。他这才抬起头，打量了一下秋生的房子。客厅非常开阔，对面一整面墙都是书架，上面的书摆得满满当当的。秋生的媳妇在北京大学教书，没这一架子书怎么也说不过去。他坐的这个地方，是一圈沙发，中间摆着一个茶几，上面也摞着不少书。正对面是一台电视机，跟他们家的大小也差不多。屋子里看着齐整素净大方，像过日子的人家。他这边还没看完，那边秋生媳妇已经在厨房把饭菜准备停当，满满当当一大桌子，荤素稀稠搭配得甚是讲究。秋生拿过来一瓶茅台酒，是紫砂瓶装的，上面写着"15年"。他光听电视上说茅台酒一直在涨价，就问秋生："听说茅台已经涨到六百多了？"秋生说："那是官价，我认识人，打了折没那么多。"他吸了口气说："这喝了多可惜！"秋生嬉笑道："人死了，酒还没喝完那才叫可惜。"俩人边吃边喝，秋生媳妇不停地往他碗里夹菜，一会儿就酒足饭饱了。

吃完饭，重新又回到客厅。他看看秋生和秋生媳妇，俩人都没有说正事的意思。他有点着急，他有一肚子的话要跟他们说。他想等雪雁收拾完东西过来，就把这事摊开。谁知雪雁过来刚刚在他旁边坐下，外面就有人敲门，雪雁赶紧拉着他往里面一个屋子走去。这边的门还没关上，那边的人就进来了，说："刘司长，打扰……"后面半截话被女儿关在了门外。他吃了一惊，从来没听说过有"司长"这么个官，便小声问雪雁："你叔是个司长？"雪雁把灯打开，朝他点点头。他又问："司长有乡长官大没有？"雪雁说："应该没有，我叔才领七八个人。"他心里落了一层霜，有点寒凉，还有点难过。想想兄弟混这些年，才跟个村委会主任差不多，怪不得每次回去都那么寒酸。不过转念一想，毕竟秋生在首都人生地不熟的，手里能有七八个人使唤，也不至于被人欺负了，心里又松软一点。他边想边打量这间屋子，这一看又吃了一惊。挨着门的一面墙，垛得一堆一堆的，有烟酒饮料，还有各种花里胡哨说不上来的东西；对着门的一面墙是好几排衣架，上面密密麻麻地挂满了男男女女的服装，像服装店。他问雪雁这么多衣服是干啥用的？雪雁说，穿的。他在那一排一排的服装里，看到了秋生平时回家穿的那一套，心里咯噔一下，心想，莫非秋生回家去是装穷？仔细想想又不是，秋生可不小气。有一年回去，正赶上他盖房子，秋生偷偷地在他枕头底下塞了三千块钱。那时候这个钱可是个大数，农村人盖一栋最拽的房子也只是四五千块钱。又一年回去，赶上他买收割机，秋生二话不说又塞给他五千。秋生跟他的亲可是在骨头缝子里！所以秋生说让雪雁来帮他们照看家，他毫不犹豫答应了。别说雪雁在家闲着没事，就是正在上学，只要说是秋生用她，他也没有二话。雪雁这个孩子，脑袋瓜子不笨，学啥啥精，家里家外的活计她只要搭眼一看就能上手，拈针拿线，洗衣服做饭，样样让人看得起。可就是读书不成，一看书不是脑瓢子疼，就是打瞌睡，初中毕业就回家了。你说这跟着自己的叔叔在北京生活，是打着灯笼也难找的好事。而且秋生也说了，跟他们三五年，给她在北京安排个工作，再找个婆家，等他们老了也去北京。谁知人算不如天算，这眼看着好好的路子硬是不让走。他心里憋屈得简直像长满了铁藜草，不碰它它膈应，碰它吧它疼。

正胡思乱想着，外面秋生喊他们出去。来人已经走了，重新坐下来，他的一肚子话又不知从何说起了。秋生说，哥，你累了吧？他说不累不累，一直坐在车上没动，咋会累？秋生说，你要是不累，我们俩出去走走。刚好我给你安排到隔壁的酒店住，咱俩走去那里吧！他连忙答应着，与弟媳告了别，又看了看雪雁，才跟着秋生走了出去。

北京的大街晚上也不安闲，跑反似的，满街筒子不是车就是人，真想不出半夜三更这些人出来溜达什么。秋生把手揽在他的腰上，他想起小时候带他去看电影的情节，心里有点热，也有点伤感。他说：

"秋生。"秋生说："哥。"他心里的热涌到了眼窝子里，那时候，秋生想趴在他肩膀上睡，他就这样喊他，怕他着凉。秋生也就这样答应着，嘴里的热气哈得他的脖颈子一热一凉的。转眼三十多年过去，什么都变了，可是秋生和他之间什么都没变，这个他心里透亮。

俩人又默默地走了一程子，他还是把憋在心里的话说了出来。他说："秋生，雪雁的事，我跟你嫂子商量好了。她愿意也罢，不愿意也罢，反正是不能让她回去。我这次来就是要彻底截埋了她的妄想！"秋生说："哥，女大不由人，孩子的事不能强迫。她执意回，就让她回。回去她觉得家好就待在家里，觉得家里不如这里，还让她回来。"他"且"了一声，然后重重地叹了口气，不过他的叹气声立即被这浩大而喧嚣的北京城给吸走了。秋生没听到。

刚到北京的时候，雪雁是真欢喜。每次打电话回去，都要跟她娘叨叨半天，在电话里领着她娘把个北京城踢腾个遍。可是过不了多久，就开始闹情绪了，先是给娘诉苦，天太干，浑身像蛇蜕皮似的，一层一层往下掉。后来又说嗓子堵得难受，整天脖子像被人掐着喘不过气来。再后来，就直说了，想家，死活不在北京待了。她娘吓得不敢接她的电话，只要拿起话筒，嘴里就像噙个热芋头，嘟嘟哝哝的，光会说"小妹听话，小妹听话……"他躺在床上气得拿脚背踢她的屁股，说，你这老磨盘，东西都吃屁股上了？老婆把电话拿给他，他刚想骂几句狠话，可听到雪雁说："妈，我什么都不要，就要你和我爸！就要咱们的家！"他的心一下子软得像个秋柿子，软塌塌的不成个形。

后来还是秋生给他打电话，秋生说，哥，你来一趟吧，咱说说雪雁的事儿。

接下来的几天，秋生安排人陪他到各旅游景点看看，并特别交代让雪雁陪着。雪雁说都看过了，不想去。他知道女儿这是躲着他，不过自己哪有心思看风景热闹？像被绑架似的转了两天，什么都看不进去。又加上天天吃不下睡不香，热火攻心，嗓子冒烟满嘴燎泡，解一次大便跟生个恐龙蛋似的。后来他死活不看了，跟秋生说，赶紧把正事说说，他要赶回去。秋生问："什么正事？"他说："雪雁的事嘛！"秋生说："雪雁的事咱不是说过了？"他说："那不能算！"

晚上秋生和媳妇把他和雪雁带到一个正宗的徽菜馆子里，要了一个包间，点了几个特色菜，又打开了一瓶"15年"，说要给他送行。酒喝到一半，他扭头问雪雁："你到底是咋想的？"雪雁吃惊地看着他，说："我想什么？"他说："跟着你叔这事儿！"雪雁扭头看了一下秋生他们俩，说："我叔没跟你说？我在这里待到年底，等童童放了假送他姥姥家，我就回去。"他这才想起这次来没见到孩子，也没打问一句，心里暗自惭愧，便问秋生："怎么没让我看看孩子？"秋生媳妇接口说："孩子送幼儿园，周末才能接回来。大哥，秋生打电话请你来，不是让你来做雪雁工作的，是想让你来看看这边的情况，好让你放心孩子在这里没受委屈……"

秋生连忙打断媳妇的话："你这可是自己杜撰的。我让哥来说雪雁的事是个借口，我是想陪哥说说话。"

他瞪着雪雁，指着秋生和他媳妇问道："这俩人是谁？"雪雁知道爹话里有话，迟疑了一下，低头嗫嚅道："我叔。我婶子。"他把筷子唰地一下扔在桌子上，怒声道："你还认得他们啊！他是你叔吗？你睁开眼看看他跟你爹有多大区别？"他突然哽咽起来，泪水夺眶而出："虽然我没在跟前，我也知道他们会怎么待你！人不能没良心啊！你叔求我办过什么事儿？就让你跟随他们几天，你就受了天大的委屈？"

雪雁吓得扑在婶子的怀里哭起来。秋生赶忙把筷子捡起来递他手里，说："哥，你错怪孩子了。"他仍然恨恨地瞪着雪雁："我错怪她？

这日子过得天天跟喝豆沫似的,她还想攀扯多高的枝子啊?"

秋生叹了口气,说:"哥,别说孩子,我都常常想啥都不干了,回咱们家种地去。在家里头过日子,快是个快,慢是个慢,心总有个落地的时候。哪像这里,天天急得跟赶黄昏集一样!"

他攥着筷子的手一直在发抖,一腔话语凝噎在喉头,捞摸不出半句出来。他索性把头别向窗外,可是什么也看不见,只有屋子里几个人的影子映在窗玻璃上,像电压不稳时的电视屏幕。过了一会儿,秋生媳妇拉着雪雁站了起来,给他敬了一杯酒说:"大哥,你再跟孩子生气,就把秋生这次请你来的好意辜负了。秋生也常说,把雪雁留这儿就像把激流河里的鱼放在北京的鱼缸里,能养活吗?"

他是坐第二天晚上的火车走的。秋生和雪雁一直看着他过了进站口才走。他顺着台阶一级一级往下走,这才看清楚,不是站台在地下,而是整个车站都架在空中了。那么,那些大小车辆和成群的人,都是在上不着天下不着地的半空中行走了?这哪是个事儿嘛!

秋生给他买的是卧铺。他上了车倒头就睡,第二天早上醒来,火车已经驶进了大别山区。他在一个小站下了车,出了车站,从眼前的小山丘翻过去,再蹚过激流河就到家了。

秋毕竟深很了,激流河水也退得差不多了,留下一河床圆滚滚的石头埋在浅水里。他脱下鞋袜,把脚伸进河里,开始还有点凉,一会儿就适应了。他低头俯在水面上,痛痛快快地喝了个够,然后直起身子,深深地吸了口气。他觉得体内像打了个闪,有什么地方喀嚓一下,浑身像过电似的受用。突然之间他明白了,"家"并不是光指房子、床铺和锅灶,它是地土,是树木,是水,是气味儿。眼前漫山遍野的树、水、鸟、鱼,哪一样不是跟他熟混得像邻居一样?

他踩着卵石往前走,每走一步都要停一下。他停下的时候,一群小鱼崽儿就不管不顾地吻他的脚,麻酥酥的。卵石顶在脚心里的那种感觉,他说不上来,像生命,像死。他禁不住闭上眼睛,过了一会儿,他把腿提起来,脚已经泡得如一截白莲,竹篙似的滴着水。他又把脚猛地踩进水里,弄出很大的声音和水花。一只在岸边觅食的水鸟,吓得扑棱棱飞起来,一边飞一边扭头看他。他想起他的雪雁,这个让他越来越握不住的小毛丫头,有一天也会这样扑棱棱地飞走,禁不住摇了摇头,待水面清净了,才去寻探下一个落脚的卵石。

发表于《光明日报》2012年8月17日

第四十圈

> 以眼还眼,以牙还牙,以手还手,以脚还脚。
> ——《旧约全书·申命记》

上部

一

十六岁那年我发表第一篇小说。说起来甚是好笑,这篇作品像一个孤儿,前不巴村后不着店。其后将近二十年时间,我没再写过什么东西。不但没写过东西,也没做过什么让自己高兴的事儿。生活粘巴巴的脱不开手，二十年时光，左支右绌，只用来应付生计已是身心俱疲，遑论其他！在一次高中同学聚会时，有人提起这篇小说，告诉我小说中写到的"那个人"现在已经是国家某银行人事司的司长了。老天爷！"那个人"是哪个人？连这篇小说的事我都不记得，怎么还会记得那个人！

　　二十年，可以忘记的事情很多，而且都比一篇小说要大——生活在这个星球上，坐地日行八万里，浑然有序而又阴差阳错。每天有三十七万人出生，十六万人死亡。想想看，与此相比，我们平凡的一生有什么大事可言？

　　不过，我着实听说过一件大事。那是我以一个作家的身份下派到天中县挂职当副县长期间，县里很多人给我说起曾经在这个县轰动一时的一起案件。是个杀人案，但也不完全是杀人案，案子里面套案子，挺复杂的。案件已经过去十来年了，现在大家还津津乐道。而跟我讲述这个案件的人不同，案子的面目也不一样，对里面各色人等的评价更是千差万别，真像一出"罗生门"。这谁也别怪，我理解他们，案件不管多复杂，那是别人的。

　　第一个跟我说起的是我的司机刘师傅。可从我到县里任职一直到离开，他始终也没把这个故事讲囫囵，其他人说的更是支离破碎。那次刘师傅送我回省城，在路上主动向我说起齐光禄——齐光禄是这个案件的主角。"赵县长，您是写小说的，那齐光禄的事儿，讲说起来比小说都好看。"——我相信他从未看过小说，他生活中就两件事，开车和打牌。天中有俗谚：一怕孙书记讲政治，二怕刘老四"推拖拉机"——孙书记是县委管宣传的副书记，他安排秘书写讲话稿就一个标准，"今天是开大会，话不能说尥了，给我写够五十页！"刘师傅在家排行老四。据说他打牌可以三天三夜连轴转，眼睛都不带眨巴一下的，人在阵地在，不把对手熬趴下他决不下战场。

我说："你说来听听。"

"他怎么就那么狠，眼睁睁地把一个派出所所长给剁碎了，"他一边吧嗒嘴，一边说，"这个所长我们早就认识，过去他没当所长之前，就在政府家属院住。挺内向的一个人，从农村考上的大学，第一个老婆跟人好了。找这第二个老婆也不是个正经货，名声不好，老大不小也找不到对象，最后不知怎么的就嫁给他了。"

凭我的职业敏感，我知道这可能就是我下来挂职所要体验的"生活"，就这短短的几句话，一篇好小说所需要的张力已经有了。我问他："你说的这个齐光禄为什么杀所长？总有个前因后果吧！你能不能把这个事情详细说说？""哎呦！要说那真不是个事儿！那算个什么事儿啊？唉嗨！钱，人家该赔也赔了，政府该补也补了，所长该免也免了。"他左手开车，右手捏着指头算着这三个"了"，好像这是一桩可以计算的买卖似的。

我坚持让他从头到尾说详细点。他意思了半天，说，一时半会儿根本说不清，这得抽个时间好好说道说道。我说："我们路上有将近四个小时的时间呢！"

"四个小时？那不够，太复杂了！"他摇着头，又重重地叹了口气，"太复杂了，想想就够让人闹心的。"

二

汝河往南走了一大段，又掉头往西去了。这样的走势在平原地区很罕见，属于倒流，所以当地人也把这条河叫作回头河。汝河河湾处夹着一个小镇，很像一个人的胳膊搂着个孩子。小镇与县城隔河相望，但是无路相通，只能坐船过去。别看这个镇子不起眼，名字却响亮得很，叫天中镇。也是因为有这个镇子，这个县叫天中县。据说这个地名是乾隆爷下江南路过此地时封的。但这种说法很值得怀疑，我从史书上看到关于天中的记载："禹分天下为九州，豫为九州之中，汝又为豫州之中，故为天中。"后来，我又在县志上看到"天中"二字竟然是唐朝的颜真卿所书。可见，历史真是不值得认真端详。

天中镇镇东头住着一户人家，户主姓牛，人我皆称呼牛大坠子。"坠子"在当地土话里两层意思，一层是对本地戏曲的统称，一层是指一挂鞭炮最后那几个最响的大炮仗。牛大坠子跟这两样都沾点边儿。先说唱戏这一出，从小他就喜欢，只要一出门口，小曲就挂在嘴上，咿咿呀呀，抑扬顿挫。如果碰上一群人扎堆儿在那里聊天，他便凑上去。禁不住人家一撺掇，他就会半推半就拉开架势。那么胖大的一个人，踩起场子来如风摆杨柳，左手撮成兰花指掐在后腰上，右手撮成兰花指挑在胸前，其势如凤凰展翅，便一唱三叹地开始了：

> 我不告天来也不告地
> 状告皇王御妹婿
> 我告的就是他强盗陈世美
> 秦香莲我本是
> 他的结发妻呀、呀、呀、呀……

至于把他跟大炮仗联系一起，一来是他嗓门大，说话跟过闷雷似的，震得人耳朵轰轰响半天；二来他好充大，说话办事总爱拣个高枝，好像凡事都比别人高明。

坠子爷爷过去曾经跟过袁世凯，专门做手擀面，说是祖传手艺。

老袁这个人一直到死都爱这一口儿。老袁死后，爷爷背着太子克定送的一把日本刀解甲归田，刚好遇到兵荒马乱的年月，技艺无以相传。直到后来得了孙子坠子，他才将刀和做面手艺传给了孙子。

不管爷爷是不是跟过袁世凯，用这方法做出来的面真是好吃。刀看起来也是真的，像传说中的皇室用品。坠子当了金豫宾馆的经理之后，把做面的手艺给解密了。相当简单，小麦、红薯、绿豆三种面粉和在一起，磕几个鸡蛋，使劲搅和，待白黄绿三种颜色混为一色，用瓦盆盖在案板上饧半个时辰，然后擀成半韭菜叶那么厚的面皮，晾至半干，刀斜成45度，薄薄地片下去，便成了厚薄适中的面条。用猪油擦一下锅底，把葱姜煸熟，待水烧成大滚把面顺势摆进去，出锅前再放几棵小青菜，点几滴芝麻香油。吃的时候有一股说不出来的"年少的味道"（爷说是袁世凯语）。那时候，就靠着这"袁面"，金豫宾馆红火了好大一阵子，如果不是后来的几多变故，结局肯定不是现在的样子了。

坠子原来在金豫宾馆当大厨，虽然有祖传的面点手艺，他却死活不听爷爷和爹爹的话，做了红案。他不喜欢白案的冷清，对着一堆面粉揉来搓去，让人一点都兴奋不起来。他喜欢红案的热闹，爹怎么打骂都改变不了他的志向，于是只好随了他。很快他就出师了，煎炒烹炸相当了得，那完全得益于戏曲给他的启示。他觉得炒菜跟唱戏十分相似，热锅凉油，一把作料撒下去，嗞啦一响，是过门儿。待主菜下锅，一出大戏便开始了，锅碗瓢盆叮当乱响，有韵律，有节奏，还有情趣。那是一门让人上瘾的艺术。

刚开放之初，国营金豫宾馆实在经营不下去了，学习外地经验搞起了承包。那时候的人都小胆，商管委开了几轮会议，没人敢接这个摊子。坠子一拍屁股站起来，签了为期五年的承包合同。当时的报纸电台当作是一个重大新闻，进行了广泛报道，说他是中原的马胜利步鑫生，他的壮举将会在中原大地掀起一轮改革大潮，云云。

后来的实践证明他这个决策是对头的，他以"袁面"打头，以周围鄂豫皖地方特色菜铺底，生意做得风生水起，远近闻名。那时候，他牛总经理梳着中分大背头，一套上海"响铃牌"大方格西服，脖子里吊着猩红领带，皮鞋擦得锃亮。不管他去哪里，都让人扎眼得厉害。一辆古董级的黑色"上海"牌轿车驶过，能听到收音机里传出的老包下陈州的唱腔：

　　久念陈州众百姓，
　　辞别王驾早登程，
　　紧催八抬忙走动……

三

机关干部下基层挂职锻炼，总有点不伦不类。有钱有势的部门下来还好，能给人家跑个项目批点资金什么的，至少能为当地干部提拔重用牵线搭桥。像我们这些文化部门下来的，两袖清风，手无缚鸡之力，很难融入当地。眼看着两年的挂职期限已经过半，我心里不免暗暗着急。一来，自己分管的文教卫属于慢工出细活的工作，干好干坏一时半会也看不出来。二来，有形的项目自己一个也没干。别人说起以往的挂职干部，往往是谁谁谁修了水库，谁谁谁盖了一所小学。如果我回去，在县里不会留下任何可资评说的东西。有一次，我给在发改委任职的一个学弟打电话，求他帮忙给弄个项目。"姐啊，"人前人后他都这么亲热地喊我,"不是我给你弄个项目,而是你得先编个项目,我负责给你点钱!"电话那头乱哄哄的,好像是在歌舞厅里,那时是下午四点多一点。"编个项目?是编制一个项目还是随便编一个项目?"我玩笑道。"哎呀!姐,你这作家都当呆了,那还不是一回事儿?小说是把真事往假里说,编项目是把假事往真里说!"他那边已经开始唱上了,吼了一句粤语歌又跟我说:"就这么回事儿,年底快批项目了,正好今年钱多得花不出去。"说完又唱上了。估计他也喝得差不多了,不然他不会这么跟我说话。他是一个知道分寸的人。

  第二天,我带着办公室副主任赵伟中和秘书下乡搞调研。在县里,每个副县长都有一个办公室副主任跟着,其权力比秘书大,比办公室主任小,我的一切活动基本上都靠他安排。走路上我问他,"编"个什么项目合适。赵伟中说:"赵县长,您是真想办事还是想办真事?"——妈的,这都什么语言,跟江湖黑话似的!我不禁想起学弟"编项目"之说——我说:"此话怎讲?""真想办个事出出政绩,县政府项目库里的项目多的是,拿一个就是了。想办真事,那就看您觉得事情办得有没有意义了。"我说:"那还用说?我办事的风格你们又不是不知道!"刘师傅插话说:"赵县长,咱们县我觉得最值得办的事情,就是县城往天中镇修座桥。这事儿老百姓意见很大。""既然有这样的好事,过去怎么没人办?""哎呦!"他又吧嗒起嘴来,这个动作表示里面有戏,情况复杂,"您不知道,天中镇人不好惹!就齐光禄那个事儿,前前后后拉扯多少年,到现在都没扯白清楚。"赵伟中连忙喝道:"老四,别信口乱说!"

  我想了一下,说:"刘师傅,今天咱们就直奔天中镇!"刘师傅扭头看了一下赵伟中。赵伟中把前面摆着的"县人民政府"的牌子拿下来,扔在脚下,也没看我,叹了口气说:"走吧!"

虽然咫尺之隔，可刘师傅说要绕一个多小时的路程才能到。我想起他和其他人跟我说起的齐光禄的事情，心里隐隐约约有一种不安。也不完全是因为今天赵伟中的表现，很多人说起这个事情，都是这样一种态度。也不是避讳什么，好像谁都想躲开里面的麻烦，害怕会缠上自己似的。事情已经过去十多年了，现在说起来还如此讳莫如深，那么在这个案件背后，还有多少鲜为人知的东西？

四

牛大坠子承包金豫宾馆的第三年，来了一个南方女子。开始她是来推销报纸杂志的，养生、口才、营销、厚黑学，什么都有。女子一来二去，跟牛总怎么就对上眼了。牛总不拘一格降人才，把她留下来做销售经理。这个女子不寻常，在销售上确实有一套，见人说人话见鬼说鬼话，不管什么人见面就熟，只要见过一面，下次一口便能喊出人家的职务。再到后来，牛总是一步也离不开她，连自己的家都很少回了。

坠子的老婆也是天中镇人，在家就是个病秧子。身体弱的人，往往性格暴戾。有时候，坠子跟她说不了三句话，她就能拿头去撞墙。所以坠子平时也不敢招惹她，遇到什么事都是躲着让着。坠子当了老总之后，好话说尽，才把她和女儿搬进城里。屋漏偏遭连阴雨，坠子和那女子的传闻，不知怎么的就传到了她这里。她气不打一处来，抓不到坠子，逮住自己的女儿暴打了一顿。谁知坠子刚好回家来碰见，还没解释几句，母女俩合着伙歹毒他。女儿哭着怪他惹事，老婆拿着热水瓶朝他头上砸。他狼狈逃窜。老婆本来身子就弱，又遇到这事儿，气病交加，熬了不到一年就去世了。老婆死后，牛大坠子很快便跟这个女子结为夫妻。结了婚以后他才知道，女子还有一个儿子，比自己的女儿光荣小五岁。坠子心中暗喜，这是买一送一的好买卖，不费力气就儿女双全了。

坠子的女儿牛光荣长得既不像坠子那么肥硕，也不像他老婆那么柴，是个细皮嫩肉的美人胚子，个子细长，瓜子脸，一笑俩酒窝，羞怯中有一种质朴。娘还活着的时候，光荣已经寻到了对象，是自己谈的，只是年龄不到无法办结婚证。光荣的娘一死，光荣跟后娘之间像乌眼鸡似的，你琢我一口，我掐你一下，没个消停的时候。后来光荣索性搬到男方家去住了。再后来，光荣肚子里有了。男方的家长找到坠子，支支吾吾地把这事告诉他。坠子大手掌拍在老板台上，说，那还扭扭捏捏扯白什么啊？让他们俩先上车再补票不就得啦！

婚礼是在金豫宾馆办的。坠子本来就爱排场，当上经理之后结交的狗肉朋友又多，再加上双方驴尾巴吊棒槌的亲戚和镇上的乡亲，前后开了二百多桌。光荣的后娘重装登场，浑身披挂得比继女都像新媳妇，在酒宴上撒着欢卖弄风骚。光荣看着她，当着人面笑也不是哭也不是，新仇旧恨窝成一肚子气，强撑一天，一口饭都没吃。

婚宴一直拉拉扯扯到晚上才结束，牛大坠子与亲家喝得昏天黑地。吃完喝完，一群晚辈闹哄哄地簇拥着小两口回去闹洞房。开始还算文明，交杯酒，咬苹果，亲嘴……闹着闹着就不像话了，一群人先把新郎围在中间"撞墙"，把新郎撞得筋疲力尽瘫软如泥，拱到床底下再也不爬出来。又开始折腾新娘，他们拉着她的胳膊腿往上抛，说是放冲天炮。一下，两下，三下……光荣一天水米没打牙，浑身连四两力气都没有，被他们抛来抛去，开始还能挺着身子，到最后浑身就像一块面团一样绵软无力。最后一抛，面团从众人的手中滑脱。光荣四仰八叉朝水泥地上重重地砸去，像一列脱轨的列车，失速撞向一个未知的黑洞。

五

齐光禄原来并不是本地人，老家是东北的，父亲是军工厂的老工人。上世纪六七十年代，中国与苏联交恶，因为形势所迫，军工厂大部分迁往三线。他跟着父母来到了鄂豫皖交界的这个山旮旯里，初中没毕业，就回厂接了父亲的班，分到机修车间开叉车。父亲在喷漆车间工作半辈子，退休之前就干不动了，退下来不久就因肺癌去世。家里剩下他和母亲，还有一个患小儿麻痹症的小妹。

齐光禄先是开叉车搬运钢材的时候挤断了一条腿，虽然治疗得差不多，但是走快了还能看出来跛脚。后来又遇到企业军转民，很快他就下了岗，成了一名待业青年。当时政府为了维护社会稳定，给待业青年开了口子，鼓励他们自谋职业，并且在税收、经营场所等方面给予照顾。他就在县城一处居民区的小蔬菜市场里摆了个猪肉摊子。

猪肉摊子离牛大坠子住的楼也不远，隔半条街。按理说他跟坠子沾不上边儿。坠子开饭店当经理，家里吃的用的根本用不着从外头买。可是事有凑巧，有一次坠子下班回来的早，在菜市场下车。他看见齐光禄卖肉的时候，把半扇猪吊在横梁上，谁来买肉他就拿刀过去砍一块，不是多了就是少了，而且肉切下来卖相很难看。坠子一时技痒，快步过去，把猪从梁上卸下来横在案子上，横着剁五刀，竖着剁了三刀，整整齐齐一十五块猪肉码在案子上，煞是好看。

他把刀递给齐光禄说，要想卖好肉，先去换把好刀来！

齐光禄看得傻了，半天才缓过劲来，连忙递上烟，忙不迭地喊师傅。坠子把烟叼在嘴角，示意齐光禄点上，舒舒服服地吐了一口烟。

齐光禄说，师傅……坠子也不答话，哼着小曲走了。

旁边的人告诉齐光禄说，你今天算是走鸿运了。这个人你不知道是谁吧？他就是牛大坠子啊！

从此，每次看见坠子回来，齐光禄离老远就打招呼，俩人慢慢熟络起来。女儿光荣结婚的时候，坠子也请了齐光禄去喝喜酒。齐光禄手也不小，封了一百块钱，还添了一床当时算是奢侈品的鸭绒被子。

那天牛光荣被摔到地上，齐光禄就站在旁边。坠子虽然喝得醉醺醺的，可非要坚持把他亲家送回家。齐光禄怕他有什么闪失，也跟着过来了。光荣这一下摔得真是不轻，当时就昏迷不醒，躺在地上动都没动一下。后来大家七手八脚把她抬起来，赶紧往医院送。肚子里的孩子没保住，光荣也昏睡了四十多天。光荣的婆家在她入院的时候交了两千块钱押金，后来再也不露面了。牛大坠子去找他们理论，婆家说，他们俩又没登记结婚，这婚姻不受法律保护。人是你们家的人，我们又没动她一指头，凭什么该我们管？

坠子气得回家喝了一斤二锅头，跳起脚在屋子里大骂，可是于事无补，毕竟他没能力拿住人家。让他万万没想到的是，这才是他倒霉的开始，要不怎么都说祸不单行呢！饭店五年的承包期到了，他要跟商管委续签合同。商管委的头儿说，你来得正好，省我们跑一趟冤枉路。赶紧交钥匙吧，这宾馆我们已经包给别人了！坠子一听如被雷击，站在门口跟人家嚷嚷道，金豫宾馆的门楼子没塌下来，到现在还这么红火，都是我牛大坠子一铲子一铲子炒出来的！你们把我一脚踢开，这不是卸磨杀驴吗？还讲不讲理？头儿说，我们不能讲理，只能讲法！现在是法制社会——简直跟光荣婆家一个口气——他急得跳脚撒泼，指着头儿说，我一把火把宾馆给你们点了，看你们还跟我讲法不讲！头儿根本没搭理他，从兜里摸出一个打火机，扔给他。看他没动静，又摸出一个，扔给他扭头走了。

一整天，他眼里心里尽是打火机。晚上回来又灌了一斤二锅头，哭着骂道，这是什么鬼世道儿？对你们不利的事儿，你们就跟我讲理。对你们有利的事儿，你们就跟我讲法啊！

骂归骂，现实还要面对，末了还得乖乖听话。钥匙交了，车子也交了。当天晚上，他把齐光禄喊过来，两个人一人一瓶"汝水白干"酒头对着吹。悲愤指数升高，酒的度数也要跟着升，七十三度，一点水都没掺。喝到七八成熟，他从桌子底下拽出一个红木匣子。打开来看，里面是一个明黄色布包，搭眼一看就知道不是凡常人家的用品。坠子把黄布包小心翼翼地取出来摆在桌子上，轻轻打开。齐光禄只见寒光一闪，一阵凉风穿心而过。那把刀便顺在坠子手里。坠子放在眼前看了半天，双手捧着递给齐光禄。齐光禄接过来细细地看了，暗暗叫绝，真是一把好刀！青脊白肚，背厚刃薄，像一条鳞光闪闪的青鱼。在刀柄与刀身的结合处，刻着两行非常不起眼的小字：関孫六。大日本明治二十七年製。

六

那天我们去天中镇并没有遇到什么麻烦。为了防止意外，开始我们没到镇子里去，而是沿着河堤，一直走到与县城对面的码头上。镇上的书记镇长已经接到通知，带着一干人在河堤上列队迎接我们。简单寒暄几句，我们顺着河堤上的一条小路往下走。我从来没这么近距离地走近过这条河，来到河边我才发现，从这边看县城，简直是近在咫尺，好像伸手就可以碰到对面河岸的柳叶。

河边是一个两岸人员来往摆渡用的小码头。离码头不远，几个船工模样的人围着一个用砖头水泥垒起来的小桌坐在河边喝茶。看见我们过来,他们只拿眼睛斜楞着,没有一个人站起来。我回头问镇上的书记:"在这里干几年了?"书记说:"过来快半年了。"——怪不得老百姓都不认识他——他说着看了一下赵伟中,迟疑了一下,又补充说,"谁在这个镇子上干,也不会超过两年。"我问:"为什么?"书记笑了一下,说:"地球人都知道为什么。赵县长,很快您就知道为什么了。"

听他那语气,我心里咯噔一下,莫非又是因为齐光禄?

看完现场,我们正准备往回走。刘师傅问那几个人:"坠子他小老婆现在干嘛呢?"其中一个面皮青黑的中年人说:"不还是该干嘛干嘛!"又反问道:"你认识坠子他老婆啊?"刘师傅走过去,给他们每人散了一根烟,说:"不认识牛大坠子的老婆,不是在这里白混了吗?"一群人听罢此言,你看看我,我看看你。我觉得似乎刘师傅这话说得不是很合适,空气有点紧张。一个人问刘师傅:"你们是政府的吧?"刘师傅未置可否。那人又道:"别看了,赶紧回去吧!我还没结婚,你们就在这看来看去。现在我儿子都结婚了,你们连一块砖头都没埋下。"刘师傅跟他玩笑道:"吸人家的嘴短!你再乱说我让你赔我烟!"大伙儿一阵哄堂大笑。我感觉到现场情绪明显松动了很多。

晚上,我们在镇政府吃饭。赵伟中特别安排不在外面吃,就在他们的机关小食堂里。饭菜很有特色,都是当地土里刨的、河里捞的特产。开始大家都还很拘谨,按套路敬酒。酒过三巡,我站了起来,先用茶杯倒了一杯酒,准备一口干了。赵伟中见状赶紧夺过去,说:"赵县长,您这是办我的难堪!下面这酒要怎么喝,您只管吩咐就是了!"

我说:"我吩咐算吗?算了,我还是喝了吧!不然我这个挂职副县长,说什么都没人听!"我话音刚落地,赵伟中仰脖子把一茶杯酒喝了。书记镇长也赶忙站起来,学他的样子,一人喝了一茶杯。三个人都拿眼看着我,也不说话。我拿过杯子,又倒了三分之一,说:"这是我这一辈子第一次喝这么多,我相信也是最后一次喝这么多。不管我在这里,还是离开,我仅仅是女作家赵芫,而不是一个副县长或者其他什么。如果你们觉得我还像那么回事儿,今天咱们就放开喝酒,放开说话。我希望好好听听你们天中镇,听听牛大坠子,听听齐光禄和牛光荣!"

"好好好!"他们一边说一边每人又倒了一杯喝下去。谁知几杯酒下肚,话都多得控制不住,七嘴八舌地胡乱插话,一会儿就搅合成了一锅粥。我的头也晕得像坐海轮,忍无可忍地坐在那里,到末了也没听明白他们说的什么。

七

坠子被解职之后,在家待了有半年多时间,一直等到光荣从医院接了回来。说是痊愈了,其实只是保住一条命,根本没有得到很好治疗。刚回来那一段时间,跟个傻子差不多,既认不清人,也说不成话。养了一段时间,虽然有了很大改善,但跟正常人还不一样。说话非常不清楚,还经常不自觉地流口水。自己坐在那里,总是忍不住笑。问她以前的事情,婚礼之前一直到闹洞房她都记得清清楚楚。可是自那之后,包括现在的很多事情,她有的能记得,有的一点都记不得。不过,从外表看起来她还跟个正常人差不多,依然那么漂亮,而且家里的活计一点都不少干。

坠子新娶的小老婆经过这两件事,倒也安分平和了不少,对待光荣也不似过去那般刻薄了,有时候看见光荣忙不过来或者有什么不方便,她也主动上前帮忙。仔细说来,过去俩人掐架也不光是后妈的责任，按她自己的说法，她有追求幸福的权利。这话也不无道理，平心而论，她只是跟追求自己的男人结婚，何罪之有？

饭店开不成了，坠子老婆在家休息了一段时间，又捡起了自己的老本行，帮人家推销报纸杂志办公用品，每个月都有进项贴补家用。倒是坠子干了这几年经理，心大了，野了，手也软了，再也捏不住刀把勺子柄了。光荣回家，他就开始跟着开饭店时结交的一个大老板跑业务。据说这个大老板很有后台，在北京凯宾斯基饭店包了一层楼，全国各地都有分公司。谁也说不清楚坠子到底跑的是什么，但见他每天进进出出，西装革履，掂着一个黑亮的大提包，忙得连喘气的工夫都没有。那时候物资短缺，而且每个机关单位都要办企业，所以皮包公司满天飞。江湖上都传说他根子硬，门路广，见过大世面，按当地的话说"是吃过大盘荆芥的人"。而他也从不隐讳自己的能耐，手里不是有一百吨钢材，就是有海关处理的走私电视机，"都是人家小日本国内生产的，塑料纸都没揭掉"，他对追在屁股后面的人说。生意做没做成没人说得清楚，反正看他的身材，肯定是每天都落个肚儿圆，还常常车接车送，前呼后拥，煞是风光。

后来，各地政府都有了招商引资任务，他按照大老板的安排，摇身一变成了外商投资的代理人。大项目多得没办法，眼睁睁看着他把皮包磨坏了好几个。皮包里除了合同、委托书，还有他跟各地领导的合影。最高级别的领导是某个省的党外副省长，据说这个副省长的父亲是黄埔军校四期的高才生，和林彪刘志丹他们同是老三连的同学。"我们都是名门之后啊！"他拉着党外副省长的手这样说的时候，眼圈有点湿润，但也不全是装出来的，"要是您在沿海当省长分管招商引资，我可以帮您办成一件大事。遗憾！真是遗憾！——"他一边摇着头，一边从提包里掏出一沓子花花绿绿的文件，是旅欧黄埔同学会的投资委托书,"他们想搞一个海水淡化项目,建成之后可以从根本上解决华北地区的缺水问题。可惜咱们这里是内陆,不靠海,我也帮不了您这个大忙!"

坊间关于坠子类似的传说很多。还有人造谣说,坠子事先知道副省长接见后,专门查阅了副省长的出身,然后自己去打印了这份委托书。但是,这样的说法明显缺乏其他证据支持,不足采信。况且还有那么大一个后台,一个副省长算什么呢?

全国各地招商引资的虚热症冷下去之后,坠子的门庭也冷落了一段时间。后来大老板又为他开辟了新的生财之道,但是已经不面对政府,而是面对企业和个人了——不是承包了一段高速公路,就是发现了一个稀土矿,现在只缺前期启动资金了。有一次,他喝得醉醺醺的,来找睡在肉铺子里的齐光禄。他坐在齐光禄的床头,从提包里掏出一沓子夹杂各种文字的复印材料,说是一份非常非常重要的合同。他的大老板,全家已经移民加拿大了,记念着与坠子的老交情,专门从国外回来找他,想帮助他先富起来。大老板与美国波音公司签订了五百套生产机舱门的供货协议,现在就差三万元启动资金了。坠子想让齐光禄"帮忙垫一脚,先登上去再说"。

"不管是机舱门还是机枪门,看在你过去看得起我的分上,这只三万块钱的脚,我先给你垫上,"齐光禄披衣坐在床上,上半身靠着墙,肋骨一根根地起伏着,"可是,你拿什么担保呢?"

"光荣嘛!"坠子知道齐光禄痒在什么地方,他眼里燃着一把贼亮的火,眼珠油汪汪地转动着,"我拿光荣担保可以吧?"

齐光禄一脚把被子、合同和提包蹬到地上,跳下床来,一只手提着快滑脱的大裤衩子,一只手点着牛大坠子说:"你们家就光荣还值点钱!"

八

县城通往天中镇的新大桥开工并没有依惯例举行典礼，施工队悄悄进入了工地。县政府专门成立了一个"大桥建设指挥部"，我任指挥长，县公安局一名分管治安的副局长任副指挥长。后来我才弄明白，这样安排是为了好临时调动警力应付突发事件。用"突发事件"这个词，听起来怪瘆人的，其实就是指群众上访、围堵县领导、阻挠施工什么的。

在县政府常务会议上，当讨论到我这个项目时，除了主持会议的县长讲了几句话，其他没一个人发言。按理说这是一个重点项目，既关乎到群众的切身利益，又有非常大的投资，应该由一个有实权的副县长当指挥长。可是在会议上，没一个副县长主动揽这个活儿。县长问，这个项目怎么办？怎么办？大家的目光唰一下都打在我身上，好像这个项目是我认领的一个孤儿，就该我负责。我看了一圈没人表态，便说，这个指挥长我来担任！好好好！一圈人用侥幸的、因为卸下担子而松了一口气的态度看着我。

会议结束后，我刚回到自己的办公室坐下，副主任赵伟中就跟着过来了。我问他："天中镇的事情到底有多大麻烦，大家都这么回避它？"他说："多大麻烦啊？都是吓怕了！赵县，别看您平时不吭气，关键时候真能拿出来！不过，"他拉了一把凳子坐到我对面，"您来干这个事情，未必是坏事。其一，您是女同志，人家老百姓也不会真去为难您。这里虽然民风彪悍，但是不跟女同志较劲儿。其二，您是下来挂职的，能干则干，不能干则走，谁能怎么您啊？其三，最危险的地方，其实最安全……""好了！我脑子里哪会有这么多弯儿？我问的不是这个,我问的是,这个天中镇,还有这个齐光禄什么的,到底有多大问题在里面?"

"我跟您说说有多大问题吧!"他拿起我面前的记事簿,用笔在上面划拉着,"我光说结果吧,您看看麻不麻烦?因为这件事,撤了公安局的局长、政委,一名派出所所长被"双开"后,又被当事人砍了五十多刀,剁成一堆排骨,死了!两名警察被免职,一直挂到现在,还没给人家个说法。这还不算,还有哪!县政府先后有五位分管信访的副县长受到了行政处分。到现在为止,这个案件还是国家信访局专门督办的重点案件。"

"这案件跟副县长有什么关系?"我问他。

"您来这么久了,这个您应该知道啊!"他对我问这个问题非常吃惊,"您没看,分管安全和信访的副县长都是一年一轮换。谁管这项工作的时候,只要下面出了问题,分管领导都要负连带责任,跟着受处理。您比如吧,前年,安徽省的一辆客车和湖北省的一辆货车在咱们县境内撞上了,死了十几个人。您说这事儿跟咱们县有什么关系啊?到末了,不是还要处理咱们的县领导?郑副县长背了个处分。对了,那天天中镇的书记说,没有一个书记在这个镇干足过两年,也是这个道理——害怕群众上访,受牵连!"

我好像有点明白,但也不是真正明白。

下午,我既没带赵伟中,也没带秘书,让刘师傅开车去了工地。到了工地上才发现,那里秩序非常正常。工人们正在整理场地,搭建帐篷,各种机械设备也正在忙碌着。几个船工还在那儿喝茶,看见刘师傅过来,他们老远就打招呼,喊着政府政府,过来喝碗茶!

没等刘师傅搭腔,我径直快步走过去。到了他们跟前,便像背书似的主动自我介绍说,我叫赵芜,是个作家,其实也就是个讲故事的。

省里把我下派到这个县挂职当副县长。现在我又有了一个新职务，是建设咱们这个大桥的指挥长。今后我要经常来这里。不过我也是边学边干，有什么不懂的地方，希望大家多指点！"

我双手合十，向他们鞠了一躬。

他们几个一下愣了，呆呆地看着我，忽然都站了起来。一个老者说："赵县长，坐坐坐！您的事儿我们都听说了，这座桥就是您跑下来的！修桥铺路可是积德行善的事儿，咱们老百姓什么时候都不会忘了您！"

我坐了下来，这才发现两条腿都是哆嗦的。其实从下车的那一刻起，心里就紧张得要命，害怕遇到"突发事件"。这么一段时间以来，周围人营造的紧张气氛紧紧地压迫着我。刚才的镇定都是装出来的，现在更是感觉到虚脱得厉害。我把他们都让坐下，转身跟刘师傅要了一盒烟，一边在心里数着一二三四让自己平静下来，一边控制着发抖的手把烟盒打开给他们分烟。其实我发现他们比我还紧张，也许不是紧张，是过分吃惊吧。看着我递给他们的烟，他们把手心手背在衣服上反复擦了好几遍，才伸着粗糙的双手接烟，并用羊一样潮湿而温良的眼睛歉疚地看着我。那时候，我觉得自己分裂成为两个人，一个忧虑万端地坐在他们中间，像一个被缚的飞蛾，在投入与逃脱之间痛苦地挣扎；一个脱身而出，站在我身边——不仅仅站在河边，而且是站在心灵的深处——静静地打量着我。说不上来什么原因，我有一种越来越委屈，也越来越别扭的感觉，真想痛痛快快地放声一大哭。

九

牛大坠子红火的时候，尽管牛光荣落个那样的结局，齐光禄也没敢打过她的主意。在这个县城里，毕竟他只是个做小生意的外地人，手里没几个钱，背后也没什么人，而且还是个残废。坠子家道中落以后，他托了一个人让他说合说合他和光荣的事。这人先是找到坠子。坠子倒是一点都没犹豫，二话没说就点头同意了。可是说给光荣的时候，她只是摇头，也不吭气，一副决然的样子。

现在，她同不同意，已经无关大局了。只要坠子同意，只要坠子接了他的钱，什么事儿都得他齐光禄说了算。齐光禄恨恨地想。

要说他的恨也没有来由，不管他对牛大坠子怎么样，人家牛光荣也不欠他什么。况且这婚姻大事本来就是你情我愿，无论如何也勉强不得。可他不这样认为，他觉得牛光荣压根就看不起他。他把钱给了坠子没几天，就去找牛光荣。牛光荣见他进来，转身进里屋把门给锁了，把他撇在客厅里，走也不是，留也不是。牛光荣的弟弟坐在一个角落里抄写着什么，扭头看看他，连个招呼都没打。这孩子已经长成个大人了，一点礼貌都没有。他站了一会儿，觉得没趣极了，摔上门就出来了。

妈的！我是个残废，你不也是个残废嘛！还跟我穷装什么大头蒜哪！他站在楼下，看着楼上，羞愤交加。

又过了几天，他趁坠子没外出，买了三张戏票交给坠子，是省坠子戏剧团的拿手戏《双玉簪》。坠子知道他的意思，晚上好说歹说把老婆儿子拉出去海吃了一顿，然后带着他们去看戏，撇下光荣在家里看家。夜幕降临，家家户户边看新闻边吃晚饭，正是热闹的时候。齐光禄敲开牛光荣的门，这次没给她躲开的机会，像老鹰抓小鸡一样把她按倒在地，然后提溜到光荣的床上，剥光了她的衣服。他翻身压在牛光荣白花花的身上，定睛一看光荣的身子下边，心里不禁一阵发酸。床上的被子还是结婚时他送给她的那床鸭绒被。不管对她有多大恼怒，这样欺负她，是有点过头了。但是，他只是迟疑了半秒钟，一种更野的想法霸占了他：如果这时候不做一回男人，他将永远不会是男人了！

很快俩人就成了婚。本来齐光禄想办个婚礼，坠子也同意，但牛光荣死活不同意。最后，两家人在一起不冷不热地吃了顿饭，就算结婚了。

齐光禄婚后没地方去，就住在牛光荣家。日子虽然平淡，过得倒也扎实。光荣在家洗衣做饭，齐光禄天天还是去市场上卖肉。据说这个市场很快就要搬迁了，县里创建文明城市，所有的马路市场要一律取缔。城东边新建的菜市场开张以后，这边的生意明显不行了，有时候两天还卖不完一只猪。齐光禄也正打算搬到新市场去。

有一次他早早收摊回来，看见牛光荣和弟弟一丝不挂地躺在床上。他和光荣，两个人都不意外，也没吃惊，只是互相看了看。他退回到客厅里坐下，招呼他们两个穿好衣服过来。他们过来后，齐光禄平静地说："牛光荣，我知道你忘不了那个男人，也知道你是想方设法报复我。所有这一切，我都一清二楚！但是，如果你还有一点记忆力的话，你弟弟也不是你这一段时间找的唯一一个男人。"他递给弟弟一根烟。弟弟看了看他，哆哆嗦嗦接了过去。他打着火给他点上，然后自己点着，"这些，我都可以不管。但是，我跟你撂明白了，为了你爹，也为了你，当然也为了我，希望你老老实实给我生一个儿子。这是我唯一的要求！我们家几代单传，不能到我这里断了香火！否则——"他把烟在桌子上摁灭，手按在烟蒂上一直没松开，直到闻到一股桌布被烧焦的臭味，"你可别说我不君子！我相信你也听说过东北人的脾性，而且还是个曾经造过武器弹药的东北人！"

光荣听了这番话愣住了，盯着齐光禄的脸看了一会儿，眼泪突然流了出来。她已经记不得什么时候曾经哭过了。

这事过了没几天，齐光禄就把肉摊子搬进了新市场。他租了两个店面，签了十年期的合同。他有自己的打算，他不能让未来的儿子再这么穷下去。他要让儿子一生下来就有房子，有脸面。他得扩大经营规模，把生意一步一步做大。

牛光荣主动提出来，自己在家闲着没事，还不如跟着他出来打打下手。齐光禄迟疑了一下，说，把你弟弟也带上吧，这样我们就不用雇人了。

街坊邻居看到光荣的情形一天好似一天，话多了，说得也清楚了，有时候一天下楼好几趟，过去她很少出门。早上吃过饭，他们三个肩扛手提，一起往市场走去。光荣走在中间，齐光禄和弟弟一边一个。三个人边走边说，偶尔说点什么高兴事儿，光荣还会吃吃地笑个不停，肩膀抖得东倒西歪的。

十

那天我与几个船工师傅聊得甚是愉快。在他们的回忆里，沉没在岁月深处的某些东西慢慢显影了。那些影像虽然已经泛黄，模糊得像沉在水底，但已经被赋予了生命，在我心里慢慢鲜活起来。

他们嘴里的牛大坠子，是一个难得的好人。"像他这么好的富人已经绝种了，真是绝种了！"刚才跟我说话的那个老者摇着头对我说。我很吃惊，一般像他这样年龄的人，说话应该不会这么凌厉了，"只要他有一口饭吃，就不会让我们饿肚子。他自己宁愿啃窝头，也得让乡亲吃饱。为什么这个镇子里出去这么多人，光将军就十几个，有的人门槛不管多高，从来都没人踩过？他家天天跟过年一样，都是咱镇里的人。有一次我孩子患绞肠痧，疼得受不了，半夜去找他。他披着衣服就领着我往医院跑,所有花费没让我掏一分。"

还有一个船工回忆了另外一件事,那时候坠子还没当老总,他为孩子分配的事情去找他。女儿大学毕业,想留在县城教书,托不到合适的人,最后找到了坠子。坠子说,你谁也别找了,就在家等信吧!不久女儿分到了县直二中。"后来听他们说,最少得花一个数,"他在我面前晃动着伸不直的食指,"您想想,那时候一个数值现在多少?我就是把全身零件都拆下卖完,也不值这个数!所以现在每到清明,我先去给他烧炷香,再去祭拜父母。人不能忘恩!"

有人对齐光禄的评价很有意思,"是个汉子,就是太拗,他认准的事儿,你就别想扳过来。不过,咱得承认出手太重了!把人撂倒正好,仇也报了,气也消了,两不找,您看多合适是不是?嗐!这个㞞种,何必再砍那么多刀?明明是咱们有理的事儿,这几十刀剁下去,让人家看起来好像咱们就是杀人不眨眼。你这样,人家判的时候,咱们就吃大亏了不是?"——话说得好像跟齐光禄是同案似的。

有人附和道:"赵县长,您得评评这理儿。虽然国家大法说杀人抵命,但也得考虑齐家的情况不是?齐光禄他爹的尸骨都找不到了,他又是单传,没有个后代,把他枪毙了不是让人家齐家断后吗?"

我们第一次来见到的那个黑青脸汉子不同意他们的看法。他认为,"那个派出所所长,杀他一百次都不亏。他干的就不是人事儿!光荣那闺女,见人不笑不说话,很知道跟老家人亲。他说毁就给毁了?咱三千多口天中镇人会答应不?不过话说回来,这公安上就没几个好东西,都剁碎了也不解恨!"

趁他去旁边提开水瓶,有人小声提醒我说,他儿子因为赌博,抓进去过好几次。

我想引导他们回忆一下,牛光荣没进城的时候在老家是什么样子。

我总觉得在周围人的陈述里,她的形象是那么稀薄,像个符号,连喜怒哀乐都那么不真实。

他们只是说这个闺女好,真是太好了,但是连一件具体事也说不上来。她不大跟别的孩子玩儿。在学校也没听说成绩有多好。"她娘很厉害,除了上学,就不让孩子出门。打孩子手也狠,有时候满街筒子撵着打她。平时这孩子看见人就躲老远。"

我想想,他们刚说了牛光荣见人不笑不说话,怎么又这样躲着人?忍不住想提醒他们,后来看看大家都没在意,就算了。已经过去那么多年了,有些细节哪能记那么准?不过我又非常纠结,整个事件不都是靠细节串联起来的吗?

"光荣这个弟弟是个好样的,跟光荣比亲弟弟都亲!"一个船工说,"光荣她两口子出事之后,他弟弟带着母亲回咱们镇上就住下不走了。他在十字街口当街跪下,说,从今往后,我生是天中的人,死是天中的鬼!要是不给姐姐姐夫报仇,大家就把我当成个畜生踩成肉泥,扔河里喂鳖!就这一点,我看比坠子还有血性!人家一个七不沾八不连的外人都这样对待坠子一家人,您说我们不跟着他们去讨个说法,还是天中的人吗?"

我想象着那个情景,在蒙蒙细雨里,一个单薄而苍白的少年跪在十字街头,紧握双拳,心里默念着为亲人复仇。简直就是美国西部片的一个经典桥段。

他们几乎异口同声地说,老百姓之所以闹事,是政府处理这个事件太没道理。不公平,也不能服众。当初公安上抓牛光荣,逼迫她要么承认齐光禄强奸她,要么承认她自己卖淫,必须二选一。最后光荣忍辱承认自己是卖淫,被劳教了小半年。这边光荣才出来,那边齐光禄又被抓进去了。公安上怎么能出尔反尔?听说后来的那个公安局长,跟齐光禄杀的所长是老朋友了。这不明显是报复老百姓吗？光荣除了以死相拼，还有什么活路？我们不去跟着上访，把这老理儿给捋直了，还靠什么报答人家坠子？

十一

齐光禄他们的店面位置并不是很好，处于菜市场中间部位。新建的市场横穿半个城区，从东到西走一趟差不多要半个小时时间，所以除了闲得没事干的人，很少有买菜的到中间这个位置来。好在齐光禄有这么多年的销售经验，知道薄利多销，酒香不怕巷子深的道理，卖出的猪肉质量高，价钱也公道，生意还能勉强维持下去。而他两边的商户，有的关门，有的则改成加工作坊了。

后来发生的一件事既改变了他的生意，也改变了他的人生。县政府基于创建卫生城市的需要，决定对老城棚户区进行改造，这样就需要开出一条新路纵穿市场。齐光禄的店面正位于新开出的道路旁边，临着两条大街，从鸡肋变成了寸土寸金的黄金地段。

果然，道路打通以后，他们的生意好得不得了。牛大坠子听说之后，还带着光荣的后妈专门来看了一趟。坠子背着手，边看边点头，他看见肉案上是一把普通刀，问齐光禄："怎么用这么小的刀！我给你的那把大刀呢？"齐光禄说："大猪用大刀，小猪用小刀。现在还没碰见那么大猪。"坠子哈哈笑了，说，操练操练，我看你手段如何？齐光禄扛过来半扇猪平放在案子上，横着五刀，竖着三刀，一十五块猪肉码在案子上甚是齐整。"好！"坠子左右挥着肉呼呼的大手，"今后啊，你们以这个为根据地，可以搞几家连锁店。一旦成气候了，咱就建设自己的肉联厂，养猪场，冷冻厂。至于投资嘛……"后妈打断他的话，说，这么好的位置光卖猪肉真是太可惜了，建议他们增加牛羊肉，再搞深加工，做一些熟食，腊制品和肉馅之类的产品，也可以附带卖一些煮肉的大料，调味品之类，这样人家来的时候就不止买一样东西。既方便了顾客，也扩大了经营。

坠子说，就是！我就是这个意思嘛！

于是他们又雇了两个人，专门负责进货和加工熟食制品。齐光禄和弟弟在店内各负责一头。光荣负责收银，打理铺面。两间小店收拾得干干净净，温温馨馨，很有居家的感觉。光荣把生、熟、腊制品分成一个个大格子，像公用电话隔间那样隔开，一来看着好看，二来也方便顾客拣选，互不影响。两间房子的结合处是一根支撑梁，光荣让弟弟靠着梁柱摆了一个小茶几，两边摆了几把小凳子。茶几上摆着应时的茶饮，夏天是甘草二花，清凉解暑。冬天是枸杞黄芪，补气去浊。街坊邻居的大叔大婶买了菜，可以坐下来歇歇腿脚，聊会儿大天。还有些耐不住寂寞的老人，专门到这里来找人摆龙门阵，一坐就是大半天，外人看起来这里一天到晚都是热热闹闹的。这里还是保姆们接头的地方，一说到哪里碰头，便说十字街肉店。有的保姆想办点私事，也会把孩子托付给光荣。

光荣已经基本痊愈了，这一两年的时间里她的病没再复发过。说话没障碍了，现在还喜欢上了唱歌。柜台里摆着一个小音响，一天到晚播放着流行歌曲。有什么新歌，那些保姆们会主动给她送过来。顾客少的时候，她们还会叽叽喳喳跟着唱一阵子。有一次，一家企业为了宣传自己的产品，在老体育场搞了一次卡拉OK大赛。光荣在弟弟的撺掇下，斗胆上去唱了一出。虽然没有获奖，还是让她兴奋了好长一段时间。

那天傍晚，他们正准备收拾东西打烊，一个戴金丝边眼镜的白面书生走了过来。他一脚门里,一脚门外就开始问:"谁是当家的?"齐光禄赶紧迎上去让座,递烟倒茶。那人先低头看了看凳子,然后又上上下下把齐光禄看了个遍,并没坐下来。他从兜里掏出一张名片递给齐光禄,哑着嗓子低声说:"小事儿,站着就说完了——这是我的名片。"齐光禄接过来看了,是县天宇电脑公司的经理,叫张鹤天。齐光禄一脸迷茫地看着张经理,他们的生意跟电脑怎么都扯不上关系。张经理见他诧异,用中指推了推鼻梁上的眼镜,还是压低声音不紧不慢地说:"是这样的,电脑生意我做烦了,想改一下行。看你这里生意不错,你开个价,我想把这个铺子盘下来。"

齐光禄的迷茫变成了惊愕,他张着嘴半天合不上,扭头看了一下光荣和弟弟。他们两个还在埋头收拾柜台里的东西,没听见他们在说什么。他又扭头看了一下大街上。街上车水马龙,市声喧嚣,丝毫没受他们谈话的影响。齐光禄下意识地咽了一口唾沫,说:"我可是签了十年的合同……"白面书生没等他说完,提高声音说:"合同是人签的,人也可以废!这事儿就这样吧,我还有事!一星期后我来接房子!"说罢扬长而去。

后面这句话光荣和弟弟听到了,他们停下手里的活儿,疑惑地看着齐光禄,不知道刚才发生了什么。

十二

天中县的县域图看起来非常有意思,像个顽皮的孩子,细长的身子弯曲着,头插在淮河里,顶着安徽。脚踩着大别山,蹬着湖北。屁股坐在平原上,拱着河南。不过,可不能小看她怀抱着的三条大河,条条都有说不完的故事,开国将军有一小半都是从这里蹚水杀出去的——这里是著名的鄂豫皖红色根据地,过去属于古中原的版图,人民一直到现在还保守着远古先民的遗风,性情彪悍,宁折不弯,认准的道儿一直走到黑,到死都不会改辙儿。据说周围几个县的暴力犯罪案件,按人口比例算,在全国都是最高的。这里的人性情暴烈,风景却是非常柔美,天蓝水清,一年至少有三百六十六天空气质量可以达到优良。

头天晚上学弟给我打电话,说要过来看看项目进展情况。我说,看项目是假,看风景是真吧?他笑了。我又说,不管别的项目是真是假,你姐可是从来不含糊的。然后,我问他过来之后怎么安排。他说:"公事公办,私事私办。我这一条小命喝醉之前交给党,喝醉之后交给我姐你。既然你说看风景,那我也不能枉担这个罪名。"

听说他过来了,书记县长都放下所有的工作陪他。虽然学弟职务不高,只是一个小小的副处长,但他是具体负责项目的,所以下面的人都很抬举。

说是看项目,其实大家都明白是怎么回事。基层对上面检查都有一套应对的程序,也知道所有的检查都是准备的时间长,看的时间短,只要把面子活做好看就行了。这个项目我专门安排赵伟中不能搞形式,是什么样就什么样。可书记县长知道后,连夜让办公室发了通知,要求提前把工地整理好,插上彩旗标语,看起来要热火朝天。

学弟过来后,我们一群人浩浩荡荡地从县城这边上了河堤,看了不到十分钟就下来了。学弟很满意。书记县长用赞许的眼光看着我,松了一口气。这么大一个工程,他们俩都是第一次来现场。

中午四大班子一把手全部出动宴请学弟。他喝了不少酒,但是看起来还很清醒。程序走完,时间也差不多了。他开始踩刹车,说,今天的公事到此为止,剩下的时间由我姐安排,你们都不要管了!

下午我安排学弟上大别山喝茶。那里远离尘嚣，是个说话休息的好地方，也知道他疲累的身心需要充充电。出了县城往南不远便是山区，我只带了秘书和司机，没让赵伟中跟着，主要是顾忌他的小聪明会让学弟嘲笑。学弟也只带了一个司机，路上他坐我的车，让司机在后面跟着。走到山脚下，发现还有一辆车等着我们。学弟说，站在车旁的人是在邻县挂职当副县长的一个校友，叫周友邦。我想起来了，刚下来挂职的时候，曾经与他通过几次电话，但是没见过面。

上得山来，心情大好。大别山绝对是一个天然氧吧，周围几个县解放前穷，解放后还穷，都是国家级贫困县。县里没什么工业，所以也没有污染。这些年山上种茶，老百姓刚刚过上了好日子。县政府在山上建了一座宾馆，条件达到四星级，专门用来接待上面的领导。

坐在山顶茶室，举目四望，可以看到鄂豫皖三个省的地界。斜阳夕照，山下红顶白墙的农舍历历在目，一时间似有恍若隔世之感。我们喝茶聊天，信马由缰。在省城的时候我就很喜欢这个学弟，他知分寸，懂进退，敏感和聪慧好像是与生俱来的，不管大小场合都能应付得滴水不漏，而且从来不让人感觉到不舒服。他有时世故得令人不可思议，据说有一次他们单位搞年终测评，一百八十多号人，有他一张反对票。他硬是用了半年多时间，把这个人筛出来，俩人后来成为朋友。然而他又很善良，对下面跑项目的人不但从来不刁难，而且想尽办法帮人家把事弄成。但他也相当圆滑，有一个县的书记好大喜功，给了他几个项目，都做得不伦不类。后来他再来要项目，学弟把项目库的大门关得严丝合缝，一个都不给。不过，每次他走的时候，学弟总是亲自下楼把他送到车上，握着手不松开。书记说，处长，你只要一握我的手，我就知道这事儿又黄了。今年你已经跟我握八次手了，我连项目毛都没看见！

学弟在车旁点头赔不是，说，下次再说！下次再说！

喝茶的时候，我和周友邦一屉一斗地抖搂他这些糗事。他只是抿着嘴笑，并不答言。后来说着说着，我怎么不自觉地扯到了牛大坠子一家人身上。可能最近一个时期这些事情一直在纠缠我，让我脱不开身。前几天我还做了一个梦，梦见我带着牛光荣去看病。飞机开始说去上海，怎么走着走着又说去新加坡。在穿越马六甲的时候，遇到了强大的气流。飞机掉头往下落，好像有一股力量拽着。我听见有人高喊着下去了下去了！扭头一看，不见了牛光荣，我吓得出了一身冷汗。

我的故事还没怎么开始，周友邦就说："你说的这个事情我也知道，据说那一家人很不好惹。到现在你们县屁股还没擦干净，每次市里开信访稳定会，总是点名批评你们。""这家人不好惹？"在县里，从来还没人这样说过，"怎么个不好惹法？""据说这家人，父亲是个骗子，还是当地一霸。听说有一次差点把县政府的宾馆给点了。女儿女婿谁也不管谁，都在外面瞎胡混。只是可惜了被杀的那个派出所所长，死得有点太冤枉了！"我很惊诧，学弟好像知道得比我还详细，"说实话，我们也常常在一起议论，因为这个案件处理的几个干警和县领导，不合理。反正只要老百姓闹事，不管他们有没有理，先把我们的干部处理了，把群众的情绪压下去再说！没下来挂职之前，我还真不知道基层干部这么苦、这么难！"

不知道这是我听说的第几个版本了，但我认为是最不靠谱的一个。我问他是从哪里听来的。他说："我们县有好几个干部，是这个派出所所长的同学，对他的评价都相当高。每当他的忌日，同学都去看望他父母和留下的一个女儿。对了，你们县当时处理的那个公安局局长，就是从我们县调过去的。他也是个人才，可惜了！"

"你这是道听途说，不了解真实的案情，"我蛮有把握地说，其实说完就知道自己用词不当，难道我的信息不也是道听途说？"你真不知道这一家人有多可怜！"

"那是！那是！"周友邦摇晃着杯子，看着杯中的茶叶在水中翻滚，"听来的东西毕竟不是很可靠，何况是很多年前的事情了。"

"姐啊，"学弟插话道，"你是一个小说家，而且过去的作品也都喜欢同情弱者，总认为弱者必对，强者必错。难道你忘了'可怜之人必有可恨之处'这句老话吗？你弟我——"他点着茶几，笑着看着我，"对下面的人来说是个爷，对上面的人来说是个孙子。你说我是强者还是弱者？该同情还是该批判啊？"

"也不是同情谁，"嘴里虽然犟着，心里还是有点虚。最近有几个评论家确实指出我这个缺点，"总要有人替他们说话吧？"

"这是两码事。就像我们上山喝茶，我们是奔着茶叶来的，可是喝到最后，把茶叶都扔掉了，因为茶叶不过是一个形式。我觉得——当然了，我这是顺嘴胡说，你别介意啊姐——一个小说家要有穿越情绪的能力，要找到苦涩背后真正的味道。是不是，姐？"

十三

在中国的社会结构中，县城是一个非常独立的单元。往下说，乡镇的人少而稀疏，很难形成一个共同的生活群体。往上说，省市的人多而分散，串联在一起也很难。唯独县城不一样，县城的人上下层层叠叠，左右盘根错节，牵一发而动全身。比如办公室副主任赵伟中，他是政协副主席的女婿，他妹子是人大主任的媳妇，妹子的小叔子娶的是组织部长的小姨子……我相信，如果这样深挖下去，估计小半个县城都能拢在一起。

然而，这种盘根错节的关系，总会把一部分人排除在外。这些被排除在外的人，像碎屑一样散落在县城各种各样的罅隙里，成为这个区域灰色色调的一部分。对于这些人而言，县城不管多小，都算是大得无边无际。齐光禄和牛光荣他们的感觉就是如此，他们认识的人很少，认识的事也很少，既没亲戚也没朋友。要说一个卖肉的，并不需要这样的关系。可那是没摊上事，如果摊上事，尤其是摊上大事就很不一样了。

天宇电脑公司的张鹤天来过没几天，又过来一个年轻人。这人戴着黑框眼镜，打一根红得像西瓜瓤一样的领带，看起来像个账房先生。他过来直接点名找齐光禄说话。齐光禄把他让坐在门口的小茶几边，赶紧把烟掏出来让过去。那人接过烟放在茶几上，从包里掏出一沓纸看了看，又放回了包里。他把包放在眼前，两只手交叠着压住，问齐光禄道："今天什么日子你知道吗？"齐光禄说："天天睁开眼就是卖肉，哪看过日子？"那人说："整整一个星期了，张总说的事情你考虑好没有？"齐光禄明白了此人来意，想了一下说："没考虑。这店我们不转让。"那人把两只手放在包上，交替着用力地握来握去，干咳了一声，提高了嗓门问道："真的？"齐光禄笑了笑，眼皮都没抬，自己把烟点着，也没再让他。那人握了一阵子手，点着头说："转让不转让，估计你说了不算！""那谁说了算？"齐光禄把烟屁股捏在手里来回转着，吐着烟圈。那人并不答话，把包拿在手里，瞪了齐光禄一眼，出去了。

出了门口，齐光禄听到他低声嘟囔了一句，真不识抬举！齐光禄把吸剩下的烟蒂吐到门口，用脚跐灭，回到店里继续干活。

那人没走多久，房主就找上门来了。平时齐光禄和房主的关系不错，这人过去是开烟酒店的，赚了些钱，买了这几间门面房。他是个老实人，齐光禄有时房租一时不凑手，他从来没催促过。这次过来看见齐光禄，他现出一脸的为难。没待他开口，齐光禄心里已经明白了。齐光禄说："刘大哥，到底怎么回事？"房主看看周围没人，俯在他耳边低声说道："你知道要这个房子的是谁吗？""谁？"齐光禄问。"城关派出所所长的小舅子，原来也在公安上干，因为喝酒伤人被开除了。这人百事不成，就是能混。他姐嫁给所长后，他现在成了县城的一霸，没人敢惹……"房主往外扫了一眼，突然恼怒地抬高声音，说："这事就这样定了！你同意也好，不同意也好，反正月底前我是要用房子！"

齐光禄扭头看去，发现刚才那人在马路对面站着，一只手支在下巴颏上，正盯着他们两个看。他一把把房主搡出门外，指着他高声骂道："你别他妈的狗眼看人低！我一没伤你的房子，二不欠你的租金，凭什么说收就收走？我跟你说，除非把我们三个劈碎当柴烧了，否则谁也别想从我手里把房子弄走！"

房主又怒气冲冲地跳到屋子里来，从怀里掏出一沓纸，拍到柜台上。光荣和弟弟也连忙从柜台里面跑了出来，站在齐光禄身后。齐光禄看到这沓子纸正是刚才那人拿出来的东西。"你老老实实规规矩矩把这个东西签了，咱们两清！否则，你走着瞧！"房主点着齐光禄的脑袋说。齐光禄低头看那纸上打印着"解除租赁合同书"几个黑体大字。趁齐光禄低头的当儿，房主捏了一下齐光禄的腿，小声说："兄弟，胳膊拧不过大腿，赶紧撤了算了！"齐光禄闻听此言，抓起合同摔在身后剁肉的案板上，拿起切肉刀顺手一刀砍过去。合同牢牢地钉在刀下，立即被案板上的血渗透了，像一道血淋淋的伤口。

随后的一个多月，再也没人来打扰他们。齐光禄觉得事情已经过去了，所以店里又添了几个卤菜新品种，还与一家做"西安白吉馍"的谈妥，在他店铺门口设一个专卖点儿。

出事那天晚上六点多,齐光禄他们正在家里吃饭。下午他们很早就收工了,这天是光荣的生日。齐光禄让弟弟专门去买了几个熟菜,定了个大蛋糕,用大红的盒子装着,还没切开。齐光禄给光荣倒了一杯橘汁,咬开一瓶老酒,跟弟弟俩人一人一茶杯满上。正边说边喝热闹着,忽然听得有人敲门。打开门来,看见四个警察站在门外。打头的一个满脸胡茬的警察问:"齐光禄牛光荣是住在这里吗?"齐光禄点头说:"是。我就是齐光禄。"警察说:"你和牛光荣都出来,跟我们到派出所走一趟!"

下部

十四

这些年,牛大坠子的日子说不上好,也说不上不好,反正有吃有喝,也没消停过。两口子各忙各的。坠子的活动区域主要围绕着北京附近,按他大老板的说法,那里是天子脚下,遍地都是钱,就看你会拣不会拣了。坠子老婆的活动区域主要在长江以南,那里中小企业多,老百姓也富庶,产品相对好销得多。俩人逢年过节回来聚聚,也不互相打问对方的情况。反正坠子往家拿钱的时候少,往外拿钱的时候多。齐光禄私下里跟光荣弟弟开玩笑说,不知是他骗了人家还是人家骗了他,没见他富过,也没见他穷过。弟弟说,就他那心眼,跑个龙套还差不多。要搁事儿上,人家不把他零卖就算便宜他了!

要说现在的日子确实比以往好多了，也不需要他往家拿钱。齐光禄的店子兴旺，三个孩子意气风发，日子眼看着越来越往高坡上走。坠子心里暗自高兴，等过两年光荣生了孩子，再买一套房子，他就准备和老婆在家看孩子养老了。

不过，与过去背着提包到处跑的日子比起来，他还是明显看出来老了，说话的嗓门低了，走路也比过去慢了半拍。腿脚不行，往哪个地方坐下去，扑通一声，像扔一麻袋粮食。男怕穿靴，女怕戴帽，男人腿脚一不行，那就没几年好日子过了。

他这几年到底在外面干了些什么，光荣从来也没问过。从小到大，她跟父亲之间就没有说过正事。弟弟就更没法问，这个半路杀出来的爹，更多的时候就像个房客，他倒是像个房主。齐光禄本来就是个话寡的人，他觉得现在和坠子谈这些，跟伸手向他要钱差不多，所以也不主动提及。管他干什么？他只要自己高兴就得了。每次回来，齐光禄就知道劝他喝酒。有时候喝大了，坠子会主动说起自己在外面的"工作"。前几年，帮助南边的一个市政府跑核电厂项目。中国准备大力发展核电事业，电视上也多次说道过。这个地方水多，山也多，就是人少，最适合发展核电——他用筷子在桌子上曲曲弯弯划拉着说。

但是这些事儿离一个卖猪肉的小民，毕竟是远了点儿。离他们最近的，还是眼下的酒肉。齐光禄只管为他夹菜让酒，偶尔想起他教他剁肉时的风光，禁不住有点黯然。人，掐头去尾没几年好活头，这是他爹活着的时候说的。他跟坠子在一起的时候，总是想起自己的爹。爹一辈子献身共和国的国防事业，到老了却死无葬身之地。军工厂没有墓地，从东北来的这些老工人，死后要么把骨灰寄回东北，要么就在军工厂后面的一块废地里埋了。他家世代单传，老家已经没什么人了，所以只能就地掩埋。大集体的时候，这块地三不管，所以也没出现过什么纠葛。后来分田到户,农民就和工厂争夺土地,三天两头把老工人的尸骨扒出来,扔得遍地都是。也不知道谁是谁的了,不是胳膊短了一块,就是腿少了一截,厂里也没人过问。

坠子说,从去年开始,他又帮助本地市政府跑一个水库项目。他对齐光禄说,这是他这一辈子最有意义的一件事,也是最靠谱的一件事。齐光禄并不当真,在他嘴里,哪一件事不是最靠谱的?他一直说,人这一辈子一定要干一件惊天动地的大事,谁见过?不过,为建水库这个事情,其间国家水利部还来过一个副司长,在县里住了好几天。坠子前后陪着他,忙得连回家看一眼的工夫都没有。

国庆节坠子回来,爷俩又坐在那里碰杯子。齐光禄问起这件事。坠子说,已经基本批下来了,咱们这里是淮河上游,连一座像样的水库都没有,只要周围下大雨,淮河非淹不可,这里就像个"洪水招待所"。现在连国家领导人都意识到这个问题的严重性了,过去咱们这里收留红军,现在收留洪水,这哪儿成?所以国家下决心要修水库了。"先给二十个亿,移民!"坠子把筷子颠倒过来,沾了点酒在桌子上写了一个"2",然后数着往后面添"0"。"二十亿!"齐光禄默默念叨着,心都是花的,不知道这二十个亿摞起来该有多高多宽,估计他们这套房子连卫生间算上都装不下。

水库移民没开始,他们家的"移民"却已经迫在眉睫了。那天,坠子收拾好东西正准备离开家,被金豫宾馆一个姓孙的老职工堵在家里。坠子干厨师的时候,这个老职工跟着他打过下手。后来坠子当了经理,让他当采买,还给了顶供应科长的帽子。俩人交情不浅。

坠子把来人让进屋,倒了杯热茶,顺手把软盒中华烟拍在桌子上。来人倒也没客气,烟点上,茶饮上,便开门见山地把张鹤天要租齐光禄门面的事和盘托出。这是坠子第一次听说,齐光禄没跟他讲过。听完之后，他沉吟了半天，问："光禄是什么意见？"

来人说："要是他同意，我还麻烦您干吗？看您天天忙得脚不沾地，我怎么忍心打搅嘛！"

"你的意见呢？"

"牛经理，您啥时候见过茶盅大过茶壶？现在这世道儿，就比谁的腕子粗啊！"来人一口把中华烟吸进去半截，闭着嘴看着坠子，烟柱半天才像瀑布一样喷出来。隔着瀑布，坠子觉得他的目光越来越远，也越来越陌生，"如果有一点可能，牛经理，我胳膊肘会往外拐吗？"

坠子的眼光落在自己手背上，那上面布满了一块一块黑青色的老年斑。他想起齐光禄红红火火的肉铺，想起他过去的金豫宾馆，眼里心里蓦地塞满了打火机。坠子的眼睛有点热，他忍了忍，仰头说道："三弟，咱们俩打小就没划过地界儿，我知道你也不会刨我的台根子。但你也清楚我的难处，你看我这一辈子是怎么过来的？年轻的时候对不起爹娘，到了中年对不起老婆闺女。现在我老了。老了老了，除了落个死还能落下什么？所以，我不能再对不起女婿了，否则就没脸披一张人皮在世上混了！你说呢，孙科长？"

十五

下了楼，牛光荣才发现下面停了两辆车。她被塞进一辆白色警车，齐光禄被塞进一辆黑色囚车。齐光禄那辆车不知道开哪里了，她坐的车子直接开到了派出所。两个警察把她弄到一楼的值班室，只进行了简单讯问，便把她带到旁边的一个小房间。进去之后她发现房间里还套着个大铁笼子，她就被锁在铁笼子里。这是一间囚室。

等眼睛适应了周围的一切，她发现笼子里还有两个人蜷缩在一角落里，不认真看还以为是两个包裹堆在那儿。那两人把头埋在胳膊窝里，头都没抬一下。光荣并不害怕，也没有多少紧张，只是觉得浑身冷，口也干得厉害。虽然她并不明白发生了什么，但是知道自己和齐光禄并没做过什么违法乱纪的事情，因此心里也就很坦然。她想着肯定是弄错了，等问清楚了很快就会把她放出去。

她靠着铁栏杆坐下来，一会儿便迷迷糊糊睡着了。刚要进入梦乡，一阵窸窸窣窣的声音又把她弄醒。她看见那两个人在找东西吃，其中一个人从身边脏兮兮的包里掏出两个馒头，递给另外一个。她这才看清楚是一男一女，年龄都不小了。他们是什么人？捡破烂的盲流？拐卖妇女儿童的骗子？要么是小偷？反正不是好人，要不怎么会在这里面！

那两个人一边吃，一边瞪着她，眼睛里满是不屑和挑衅。那样的眼光让光荣特别受不了，她长这么大从来没遭遇过。他们为什么这样看我？她心里忽然泛上来一阵酸楚，她想，我在他们眼里是什么人呢？肯定也会觉得我不是好人，好人怎么会关在这里面？

可是，谁有这么大的能力，说你不是好人，你立马就变得不像好人了？这到底是怎么回事？

光荣急出了一身冷汗，想得脑子都疼了。有很多东西在她的脑子里来回翻腾，一切都变得眉目不清了，迷迷糊糊，黏黏糊糊。她发现自己的口水又流了出来，已经很久很久没有这样了。她想向他们解释一下自己目前的处境，发现自己的嘴一点都不听使唤。她努力使自己镇定，可是越急越烦躁。她这才明白，自己刚才的不怕都是装出来的。

估计那两个人对她也烦透了，挪动了一下位置，离她更远了。男人站起来，边打嗝边朝角落一只塑料桶里撒尿，丝毫也没顾忌她的存在。虽然都被关在笼子里，但是在他们眼里，她因为势单力薄而更软弱可欺。弱者对弱者的歧视是最张扬的，毫无顾忌。

第二天，派出所人来人往，大半天都没人搭理她。快到吃晚饭的时候了，才有一个穿便装的人给她送来一个鸡蛋、一个馒头和一瓶矿泉水。她仔细看看，认出这人是带他过来的那个胡子。她快饿坏了，也顾不得那么多，从胡子手里拿过东西就吃，谁知只吃了一个鸡蛋，就再也没有胃口了。胃里全是酸水，一打嗝整个鼻腔都是酸的。她不知道齐光禄在哪里，家里现在怎么样了。不知怎么的，她突然想到了爹，这个自她从小就可有可无的人，对她来说意味着什么呢？从来没问过一句她怎么样，需要什么。她在外面挨了骂，磕破了脑袋，书包被人夺去，反正不管受了多大委屈，他从来没有安慰过她。现在就更不会管她的事了。

　　晚上十点多，胡子和另外一个警察进来，给她铐上手铐，提到二楼一间灯火通明的办公室。两个人一个坐进沙发椅，脚翘在办公桌上。一个斜靠在桌子上，手里夹着一根烟。她不知道他们是什么身份，他们也没介绍自己是谁。

　　"牛光荣，"说话的时候胡子并没把烟从嘴上拿下来，"你知道我们为什么把你弄这里来吗？"

　　"不知道，"忍了几忍，牛光荣的口水还是流了出来。

　　"我们是来替你伸冤的，只要你好好配合我们。"烟夹在嘴角，随着胡子的嘴一起一伏，好像是他身体的一部分，"你把齐光禄强奸你的事，好好说说！"

　　牛光荣觉得自己的头一下大了。强奸？她在稀薄的记忆里，努力打捞着这个词语所包含的内容。那些事情即使残存在她的记忆里，也被她擦抹得差不多了。那个喧嚣的夜晚，她徒劳的挣扎，以及后来一次又一次的背叛，有多少个男人经过她的生活……她是被齐光禄的哪句话打动的？对了，孩子！他认真地告诉她说，他只想要个孩子！她更想要,这是她的病,也是她的药。她的孩子,曾经在肚子里孕育过的孩子,怎么说没有就没有了?她伤心得死去活来,可是再也没有了。现在,有一个男人要跟她一起生个孩子,这个想法让她感动得一塌糊涂。

"到底有没有这回事?"

"有,但是……"口水汹涌地流出来,她语不成句。

"你必须向我们说清楚,齐光禄是不是对你实施了强奸?"

"不、不是!"

"那好!"坐在办公桌后面的那个人突然站了起来,十指按在桌子上,"牛光荣,我再问你另外一件事,你坦白交代,你与多少男人发生了性关系?"

"……"

"牛光荣,对你和齐光禄的犯罪行为,我们已经掌握了足够的证据。事实是清楚的,证据也是确实充分的。你既不要抵赖,也不要试图蒙混过关。"那个人慢慢地逼近她,从他嘴里冒出的混合着酒精、烟草和其他说不出来的怪味道喷在她脸上,"现在摆着你面前的只有两条出路,要想保住你自己,就必须承认是齐光禄强奸了你,而不是你自觉自愿地与他发生性关系;要想保住齐光禄,你就得承认自己是卖淫,包括与齐光禄和其他男人发生性关系,都是你自己主动勾引他们的。不过,为了体现我们的宽大政策,这两条路任你选。怎么样?对于我们这样的人性化办案,你还有什么要求?"

十六

不得不承认,跟着我的办公室副主任赵伟中是个非常通透的人。

我一直以为他是小聪明。可是，小聪明能办大事。我觉得他的敏感程度和处理实际问题的能力远远在我之上，也在很多副县长之上。遇到一件突如其来的事情，他很快就有几套解决方案，而且轻易就能从中找到一个最妥帖的。即使不能当下解决，他也能找到拖下去的办法。我脾气比较急，有时候对分管部门的局长们忍无可忍，会说几句难听话。他总能事后在私底下把事情摆平，而且不留后遗症。

对于与下属的关系怎么处理才合适，我曾经非常困惑，也多次征求过他的意见。他反复告诉我，不能着急，时间会解决一切。开始我觉得这不过是一句套话，可是下来待得久了，果然觉得时间的厉害。我刚来县里的时候，既不好参加下面的"活动"，也不好跟无关的人员拉扯，有点空闲时间还想读书写作。可是到年终测评的时候，我的得分虽然不是最低，但是也不很高，挂在考核表上很不好看。我很苦恼，不知道问题出在什么地方。我把他喊过来，说了一句特别情绪化，也特别不着四六的话，我说："赵伟中，你说说这在基层工作，想清净一点是不是也是一桩罪过？"他说："赵县长，这事儿不用急。既然已经这样子了，千万千万不能再刻意改变自己。是什么样就是什么样！保持自己的本色，时间会解决问题的。"果然，大家和我相处一段时间，也认可我了，有很多人主动接近我，再也不用互相设防了。

有一次，他小舅子从美国回来，他问我可不可以陪吃个饭。我立即就答应了，这是他第一次跟我提个人要求，他时时刻刻都知道自己在什么位置上。据说他小舅子是个名人，中央台的《致富经》栏目还专门介绍过他，说他是中国的"竹编大王"。刘师傅也跟我说起过，他上大学的时候就是个生意通，每逢假期，从省城图书市场上买几十本盗版书背回来，在县城卖，赚的钱够一学期用的。那时候他父亲还没当上县政协副主席，还有人说他父亲的这个职位，沾了他不少光。

大学毕业后,他去了一家外贸公司,在广交会上跟着人家当翻译,发现了竹编这门生意,于是就辞职跑回来办了一个竹编厂。大别山漫山遍野都是竹子,人手更不缺,厂子很快就成了气候。后来他跟一个美国人合作,把生意做到了美国,一家人都搬去了美国。

晚上的饭局安排在县城北部的农家饭庄,赵伟中知道我喜欢那里的清静。赶到的时候,我发现他的两个亲戚、人大主任和政协副主席都在,心里有点不舒服。但我还是像往常那样跟他们礼节性地寒暄过了。赵伟中的小舅子看起来很精神,穿了一身运动服,说话高声大嗓的,不像他爹那样唯唯诺诺蔫里吧唧的,一看就是个爽快人。

估计赵伟中也看出我的不快来。他先把我让坐下,然后很自然地说道:"赵县长,本来我不想让主任和主席他们两个来,怕给您添麻烦。谁知他们一听说是请您,把所有的事情都推掉了,非来不可!我想了想,也没跟您请示就答应了。"他故意停顿一下,意味深长地笑着看了一下他们两个,"赵县长,在县里工作,最难的就是能得到人大政协这些老同志的认可啊!可见您的能力和人品了。"

这话说的!我突然觉出自己的小气,不就是吃个饭嘛!赵伟中的话滴水不漏,而且正在点子上,说实话我也爱听。我和主任主席推让了一番,坐了上座。他们俩坐我两边。赵伟中和小舅子坐对面。

喝了几杯酒,话匣子大开,话题自然转到了小舅子在美国的事业上。小舅子讲道,咱们国人在国内千般万般不如意,那是没出国。到世界各国看看,哪里有中国好?他突然转向我说:"赵县长,让我回来跟着您打个杂吧。在美国不管赚多少钱,都跟要饭差不多!"

我知道是个玩笑,可这个话头我没法接。我虽然跟着作家代表团去过几个国家,那都是走马观花,很难接触到别的国家真实的一面。美国我也去过,楼没有中国高,路没有中国宽,广场也没有中国大……

反正我也没觉得哪比中国好。"

他的父亲，政协副主席一本正经道："赵县长不跟人开玩笑。"

他拍了一下脑袋，像突然想起什么似的，问我："赵县长，听说您对齐光禄的案件很关注？"

关注？我一下愣了。也说不上我比别人更关注吧？这事儿我确实问过，但是也确实有很多人主动跟我提起过。我真想不到他会从这里斜插下来。

"你怎么知道齐光禄？怎么知道我关注他的事儿？"我问。

"我给他介绍过。给他介绍您的时候，顺便说起这件事，说您很关注基层百姓的疾苦。"赵伟中插话道。

主席赶紧点头称是。

"我们两个是中学同学，他还曾经找过我，那是在他没出事之前。"小舅子侧着头，用指头在头上挠来挠去，"当时我没当回事，谁知道最后竟闹成个这！哎呀，不过他出这事一点也不让我意外，今天不出这事，明天也会出那事。"

"此话怎讲？"我突然来了精神。

"您知道他为什么中学没毕业就不上了？跟我们一个女同学谈恋爱，老师告诉了双方家长，这事儿就黄了。他身上揣着一把刀，跟了老师半个月。最后老师没办法调走了，他也被勒令退学。"

"就事论事，"我说，"你对他这件事怎么看？"

"算了赵县长，咱们还是喝酒吧！这事说起来没个头儿，"人大主任插话道，"我们人大每次开会都会说到这个议题，可是能有个什么结果？"

赵伟中趁着倒茶的工夫，俯在我耳边提醒道："县领导在公开场合都不提这个事儿。"

莫非小舅子要说什么没提前给他说？我没搭理他，扭头对人大主任说："你们可以监督法院嘛！"

"法院？"人大主任看着我笑了笑，"人大真能监督法院？而且，法院说了算吗？法院就是说了算，这里面的很多事情根本就进不了法院。"

"您问我对这件事怎么看，"小舅子好像没有听到我们刚才的对话，只顾说自己的，"我觉得齐光禄这个事情本不该这样处理，而且会有比这好得多的结果——妈的！说起法院来我一肚子气！法律太滥了也没意思，我在美国，一次有急事超速行驶，结果第二天就收到法院的传票。如果在中国也这么干，一个村民小组设一个法院也不够用——齐光禄太傻、太傻了！"

"那么，齐光禄怎么做才算不傻呢？"我问，其实我已经隐隐约约知道了答案。我认为他觉得齐光禄傻，是站在自己的角度看问题。站在齐光禄的角度呢？他哪有几条路好走？

"您看您看！赵县长，本来我是想来听听您对齐光禄的看法，您却把球踢给我了。您这一问，我这一肚子问题也没影儿了，"他站起来，夹了一个大鱼头放我盘子里，"有些话，要说我不该说啊，尤其是对着你们这些领导。要我说，齐光禄什么都别干，就往上跑，闹呗！路子不是现成的吗？县里经得起这样闹腾吗？其实，在美国也有这样干的嘛！"

"可问题是，首先是齐光禄经不起这样闹腾，我估计。"

"那也不能这么傻！这个人也真是，从小就一根筋，跟人抬个杠也恨不得玩命！"他没喝多少酒，但是已经上头了，脸红得像鸡冠子，因此说起话来好像义愤填膺，"这人啊，一定得多想一想冲动了之后怎么办？如果一个人杀了你父亲，你一辈子什么都不要了，就要执意为父报仇。最后终于如愿了，把那人杀了。且不说法律惩不惩罚你，你父亲一条命，再搭上你的一辈子，这生意划算吗——不不不，不算是生意吧，说大一点就是人生。这样的人生，划算吗？两个人换他一个人，有什么意思？"

我不得不同意他的观点，但是又觉得哪个地方错了。至于错在哪里，又说不出来。也许很多东西是无法一笔一笔算出来的，尤其是幸福和痛苦，还有，整个人生。

停顿了一会儿，小舅子又说："齐光禄找我而我没帮助他，心里到底是不得安顿。我想着弥补一下，您看这样……"

"别尽说这个了，还是喝酒吧！"人大主任已经明显带出情绪来了，估计今天的局面也出乎他的意料。我们相互看了看，终结了这个话题，不过也没再找到新话题，草草结束了这顿饭。

送我上车的时候，政协副主席拉着小舅子一只胳膊。小舅子用另外一只胳膊拉着我的车门，小声对我说："赵县长，说实话我很少跟国内的人在一起喝酒。他们只要一有工夫就发牢骚，就骂娘，这最让人看不起。窝囊废才会到处埋怨，才会怨气冲天。有本事你先把自己的事儿弄好，再去骂人家才有底气嘛！"

他浑身乱摇晃，看起来喝得很醉，可是话一点也不醉。我想了半天，也不知道他跟我说这些是什么意思。而且这话套在齐光禄身上，怎么都不合身——齐光禄从来都不埋怨，也从不发牢骚。

十七

在办案人员的循循善诱下，牛光荣最终选择承认卖淫，以此把齐光禄保了出来。齐光禄出来的第一件事就是去找光荣，问她为什么这么傻，硬把屎盆子往自己头上扣。那时候牛光荣已经被送到了看守所，在等待处理结果。隔着铁栅栏，牛光荣对着齐光禄指指自己的肚子，说，为了我们的这个孩子，所以你必须出去。这个家可以没有我，但不能没有你。

齐光禄惊得两只耳朵都竖了起来，眼睛瞪得如铜铃一般，很久才压迫住内心的冲动，颤声问道："既然已经有了孩子，你这不是傻得不透气吗？"

牛光荣流着口水，反而笑了，说："我才不傻呢，你觉得还有比监狱更安全的地方吗？"

对牛光荣做思想工作的时候，两个办案人员确实很人性化，他们把《刑法》搬出来，帮助牛光荣认真分析了未来的形势。如果牛光荣不认罪，齐光禄就要以强奸的罪名入罪，而强奸罪的量刑幅度是三到十年。归结到本案来说，他强奸的是一个精神上有疾病、身体上也有疾病的受害人，属于情节恶劣，应该从重或者加重处罚。那就可以在十年以上量刑，直至无期徒刑或者死刑。正如牛光荣所言，这个家离开齐光禄，就成了个空架子，非塌下来不可。而如果牛光荣承认卖淫，这就构不成犯罪了，可以不受刑事处罚，最多劳教一两年，"什么都不影响，权当去上了两年大学，回来以后你们仍然好好地过日子。"办案人员微笑着告诉她说。

他们的微笑让她无法拒绝。她知道，任何事情一旦跟法律沾上边，个人就无能为力了。法律没保护她的婚姻，法律也没保护父亲的企业，现在，法律再一次闯入了她的生活，但她还不知道将要让她失去什么，所以她需要在办案人员的微笑里寻找搭救——权衡利弊，最终她把一切责任都揽了过来。

很快处理结果就下来了，牛光荣以"长期卖淫，屡教不改"而被处以劳教两年。实际上，从进入劳教所的那一天起，牛光荣的心情便轻松了不少，更加觉得自己的选择是正确的。劳教所并不似想象的那么可怕，整个布局跟学校差不多，所以派出所干警的"大学"之说也不是诳语。有上课的地方，也有活动场所，每周还能洗洗澡。居住的房间也跟她上学时候的学生宿舍差不多，一个房间七八个人，出门不远就有卫生间，从环境上看还是比较舒适的。

刚到的那天晚上，一个白白净净的女管教干部找她谈话，告诉她这里的制度和要求。每周劳动六天，休息一天。都是很轻松的活儿，累不着人。劳教劳教，劳动是次要的，教育改造是主要的。白天劳动，晚上集中学习和讨论。生活上吃得不错，不但能吃饱，还能吃好，只要不是特别挑剔的人。"到这里是来改造的，又不是来享受的，有什么可挑剔的？"管教干部这样教育她。

这些道理不用说光荣都懂，况且她是苦孩子出身，什么苦都能受得了，到这里来早已在心里做下了吃苦受罪的准备。

第二天光荣就跟着大家出工干活了。四个人一个小组，活儿确实不重，织毛衣片，工艺要求也不高。这东西说是出口非洲的，估计在中国根本没人穿，衣服颜色看着就跟非洲人长得差不多。头一个星期是学徒，光荣跟着老师、一个四十多岁的女人学习。老师在外面是搞传销的，据说也曾经家资百万，后来弄得家破人亡。老公跟她离婚了，两个女儿跟着人家走了，到现在也没个音信。光荣可怜她，买点好吃的都跟她合着伙吃。她的技术进步也很快，不到三天就学会了。开始每天能织十来片，后来可以做到三四十片。女人也不表扬她，只是提醒她说，不能光讲究数量，还得在质量上下功夫。她听不懂话里有话，只管往前赶。谁知做得越多，任务量就越大，最后给她下达每天一百片的任务。虽然有点吃力，她还是赶着完成了。一天晚上，在卫生间洗碗的时候，师傅偷偷告诉她说，在这里面不能当先进，也不能再这样干下去了，否则总有一天会把她累死，"累死也是白死，就跟死个苍蝇差不多，拿笤帚扫出去就完了！"

她们说这事的时候，以为没人听见。可是，第二天师傅就进了学习班，那里专门"修理"不听话的学员，据说里面苦得不可想象。从里面出来的人，一句话都不敢跟别人说。她也被调到第二道工序上，缝盘，就是把第一道工序织成的毛衣片缝合起来，做成成衣。在针织行业，织毛衣片是最轻松的，而缝盘是最难的。要把上下两个毛衣片芝麻粒大小的针孔互相叠合起来缝在一起，一个针孔错了，整件毛衣就成废品了。这道工序都是二十来岁的人干的，眼要好，手要嫩，速度要快。像光荣这样年龄的只有两个人。但是，不管有多难，光荣咬着牙坚持着慢慢也学会了。但她的任务总是完不成，而且每天休工回来，眼前一片模糊，眼睛好像被谁抹了一层油，什么都看不清楚。这活儿确实太费眼睛了，据说眼神再好的人，干不了一年，眼睛也就完了。

开始只是组长提醒她加快进度，不能拖全组的后腿。她也着急，但是进度依然上不去。组长的话有时候就说得非常难听了。她理解组长的难处，知道她也得挨批评，所以从来也没跟她顶过嘴。但是，她们组完不成任务，除了组长在干部那里挨批评，其他人改善生活也没她们组这几个人的份儿，甚至连每个月的卫生纸、肥皂都不发给她们。拖了一两个月，组里面的其他人也开始找她的茬儿。当着她的面骂骂咧咧，背后毁她的东西，不是洗漱用品丢了，就是衣服鞋子找不到了。她都忍气吞声，没告诉过任何人。

一天晚上，她刚刚睡着，突然觉得有一坨湿黏湿黏的东西钻进被窝。她一骨碌坐了起来，吓出了一身冷汗，心都快要跳出来了。她看了一圈，寝室里开着灯，大家都在睡觉，一点动静都没有。她伸手去摸那坨东西，拽出来一看，是几块被水泡得白乎乎的肥皂，被谁粘在一起，趁她睡着塞她被窝里了。她收拾了一下，也没吭声，倒在床上再也睡不着了，早饭也没起来吃。女干警过来喊出工，她赶紧起来洗了一把脸，一边跟着大家下楼一边歪着头整理自己的头发。刚下到二楼楼梯中间，她听见后面哎呦一声，觉得好像有人踏空了楼梯，摔了下来。还没等她躲开，几个人冲下来砸在她身上。她一歪身子，从楼梯上滚了下去。当时自己还能站起来，觉得身上也没摔伤，于是就跟着大家到了车间。坐下不久，她觉得肚子痛，下身湿黏湿黏的，到卫生间解开裤子一看，整个内裤已经被鲜血浸透了。

十八

齐光禄事件中的派出所所长名叫查卫东，毕业于西北一所政法学院刑事侦查专业。大学毕业后，他一直在县局刑警队当侦查员。后来，一起少年杀人案的侦破，使他名声大噪。乡镇一名出租车司机，被人杀害在离镇子不足两公里的河边。犯罪分子的作案手段极其残忍，司机的头颅被钝器所伤，血肉模糊，很难分清楚面目。司机被洗劫一空。罪犯的作案手段非常老辣，现场根本没留下可资破案的任何有价值线索。看了现场后，大部分警员都认为这是一起流窜作案，像大多数发生在鄂豫皖交界处的过路抢劫案一样，可能是个无头案。

查卫东通过现场搜集到的一个不是很完整的脚印，认定这起案件是本地人所为，而且是少年作案。他的理由是，本地山区与大小河流交织的地貌特征，塑造了当地人独有的前脚掌和独特的行路方式。之所以现场没有留下更多的东西，很可能与司机没带什么东西，犯罪分子也没有做好充分的犯罪准备有关。他相信作案的人还在当地,于是不遗余力地进行暗中调查,终于在一所学校抓获了两名未成年罪犯——关于这个故事,我下来挂职的第一年所写的一篇小说里,曾经有过详细的讲述。此案是两个品学兼优的留守少年所为。

  查卫东出身贫寒,在走出乡村之前,没坐过汽车,没见过火车,连楼房长什么样都不知道。从小学一直到大学毕业,他始终是一个沉默寡言的人。据说他刚分到单位时也是如此,很少与人交往,基本没有社交活动。开始他住在办公室,后来分到了单人宿舍,来来往往也总是他一个人。没人见他买过菜,也没人见他在机关食堂吃过饭。他与同事之间除了工作基本没什么交往。很长一个时期,谁都不知道他过着什么样的生活。

  再后来,有人给他介绍了一个女朋友,是早前一位老局长的千金。这位千金高不成低不就,给耽误到二十大几快三十岁了,也没找到合适人选。她比他大三岁,俩人只见了一面,他就同意结婚了——甚至后来也有人说,即使当时不见面,他也可能跟她结婚。当时机关正分房子。

  拿到结婚证,机关事务局给分了一套县政府家属院的房子。两个人是出去旅行结的婚,回来也没再举行什么仪式。平时,查卫东在刑警队忙得没头没尾,很少回来吃饭,有时候一出差就是三五天。所以妻子还是跟父母生活在一起,到他这里来倒像是串门子。

  查卫东的妻子人长得漂亮,性格也很浪漫,经常写些诗歌、散文什么的,发表在地方文学刊物和报纸上。任谁都想不到的是,她不仅仅会浪漫,而且竟然还敢在刑警队高手面前作案——查卫东是怎么在她放在娘家抽屉的笔记本里,发现她写给报社一个副总编热辣辣的情书,一直到现在还是一个谜。如果执意要把这个问题弄清楚,他前妻曾经的一番话提供了很有意思的线索。"简直像一场噩梦，"她跟朋友诉苦说，"从我们俩结婚，他就没把我当成个好人。我相信连我们家飞进来的每一只蚊子都会经过他私下调查，睡觉他都睁着一只眼。谁跟他在一起，要么被逼疯，要么被逼成个贼！"

但是，查卫东在第二任妻子眼里，却是一个很会生活的人——那时他已经小有成就，成为县里的一个名人了。电视上经常看到他，县里有很多重要的会议和活动他也参加。因为破案有功，他先被提拔为刑警队的副队长，不久又被任命为城关派出所的指导员。指导员干了不到一年，就升任这个城区唯一一个派出所的所长——他的前任所长莫名其妙地被免了职，据说有人偷拍到他跟当地黑社会头目在一起喝酒洗澡唱歌的场面。那时候查卫东正在几千里之外的中国刑警学院进修。学习还没结束，上级就把他召回来接任所长。派出所就在县委办公大楼的隔壁，后面有一个小门可以直通县委常委办公楼，可见其位置之重要。

很久以后，有传言说偷拍行为系被他指使。他未置可否，一笑了之。

其实，对他后任妻子的议论从来都没有停止过。要说她出身并不算低微，父母都是商业系统的老职工。高中毕业，她没考上大学，接母亲的班进了糖烟酒公司当会计。国企改制，糖烟酒公司改成了股份制，很多人的身份都变了，唯独她还是一名会计。这是形成对她第一波议论的主要原因，因为这个岗位是公司核心的核心，掌握着公司的生命线。公司改制不多久，大家的议论便有了具体的目标，她与公司经理的"什么什么事"被"什么什么人"撞见了——也都是传言。嗣后，她调入了县第二人民医院办公室当后勤。在医院干了不久，与办公室主任拎不清的传言又甚嚣尘上。虽然这次没被人撞见，但毕竟无风不起浪，有风浪三丈。她也很难在医院再待下去，不得已，调入机关事务局专门负责接待——出一次事重用一次，大家切身感受到了她身后巨大的权力影子。但谁也没发现什么，更没抓住什么。也许更因如此，对她的议论才会这么密集。她成为县城市民生活的一个符号，一个漂流瓶，过一段时间总有人打捞出来查看一下。平时如果大家在一起聊天，说起这个县里的奇闻逸事，讲不了三件事，保准得说到她。

查卫东因受到县委县政府嘉奖而上台领奖的时候，她是专门在后台负责给他们领台的。领奖前的几十分钟，俩人在一起聊了几句，双方都有相见恨晚的意思。很快，查卫东找人撮合，俩人就组成了一个新的家庭。新家庭很有新气象，查卫东像变了一个人，开朗多了，也开放多了。过了不久，他们有了一个可爱的女儿。女儿长得脸型像她妈，神情像他。当了父亲的查卫东，更加爱护自己的小家庭，对妻子俯首帖耳，对孩子有求必应。

谁都不看好的婚姻，能经营成这样，出乎所有人的意料。但也有不以为然的，有一次，查卫东的小舅子张鹤天喝多以后，在他们家发酒疯。张鹤天指着查卫东说，你别在我跟前装老实，你是没资本再离婚了！

查卫东仍然是一笑了之，不跟他计较。

查卫东的妻子就姊弟俩。弟弟张鹤天可不是一盏省油的灯，家里不知道通过什么关系把他送到省警校，毕业后也不知道通过什么关系又给分到公安局办公室，跟着局长开车。局长下班后，他召集一群发小在街头喝酒。酒酣耳热之际与邻座发生纠纷，他一啤酒瓶子砸人家头上，把自己的制服砸丢不算，还赔了人家五万块钱——对方也不好惹，姑父是省报社的一个老总，占领着舆论制高点，一个小豆腐块都能把他砸成残废。

被公安机关开除之后，张鹤天开过饭店，修过高速公路，承包过电影院，干一行败一行。后来上级要求县直和乡镇各机关单位无纸化办公。姐姐得到消息后，让他成立电脑公司，估计全县有几百台电脑的生意。于是，他东拼西凑，成立了"天宇电脑公司"，还在县城中心位置租了一个办公大楼，买了两台车。开业那天姐夫没露头，由姐姐出面，请了几十桌头头脸脸的客人，闹得阵势很大。谁知无纸化办公只在口头上喊了一阵子，雨过地皮干。地方政府吃饭都没钱，哪有资金办这种事？国家的政策搁浅，一百多台电脑砸手里。后面天天跟着一群要账的，让他焦头烂额。

他看上齐光禄的生意，也是姐姐的一句话引起的。姐姐说，县政府要建第三招待所了。这个招待所规模很大，如果再加上另外两个，光肉菜供应就是一大笔生意。

他在菜市场踅摸了半天，发现齐光禄的店铺不仅位置佳，生意好，经营的商品也比较齐全。于是，摸清楚齐光禄的底细后他便下手了。他无论如何也不会想到，他与齐光禄之间这么一点点子民事纠纷，会卷起那么大的风暴，搅得半个县都快翻了天——美国气象学家爱德华·罗伦兹在一次演讲中说道："一只南美洲亚马孙河流域热带雨林中的蝴蝶，偶尔扇动几下翅膀，可以在两周以后引起美国得克萨斯州的一场龙卷风。"

这个大嘴巴的话终于在中国的一个小县城找到了注脚。

十九

在外人看来，牛光荣也算是因祸得福。她在劳教所只待了四个多月，就因为意外流产被提前释放了。释放之前，劳教所的领导轮番和她谈话，一方面对这次"意外"表示同情，一方面问她还有什么要求，劳教所会尽可能满足她。她能有什么要求？脑子一片空白，说话语无伦次，对走与不走都没意见。劳教所领导拿出一份材料，让她在"以上看过，没意见。牛光荣"这几个字上面按下自己的指印，告诉说她可以回家了。

接她出去那天，齐光禄和弟弟两个人早早便来到劳教所。等到过了上班时间，除了门卫，一个警察也看不到。两个人站在门口一直等到快九点了，劳教所的偏门才开了一条缝，牛光荣像一个游魂一样飘了出来。齐光禄和弟弟跑过去，一人抓住光荣一只胳膊，看着她，话都不知道该怎么说。光荣也是呆呆地看着他们，像陌生人一样。

来时齐光禄租了一辆面包车让光荣的弟弟开着，他在后座上铺了被子褥子。齐光禄把光荣放在座位上，头枕着他的腿。她骨瘦如柴，皮肤薄得透明，与被带走那天判若两人。看着她的样子，齐光禄后悔不迭，觉得当时无论如何不该放她到这个地方来。

齐光禄让弟弟把车子直接开到隔壁县的一家医院。到医院先给光荣做了常规检查，身体倒也没什么大问题，就是虚。虚是病，也不是病。医生告诉他们说。

齐光禄坚持给光荣做了妇科检查。医生给他说检查结果的时候，齐光禄眼前一黑，差点背过气去。光荣这样的身体条件，很可能再也怀不了孕了；即使能怀上，孩子也会因为习惯性流产而夭折。

坠子和老婆是光荣回来半个月后才从外地赶回来的。坠子看起来比过去更老了，浑身上下一嘟噜一嘟噜的都是赘肉，坐在那里大喘气，好像是用旧零件组装起来的一台蒸汽机。光荣躺在床上，似一个没有呼吸的纸人。坠子老婆过去拉着光荣的手，以往那么爱絮叨的她，一句话都没说，只是看着光荣一个劲地叹气。

下午，坠子安排齐光禄带弟弟去买了十来个菜，两瓶好酒。等他们回来，看见坠子擀好切好的面条整整齐齐地码在案板上，那是他最拿手的"袁面"。坠子边下面条边安排老婆把菜装好盘，摆上八仙桌，把光荣搀起来坐下，然后又在上手空了三个位置。喝酒之前，他在三个空位置上恭恭敬敬地各摆了一碗面，一杯酒，双手擎起自己的酒杯，口中念念有词："爹！娘！光荣娘！坠子这里领罪了！你们看我把一家人领成什么了？"

坠子老婆和齐光禄连忙站起来，扶着他劝他坐下。坠子坐下来，热泪长流，眼泪噗嗒噗嗒落在面条碗里。一顿饭吃得像办丧事，打开一瓶酒基本上没怎么动。

第二天一早，天还没亮，坠子就把老婆和孩子们都带走了，谁也不知道他们去了哪里。在此之前，两间铺面早已转给了张鹤天。据说这次张经理干得还不错，把周围几家店铺都盘了下来。三个招待所的肉菜供应全被他承包下来了，光这一项就是一笔不小的收入。

每年的四月初，正是长城边莺飞草长的季节。从城里到这里来踏青的人如过江之鲫，找个停车的地方都很难。当地政府顺势而为，每年举办一次"风筝节"。头两届吸引了国内不少名家，后来越办越大，国外的风筝玩家也都来参加比赛，于是，就把这个活动扩大为"国际风筝节"。

这年的风筝节于四月六日开幕。当日一大早，国内外各家媒体早早来到现场，还有三家卫视台做现场直播。九时九分，锣鼓喧天，鞭炮齐鸣，各级领导鱼贯登上主席台。数百只信鸽振翅飞向蓝天。随后，八十多米长的巨龙风筝、婀娜多姿的蜈蚣风筝和众多各种造型的风筝翱翔翻飞，争奇斗艳。

突然，在放风筝的队伍里，出现了两个头勒白巾，身穿白衣黑裤的男子。两个人的前胸后背都绣着黑色的大大的"冤"字，他们奔跑着、呐喊着，放飞手里的风筝。那是一只巨大的、黑得像墨汁一样的梅花风筝，尾巴上挂着九十九个白色小条幅，每个上面都写着"冤"字。霎时间，中外记者轰动了，纷纷站起来举起手中的长枪短炮。

二十

我安排赵伟中把齐光禄案件的卷宗材料调过来，想详细地查阅梳理一下，以便理清里面的脉络。赵伟中说，"齐光禄案件"不是一个单纯的案件，而是一个非常复杂、前后有很多人经手的"事件"。卷宗材料不止涉及一个单位，也不止涉及某个办案人员。如果把材料全部凑齐，估计要拉一板车。

后来他找到一份早前县委县政府呈报给上级的综合报告给我。我看过之后，觉得情况委实太复杂了，任谁也不好拿出一个彻底解决问题的办法。

天中县委、县人民政府
关于齐光禄事件的经过及处理意见
的报告

……

一、从整个事件的调查结果看，并没有任何证据证明查卫东参与或者放纵事件的发生，因而对其作出"双开"的处分于法无据，明显失当。鉴于查卫东被齐光禄砍死后，其妻改嫁，父母及女儿的生活没有保障，建议一次性给予其家庭十万元经济补助。

二、县公安局根据齐光禄涉嫌犯强奸罪的有关事实，对其采取刑事拘留强制措施，是根据群众举报和刑警队采集到的线索依法作出的，并非如当事人和上访人所言是报复行为。但是，鉴于该局在处理此事时采取的方法粗暴，对群众及当事人宣传法律政策不到位，引起群众较大抵触情绪和一系列恶劣后果，经县委常委会研究决定，公安局现任局长、政委予以调离公安机关并给予行政记大过处分。

三、牛光荣之死有多种原因。虽然构成对牛光荣劳教的违法事实并不充分，但其与多名男子发生性行为的事实是客观存在的，也是应予矫正的。经查明，在牛光荣劳教期间，造成其流产的行为系意外事故。所方发现其身体不适后，所采取的施救及提前释放措施是得当的、及时的。当事人牛光荣及其家人并未表示异议。

四、牛卫国（别名牛坠子）及其家人在权益受到侵害时，不是通过正当的法律和信访途径解决问题，而是采取极端措施，在"风筝事件"中的行为严重损害了党和政府的声誉以及国家形象，本应给予行政制裁。鉴于主要责任人牛卫国已经亡故，而且有国家机关工作人员损害事实在先的特殊原因，对其事件中的其他参与人员不再追究责任。

五、齐光禄犯杀人罪，已被市中级人民法院依法判处死刑。被告人未提出上诉，现案件已经进入死刑复核程序，等待最高人民法院的最终裁定核准。

六、对事件所涉及到的有关人员，已经依纪依规处理到位。因此事件造成的群众上访尚未彻底平息，县委县政府仍然负有劝解和维稳的责任，我们将尽全力做好防范和化解工作，不使事态进一步扩大。

　　七、痛定思痛，通过这个事件使我们深刻认识到……时刻把群众利益无小事放在首位……以稳定促发展……努力开创……新局面。

　　……

　　我把报告推给赵伟中，仰靠在椅背上，久久没有说话。他一页一页地翻看着，做出非常认真的样子。我知道他一个字都没看进去，他在等着我发话。不管处理任何问题，他总是这么能把握分寸。果然，我刚一坐直，他立即放下手里的文件，认真地看着我。

　　"牛大坠子，不，牛卫国死后，他老婆没再改嫁吗？"我问。

　　"没。毕竟她年龄偏大了，村里人给她介绍过几个村民，您知道她怎么说？"他咧开嘴笑了起来，摇了摇头，"'喊！勤劳善良的贫下中农，我还真看不眼里呢！'其实，她也不是个省油的灯，村民一直上访闹事，就是她和儿子两个人在背后指使的。"

　　"他们能够鼓动村民上访闹事，而且持续这么长时间，说明还是有合理的诉求在里面，"我拿起笔，在文件第"六"项下面重重地划了一道，"从我了解的情况，再加上我刚才看到的这个材料，我觉得事情的麻烦之处就在于，看起来谁都有责任，但是论到法律上，又都没有责任。这么重大的事件，最后查找不出具体的原因，也没有应该承担责任的人，你不觉得更可怕吗？"

　　"那当然！照您这么说是很可怕，"也许他听出了我的意思，随即调整了态度，重重地点了点头，"老百姓来上访说明还信任咱们，如果有事都不上访了，像齐光禄这样干，那麻烦就大了！"

　　"齐光禄也不是一步跨到杀人者的位置上，"我把报告重新递给他，

"除了这份报告,你再仔细想想:他无处诉说,说了也没人听,听了也不会有人管——如果要讲痛定思痛,这才是痛中之痛!"

"那可一点都不假!"他有点忘形,一巴掌拍自己腿上,"就是因为没管他的事,我小舅子心里一直过不去。上次他回来找您,本来是想让您安排县医院把齐光禄的妹子收治了,所有的费用由他来出,结果主任把这事给搅黄了。都怪我不会办事!"

二十一

对"风筝事件"的处理非常迅速,而且也很到位。国家有关部门成立了联合调查组进驻天中县,找多名当事人和知情者询问情况。虽然不能彻底查清楚,而且对事件性质的认识也有分歧,但调查组要求省市县三级迅速拿出处理意见以平息民怨,并保证无论如何不得再发生类似事件。

派出所所长、张鹤天的姐夫查卫东被开除党籍、开除公职,一夜之间从一个警界新星变成一介平民。与案件有关的派出所两个干警被免去职务,有关当局就其涉及到的违法问题展开调查,是否涉及犯罪俟调查结束再做处理。县委县政府对此事件负有监管不严、控制不力的领导责任,分管副县长被行政记过。县委宣传部新闻发言人在回答记者的提问时明确表示,"矫枉必须过正,人民群众的合法利益必须得到充分有效保护,决不允许任何人假借公权力谋取一己之私!"

对此次事件涉及到的赔偿问题,县委县政府也迅速拿出处理意见:张鹤天立即退还店铺并负责恢复原状,赔偿受害人每月两万元共计十一个月二十二万元的财产损失。为了体现政府勇于承担责任的宗旨,县政府从信访专用资金中拨出十万元,补偿给齐光禄和牛光荣。

处理结果与当事人见面那天,县委一名副书记、县政法委书记、县公安局长、信访局长都参加了。大部分当事人都表示同意,没有什么意见和要求。会议结束后,查卫东走过去拦住几位领导,提出自己在这个事件中不应该承担责任,"我既不知情,更没与任何人打过招呼。如果要承担责任,也仅仅因为与张鹤天有亲戚关系——我是他的姐夫,仅此而已。所以,对我进行'双开'处理显然是不公平的,也没有任何法律和政策依据。"

调查组也确实没有掌握查卫东直接参与此次事件的有关证据。派出所的两名干警证实,他们的作为是因为"群众举报",跟查卫东无关。张鹤天和姐姐也证明,从来没与查卫东谈过此事。

县委副书记问:"查卫东,即使你没有明示或者暗示你的下属,你派出所的两个干警为什么这么'无私'帮助你而不帮助其他人,这你心里不清楚吗?"

"这个我说不清楚,"查卫东以立正的姿势回答,"我真说不清楚!"

"你是真说不清楚?小聪明是会害死人的!不处理你,怎么向上级交代?怎么跟老百姓解释?都什么时候了,还玩这种把戏?"看着查卫东复杂的表情,县委副书记不耐烦地摆了摆手,"先把主要问题解决了,你的问题随后再说!"说完拂袖而去。

信访局长要求齐光禄和牛光荣在一份"协议书"上签字。齐光禄拿过来看了看那份协议书,大致意思是两条,一是完全同意政府的处理意见,二是保证不再为此事上访。

齐光禄拿起笔就把自己和光荣的名字签上了。信访局长不同意,坚持让牛光荣自己签。齐光禄让她看看牛光荣的样子。信访局长看了看,指示齐光禄拿着牛光荣的手,在她的名字上面按了指印。

一切都恢复了原来的样子。齐光禄的铺子重新开张,生意虽然没过去红火了，但还是比别人的要好。工作之余，齐光禄带着牛光荣每天坚持体育锻炼，还找了县城一个老中医，让他开了半年的调养药。她的身体和精神在逐渐恢复之中，有时候还能听到她的笑声。对这样的结果，大家都觉得很妥帖。他们以为已经揉皱的生活可以伸展、抯平，重新恢复过去的纹路和形状，甚至不会留下一点折痕。

第二年春天，坠子因为肺部感染回到县城住院治疗。开始也没怎么在意，以为像往常一样把炎症消下去就好了。谁知县医院检查的结果是肺癌后期。坠子老婆不相信，坚持带他到北京确诊。结果与县医院的检查并无二致。坠子也知道了自己的病情，拒绝在北京治疗。他坚持回老家，说是自己调养，可是回来后一口药都不吃。到年底，一个胖大的汉子瘦得竟只有几十斤了。弥留之际，他让老婆把几个孩子喊到床前，向孩子们表达歉意，说，自己一直在努力，这一辈子都想为他们办一件大事，可是……。光荣拉着他的手说，您办的事情还不够大吗？坠子摇摇头，不够，不够！泪水顺着他的老脸往下落，浑浊得跟泔水似的。齐光禄说，爸，您永远都是我们敬重的爸爸！说罢拉着光荣和弟弟一起跪下了。这是他第一次喊他爸，也是最后一次了。

二十二

新上任的公安局长郑毅，原来是周友邦挂职那个县一个乡镇的党委书记，因为计划生育工作失误被免职。后来上级安排他到市公安局防暴大队任副队长，工作期间成绩突出，提拔到天中县公安局任局长。据说他在市局工作时就和查卫东很熟悉，与查卫东的几个同学也过从甚密。但据后来的调查证明，他和查卫东也仅仅是正常的工作关系。他到这个县任局长时，查卫东已经被"双开"，在家赋闲。也从来没人看到过他在县里跟查卫东接触过。

我来这个县挂职之前他就被调离了公安队伍。据熟悉他的同志讲,他是个非常正派,也非常敬业的人。简直是个工作狂,从来没休息过星期天节假日。他所制定的"白天要让群众看到警察,晚上要让群众看到警灯"的工作目标,使这个位于鄂豫皖三省交界、社会治安非常混乱的县,变成公安部表彰的先进单位。所以,他在群众中的口碑非常好,一直到现在,大家说起他还交口称赞。

他到这个县任职之后,在对过去所办理的案件进行梳理的过程中,发现了齐光禄和牛光荣一案。他认为,就案件所涉及到的事实,对牛光荣采取劳教措施显然是处罚过当。但是,这么轻易地放过齐光禄,就是对法律的亵渎,毕竟他的行为已经构成了强奸罪。而这个罪是暴力犯罪,公安机关不能与当事人进行协商私下处理。他将此案件批给刑警队,并责成政委指导纪检监察部门督办此案。

政委是一个老公安,他比局长到这个县早,对此案件也比较熟悉。他给局长的建议是,这个事情已经处理完毕,里边的问题非常棘手,不能再触及矛盾,引发新的问题了。

局长说:"为什么棘手?为什么会形成矛盾?就是没依法办事嘛!事情要想简单,就只能坚持一条原则:正本清源,从根子上解决问题!"

政委没再坚持自己的意见,他要维护班子的团结。虽然政委和局长分别是公安局的党政一把手,但是真正的一把手只有局长一人。

刑警队去抓齐光禄的时候,他正带着几个员工在店里忙活。最近他又代理了两家知名品牌的肉制品,坠子原来设想的开连锁店的目标眼看着就要变成现实。新店铺的地方已经找好,合同也已经签过,就差付款了。

后妈带着光荣和弟弟回老家给坠子上坟去了，今天是他的周年。等他们回来天已经很晚了。光荣看到店员交给她的对齐光禄刑事拘留通知书，罪名是涉嫌强奸。她把通知书递给弟弟，呆呆地坐在床边，一句话也不说。后妈从弟弟手里接过通知书，看了看，跟光荣说，今天太晚了，有什么事情等到明天再说吧。

光荣定定地看着桌上的一片灯光，始终没说一句话。

后妈做好饭给光荣端过来。光荣埋头就吃，吃完倒头便睡。后妈不放心，又过来看她，发现她躺着床上直直地睁着眼睛看着天花板，并没有睡的意思。后妈说："想开点光荣，没有锯不倒的树，也没有蹚不过去的河。咱们留得青山在，不怕没柴烧。"

光荣这才开口说话，她说："人要是想死就死多好！"后妈为她掖了掖被子，说："别说傻话了，咱们慢慢来。人就是再没本事也不能被冤枉死。明天就去找他们说理去！"

"妈！"光荣瞪着眼睛，并没看后妈，好像是说给自己听，"他们要是再抓我，您无论如何得帮我拦着，给我留点死的时间！"

后妈的手停留在被子上，看着光荣，半天没说话。

光荣以为她没听清，抓住后妈的手，把刚才的话又重复了一遍。

第二天早上起来，后妈已经把早餐买回来了。今天光荣好像特别能吃，吃了两根油条两个鸡蛋，还喝了一碗豆浆。后妈让弟弟搀扶着光荣，三个人一起来到县公安局，问了半天人家才告诉他们刑警队在五楼。他们在一间大办公室找到了办案人员。办案人员告诉他们说，齐光禄已经送交看守所拘押了，这个案件正在侦查之中，不能透露任何细节。

"那我们至少应该知道为什么抓人吧？"后妈说。

"不是已经把通知送达你们了？强奸！"办案人员斩钉截铁地说，

后来想了想又补充道,"涉嫌强奸。"

"他强奸谁了?是这个孩子吗?"后妈用手指着光荣,"他们都过成夫妻这么多年了,这还算强奸吗?"

"照你说这么简单,如果杀个人,一百年后就不是杀人犯了!"办案人员不耐烦地看着他们。

"当时你们劳教光荣的时候是怎么说的?难道连你们公安说话也不算话了吗?"

"滚出去!"办案人员怒不可遏,一拍桌子站了起来。弟弟赶紧过去护住母亲。

"老天爷还不睁开眼吗?"光荣突然仰头大叫一声,边喊边朝通往阳台的门口走去。后妈见状,失声尖叫:"光荣——!"话音未落,牛光荣已经从阳台上一头扎了下去。

二十三

县城东南角有一个老体育场,过去曾经是开批斗大会和枪毙人的地方。谁要是诅咒某个人,总爱说早晚非把你送到体育场去不可!现在它已经被围在县城中心了,平时县里的重大活动或者展销会什么的,偶尔还会用一下。因为进出不方便,几届人代会都提议建新体育场。新体育场拉拉扯扯建了两年多,还没正式交付使用。所以市民们早晚活动还是到这里来。

每天早上,查卫东来得都比较早。他一般五点多钟就出门了,这是他多年来养成的职业习惯。到了体育场,简单热一下身,他便围着跑道跑起来。他每天都坚持跑四十圈,十六公里。如果没有意外情况,比如极端天气或者大型活动占了跑道,即使一般的刮风下雨天气,他都不会停下来。他有这种韧劲，一直都有。

被"双开"之后，查卫东一直在家赋闲。对于自己的处分，他再也没有提起过。肉铺子还给齐光禄之后，小舅子张鹤天开了一家出租车公司，让他去管业务。开始他不想去，后来经不住老婆左右央求，去跑了几个月，又回来了。他和小舅子俩人性格合不来，他也知道小舅子从骨子里看不起他。而且平时他不大爱说话，什么事情喜欢做了再说，甚至只做不说，更不爱跟人抬杠。小舅子是个嘴巴比脸还大的家伙，什么事情八字还没一撇，已经广播得满城风雨了。再一个，他也特爱抬杠，查卫东觉得他是世界上最爱抬杠的人。不管你说什么，他先插上一句，谁告诉你是这样？你还没与他争辩，他手一挥打断你，你知不知道啊？到最后，反正就他知道，谁都不能知道。

可是，在查卫东心里，小舅子也不是个坏人。跟他姐的性格一样，四肢发达头脑简单，讲义气，够朋友，对人从来也不知道提防，不管自己吃多大苦受多大罪，也得先把朋友打发舒坦。从公安局被清退之后，他在局里比查卫东的人脉都广，办事能力也比他强。查卫东之所以不想跟他在一起搅合，主要是害怕性格不合，到最后会伤害相互之间的感情，进而影响到家庭关系。老婆不管过去怎么样，现在对他不错，什么事情都由着他的性子来。尤其是出事之后，处处想着他的感受，总害怕他再受到什么伤害。他觉得自己没看错人。

在家闲着没事干，查卫东就练练书法，教教孩子的功课，偶尔回老家陪老人住几天，其余的时间都用来锻炼身体。这几天天气一直不好，没一点风，一天到晚雾气腾腾的，对面看不见人。老体育场因为裹在城内，被各种油烟、灰尘、雾霾包围着，像一锅混汤，根本没法跑步。于是，他就独自跑到新体育场。那里的跑道基本完工了，运动场正在植草皮，围墙还没拉起来。

到新体育场的第一天，他发现只有自己一个人在这里跑。这里毕竟离城区较远，而且交通也不是很方便，城里到这里的主路还没修好。第二天，四十圈快跑完的时候，他发现多了一个人。那人是相对着他的方向跑的，跑起来很慢，好像腿脚不是很方便。跑近了，俩人打了个照面。虽然没有灯光，看不很清楚，但他还是觉得这人有点面熟，想不起来在哪里见过。他想主动打个招呼，后来想想怕人家认出自己，就算了。

牛光荣跳楼之后，县委害怕事情闹大，要求公安局立即撤销齐光禄案件，先把人放了，听候处理。其实也没什么好处理的，只要当事人不上访闹事，上级不追查责任，事情就会慢慢稀释，无非是政府赔几个钱，大事化小小事化了。齐光禄释放出来之后，确实没闹一点动静，也很少出门。倒是光荣的后妈和弟弟到县委政府闹过几次，都被工作人员劝阻回去了。

齐光禄把铺子交给弟弟，什么事情都不想费心劳神了。每天早上，他背着一个羽毛球拍袋，待在查卫东楼下等他下楼，再跟在他后面去体育场。到体育场，他就把袋子放在身边，看着查卫东跑步。一般情况下，他都是在查卫东跑到第三十七八圈的时候跟上去。那时候查卫东的体力已经消耗得差不多了，而且快达到目标的时候，人也比较容易松劲。但是，在老体育场活动的人太多，他试着几次靠近查卫东，都没有下手的机会。他等着雨雪天气的到来，可是这个冬天特别干燥，一直无雨。

后来查卫东转移到新体育场，他在后面跟不上，就没去。

第二天，他骑着自行车，老早就到了这里。走在路上他就感觉到起风了，但风还不太大。过了一会儿，风刮得越来越大，他担心查卫东会不会来。正在踌躇间，查卫东已经过来了。他看着查卫东热了热身，开始跑起来。他就坐在旁边等着他。查卫东跑到第三十八圈，他把拍袋打开，里面是一个亮黄的绸布包。再打开布包，包里裹着银光闪闪的日本刀，关孙六。他把刀别到身后的腰带上，逆着查卫东的方向跑起来。那已经是查卫东的第三十九圈了。由于两个人离得比较远，他的腿脚又不方便，所以没来得及靠上去。最后一圈，第四十圈，他跑得很慢。等查卫东跑过来的时候，他捂着腰站住了，哎呦哎呦地喊叫着。查卫东一边喘着粗气一边靠过来，伸手扶他。他猛地一转身，手里一道寒光划过，刀子在风中发出嗖的一声鸣响。查卫东没来得及躲避，刀已经到了脖子上，划出一个大口子，鲜血喷涌而出。查卫东往后闪了一下，惊恐地瞪了他一眼，双手像要拥抱似的伸向他。齐光禄又举起刀扑上去。谁知查卫东却仰面朝后倒去。齐光禄骑到查卫东的身子上，像劈柴一样猛砍起来。这把刀出人意料地锋利，血肉像木屑般乱飞。那种利索和痛快，给了他极大的满足。愤怒和悲哀已经脱壳而出，离他而去。他的注意力完全集中在刀上了，忘记了周围的一切。他唯一的担心就是，身下之物不够喂这把刀，以延续他的狂欢。一下、两下、三下……他快活得泪流满面。你他妈的他妈的日本鬼子！真是一把好刀啊！

二十四

两年的挂职说结束就结束了，回头想想几乎是眨眼之间。时间虽然很短，但在这片历史层层沉积的土地上，我还是感受到了一种厚重、柔韧而又沉闷的东西。这东西莫可名状，黏糊糊的，又是若即若离的。但是我知道，从此之后，这些黏糊糊的东西就像学弟说的苦涩之后的味道一样，将灌注进我的作品里，成为我思想的一部分。

我在想，当地人把汝河喊作回头河，除了地理因素，有没有文化或历史因素？离开天中县的前一天，我站在刚刚通车不久的汝河大桥上久久不愿离去。我顺着桥面，把两边的栏杆拍了个遍，好像这是自己的孩子似的。河面上升腾着雾气，很稀薄，但也很执着，一旦升到与河堤平行的位置，便被风吹散，瞬间就了无踪影。

人类与河流的关系甚是密切，我们说起是哪里人，总是喜欢说靠近哪条河，好像我们的根子就扎在水里。谁说不是呢？我们逐水而居，人生路上遭遇大喜大悲，还老是想着要不要回头，心里总是湿漉漉的。

我忽然想起他们讲的坠子的一个笑话。有一次他唱完戏，跟村里人聊天说（那时他还没当上经理），等我哪天成功了，非到"局部"去看看不可！人家问，"局部"在哪里？他说，"局部"你们都不知道啊？中央气象台天气预报，不是说局部有雨，就是说局部干旱，那儿肯定不是个小地方！

对于我们来说，这个笑话既很可笑，也很可怜。而对于常年生活在偏僻山区里的人们来说，也许局部就是他们的整个世界，或者一生的梦想。坠子离开宾馆并再次"成功"之后，镇里人进城找他，只听说他今天在这里，明天在那里，神龙见首不见尾。大家便在私下里议论，弄不好他真是到"局部"去了。

发表于《人民文学》2014年第2期

北地爱情

一

走出校门那年我 28 岁,刚刚拿到清华大学经管学院的博士学位。不过这并没什么可骄傲的,怎么说呢,时也运也命也。要是前些年,这个文凭还有点含金量,现如今一年不如一年了,一来普天之下尽是"博士到处走,硕士不如狗"的坚硬现实,二来女博士不招人待见亦是当下世相,甚至连找对象这种事儿都成了弱势群体。

最后选择去 Z 城的金帝上市公司也是我反复权衡的结果。如果去外企做白领,一个月可以拿到七八千左右的薪水,而且我已经通过了德国西拿上海咨询公司的复试,很快就可以进入见习期。要是回四川老家当公务员,据说,有关规定能安排个副县长,月薪可以拿到三千元左右。在电话里,父亲强烈要求我回去。不言而喻,他巴望着靠我的成功扬眉吐气一回。三十年前看父敬子,三十年后看子敬父,他在电话里近乎用"我胡汉三又回来了"的口气跟我念叨,好像县政府的印把子一半在我手里,一半已经在他手里了。算命的都说咱家早晚要重见天日,要是你回来,你爷爷都会在坟里笑醒!

重见天日,这几个字从他嘴里说出来,听着有一种摩挲压在箱底的暗器才有的那种阴暗的快感。这也难怪,据我外婆说(她说起我父亲,总是一脸的不屑),我父亲"文革"的时候曾经红极一时,他那时是"双突干部"——突击提干,突击入党——这是他用斗地主,打右派,砸公社书记办公室的革命行动换来的。后来他官居乡里"革委会副主任"的高位。娶我母亲用的也是不甚体面的手段,据说跟霸占差不了多少。"文革"结束后,他受到了政治清算,"跳得越高摔得越惨"的命运之手,一巴掌把他打翻在地,从此他的人生像一捆打起来的旧包裹,再也没有展开过。直到我拿了全市高考状元,他才如释重负,拉着我跪在爷爷奶奶的坟前放声痛哭了一次。都说男人的哭是一种软弱,而男人的痛哭则是一种力量。可在他的哭声里,我没有得到安慰或者鼓舞,而是脊背发冷,汗毛一根根地竖了起来。

现在,如果我回家乡去做副县长,他在村子里就可以重新背着手走路了,用冷笑就能把那些曾经打击过他、或者看不起他的人一个个杀死——他给我寄来家乡招揽人才的政策,上面说,如果博士回去,可以安排当副县长,条件合适的也可以直接当县长。

正在我犹豫之际,中部六省联合来学校举办了一次大型人才招聘会。就是在这次会上,我遇到了金帝公司的董事长金玉玺。说来也巧,我之所以直奔金帝公司的展位,一来是他们在我的家乡建了一个非常大的屠宰厂,我有好几个亲戚都在那个厂子里干活;二来这个在港股上市的内地企业是我们必修的成功案例,它在国内外有几十家分公司,据说如果他们兼并了意大利的一家有着数百年历史的食品公司,将会成为世界上数一数二的肉制品企业。

我在金帝公司的展位前坐下,递上个人简历。接待我的是厂办主任，胸牌上的名字是李毓秀。一个高大而且高傲的北方女人，光彩耀人，棱角分明。她边看我的简历边跟我聊着，问了一些最简单的问题。最后她问我，你为什么会选择金帝公司？我老老实实地说了上述两个原因。她看着我，非常满意地点着头。她把我领到展厅后面的一个小套间里，介绍给他们公司的董事长金玉玺，一个在商界被传说为神的人物。李毓秀直言不讳地对董事长说，我是她今天最满意的一个应试者！董事长头都没抬，问，怎么说？李毓秀轻声说，南方女孩，实在，大方。他抬起头来，漫不经心地打量了我一眼，然后又像猛然想起什么似的，狠狠地盯着我。他那天穿了一身白西装，面前摆着好几部手机。他盯着我看时的神情我不喜欢，非常不喜欢，但我始终用应聘者专用的微笑回应着他。他拿过我的简历看了一会儿，突然用四川话问我：你是四川地？

是地！四川地！我把微笑放大一点，努力假装轻松地操着川西口音回答他。他点了点头，把面前的手机像洗牌似的调换了一下位置，随后掀开了他的底牌：试用期年薪二十万，奖金另算。至于试用期满嘛——他说了一个让我晕倒的数字。

金钱无疑成为我们之间的最大公约数。我学的是钱，我也需要钱。家里东挪西借地供我读了二十年书，正是举步维艰的时候。

就这么简单，我决定三天后赴任。我甚至懒得上网查查Z城的基本情况，反正只要能够逃出北京，这个让我人不人鬼不鬼的地方就行。说起来我在这个城市里生活了九年，可是我一次都没真正走进过它，既不知道它有多大，也不知道它到底有多么繁华。在这个世界级的大都市里，我活得简直像一个拾荒者，遭遇的各种伤心事不说也罢，你懂的。

金帝的主厂区是一个工业新城,大得跟一个小城市差不多。来到厂子里的第一天,填各种表格,签正式合同,跟着一批新来的人员到厂史展览室接受入厂教育。第二天,到厂区参观,熟悉工作流程,安排食宿。第三天、第四天,我们这一批新来的人员基本都有了工作岗位,可是没人找我谈。我去找厂办主任李毓秀,连办公室的大门都没有进去。办公室秘书出来告诉我说,主任正在开会,让我把电话留给她,回去等消息。

大概会是什么时候呢?我问秘书。

她瞟了我一眼,摇了一下头,转身轻手轻脚地关上了门。

又等了两天,还是没消息。百无聊赖,度日如年。那天下午,我信步走出工业城,沿着一条大路向市区走去,想找个电影院看场电影。刚刚走到一个超市门口,手机突然响了,是一个全部显示为0的隐蔽号码。电话是毓秀打来的,毓秀说:你等着,董事长跟你讲话。

董事长?我的心狂跳起来,以为自己是在梦游。我明白,招聘的时候是一码事,真正成为一个企业的员工之后是另一码事,在这个有着国内外几十家分公司、数十万员工的企业里,我一个刚来的黄毛丫头与董事长之间的距离太遥远了,他怎么会直接跟我打电话?但是,没容我多想,董事长那中气十足的声音就响了起来,他的话把我震得目瞪口呆:

是这样——他嘴里好像在咀嚼着什么,让我觉得面对的是一个正在捕食的动物——我身边还缺一个秘书,如果你不觉得委屈,就先跟着我适应一段时间!说完,我清晰地听见他喝了一口汤,咕咚一声咽下去,然后挂断了电话。我听着电话里的忙音,呆呆地立在那里,半天都没还过神来。如果不是亲身经历,谁会想到含着零食就这样把一个女博士的命运给展开了?看来这世界本无公平这回事儿,有些人的公平，是需要另外一些人的施与才能得到的。

　　走近金玉玺之后我才知道，毓秀每天下午给他用酒精炉炖一只血燕，配六只虫草，这是他的加餐。再后来，这事儿就成了我的本职工作。

　　那天晚上我无论如何也睡不着，脑子里翻来覆去就是这件事，既思想着它的过程，也思想着它的结果。它来得太突然，也来得太特别，如果用经济学的成本效益方法分析，要得到这样的效益，得付出怎样的成本？

　　后来发生的那些事，让我切切实实体验到理论只是一具失血的干尸，而生活才是活生生的教材。

　　不过，若是开篇就说到我后来和金玉玺之间发生的那些食色故事，你肯定会认为我是个不正经的女孩。事实上我们之间的故事经历了很长一段周折。真正上班之后我才知道，董事长的秘书不止一个人，有文字秘书、文件秘书、生活秘书、企管秘书，整整是一套工作班子。毓秀是办公室主任，还兼任着生活秘书。我是文字秘书，主要负责他出席会议和有关活动用的文字准备。其实，跟他时间长了我才明白，给他起草的文字材料常常是浪费资源，他讲话几乎不看稿子，虽然不是出口成章，但是句句话都有的放矢，几乎没有虚话废话，这让我对这个看上去粗枝大叶的男人刮目相看。有一次公司领导班子开会讨论一个发展规划，他点名让我参加。我拿着速记本过去，以为只是帮助整理一下文字材料。谁知讨论的中间，他突然指着我说：博士——从我进入公司一直到我离开这里，他总是这样称呼我——说说你的意见。

　　什么——？我脸涨得通红，虽然站了起来，但身子佝偻着不敢直立。

　　先坐下吧！他的大手朝我挥了一下，在这个企业，可没有人是旁听生！

我面红耳赤地低着头，恨不得把后来会议上的每句话都吃到肚子里。

不过，从那次会议之后他再也没有点过我的名。毓秀兼任的生活秘书的职责，慢慢转移到了我这里。我离他越来越近，给他炖虫草血燕，负责打理他出席各种场合的着装。开始这些我都不怎么懂，便去问毓秀。毓秀说，也没什么忌讳，他这个人，你准备什么他穿什么。可事实上不是这样，他是个骨子里非常讲究的人，而这些讲究，却是他不声不响一点一滴地灌输给我的。他非常有耐心，也很随意，平时和气得像个好脾气的父亲一样。好在我不笨，南方女孩的灵秀和天生打理家务的本领，让我很快就掌握了他的习惯和偏好。我能让他满意，我肯定不是个旁听生。

搬到董事长的豪宅住是他提出来的。这要回头说一说我来上班后公司为我准备的两室一厅的公寓房。一上班就有自己单独的房子，是非常令我喜出望外的，七十多平，要是搁北京，简直是一步登天了。但是走进房间，多少还是有点失望。房子是十几年前公司刚成立时建的职工宿舍，住过多少人已经无从考究了。卧室的墙壁和那张破旧的床垫上印满了可疑的污痕，卫生间的马桶浪费我一个下午的时间，用了一桶去污剂都无济于事。整个房间弥漫着一股只有公共厕所才有的那种馊味儿，一间房屋，经历过多少主人就会留下多少种气味，无可消弭。

开始我怀疑这味道是我从学校的宿舍里带来的，我受够了这种气味。没有任何一所大学的宿舍里没有那种尿骚味儿。有人说，在大学的厕所里蹲一次，你就不是原来的自己了。为什么没有人说只要进到大学生宿舍里，就等于进到大学的厕所里呢？我曾经想过，这种味道是不是北方特有的？

若不是后来频繁进出董事长的豪宅，我也许对自己认真清扫粉刷后的小家会基本满意。尽管一切都还陌生，但我有了自己的家，它让我有了一种职场女性独立的尊贵感，让我对未来的新生活野心勃勃。

那次是因为工作需要，下班之后毓秀带着我去董事长家。他家坐落在公司总部大楼东面，是一个独立的大院子，里面有三四栋建筑，经过好几道门岗才走进大院里面的一个小院子，金玉玺住在这里。我们进去的时候他自己正独自面对一桌子饭菜吃饭，他一个人。看见我们进来，他点着餐桌上丰盛的食物说，你们就在这吃吧！说完他便自顾自地吃起来。从那时我才知道，他一天要吃五六顿饭，眼前的餐桌上摆满了精美的食物，有蒸得碎玉样的白米饭，有鸭汤和嫩绿的小青菜，竟然还有两道让人看见就流口水的川菜。他有从四川请来的专业厨师。

毓秀摆摆手让我坐下。她也靠着我坐下来，虽然扎着吃饭的架势，可是一口饭都没吃，只喝了两口汤，说有事要先走了。我左顾右盼看着他们两个，不知道自己该不该也跟着站起来走。董事长眼皮都没抬，用筷子指指菜，说，吃呀！我赶紧低下头继续扒自己碗里的饭。

饭后，董事长说，从明天起，你就搬到这里来住。看我有点惊讶，他又补充说，在这个院子里，还住着十来个工作人员，你先跟他们住在一起。

第二天我就搬到了金董事长的大院子里，住在管理人员宿舍楼的二层楼上，自己独占一层楼。也真是奇了怪了，三个同学挤在一间研究生宿舍里我都觉得宽绰，而自己住一层楼则觉得拥挤得厉害——可能用拥挤这个词不太贴切，算是压迫吧。每次登到二楼，站在宽大的阳台上，我都有"独上高楼，望尽天涯路"那样的凄惶。我上班的时候跟毓秀说起这事，她只是淡淡地笑笑。看我还在疑惑，便跟我说，你想想，董事长哪次请人吃饭不吃掉一间屋？

小家子里走出来的我，当然还没有学会这种换算方法。

自从我搬进去之后，厂里的人对我的态度好像跟过去不太一样了，那是一种躲避还是恭敬，说不清楚。平时我跟谁都没什么交往，也没有朋友，我来这个地方大半年的时间都没有朋友。能够跟我说上话的，或者能往朋友上靠的，只有毓秀一个。我搬进金玉玺那以后，毓秀对我很客气了，常常以大姐的身份，提醒我一些注意事项，这让我很感激，但又让我隐约感觉到一种受到钳制的压迫。她总是说，在金帝工作，做你应分的事情。分外的事情，既听不见，也看不到，更说不出，否则——她话里有话地看着我——是不太合适的。她还说，我们对企业的忠诚，落到实处就是对董事长的忠诚，"所谓跟群众打成一片，就是跟领导打成一片，领导就是最大的群众！"

慢慢我了解到，毓秀是董事长夫人的闺密，是金夫人从小学一直到大学的伙伴，也是金夫人让老公一步步把她安排到眼前的这个职位上的。我觉得他们没看错人，毓秀办事很有分寸，既能够有所作为，又知道适可而止，不卑不亢。在我心里，她是一个成熟完美的女人，我因此而信任她。

有一次，她在办公室主动跟我聊起金玉玺的家事。她告诉我说，董事长挺可怜的，他的夫人和孩子去美国定居已经十多年了，大儿子娶了个美国妞，生了个洋孙子。二儿子也找了个华裔女孩，跑女方家住去了。孩子们都不愿再回到这灰突突的北方小城，妈妈又舍不下三个孩子，特别是最小的女孩，长得像天使般可爱，那可是她的命根子。他们很少回国，董事长一年半载去一次，每次回来，情绪很久都不会恢复。他觉得那边的家人对他过于冷淡，除了夫人，孩子们没人陪他，他想跟孩子们亲近一下都很难。有一次他没有敲门就进了女儿的房间，女儿惊得大叫起来，惹得夫人从中调停大半天。他们已经变成地道的美国人了。夫人知道他不可能放弃自己的事业陪他们到美国生活，企业也是他的命根子。但是让她们放弃美国优渥的生活环境回到国内来也不现实了。因此，他与孩子们的关系也变得相对简单起来，简单得只有汇款账号上的数字和他的签名。

毓秀那天把这事儿说得活色生香的，生怕我听不明白。我不知道她为什么跟我说这些，她不是告诉我分外的事情既听不见，也看不到，更说不出吗？

我在照片上很多次看到过董事长夫人，瘦弱白净的面庞像一只瓠瓜，眼睛和鼻子好像是用凿子刻出来的，缺少情绪。但是那张嘴很有个性，嘴唇薄而白，嘴角微微下撇，与上翘的眼角形成呼应，在那个三角区里潜伏着一种不怒自威的淡定。

可是，如果我单独跟董事长在一起久了，毓秀又会提醒我说，他们夫妻感情很好，董事长从来没有招惹过任何女人。任何。她看着我的眼睛别有深意地说。

我不知道她是提醒还是告诫，反正这让我很逆反，而且我应该告诉她，我是因为逆反才有今天的——一个堂堂正正的博士，一个鸡窝里飞出的凤凰。也许我想强调这一点的目的是，我可以借机把后来发生的一切事情的责任全部推给她。

我本善良，但不软弱，也不糊涂。

说实话，我喜欢上了董事长家的食物和宽大的别墅。他一个人住六百平的房子，有用人和厨子，即使在梦里，我也不敢走入这样的世界。从内心来说，我渴望过上一种体面的日子，在学校里我就不忌讳和有钱的同学谈钱。我是经济学博士，既知道有钱意味着什么，也知道没钱意味着什么都不是。若不是为钱，我又如何愿意来到这个乏味的北方小城？

我的宿舍在工业区最西边。搬过去那天我找了门岗的自行车，回去把必需的用品带过来，其他东西都没动。我骑着自行车穿过工业城的时候，突然有了一种异样的感觉，第一次觉得这个人工新城跟我发生了某种关系。至于什么样的关系倒没有深想，有点兴奋，也有点忐忑不安。

在自己家里，董事长好像变了个人似的，对什么都听之任之。他对待下面的人宽容仁厚，也看得出来他们对他都忠心耿耿。本来我想跟其他人一起吃饭，可是他不同意，说我们吃饭的时候还要工作。这也是真的，他常常把工作带到饭桌上，面前放着四五部手机。有一次，他给我讲起新加坡分公司的一个经理，说他曾经有一年的时间，每天只睡一个小时，白天办理亚洲的业务，晚上办理美洲的，完全靠浓咖啡支撑着，一年喝掉一百多斤咖啡。就为了他们，我也不能偷懒啊！我确实没见他偷过懒，他工作的认真和刻苦，外人是无法想象的。他看材料、打电话，要到很晚才睡。早上天不亮就起来，绕着工业城的核心区步行一圈，风雨无阻。记得有一次，那已经是我们好了之后很久了，他在接见意大利圣菲特公司的董事长时，叹着气说了一句非常意味深长的话，他说：我们两个都是病人，老病人。看着老圣菲特一脸的迷惑，他用指头点着自己的头继续说，而且是不治之症——工作病。对方听完哈哈大笑——老圣菲特已经七十多岁了，掌管着有几百年历史且在全世界也是鼎鼎有名的家族企业。他穿着看起来比他的年龄还要老的旧皮鞋和在自由市场上淘来的T恤，每顿饭只吃白面包夹生黄瓜番茄片，喝瓶装的"依云"，每天工作十几个小时。

除了敬业，金玉玺还吝啬得厉害，每次挤的牙膏跟黄豆粒似的，一卷卫生纸能用半个月。可是他为什么要住这么大的房子、吃这么排场的东西呢？很多我认为不该奢侈的场合他都花钱如流水，钱撒出去连响声都听不见。

　　吃东西是我的工作，不吃那么多怎么知道什么好吃？有一次我问他的时候他跟我这样说，住，也是公司的排场。公司的排场既是面子，也是里子。是吧博士？

　　我咀嚼着这句话，很久才想透里面的道理。

　　每次吃饭我都坐他对面。开始还很拘谨，时间长了也就放松了。家里的水果他几乎动也不动一下，他是个典型的北方男人，喜面食，不吃水果不喝茶。我想尽一切办法把他的胃口调动起来，我把果肉血红的柚子切开，剥成一瓣一瓣的，把山竹从壳里挑出来，把苹果去皮切成小块，放到电脑或者电视机前。有一次，他在电脑前，喊我过去帮他翻译一封英文信件。我刚刚走过去，他暗示我拿一块水果给他吃。我紧张得出了一身汗，看他若无其事的样子，只好叉起一块芒果片送到他嘴里。他的嘴唇宽大而温热，是一张动物的嘴——我突然想到他跟我打电话那天我纷乱的想象。这一刻我的思想也走了很远，心里很乱，尽是乱七八糟一闪即逝的东西。我甚至想，这张嘴唇跟他夫人那张薄白的嘴唇吻在一起，会是什么滋味儿？

　　看到我狼吞虎咽的吃饭样子，他就会会心地笑起来。我就故意吃得很香，还带出很大的响声，这常常让他忍俊不禁。他说，人啊，吃饭就得像个人样！每次到欧洲去，看他们撮着嘴吃饭，觉得简直是糟蹋了上帝给的这么好的食物。还夸奖说，只要世界上有我这么贪吃的人，他就失不了业。

　　饭后他习惯喝一杯红酒。据说他过去滴酒不沾，喝红酒是夫人特意安排的，说是对心脑血管有好处，他遵嘱执行，然后就形成了习惯。我说，每天吃几枚干果和新鲜水果，红酒才能发挥作用。他听了笑呵呵的，也遵嘱执行。

有一次因为讨论一个合同，我们工作到很晚。回家吃饭的时候他让把饭菜放在他的卧室里。其实卧室比客厅还大，这是我第一次走进来，以为是进入了一个沙特王储的起居室。饭间他非要让我陪他喝一杯，其实这对我来说不算什么事儿。父亲最失意的时候，常常自己在家里酿酒喝，我们家里到处都是酒缸，光闻那个味儿就把我的酒量熏大了。我主动跟他碰杯，几杯下来，他喝得脸红红的，说起话来舌头都大了，笑起来像个孩子。我提醒他说，明天要出席一个重要活动，省市领导都要参加。他只管一杯一杯接着喝，我又提醒他一次，他说，什么领导，去他的！然后又开了一瓶。男人说"去他的"的时候，往往会放纵自己。果然，我过去夺酒瓶，他突然用另一只手紧紧地攥住我的手。我一下失去重心，猛地趴在了他的肩上。我非常紧张，挣扎着想站起来，但他用胳膊箍住了我。

我在他急切的抚摸里失去控制，说实在渴望他的怀抱不是一天半天了。那天就是那样，我们自然而然地滚到床上去了。对于我来说，那不是床，而是一艘大船，身下厚厚的拉毛床毯像是波涛汹涌的海洋，我要在这样的海洋里眩晕。去他的！去他妈的！我的心狂野地悸动着，想象着人的疯狂所能达到的极限。我猜想，这将是一次真正的生活——与过去那些偶尔疯一次，偶尔喝点酒哭一哭的生活相比的话——可是，说真的，我有点失望，他做爱时的表现和他所表达的那种热切大相径庭，有点像香港朋友送我的礼物，一个偌大的包装盒，揭开一层还有一层，到最后里面只是一只小饰品。

他一句调情的话都没有，甚至不会亲吻，他那温厚而湿润的嘴唇掠过我的头发扭到了一边，到底没有吻我一下。事情很快就结束了，潮水迅速退去，给上岸的人带来无尽的尴尬。可从他的眼睛里，我什么都看不到，既没有满意，也没有不满。我想，即使是忧伤或者失望都能让我踏实一些，可是没有，有的只是平静或者平淡。那种平静跟性怎么都不能挂起钩来。这样也好，在我们的亲密里掺入某种疏离也许是一种稳定的力量。或者是，他不是不爱，只是不会爱，他放不下架子吧！我寻找着各种合适的理由安慰自己。如果不该发生的已经发生了，那么，该发生的就没有理由不发生。

的确，这是一次有分寸的偷情，我确定。他并没有进入灵魂的欢愉，但缺憾却不仅仅局限于此。他是想试一试他的能力还是想试探一下我的意图呢？这是我最不愿意要的结果，我不想成为他待开拓的市场的一部分。

我不知道他到底有多久没有碰过女人了，他曾经和妻子就是这样小心翼翼地做爱吗？关了灯，我试图把头挤进他的怀抱，而他几乎动都不动一下，呼吸轻微而克制。我猜想他是不是后悔了，他在心中祈祷他的妻子原谅吗？

实际上，做爱之后我并没有多少思索的时间，很快我就回到自己的房间去了。虽然他并没说过什么，但我也知道，那个晚上他并不希望我在他的房间里过夜。

性爱渐渐寻常起来，我会主动淘气地纠缠他，我知道，他喜欢我的缠绵，他一次次任由我在他身体上放纵。是的，他喜欢。

常常，在我们温存之后，我会被头顶上一阵呼噜声弄出了一身冷汗，扭过头看去，发现靠背上卧着一只黑底狸花的大猫，它正举着一只爪子，瞪着一双没有眼睑的大眼盯着我。它尖利的爪尖和磨得粉红色的足掌像一种身份证明，显示着它的尊贵和霸道。

它叫花花，在我没进来之前，它和金玉玺共同拥有这间屋子。金玉玺每天都柔声地招呼它，轻轻地逗弄它几下。除此之外，它几乎用剩下的全部时间盯着屋子里的一切。那是金玉玺妻子的猫，不好带去美国，也许是她故意留下它，她把她的某一部分寄居在它的身体里。它常常在我们做爱的时候悄悄躲在屋子的某一处，用金玉玺妻子的目光盯着我们，身上的毛随着我们做爱的节奏支棱着。

我说，那只猫——

金玉玺的表情会打断我的话，他不喜欢我讨论有关他妻子的一切，除非他主动提起她。他说起他的妻子，语气就像呼唤那只猫，不知道是逗弄、哀怨还是撒娇。

有一次我跟他提起她，他半天没说话，直到夜里我们要温存了，他才说：你老是问她干吗？这问题把我难住了，这是个问题吗？而且我也没有老是问她啊！没什么，不过是随便问问。我故作轻松地说，其实被他的态度弄得很烦。

你拥有的是今天，没有什么值得你老是挂在嘴上？他轻描淡写地说。可这句话，把我深深地感动了，那天晚上我们做爱的时候，我觉得自己是个疯子，我把他也弄疯了。

就着这股热乎劲儿，我把他老婆斜倚在对面墙角的一帧巨幅照片趁他不在家时挪动了一下位置，让她那扁平的脸朝向门外，再也看不到床上的我们。然后把我过塑的一张小照嵌在床头靠背的空当里。他回来看到这些小把戏，苦笑着摇了摇头，也没说什么，算是默认了。我不想把我们的做爱弄成一个公共事件，哪怕是心理上的。估计他也一样。

那时候我还不明白，生活中的滑稽或者悲哀，不是因某人某事而起，仅仅是因为它本身。它本身既滑稽，又悲哀。

二

　　金玉玺在Z城土生土长，祖祖辈辈都在这里生活。他曾经在四川当兵，参加过自卫反击战后被提拔为军官。但他不服那里的水土，一到夏季身上就长满湿疹，疼痒难耐，只好提前转业了。他当初转业回来，因为没有过硬的关系而被分配到国营肉联厂工作，这是一个奄奄待毙的企业。谁知福祸相依，他回来的第二年，正好赶上全国各地刮起企业承包风。那时这个中原小城还特别封闭，无人敢收拾这个烂摊子。他凭着军人的一腔热血，哈腰挑起了这副担子，用了二十年的时间，把一个濒临倒闭的肉食品加工厂变成了市值上千亿元的上市公司，一个肉制品行业的庞大帝国。

　　金玉玺虽然只有初中文化，但在企业经营上却独具慧眼，他的一些作为，常常让我这个经济学博士瞠目结舌。有一次，鱼水之欢之后我们躺在大床上聊天，不知怎么的就说到了企业的发展。说着说着他忽然呵呵笑了起来，笑得浑身乱颤。他难得这么活泼放任，我抬起头来，问他笑什么。

　　你知道一个经济学博士什么时候才算真正毕业吗？他问。

　　愿闻其详。我把手搁在他胸脯上，那里面有一颗强大的心脏，像一台功率强大的引擎。

　　我认为，他又呵呵笑起来，笑得太深了，嗓子眼里好像有个哨子在吹，让我忽然之间觉得他有点陌生，他从来没有这样放纵过，他将我揽在怀里抚弄着我的乳房说，真正的经济学博士，书上学一点，床上也得学一点!

我们之间很少开玩笑,这个玩笑开得有点过了。我很生气,把手从他身上抽回来,侧过身去,身子蜷成一团。

博士,这还真不算个玩笑,他转过来揽住我的腰,用下巴顶住我的肩膀,努力把我的身体打开,好像我是一只可以拆装的玩具,如果你刚来我就把这个企业交给你,你能玩转吗?但是,现在再给你,结果肯定就不一样了是不是?你想想。

那这跟上床有关系吗?我是真生气了,觉得这种轻薄的话永远都不应该从他嘴里冒出来。

你想想!他的口气傲慢得不容置疑。

不得不承认,他说的是事实。

他做事的风格跟常人不一样,唯其不一样才有他今天的成就吗?比如向灾区捐款,这个企业捐的数额与它的声名相差很远。他个人捐得也不多,因此引起社会上很多质疑的声音。私下里,我问他为什么这么做。他说,我的责任不是慈善,而是办企业。捐款只是救人一时,而把企业办好了,则是救人一世。

咦?我真是感到愤怒,莫非这就是资本家的无耻?不是你救人,而是工人救你,不能忘本!

忘本?我?他坐起来靠在床头上,用手抚摸着下巴,好像有很多胡子似的,你算算看,不说世界各地我有多少企业,就说这个工业城吧,里面的工人和家属装了十五万,他们都是靠这个企业吃饭的。我今天宣布倒闭,明天市政府的门就打不开。倒成了我忘本了?

他是个地地道道的实用主义者,凡事没有对不对,只有行不行,在使用管理人员上特别狠,今天你能干,就有车子、别墅和六位数以上的年薪;明天你不能干了,就会下放到车间当工人。他管理企业的方法，在任何一本经济学著作中都找不到踪影，你有时甚至觉得他管理这么一个庞大的企业毫无道理。有一次在市政府经济工作会上他有个发言，硬是把 ISO9001 说成 XO9001，我害羞得恨不得拱到地底下。

那次会后，我向他建议建一个金帝管理学院，营造自己的企业文化。他嘲笑我道，企业的文化就是赚钱，赚不到钱连屁都不是。我说，最起码我们该有自己的价值理念和道德架构。他的嘲笑更大声了，说，那些口口声声讲道德的人，他们的道德在哪里呢？你想想什么人叫企业家？就是那个比员工哭得多笑得少，比员工发愁得早享受得晚，企业倒闭员工眼睁睁看着他去跳楼的人。还有比这更大的道德吗？

我无语。

有时候我的委屈无处发泄，我总觉得他找我这个经济学博士不是用来征求意见或者提供帮助，而是专门用来嘲弄的，也许是想用这种极端的方式来验证他的成功吧。但是，恰恰是这种处理事情的方式让我深深地迷恋，也许是爱，谁知道呢！如果是爱，是他的哪一点让我这么爱他？他的不管不顾的执着？他的不惊不惧的淡定？还是他的坚定刚毅宁折不弯的气概？

在床上，爱是一个绕不开的字眼。可当我说起这个字眼的时候，他总是说：我不值得你爱。我是个杀猪的，而且仅仅是个杀猪的，什么都干不来。可是在这个调侃的背后，是他深深的自负和凛然不可侵犯。有一次在兴头上，我喊他杀猪的。他停下动作，从我身上翻下来，显得很生气。我说：我不能喊"杀猪的"？

你不懂。

我不懂什么？

他盯着我看了一会儿，好像是自言自语地说：我喊自己杀猪的，谁都知道什么意思。你喊，就没人知道了。他突然提高了声调，显得很激动：我就是喜欢杀猪，杀得猪看见我就害怕，动都不敢动一下；杀得连人都怕我，再没人敢杀猪了，我就成屠夫状元了！

——嗯，我懂啊，我怎么会不懂？我爱的或许就这股子杀气，尽管这种气概从来没有延伸到床上。

我不能告诉金玉玺我不习惯这里，也想象不出来他怎么能几十年如一日地待在这个偏僻的地方。也许真的是一方水土养一方人，就像他自己说的那样，换到任何地方他都水土不服。可是，即使是祖祖辈辈生长在这块土地上的人，那一望无际没有任何特色的大平原，冬天的干燥令人浑身蜕皮，使人绝望的光秃秃的树木和灰蒙蒙的天空，会让我心灵深处发抖。尤其是一个人的时候，那种绵延不绝的孤独涌上心头，仿佛这里就是世界的尽头和末世。

只是，因为有了他，这不能忍受的一切才有了改变。毕竟我是一个健康的、有着正常需要的女孩，我想被别人温暖。是的，我需要的他都能给我，他能在极短的时间里焐热我的身子，也焐热我的感情。他高大魁梧，处变不惊。他的出现既能改变时间，也能改变空间，很多人的命运都握在他的掌心里。我像上瘾一样喜欢陪同他出席各种活动，走在他的身后，会突然生出一种君临天下的骄傲感。他是这里的王，这里所有的人都敬畏他。他在一份法律文件上轻轻签上金玉玺三个字，就有可能改变股价指数，并成为中央电视台《新闻联播》的内容之一。

可是，我不知道如何确定我们之间的关系，不知道为什么我们会走到一起。不记得是谁说过这样一句话：人的所有行为都跟性有关，除了性本身。

这话套在他身上特别合身，我觉得如果完全从性的角度讲，即使他需要一个女人，也是出于习惯而不是出于必要。他显然缺乏征服女人的激情,一切都是循规蹈矩的,慢吞吞的,抚摸、交媾,包括巅峰时刻,你都能感觉到他那心不在焉的仪式感。他既不是孤独,也不是忧郁,好像被某种模板给固定了。我想起她妻子那张缺乏表情而又尽是情绪的脸,他们半辈子也许就是这么过来的。可对于我呢?我们做爱仅仅是一个程式,他沉着,冷静,对我突然爆发的热情无所适从。每当我看着他在我身旁沉沉睡去,心里就禁不住哀伤。我们都是成年人了,他不是我第一个男人,我也不是他的第一个女人,互相之间因肉体碰撞而产生的震颤一次都没有发生过,也许这只能说明我们并没有走进对方的灵魂。

但显而易见的是,走向对方灵魂的路障是他设立的。这个障碍如果有一个原因的话,那就是他的妻子。我明白,不管他怎样放纵我,甚至宠爱,我都代替不了他的妻子。他的妻子是一个叫李梅的女人,我无法取代她的位置,哪怕是暂时的。我记得有一次他喝多了,高潮的时候突然紧紧地抱着我喊老婆。我兴奋异常,对他格外亲昵。可只有这一次,后来我再怎么喊他老公,他也不会用老婆回应我,最多是喊个亲爱的。所以我不得不常常提醒自己我的身份,而如果在一场爱情里你有着明明白白的身份意识,肯定比在生日蛋糕里吃到沙子更让人膈应。

门口的小花园里生长着两棵巨大的木瓜树,是金玉玺的妻子高价从南方买回来的,有花工专门负责管理。到了秋天,两棵树会结出一片金黄的果实,院里院外都飘着木瓜特有的馨香。金玉玺告诉我说,木瓜果可以充当香料,它散发出的气味能够治疗顽固的失眠。李梅喜欢把它们摆在床头,她的失眠症很厉害。他边摇着头边对我说,有时候她打电话问起这些树,我就知道她的失眠症又犯了。老天爷,莫非他根本就没注意到我也有失眠症吗?每当他完事之后呼呼大睡,我却躺在他的旁边辗转反侧，像一个失足落水的人，在孤独的海洋里任忧伤和绝望一波波地淹没我。

那一年结了很多木瓜，但他从来没提起过要把木瓜摆在床头，更不会想到让我把木瓜带回自己的房间，而是任那些果实白白地落在地上慢慢腐烂掉。李梅不在，没有人能够享受这些木瓜。有时候，他看着树下散落的残果，眼睛里满是落寞和无奈。这是他妻子的树，我觉得他眼睛里根本不是那些果子，而是那个叫李梅的女人。

你是爱我的，对吗？虽然这是个完全私人的问题，但我问起他来，因为身份原因，还是觉得哪哪不对劲——话一出口，怎么就变得好像是祈求。但我管不了那么多，有时候，我会一而再再而三地追问，一半出于赌气，一半心有不甘。尽管我知道，爱情是一个整体，不是切成一块一块的零嘴，这一个夜宵或者那一个午餐。但是，我从来不会把它作为一个整体来理解，我只是追问当下的感受，如此而已。

博士，他把我的手窝在他宽厚的手心里，不能说他没有怜惜，你是个好姑娘。他用对孩子那般宽容的表情看着我，他肯定也是这样凝视他的孩子的。

他的孩子，他妻子的猫、树木、房间不可改变的格局。我有些愤怒，我们同居了，我住在这里，然而我却像是一个局外人，一个别人的职责所附体的躯壳。虽然我知道自己无法取代另一个女人，但我是这一个，我的存在不是一个虚无的空洞，也不仅仅是让一种虚空代替另一种虚空。而现在，好像身处大洋彼岸的李梅一直在和我们共同生活。我想起电影《蝴蝶梦》里的女主人公的噩梦，想起那个叫吕蓓卡的幽灵所制造的罪恶。

我就是这样看李梅的，她远隔千里却像幽灵一般无处不在。她靠着丈夫的钱，领着孩子们在美国过着上流社会的高尚生活，她们有自己的别墅,有大片大片的绿地和各种高贵的花草树木——尽管如此,连两棵可怜的木瓜树她也不肯放过。很多年过去了,孤独终于战胜了乡愁,现在她没有乡土观念,没有欲望,没有任何欠缺和委屈,她在大洋彼岸的那个国度俯身察看着这个猪圈般的小城。当她把金玉玺的一堆孩子圈在羽翼下时,就知道她已经把控了一切——孩子们是她最保险的人质。

听毓秀讲,李梅生长于Z城一个贫困的家庭,父母都是食品厂的退休老工人。她是老大,所以父母死后弟弟妹妹都要由她照顾。大学毕业后,虽然她拿了工资,但却是她生活最困难的时期。后来跟金玉玺结了婚,日子一天天好起来,弟弟妹妹会想出各种理由跟她要项目要钱。这是金玉玺绝对不能容忍的,钱可以有限度地给他们,但是项目一个都别想。于是,在金玉玺的安排下,她远远地离开了。度过简短的煎熬期之后,美国的日子还是轻松愉快的。她的生活因为孤独而独立,有独立的大房子和独立的没人打扰的时间,除了定时去超市购物,不需要跟任何人搅缠。没人会注意到她,也没人能看出这个面目淡定其貌不扬的黄皮肤女人,竟是来自于大洋彼岸一个经济沙皇的夫人——尽管那个中国的小城籍籍无名,但是她老公以猪头来计数的肉食品帝国,比中国很多城市的名气都大。

现在,她和孩子们已经成为了美国的一部分。一方面,她盼望金玉玺过来看他们;另一方面,却又怕他常常过来,他会成为她的负担,成为她承担不了的一个责任。过去她认为两人之间的疏离是长期不在一起造成的,但是真正在一起的时候,她却觉得更加陌生。她受不了在美国分寸下他粗枝大叶的行为,不能忍受他长途跋涉后的呼噜,两个人甚至连亲热一次都很别扭。但是她又要殚精竭虑地维护他的尊严,每次金玉玺到美国来,她都会用她所理解的美国方式包装他,害怕孩子们看不起自己的父亲。所以她总是紧张着,处处察言观色,既担心孩子们嫌弃,又担心丈夫不如意。更令人纠结的是,她感到了丈夫努力时她的尴尬和心痛——他是个军人,什么都可以自己解决。每次吃完饭后把自己面前的东西收拾得干干净净,自己擦皮鞋,把看过的华文报纸叠成面包般的小方块,放进分类垃圾袋,亲自送到很远的垃圾桶里。

孩子们对自己的父亲既客气又疏离,美国教育已经让他们忘记了中国式的亲热。他们终究像父亲担心的那样,成为他不愿他们成为的彻彻底底的美国小孩。他们冷静而礼貌地招呼他,打着夸张的手势,当着他的面亲吻妈妈。金玉玺仿佛是个从天而降的客人,他爱他们,但他已经融入不了他们飞速改变的生活,常常陷于进退维谷的尴尬境地。他不想在他们的生活边缘看着他们的脸色过日子,他也知道有些东西怎么都挽留不住,甚至越是触碰就越容易破碎。但他就是不甘心,不甘心。

有时候他远远看着这几个孩子,心里恍惚得要命,仿佛觉得他们不是自己的。而当他在心里认定他们就是自己的孩子时,不是得到了安慰,而是更加纠结。他因为他们不再依赖他而忧伤,他想起他们刚会走路时磕磕绊绊让他不敢丢手的日子,禁不住眼里热热的。给他们汇款的时候,他总是让我再给孩子们发一封电子邮件,父亲的拳拳深情溢于言表——吾儿:……父亲留给你们的最大财产仅仅是做人做事的经验和原则。做一个诚实善良的人,一个被社会需要的人——他给他们讲一些做人做事的大道理,尽管他知道这些道理根本不被他们理会。

有时候,他会跟自己的妻子数叨这些忧虑,而女人心里存不住话,又说给孩子们,这使得潜藏的东西更加表面化。孩子们抢白母亲道,他凭什么就得望子成龙,我们凭什么就得孝顺?是为了让我们还债吗?

我们不是他的雇员，不能因为他拿钱养活我们，我们就得按照他喜欢的方式生活！有一次，因为当地一个官员的经济问题，有关部门调查到他。从检察院出来他就直奔机场，借故到美国去看病，在那里停留了一个多月以躲避这件事。因为这件意外之事，他觉得有足够的时间和理由跟两个儿子长谈一次，但又不知道从何说起。他觉得他的孩子们很难理解其中的艰涩，危险大得可以吞噬一切，可他们不会懂得。孩子们小的时候他教导他们不要摸电，就是这样的心情，就是这样的情景——电就在那里潜伏着，你不被电击到就永远不知道它有多厉害。

他讲了这件事的来龙去脉，然后开门见山地对两个儿子说：其实每个人都很脆弱，再强大的人，也不能保证每次都能扛住意外。看到孩子们的迷惑，他又补充道：谁也不知道将来会发生什么，包括我，也包括你们。所以你们得处处小心，多为将来考虑。

您说这是什么意思？小儿子不屑地说，爸，我们现在是美国公民了，只要不想要意外，就不会有意外——他打了个响指，我们只相信法律，不相信意外！

他被儿子呛个正着，一时间不知道怎么驳斥他。他像任何一个拥有权力的人一样，在外面越强大，在孩子们面前就越虚弱。孩子们对此的感觉正相反，他越是威力无比，他们越是喜欢挫败他，孩子们用藐视权力的方式来享受他给予的权力。

这也正是他痛苦的幸福。

大儿子看着他下不了台，竟然又附和道：爸，您不能用威胁的语气跟自己的儿子谈话，在美国，这是一种软暴力。

威胁？这是威胁？莫非我们对可能的危险可以视而不见？他有点伤感，或者愤怒，或者失落，或者悲哀，但不是绝望。看着孩子们对待他的忠告像对待他的礼物一样——漫不经心地接过去，平淡地撕开然后扔在一边——而无所适从。他想忘记他们那没心没肺的神情，他再也没跟他们交流过有关工作的一切，但这并不意味着他已经放下了。他还没到不把孩子当成自己责任的年纪，而且一直也找不到那种感觉。他因此觉得，越是成功，越无从体验自己的成功。

三

现在我的工作就是围着金玉玺转，接收每天各个公司的经营报告和经过剪裁的企业简报，夹在天蓝色文件夹里送给他。每天下午三点半准时给他炖一盅虫草燕窝。

那天我去市内做头发耽搁太久了，回来得有点晚，同事说已经有人把材料送给董事长了。看完材料他去了市里，走时也没交代什么。

我转到毓秀的办公室找她，秘书们告诉我毓秀去原料分厂了。她的工作跟具体业务无关，有什么必要去那里呢？我好像听人说起过，她的弟弟是原料分厂厂长，但我从来没见过他。也许开会的时候碰到过，但是相互不认识也不知道是哪个，据说这个人在毓秀的严管下相当低调。

我已经有半个多月没跟她好好聊过了，今天得闲，无论如何得跟她见一面。我在办公室坐下来，喝了一杯柠檬水，她还是没有回来，打电话她关机了。我想我得去车间找找她，在我们之间，肯定滋生了某些误会，她这段时间好像故意躲着我。我能感觉得到。

去原料分厂要先经过分割、成品等好几个部门，走一趟下来跟逛一趟大街差不多。穿过生产厂区，我看到高大的架子上挂着猪胴体，洗得雪白。一眼望不到边的流水线上，工人们在忙碌地作业。他们穿着淡蓝色的工装，每个人被包裹得只露出眼睛，分不清谁是男的谁是女的，更看不清他们的表情。全封闭的车间，把现代化的流水线与天地隔开，除了面对面前的动物尸体，看到自己所应该切割下的那一部分，几乎什么都看不见，彼此之间也不能聊天。想一想，在这样的环境下生活半辈子会是什么滋味！我禁不住想起我与金玉玺的争论，到底是谁养活了谁？我还记得金玉玺给新员工讲话时说的那句话：今天我把刀把子交给你们，也就是把咱们金帝的命运交给你们。刀子在你们手里，如果一刀捅下去捅错了，那就是我的心脏！

原料分厂的活儿是这个企业最脏最累的，充斥着一股只有常年没被清洗的浴室才有的那股怪味儿。在这里工作的大部分都是女工，她们不用穿防护服，三三两两的走来走去。我想，他们知道我是谁，每次我陪董事长过来，她们都低着头，看都不敢看我们一眼。现在这些女工看到我也很安静，低头做自己的事情。我心里涌上来一种类似悲悯的情感，但也有点庆幸。她们像一群候鸟一样，结伴去一个陌生的地方打工，省吃俭用，年底把省下来的血汗钱寄给家里人。若不是我当初考上大学，一定也会夹裹在这些人中间，成为她们中间只有工号而没有名字的一个。她们也曾经像我一样努力过，拼搏过，只是在最后那几张纸上没有拼过我，因而我成为劳心者而她们成为劳力者。

我知道，在她们中间有很多人既聪慧又坚韧，她们走过很多地方，有着丰富的社会阅历，头脑里塞满了关于情欲、打胎和被包养的种种故事，关于乌鸡变凤凰的神话个个都耳熟能详。在我面前她们显得极不自信也不自然，因为我和老板的关系让她们无所适从。也许她们根本不在乎我，甚至我的名字她们都不想知道，她们在乎的是我背后的那个人，因为他掌握着她们在金帝的命运——工种、阶级和收入。不过说实话，虽然金帝的管理堪称严厉，但金玉玺对待工人是很宽厚的。企业通过工会安排可以使最基层的员工因为有意见、建议或者自己克服不了的困难，直接见到董事长。听毓秀讲，有一个女工，孩子患白血病，金玉玺包了全部的治疗费用，四十多万。在金帝的王国里，金玉玺就是货真价实的皇帝，而且，在工人眼里是一个好皇帝。

但是在她们面前我从来找不到优越感，有的只是一种如履薄冰的紧迫感。除了有一张砸着钢印的毕业证书，我和她们之间并无太大差别。我看到一张我熟悉的面孔，她曾经因为父母出车祸双双身亡找过董事长，接见是我安排的。看到我，她下意识地丢下手中的活站起来，不知道该怎样和我打招呼。我告诉她我找毓秀。她朝一间办公室指了指，把我领到门前，羞涩地笑了笑就离开了。

我敲开门，看见毓秀正拿着一份材料，神情紧张地跟一个年轻人说着什么。看见我站在门口，毓秀下意识地把那份材料藏到身后，脸色腾的一下红到了耳根。

我站在门口，搞不清楚该走还是该留。

毓秀很快镇定下来，把我喊进去。他指着那个年轻人说是她弟弟。弟弟看了我一眼，很快把目光转向旁边。他长得比毓秀还秀气，白净的面孔，一头浓黑的头发，看起来非常健康帅气。

毓秀叹了一口气，让我坐下来。屋子里只有两把凳子，弟弟赶紧站起来让给我坐，他斜倚在桌子上，眼睛轮番瞪着我们两个。

不知道是不通风还是太紧张了，屋子里闷得透不过气来。我想站起来打开窗户，毓秀摆摆手，又长长地叹了口气。沉默让我心里有一种不祥之兆，她肯定有一件难以启齿的事情要跟我说，便说：毓秀姐，有什么事儿吗？

毓秀说：你知道今天材料为什么这么早送给董事长吗？

为什么？

出大事了！毓秀扭头看了看弟弟，伸手把我的手捉住，用两只手握着，要说这事儿不该麻烦你，我知道这对你来说非常危险，也不公平。可是我实在走投无路了，妹子！这还是毓秀第一次称呼我妹子，这是北方人亲热的表示，她是个严肃的人，在公司是不会这样随便称呼哪个的。

毓秀姐，我是个知道好歹的人。有什么需要我做的，您尽管吩咐！

是啊！我当初就是本着你的人品，才这么重用你。而且这事儿一出来，我首先就想到了你。你不找我，我马上也要去找你。她说着，把那份材料递我手里，没等我看，又把我的手握在她手心里。我能感觉到她的紧张不安，她的手心湿凉湿凉的，像一片沼泽。今天遇到这个事儿，说大也大，说小也小。这个大小主要是看下一步怎么发展——

跟企业有关吗？您让我知道这事儿合适吗？我问。

除了你，没有更合适的人了！她把我的手松开，两手抚摸着自己的膝盖，我们进的原料里，有一批把关不严，一部分猪喂了瘦肉精，被一家小报记者抓住把柄了。她皱着眉头，好像后怕似的摇着头，不幸中的万幸是，我们及时发现，把这个记者留下来了，不然，捅出去指不定全世界都得知道，这个企业就砸了……

她还没说完，弟弟突然间走过来，扑通一声朝我跪下来。我吓了一跳，我伸手想去拉他，心里却别扭得像吞了一只虫子。

姐，我求求您了，如果您不帮我，我们全家都完了！他帅气的脸挤成一团，惨不忍睹，一点男人味都没有了。我求援似的看着毓秀。毓秀也被这一幕惊了一下，她看看我，又看看弟弟，突然低声呵斥道：起来！自家姊妹，哪有你跪的人？

我能看出她的恼羞，也许她也会看出我的尴尬。也醒悟她这话说得有点不妥，所以她又赶紧重复道：都是自家姐妹，何必这么不着调？

我理解她的心情，在我们的关系中，她并不需要求我，我也明白自己的位置。但我心一下子乱了，理不出一点头绪来，只是暗暗鼓足勇气一定设法帮助他们，但我不知道该怎么说。她慢慢镇静下来，摆出平时那副不远不近的样子盯着我。

我问她我该怎么做？

她淡淡地望着门口交代我道，估计明天董事长会先征求一下领导核心成员的意见。因为这事跟我有关，所以我不好说话，有些话只能你来说。我们一个扮黑脸，一个扮红脸。

黑脸？红脸？

我只管说狠话，怎么狠怎么说，请求他以企业利益为重，对责任人绝不姑息迁就，该杀该剐不能手软。她的表情又温柔起来，重新握住我的手，用拇指轻轻地摩挲着，你只管说软话，怎么软怎么说，就说企业如果不保护犯错的员工，就不会有人死心塌地地干工作了。你也知道我是跟着他一路闯过来的，他不会不留一点情面，相信我们两个能够把他拿下！

"拿下"这个词让我不寒而栗，真想不到企业里也有政治。

但我更多的是想起毓秀的好，虽然不是她让我拥有今天，但她起了很重要的作用，而且她在金玉玺跟前的分量不是一般人可以比量的。生产经营中的一些重大决策，我都参与不了，但是毓秀可以。我明显能够感觉出来，即使我与金玉玺有床第之欢，也远远没超越他与毓秀的关系。

到这个企业这么久，我对毓秀的感情很复杂。我觉得她一眼就能把我看透，可我从来没有真正了解过她。这个相貌端正、长着大额头高颧骨的女人，声音温柔而坚定，做什么事都是有板有眼不疾不徐。虽然我住进金玉玺的家中以后，我们之间的接触越来越少，我们之间的很多事估计她也很清楚。但非常奇怪的是，她在我面前说起金玉玺的太太，好像跟我无关似的。也许她是用这种方式卸下我心里的负担吧！

女人的坚强都是装出来的，她不止一次跟我说起李梅，每一次打电话，我都不忍心放下，她的话总是说不完，我也知道很多东西她也不能跟我说。有时候说着说着除了哭，就找不到话了。我劝她回来吧，她又舍不得孩子那边。我只能告诉她，董事长在这里一切皆好，请她放心。

毓秀这样说的时候，我能体会到她的善良和良苦用心。跟我说这些，她并不是为了李梅，而是为了我。她说是让李梅放心，其实不就是让我放心吗？金玉玺从不跟我说这些事儿，毓秀和李梅之间的关系，都是她一点一滴告诉我的。她们是真正的闺密，她们一起在Z城长大，从少女时期就在一起玩耍，坦荡无余地面对。青春相伴成长，乳房鼓胀出花蕾一样的花苞，不敢让母亲知道，悄悄躲在家里关紧窗帘的黑房子里相互抚摸。那种让汗毛竖起的感觉震撼着身体和心灵，也让她们的友谊更加巩固和决绝。

后来，李梅嫁了，嫁给了金玉玺。刚开始李梅并不中意，虽然那时候金玉玺已经是一厂之长了，但他没文凭，企业也不景气，论身份连个普通的公务员都赶不上。毓秀规劝她说，你是个缺少心机的女人，你缺的不是饭碗，而是一个不需要争取，是专一为你量身定制的舞台。李梅说，他能给我什么舞台，你怎么不嫁给他？毓秀说，我知道金玉玺要的是什么样的女人，我也清楚自己的心有多大，可以装多少东西。

那时的毓秀，是心高气傲的。

其实那时的李梅，已经二十八岁了，虽然心有不甘，但再等下去未必有更好的结果。相处一段时间之后，她才发现金玉玺既是一块真金，也是一块纯玉，有气度，有眼界，也有办法。他对女人温和体贴，对建立家庭有强烈的渴望。于是，李梅就嫁了。金玉玺让李梅意外地拥有了女人期待的一切，而且是越过越满足。而毓秀的婚姻则一拖再拖，曾经看好的一个男人临到结婚时变了卦，撇下她只身去了南方，让临危不惧的她一时乱了手脚。婚姻走入艰难，高不成低不就。

当然没有人知道，她私底下几乎拿每一个男人和金玉玺比，竟然越比较越觉得不合心意。

末了，毓秀嫁了一个比她大十岁的小城官人。她那时并不明白，他娶她并非爱惜她的智慧和才学，他只是需要另一个老婆来照顾他们父女的生活。他的前妻是患肠癌死的，娶毓秀的时候他的女儿已经是豆蔻年华，可劲儿地花枝招展，把个毓秀比得更像一个后娘了。毓秀的容貌气质都还是出众的，三十几岁也算不上老，是她自己的心气儿提得太高，反而显得刻薄了。无论如何，这个千挑万选得来的男人，职业和长相都是体面的，酒席那天，他和金玉玺坐在一起很是旗鼓相当。毓秀喝了许多酒，醉了，她觉得单论容貌气度，丈夫甚至比金玉玺都要更好。

做了后娘，才懂得日子的绝望。那继女长得冰清玉洁，性格却是刁蛮无度，把毓秀折磨得死去活来。毓秀咬着牙，从来不跟外人说，只有默默地忍着。后来还是李梅看出端倪来，让金玉玺帮忙把继女送到国外，毓秀才松了一口气。

但这口气没松多久，心又给提起来了。丈夫想要毓秀给他生一个儿子。其实生个一儿半女也是毓秀的心思，她明白，不生孩子，自己在丈夫心中永远都是一个外人。可事与愿违，两个人不管怎样努力，总是怀不上。这事儿明摆着，丈夫没毛病，他已经当了十几年爹了。这是毓秀的问题，检查做了无数次，也没查出个子丑寅卯，于是只好去找中医。吃中药吃得肚皮都是绿的，却始终怀不上。丈夫喝了酒，不是在床上撒欢，就是在床下撒野，弄得她挨住他就发抖。他的身体越发地好，她的身体越发地差。再后来，除了给国外的女儿寄钱的时候回来找她说几句亲热的话，几乎很少进家了。

毓秀，这等精明尊贵的女人，Z城一等一的人物，她的婚姻生活是彻底失败了的，想想也是自己理亏，她已经五十多岁，今生今世只能做一棵只开花不结果的哑树了。她羡慕李梅，甚至有点恨她。

跟毓秀分手时已经到了下班时间。我直接回去，却发现金玉玺在家里坐着。他看起来相当疲惫，而且脸上现出少有的严肃。吃饭的时候他开了一瓶红酒，也没让我，自己一杯接一杯地喝。我低着头默默地吃着，既不看他也不跟他说话。饭吃到一半，他突然拿着酒瓶和杯子回了卧室。又过了好大一会儿，我觉得不对劲，起身跟了过去。

他把李梅的照片挪回了原来的位置，朝向屋子正中间，露出她那扁平的、缺乏生气的脸。金玉玺站在夫人像前，手里轻轻转动着酒杯，我走过去靠着他，他动都没动一下。

出什么事儿了？

没事。他的话听起来像截一块木头。

不能跟我分享吗？

他把杯子放在窗台上，扭头看着我，脸红得像得了过敏症，眼睛更红，露出吓人的凶光，平日的淡定了无踪影：今天厂里发生一起事故，不是发现得早，我已经跳楼了！

什么事儿这么严重呢？像我们这么大的企业，活下来不容易，死掉也难啊。我故作轻松地说，既是安慰他，也是为下一步的计划埋下伏笔，小船可能碰一下就碎，像泰坦尼克号，即使撞上冰山，也能坚持两三个小时呢！

哪是你说的那么简单？他一只手压在我肩膀上，我的身子倾斜了。他朝我笑了一下，可那笑比哭还可怕，咱们这是食品企业，做的是人吃的东西，只有一次活的机会。否则的话，消费者不把你踹死是不会罢休的！

我正思忖着怎么接他的话茬，他突然走到窗前，望着窗外那两棵木瓜树，长叹一口气说：如果仅仅是这个企业垮了，我也不至于这么伤心，大不了我们从头再来。可是，你知道是谁出卖了这个企业吗？

谁啊？我显得还是很平淡，想稀释一下紧张气氛。我感觉他的情绪在慢慢起爆。

毓秀！李毓秀！他一拳砸在窗台上，那只猫叫了一声，跳下窗台，虎视眈眈地盯着我们俩。

出卖还不至于吧？即使毓秀姐做错了什么，也可能是出于疏忽而不会是故意。我了解她的人品。

你了解？你才来几天？什么叫疏忽？自从我让她弟弟当了分厂长，他们一直在干这个，只是没被人发现！

可是，毓秀姐对你，对你的……夫人，都是忠心耿耿。她也不容易，我相信你会有妥善的处理办法，总不至于为了这点子事儿跟她太过不去吧？

哦！他扭过头吃惊地看着我，好像不认识我似的，盯了有一分钟的时间，原来我就告诉过你，口口声声喊道德的人，看看他们的道德在哪里？现在这话我要拿来问你了，你的道德呢？他突然像一只要扑过来把我啄食掉的秃鹫，拿手点着我的脑门，下午你去哪里了？

我跟你请假去做头发了。

回来之后呢，又去了哪里？

……

你跟李毓秀在一起，是不是？

我下意识地摇了摇头。

说谎！说谎啊！他突然掐住我的脖子，另一只手里的红酒泼了我一脸一身。

我用力甩开他，愤怒使我再也控制不住自己了，气得浑身发抖：是怎么样？不是又如何？莫非你还盯我的梢吗？难道人人都得跟你一样，成为一个冷血动物？你不要老婆，不要孩子，不要朋友，也不要爱情。你不相信任何人，你眼里除了你的企业、你的钱，还有什么？

他一下愣住了，吃惊地看着我。刚才发那一通脾气，把他累得满头大汗，脸上豆大的汗珠往下滴。我觉得那一刻他是如此虚弱，好像是纸糊的，一根指头就可以把他捅破。我看着他退后几步，无力地靠着床头坐下去，像一尊被水浸泡过的泥菩萨。本来我想去拿条毛巾给他，可是我故意赌气，倔强地站在那里一动不动。

快拿速效救心丸，快！他一只手无力地捂着胸口，一只手胡乱地指着。我赶紧把床头柜上的药拿过来，倒出一粒送他嘴里，端了一杯水给他。喝完水之后，我试图让他躺下，他没动。

博士，今后你还有很长的路要走，我感觉到他在努力平复自己的呼吸，深深地吸着气，有两句话你要记住。第一，凡是绊倒人的都不是大物件，而是碎砖头瓦碴。咱们这么大的企业，几十亿的亏损都不在话下，而一个小小的质量问题就会要命。第二，朋友不是用来出卖的，他重重地看着我，但眼神好像在很远的地方，七九年，我去过越南战场，是侦察兵。我的战友大部分都是四川人，这也是我特别喜欢四川的原因。我们那个班，是全军侦察兵从越南活着回来最多的。如果我们队伍里有人耍奸使滑,有个李毓秀,或者有个你,你想想能有活着回来的吗?

他还没说完,我就已经泪流满面了。流泪的原因很复杂,不仅仅是愧悔——我觉得对于我刚刚开始的人生有些非常重要但又容易失去的东西正在迅速流失。看着他虚弱痛苦的样子,我心如刀绞,很想把与毓秀商量的一切和盘托出,但是我不能说,否则,又将是一场出卖。

收拾一下你的东西,还搬回你原来住的地方去吧!他用商量的口气跟我说,但一点商量的意思都没有。说罢他仰身倒下,连鞋都没脱。他的这个决定虽然出乎我的意料,但也尽在情理之中,毕竟他是金玉玺。我没有伤感,更没有愤怒,我知道这一天早晚会来的。

我走过去,扒掉他的鞋子,把他的腿放平。

走就走,等他的火气下去,他会召唤我回来的。

我的东西本来就不多,一只小箱子就装完了。我常常把新添置的穿不着的衣物都放回小屋子里去,是潜意识给自己留了后路吗?拎着箱子下楼的时候,心里还是窝着一堆东西,堵得慌,但我尽量不去搭理它。我找到院里管事的老张,告诉他抓紧时间通知医生过来。他也没问我什么,看着我拖着箱子走出了院子。

第二天,我没去上班,倒在床上像条软体的腔肠动物一样,什么也不想,饭都懒得吃。那时我觉得,人生没有最糟,只有更糟——只是一堆你想要的永远得不到,你拒绝的反而会络绎不绝出现的麻烦的集合体。

第三天,他仍然没有让人找我回去,下班前厂办通知我,如果超过三天不请假,将作为自动离职处理。那是我第一次以陌生的方式,强迫自己听从了别人的命令。

到了单位我才听说毓秀被解职了,她的弟弟已经被移交给司法部门等待处理。公安局大张旗鼓地来车间抓人。办公室的人问我，电视报纸上炒得沸沸扬扬，都在说金帝集团主动清除内鬼这件事，你一点都不知道？不知道，一点都不知道！而且，现在知道了一点也不奇怪，这才是金玉玺的风格。面对这些消息，我觉得自己比想象的要坚强得多。虽然有想哭的感觉，但是我没有哭。

没人会相信眼泪。

我还是原来那份工作，给他送材料，煮羹。但是，这样的日子很快就要结束了，真想不到还有那么多的变故在前方等着我。生活就像一辆你随便挤上的夜行快车，你不知道把你带到了什么地方，也不知道下一站在哪里。你既不能让它停下来，也不能中途下车。

四

再见到毓秀，已经是半个月之后了。那天我去厂区后面的超市买东西出来，听到有人喊我的名字，扭头一看，原来是她。她穿着精致的品牌服饰，亮闪闪地坐在一个熟食摊位后面。我以为她在吃饭，便走过去问她：毓秀姐，你怎么在这种地方吃东西？

哼！有口饭吃就不错了，还得拣地方？她迎着我，一副嘲弄的腔调，我听着心里特别不舒服，这是我弟媳新租赁的摊位，我呢，好歹在这奉献了几十年了，脸熟，帮她拉拉顾客。你们厂里的规矩你又不是不知道，只要出点事儿，连房子都要收走。

她咬了咬牙，想要收我的房子，那我就在这扎根。

听她这样说，我心里不禁一阵痛。她在公司一直拿高薪，在这个小城市里她应该算是个贵族了，完全没必要这样做。她感到我的疑惑，又说道：我就天天坐在这里，让董事长看看，你们走着瞧吧！她两次故意把"咱们"说成"你们"，更让我觉得疼痛都在明处，但也不知道怎么安慰她，只好说：毓秀姐，你是有能力重新拼出新天地的人，我相信这种处理对你来说算不了什么。有需要我帮忙的地方，您尽管吩咐！

我能有什么？只要你好就行了，只是——她扭头看看周围没人，脸子突然变得刻毒，你不该给他说那些！

给谁？说哪些？我惊得简直如五雷轰顶。

说哪些你心里会不清楚！她撇下我，扭头又回到了摊位后面。我呆呆地站在那里，走也不是，留也不是。她却再也不抬头看我。我走过去，喊一声：毓秀姐——

赶紧走你的吧！她眼皮都没抬，一脸的厌恶，谁的好日子都会有尽头！

这话让我如坠五里云雾，那时候我还不知道李梅就要回来了。

今年的春天短得很，好像才从冬天钻出来，突然就是夏天了。大路两侧的桃花都败了，树上长满了青嫩的小毛桃，一团一团的绒毛儿从天空吹下来，朝你的眼睛鼻子里乱钻，让人心烦意乱。

更让人焦虑的是李梅要回来这个消息。这事儿也没人告诉我，好像是从地下长出来的，一下子全厂区都知道了。唉，这个漫天飞絮的北方小城，到处是破败和浮尘。想想现在的美国，那是什么景象！满眼没有不洁之物，满心没有不洁之事，她为什么要回来？

每次我走到金玉玺跟前，想着关于李梅的事儿他会告诉我点儿什么。可他相当平静，也相当平淡，我的进进出出之于他不过是每天必需的一道工序而已。

我看着他,满心的委屈和悲凉,但没有怨怼。这个高大的北方男人,也许不够帅,但因气势而增添的风度,让他有着说不尽的魅力。他禁烟限酒,不赌不嫖,身上也没有怪味儿,几乎是个没有缺点的男人。我知道他的好,深信他还会让我回来,回到我与他无数次恩爱的床上,重叙旧情。每次在他身边,我都渴望他过来揽住我,告诉我说我们两个都是好人,好人与好人应该相爱。让好人都相爱吧!我在心里祈祷着。

他患了感冒,在家里休息。按照规定,我必须按时把材料送过去。我走进去的时候,看他坐在电脑前一副无所事事的样子,便直接问他:李梅要回来了吗?他的头没动,只是眼睛转过来看着我,嘴唇固执地闭着,没有回答。他的这种冷漠也让我爱,我爱上他有多久了?为什么越是离开他,我越是感受到爱得如许深?他已经五十多岁,快赶上我父亲的年龄了。可我的父亲是一个失败者,他早在生活结束之前先就击败了自己。他弯腰驼背,眼神飘忽不定,头发像一堆枯萎的野草。在他身上我从未感受到关于男人的一切。从我记事他就往我身上压担子,他需要这个柔弱的女儿来完成他作为一个男人的野心和梦想。我的父亲,他是多么卑微和下作啊!从我上大学起,他就开始计算将来我做什么工作,能赚多少钱,用我的未来可以给他换回多少面子。可这个男人不是,他是我人生真正的导师,从里到外改造了我。他说的没错,因为与他上床,我使自己迅速升级和扩容。委屈的时候,我觉得我只是他妻子的替代品。可是我错了,我觉得他也爱我,他浸润我包容我,使我成为他生活的一部分。现在,他对我的冷漠,不是因为恨,而是因为爱,是对我的拯救,我应该看清楚这一点。

即使让我永远离开你,你也应该告诉我,你爱过我吗?我开始哭泣，泪如雨下。你爱过我吗，你是不是一直盼着你妻子回来，而我只是你拿来要挟她回来的一个砝码？

他的眼睛盯在我送来的材料上，一句话都不说。我知道他想回避我的问题。于是，我又执拗地问了一句：你爱过我吗？

博士，他终于开口了，这些，不过是一句话而已。

谢谢您，竟然没说"这些东西"，但我心里的委屈更甚了。对于我来说，这是无用之用。我只希望听到你一句话！难道连这个我都不能得到吗？

博士，他把看过的材料递给我，你马上把这个材料给所有厂领导班子成员复印一份。另外，我们与意大利公司的合作已经快签字了，我希望到时把你派过去。

我心里且惊且惧，一阵冰凉刺透我。肯定他做任何事都事先准备好了退路。他在战场上全身而退，在商场上所向披靡，怎么会在情场上折戟沉沙？对待我这样一个外强中干的弱女子，他可以不费吹灰之力，解决得干净利索，完全不留痕迹，如果他想这么做的话。我的存在必须因他妻子回来而抹去，也许这个开始即错的方向和结局，只是我没看到或者不愿意承认。

我不去！她不回来你为什么不送我出去？她回来了我就得消失，这就是你的道德？

抓紧把材料传出去吧！

我没动，屋子里静得像一座空坟。听见屋子外面的鸟叫，我走到窗前想推开窗户，刚刚把手伸过去，听见窗台后面呜地叫了一声。原来是那只花猫独自卧在窗台上。我们互相对视着，好像都明白对方想些什么，我举起手做出要打它的样子。它站起来，跟我对峙了一会儿，懒洋洋地抖了抖身子，跳下窗台转身而去。在这儿生活这么久，我们从来没有走近过，也从来没有试图和解过。我往窗外张望着，看见一群麻雀在木瓜树上飞飞落落。两棵巨大的木瓜树已经结满了果子，每只果子都被人细心地用棉纱纸袋包起来。他妻子果真要回来了！这里所有的一切都是他妻子的。

我应该明白，这个普通的北方小城，这个他一砖一瓦创建起的王国，这里是他的家、他的根，无论他喜欢不喜欢他都得待下去，直到最后把自己葬在这里。我只是一次漂泊，一个可以随手丢开的俄罗斯方块游戏，我连她的一棵树都赶不上。

我的悲哀在想象里变成了愤怒，我看见自己操起一根棍子朝院子里冲过去。我挥舞长杆，对着那两棵木瓜树狂挥乱舞。那棵可怜的树，被我的疯狂弄得枝叶纷披，尸横遍地。可是，这只能是我的想象，我站在那里，根本就动不了。我知道，即使我把那些树连根拔起，也不能清除它们，因为树就在他们心里种着，我越伤害，它的根子扎得就越深。

最终，我还是得回到我那间充满厕所味的小屋里去。破败、肮脏的小屋，到处都是浮尘，一天擦一百遍都没用，连床单上都是土腥味儿。我回想当初拿到钥匙的兴奋，恍若隔世。现在看着冰冷的墙壁和简陋的几件家具，觉得再也不能忍受它了。

我无论如何也想象不出来，他会这样毫不犹豫地将我从他的生活中彻底清除。但我又不断安慰自己，对于这个从不按常理出牌的人来说，有什么事是不可能发生的呢？看看他是怎么对待李毓秀的吧！也许他的没有成规就是他的成规，说不出来的原则就是他的原则。他自己制定法律，自己裁决和执行。他掌管着开关这个世界的钥匙。开。关。开。关——是把玩，也是事业。

五

在最近一次的人事调整中，我的工作从文字秘书调整到企管秘书，办公室也从三楼搬到了二楼——造化弄人，我的办公室恰恰与卫生间对门。那种无孔不入的怪味儿让我从某种形式上回归过去的生活了。

这份新工作虽然比过去忙，但也比过去轻松，除非是企业发展的重大问题需要整个秘书班子参加，否则我根本没有跟金玉玺见面的机会。我负责收集世界各地企业管理的成功经验和发展信息，结合我们企业的实际，整理成一个综合材料报给文字秘书，再由他审定后决定是不是交给董事长。这活儿原来是我干的，所以知道他需要什么，因此干起来得心应手。

接替毓秀办公室主任之职的是一个从市政府退下来的副秘书长，据说跟董事长是发小。他对我还算客气。他是个老实人，但是心中有数，把政府那一套搬到企业里来，使办公室的工作很有层次感，但也更沉闷了。过来后不久，他就跟我们几个秘书分别谈话，只让对他的工作提意见和建议，不能恭维他。我斟酌半天，提的意见是，像这样按部就班，可能会消磨年轻人的锐气。他笑着说，你要是这里的董事长，是要平稳发展呢，还是要天天面对下面的锐气？这话问的，怎么这么熟悉？我想起金玉玺关于床上床下的理论，禁不住在心里苦笑。他说的没错儿，难道我不是压迫着把自己的锐气磨掉，才能一点一滴地面对现实并在这里生存下去吗？

我从早到晚坐在那里，仅仅是不让我的位子空着。窗外的景色越来越好了，树木花草茂密地长起来。厂区的外面有一条河，两岸被政府花大价钱做了硬化绿化，形成一个滨河公园。上班时间也能看到不停地有老人孩子在公园里进进出出。我对着那些景物发呆，若是当初我也按部就班，干上几年就可以在河边的小区买一套房子，把父母接过来住，让他们像本地人一样在公园里晃悠。不过，我的父亲可能受不了冬天的寒冷，他有老寒腿病，尤其是冬天很容易犯。在他们眼里，估计这里的冬天跟北大荒有一比。我的心中充满着忧伤，笃信他们跟我一样不喜欢这里。

是的，谁会喜欢这个令人诅咒的破败之地，它让我从眼睛到心灵都是灰暗一片。

尤其是此情此景。

我的工作是由李梅接手的，她负责打理金玉玺的活动安排。但她处事相当低调，虽然我搬到了楼下办公，但是相距并不远，我从来没见过她。据别人说，她也很少离开丈夫的办公室。在这个王国里，只要她自己愿意，哪个地方她不能耍耍威风呢？她是王后，完全可以颐指气使，为所欲为。可是她不，这就是她之所以成为李梅的原因吧！

我隔着办公室的窗户看到过她一次。那次是董事长不在家，厂办主任带着她去市里参加一个活动，她从二楼走廊走过。她脸上带着微笑，那微笑是美国式的，既有分寸又有质地的那种，看起来甚至有点谦卑。她不断地跟遇到的人微笑着点头打招呼，那些人估计她一个都不认识。她被棉质裙装严严实实地包裹着，领口和袖口都扣得一丝不苟。她皮肤白皙，瘦弱，但身材匀称，比我想象的要高一些，也比照片上好看多了。

有一次我去卫生间，出来的时候看她站在我办公室门口，还没想好该怎么和她打招呼，她却转身进了卫生间。她对我的态度到底是疏忽还是故意呢？她知道我多少？那一会儿我也不知道哪里来的勇气，决定等她出来。该来的终究会来，躲也躲不掉。我站在卫生间外面的走道里，等了很久她也没出来，莫非她看到我挑衅的姿态了？不管怎么样，我不会走开。过了好长一会儿，她终于出来了，走到我面前稍微迟疑了一下，既没微笑也没点头。我正在犹豫要不要喊住她，谁知她走了几步停住了，又转了回来。我挑衅地看着她，腰杆笔直，尽量让自己挺拔起来，这样就会比她高一些，居高临下。她的背已经微微佝偻了，脸上的细小皱纹里渗着微汗，身上一股淡淡的香水味儿。她镇定地和我对视，微笑像汗水一样渗出来。她终于开口说话了，她说：博士，你的照片不该这样处理，照这么好，怎么能把自己用塑料皮给套起来？她从口袋里掏出一个皮夹子，把我那张照片用两根指头夹出来，翻来覆去。塑料皮这样一套，看起来就是低档货，把照片里的人给糟蹋了！

我浑身的血液好像都凝固了。博士？照片？她究竟知道多少？是怎么知道的？我觉得金玉玺不至于像个饶舌的男人出卖我，绝对不会！我伸手去拿照片。她用三根指头一捏，照片打了个对折。她的指头翻转一下，又打了个对折，随手把它丢进卫生间门口的垃圾桶里，对我微笑一下，步步沉稳地走了去。

我好像被拦腰打了一棍，腰一下折了，再也挺拔不起来。此事过了很久，我还在心里嘲笑自己，跟美国人玩儿我还太嫩，那不是找死吗？凭什么呢，我？香港人喜欢把搞笑的事情说成是无厘头，我这不是真真的无厘头嘛！

时间漫长得无以复加，天明盼天黑，天黑盼天明。我安定得每天都恨不得给自己打一针镇静剂。我开始理解为什么会有富豪住在豪华别墅里放弃山珍美味而选择吸毒，他们因期待别有洞天而异想天开。

穷人恨富人做的许多事情,他们有理由愤怒,都是吃饱了撑的!

某一天,厂办主任带着一个大男孩过来,说是他的亲戚,在市工业局工作。这个男孩想参加处级干部公开选拔考试,让我帮助辅导一下丢了几年的功课。为此主任还请我吃了一顿大餐。这是我离开金玉玺之后,吃得最丰盛的一顿饭。

男孩长得很秀气,不像北方人。言谈中间问清楚了,他祖上是扬州的,做生意来到北方并在此地扎根。怪不得呢!我们都是南方人嘛!我说,那时候也计较不了这话有多轻佻了,喝了那么多酒,我好像挣脱了自己的躯壳,感觉到一身轻松,因此话也有点发飘。

男孩看着我笑,算是对我这话的认可。他看我时眼神很亮,带着一股南方的水汽。北方男人不是这样,他们看人的眼光像烙铁,热,也毒,没有文化含量。慢慢地我跟男孩聊了起来,真正开启了话头,他很健谈。他跟你谈话的时候,就是在交谈,不像那些敷衍了事的人,所谓的交谈仅仅只是说话。

吃着喝着,大家都松弛了,男孩开始拿筷子给我布菜,那动作很像我久别的弟弟。我有一点酒醉的感动,好像是背井离乡多年之后,在一个热气腾腾的饭桌上突然遇到了自己的亲人。但是感动归感动,我始终用挑剔的目光掂量着他。跟我一样,他带着那种出身于卑微家庭、似乎对不幸早有准备,时时处处都谨小慎微的神情。与金玉玺的霸气比起来,他显得过于柔弱和稚嫩。

那天晚上我们都喝高了。主任安排男孩送我回宿舍,我们俩仄仄歪歪地走回去,在楼下不约而同地停下了。那晚有月亮,也有风,是一个好日子。我的目光有点歪斜,心情也是。反正是反正了!我在心里重复着这句莫名其妙的话,为自己还有这种邪恶的力量而暗暗兴奋。他不解地看着我,但也知道再往前走意味着什么。我没有让他继续试探，告诉他我一个人住，一直是，总是。他过来揽住我的腰，夜色和酒精很快就把我们两个人的感觉勾兑在一起。那晚他在我那里过夜，一直到第二天中午才离开。

回头再看我们的第一次，总有一种游戏的感觉。说是游戏不是因为不庄重，可能是太庄重了。太过火，太刻意，甚至到后来，一直到我们分手我也没有再找到那种煞有介事的感觉。他像只凶猛的小动物，这有点出乎我的意料。他告诉我他是第一次，我破了他的处子之身。这话说的，怎么听着都有点此地无银。但不管怎么说，也许他给我的感情是假的，但性却是真的。我迎合着他，在心里想象着金玉玺。金玉玺做爱时动作缓慢，从容不迫，一切尽在把握，虽然不过瘾但也不欠缺。这孩子虽然勇猛但也潦草，好像稍有不慎就会失去，他看我的眼神发亮，似乎他敬畏做爱这件事似的。

金玉玺，我狠狠地在心里喊着他的名字，我有这样火热的激情，我有紧绷而娇嫩的肌肤啊！

我有了男友，年轻的政府后备干部。我让他陪我住到厂子里。我特意给他买了一辆进口的摩托车让他每天从厂区穿过。出去吃饭的时候我就花枝招展地坐在后座上，有时候也坐前面。我们整箱购买红酒，我让他陪我喝。有时单位不加班，我会早早回来做一桌子川菜给他吃。我替他洗衣服，擦皮鞋，像一个真正的四川女孩那样死心塌地地伺候人。他好像受宠若惊，越来越依赖我。这个没有见过世面的孩子，难以抗拒我的诱惑，他很快向我求婚，似乎是真的动了心。我一直不肯答应他，甚至想都没想过这事儿。那时候，我只是想要有个人陪伴，一来是需要让认识我的人知道，二来是害怕一个人熬过漫长贫乏的日子。

这个叫李庆余的男孩生活处境和我差不多，大学毕业后考上了公务员。他已经工作七年了，从股级干部升至科级。跟我求婚的时候他告诉我,他和我一样是穷人家的孩子,他的工资只是我的十分之一。我告诉他,做公务员我不喜欢,没意思。我想让他调到我们企业来。他却认真地对我说,这是他出人头地的唯一出路。

"出人头地",这话从他嘴里说出来,我觉得甚是悲壮。我有点可怜他。可他野心勃勃,内心的力量要挣脱软弱的外表。迟早有一天我会成为一方主宰。他喝大了会这样对我说。他还说,他能给我带来好日子,老婆你等着吧,未来是属于我们的。他大着舌头说。我要求他称呼我亲爱的,并强调,这样洋气。我醉眼迷离地看着他,心中一百种的哀怜,未来是什么样子?主宰又是什么意思?

主宰?像金玉玺这样的暴发户,也应该算是吧!

老天爷!他竟然看不起金玉玺到这种程度,我只当是醉话听了。可是那天,他在我们完事后愤愤地说:金玉玺除了能挣钱,他还能干什么?如果我也是这种庸俗的追求,不会比他干得差!当时我被他的豪言壮语弄出一身冷汗,翻身坐起来看着他。这话他是怎么说出口的?难道他丝毫未察觉我和金玉玺的关系吗?所以对他这话,我真不知道是该庆幸还是悲哀。我又想,凭他与主任的关系,他不可能不知道。那么,他是真的爱上我还是拿我的资历和阅历来平衡他的人生?在Z城,我已经不敢信任任何人了。

其实我慢慢看出来,他跟我刚开始时一样,仅仅站在生活边上,被某种外力稍一推动,就找到了好风凭借力送我上青云的那种豪气,一切都是那么轻而易举。他还没被真正地磨砺,他不知道生活这种东西有多古怪:有些人的生活不管怎么开始或者在哪里开始,都顺风顺水;而有些人的生活则别扭得像走错了房间,越是着急越找不到出口,那是一种根本无法生活的生活。

从一开始我就打定主意,要在厂区渲染我和一个小帅哥的绯闻。

我们常常结伴而行，在市里纵情玩闹夜半而归。我们开着窗子做爱，我要把男欢女爱的声音传出去，传到金玉玺的耳朵里、心里。我要让金玉玺寝食不安，毕竟我们在一起同床共枕那么久，我死都不相信他对我没有一点感情，一日夫妻百日恩啊！

我从来不躲避厂里人怪异的目光。我知道，当我跟金玉玺好的时候，他们会羡慕嫉妒恨，现在他们会把那种情绪转化成幸灾乐祸，私下里他们会把我骂得像婊子一样不堪。可我不怕，我豁出去了，当我和他们对视时，他们反倒羞怯地躲开了。在这个年轻的工业城里，男人和女人的故事层出不穷，自生自灭。可我和他们不一样，我是金玉玺的女人，他们会因为嫉妒我而放大我的一切作为。他们想些什么，我心如明镜。他们在等着看一出大戏，等待看金玉玺会给我一个什么样的结局，这样的兴奋已经远远地溢出了他们的生活之外。他们不会明白，我跟他们一样兴奋。

可是事情发展的过程却悄悄改变了方向。本来我希望用李庆余垫背，但是时间久了，我觉得他并不是一个不可以的选择。虽然他虚荣，但是他善良；虽然他大而无当，但是他目标坚定。如果我们比翼齐飞，相信我会把他锤炼成一个好男人。

但是，那天与金玉玺的偶遇，让我彻底打碎了对他的奢望。估计打碎希望的也有他自己。那是个星期天的早上，我们手拉手在厂区散步，没想到正好与金玉玺碰个正着。这是我暗中一直期待的相遇，我渴望能看见他恼羞成怒的神情，我盼着拆穿他，他的内心里是在乎我的。金玉玺看见我们，眼光一直都没改变，是那么笃定和谦和。啊，博士，他站下来，用非常随意但又高贵的姿态看着我们，这是你的朋友吗？

是，我的男朋友！我斩钉截铁地回答。

不！不不不！不是男朋友！李庆余赶紧反驳我，脸红得像一面国旗，看起来好像大了一圈。

哦。想起来了，你舅舅是我们的办公室主任！金玉玺用中指意味深长地轻轻点着脑袋。

是、是、是的。不知怎么的，李庆余结巴起来，我觉得他的腿都在打战。

嗯，好好好！金玉玺打开有尺寸的微笑，他跟我提到过你，年轻人，听说你很有上进心。好！欢迎方便的时候到我们企业指导工作。

不敢！不、不敢！李庆余嗫嚅着，低着头没敢再抬起来看金玉玺。我觉得有一点可能，他就会拔腿逃掉。

金玉玺迈着坚定的步子走了。李庆余如梦方醒地站在那里，半天都没有反应过来。那天晚上做爱的时候，他怎么都兴奋不起来，几次三番后，他出着长气放弃了。

妈的，不就是一个杀猪的！他的身子绷得像一张弓，呼呼地出着粗气。

就是，就是一个杀猪的！我没安抚他，仰脸看着天花板，身上像通了电一般亢奋起来，你怎么还没放下呢？一个杀猪的！

后来我在似睡非睡之间，感觉到他在流泪。我想好好地安慰他，可是我太困了，我得睡觉，反正他也不是我的男朋友。这是他自己说的。

六

那天我刚到宿舍楼下，看见毓秀在大门旁等我。这一阵子我故意躲她，连厂子里的超市都不去了。她最近的面色越来越不好了，身体像山体滑坡般垮下来。办公室的人说，她丈夫好几个月都不见踪影了，可她还装得没事人一样，故意把他的内衣挂在阳台上晾晒，做戏给谁看哪。

她想让我晚上带李庆余到她家吃饭。我一口回绝了，说：晚上我们都有事儿。

吃完饭你们再去办事吧！她用乞求的口气说。我心一软，差点答应她。这是那个无所不能、叱咤风云的毓秀吗？那时我跟在她身后，连步子都学着她的样子，想象着哪天也能成为像她这样自信自强的人。

但我忍住了自己的软弱，早晚都得拒绝的事情不如一开始就拒绝，我帮不了她。我说：小李晚上有事，回头再说吧！仿佛真的有事，急急忙忙地上了楼。我们之间已经彻底完结，什么都不会再发生了。

看着她孤独地离去，我又在住室里待了半天，然后下楼。出了门，我漫无目的地朝河边走去。尽管我努力克制着，脑子里还是不断出现李毓秀的影子。她现在的家四处漏风摇摇欲坠，弟弟是她唯一的依靠。她没有朋友，平时她就看不起那些比她身份低下的人。我想象不出她年轻时的模样，刚滑入人生的轨道时，也许她也和我一样自信满满，不相信暗处命运的力量。当然，如果她嫁的不是现在的老公，如果她能生出几个孩子，会是什么样子呢？

我突然也讨厌起自己来，既然已经把她删除，何必还计较这些呢？我猜测她之所以找我和李庆余吃饭，要么是想通过我们找厂办主任为他弟弟求情，现在这个案件的处理由主任负责协调。要么是知道了我并没有在金玉玺面前说她如何，因而对我歉疚。可是这两件事对我都没有任何意义了，对于前者我无能为力，对于后者，我无所谓。

那天我在河岸上走了很久。过去一直认为是这条河让我忍受了这片平原的乏味。因为它，我强迫自己熬过一个接一个冬天，无处发泄的时刻，我一个人在河岸上疾走。可是今天这种感觉怪怪的，也许我能忍受下来并不是因为这条河，是因为等待。可是我等待什么呢？等待着直到失去某个人？等待着让等待一点一点腐朽？

　　河岸风光让我有已经从现实生活中逃离的感觉。有时候，看着一对中年夫妻走过，我会想到是金玉玺和李梅，然后又想到金玉玺和我。我记得有一次很晚很晚，河边已经没人了，我们俩手拉手漫步在这里，月亮又大又圆，我的心中满满都是感动。无论动机和手段是多么不纯粹，目的都是一样，期盼生命的圆满。至少那一刻，灵魂是洁净的。每当这个回忆涌上来，就会有一股温热的恼羞涌上心头。有一次我真的看见了他和李梅，我迅捷地躲到树丛后面，死死地盯着他们。她看上去比刚回来时胖了一些，步态缓慢，仔细看能看出老态。而他却仍然健康壮硕，他需要的不是这样一个日渐衰老的女人，而应该是我这样的，年轻的，活泼泼地，环绕在他的身前身后。

　　我曾在许多个夜晚徘徊在他们的房前屋后。金玉玺的大卧室里的灯关了，二楼的房子里还亮着灯。据说他们已经不住在一起了，李梅一定在自己的房间里和孩子们打电话、视频聊天，她附身一根电线上，逃离了这个现实世界。我等待着她真的逃离，到时候会有大堆行李从屋子里运出来，她就要出发，滚回美国去。可是我一天天看见她，安闲地走到办公区里，好像时光被冻结了。她回来了，这个事情看起来波澜不惊，但是对我来说比天都大。她的心似乎安定下来了，只有在这里，等待才是真正的等待。她不再焦虑，丈夫也不再是客人。生活悄悄地变幻了容颜。

　　毓秀死了，我是和她最后说过话的人。听到这个消息，我差不多要傻掉了。

　　我沿着河堤走了好几个小时，回到宿舍没吃晚饭就睡下了，一觉醒来天已经黑透。静音的手机上有十几个未接电话，我期待着是金玉玺打来的，他应该知道我在这件事情里受到惊吓的程度，哪怕是一个官方式的问候对我来说也是很大的安慰。即使他没爱过，即使是只有怜惜，我不相信这么一次有惊无险的经验就可以让他对我反目成仇。然而，终究奇迹没有发生，电话全是那个叫李庆余的男孩打来的。他仅仅是个男孩。我关闭了手机，打开电视，把音量调到最大。

那天我给自己炒了四个最爱吃的川菜，做了麻辣小面。吃完饭，我又开始认真地打扫卫生，把房间里所有的地方都弄干净，像我第一次进来时那样。做完这一切，我又洗了个澡。我把热水开得很大，水蒸气弥漫得满屋子都是，借着从窗口射进来的灯光，看起来云蒸霞蔚，我满意自己创造的新世界。我又在面盆里放满热水，把整个脸都埋进去。我出了一身透汗，意外地觉得轻松——第一次，我在自己面前这么自信，这么自由，这么自我。雾霭浓重的镜子里，我一遍遍地检视自己。我是一个健康的女孩，皮肤白皙，五官精致，说不上有多漂亮，可骨肉匀亭，肤若凝脂。我今年三十一岁了，和三年前来小城时比起来，如果不去计算心情的话没什么大的变化。

我找出和李庆余喝剩下的红酒，站在镜子前，也没用杯子，一口口跟自己干杯。我把全部的委屈一点一滴都咽进肚子里。

从那次跟金玉玺见面后，李庆余就很少来找我了。他有我宿舍的钥匙，可以随时过来。到了后来，他一次也不再来了。我不知道我希望他来还是不来，如果我需要他来，只是因为我的虚空需要有一个人来填满。而我不需要他来，则是怕看到他像被火烫伤般的可怜兮兮的样子。

两个月后，李庆余给我发来一条短信，他要结婚了，对象是一个副市长的女儿。我想起他曾经跟我说起过这档子事。据他说，女孩长相还说得过去，只是神经多少有点不正常，很难跟她讲通道理。我忘记了当时我是怎么取笑他的，好像是说，她讲不讲道理，得副市长说了算。后来他喝了酒总是说到这件事，苦大仇深的样子。那时候我就看他放不下。男人就是这样，总是把希望得到的东西埋在怨气冲天的牢骚里。

我没有给他回信息，说什么都没意思，也许这也是他希望的。从他给我的这条信息里，我弄不清楚自己得到的是安慰还是解脱——从内心来说，我不需要用别人的苦难或者陷落安慰自己。每个人都不容易，生活似乎就是这样，它的左面是一堵墙，右面也是，只有前后一条逼仄的通道，要么前进，要么后退，还得偏着身子过去。但有时候也是这样子：仅仅因为往前走了一步，就能让你欣喜若狂。

那天晚上，自己在家里喝了半瓶红酒，我又鬼使神差地向金玉玺家的别墅走去。陪金玉玺一起住过的那段时光，好像是很久以前的事情了，因为遥远，我觉得自己已经非常苍老，而且沧桑。过去我们总是说，时间能够解决一切，可是时间对于我的意义是什么呢？过去的时间是把我打倒还是重塑了？今后的时间我将怎么消费？难道我将以剩余的日子与一个几乎没有希望的未来进行一次豪赌吗？我想起了父亲，他起起落落的一生看起来似乎是一出悲剧，可在彼时彼景里，他的伺机而动和韬光养晦，谁说不是一种智慧呢？其实李庆余也是这样的，他也没有错。为什么，我就一定要与他们不一样，才能证明我活得比他们正确、高明和有价值呢？

不知是因为风吹还是我想得太深，头痛欲裂。无论如何我说服不了自己。

站在镂空的花墙外，能看到金玉玺坐落在院子之中的院子，它像一个孤岛一般，高傲得尽显孤独，只有二楼还亮着一盏孤灯。金玉玺又出差去了，这次是去香港，大约一周。过去，我在那所房子里孤身独处的时候，外面的人是不是也这样看我？我想象不出李梅正在大房子里干什么，她都那么老了。这个时候，她远在美国东海岸的孩子肯定刚刚醒来，不耐烦地听着母亲的絮叨。也许他们话说得越不耐烦，李梅心里就越笃定，那是他们互相撒娇的一种方式。但归根结底孩子们有他们自己的生活，最终他们会以对金玉玺的方式，礼貌地把母亲打发了。我就是这样应付父亲的。

跟孩子通话之后，她还会惦记着丈夫的行程，她均匀而又有秩序地分配着自己的时间和生命，并因此显得富贵和安详。这意味着，她仍然是这里的主人。

尽管她已经这么老了。

我怎么都想不明白，当我置身其中，成为事实上的另一个她的时候，怎么找不到这种笃定感觉呢？当我躺在那宽大得航船一般的大床上，当我一次次地征服和占有金玉玺的时候，怎么都像是在为她垫背和背书。当我失眠的那一个又一个夜晚，灯光散落在我瀑布般的头发上，我分明看见另一个她在对我微笑。对，是微笑而不是嘲笑，我确定。唯其是微笑，嘲弄的意思才更大，因为我微末得不值得她嘲弄。她重新回到这里后，怎么需要张扬呢？她不张扬才是最大的张扬，她装作什么都没发生、她什么都不知道，才是真正的洞彻和把握。这里是她的王国，她可以主宰一切，本来就是，而且，一直都是。

我的脑袋里砰的一声开了一朵花。是的，别人的生活我都能看得清清楚楚，而我的生活别人也看得清清楚楚。对于我，金玉玺也像李梅一样手心里握着答案，只是不屑于回答我。对于一个注定孤独的人来说，想用爱情取暖，真是既可笑又可怜。固然，爱情只属于那些你虽然喜欢但不能真正在一起生活的人，但我不能永远属于爱情，我得要自己的生活。为什么我不从头来过，成为一个没有任何绑缚的自由人,而不是一个天天小心翼翼地躲在这个像被遗弃的荒岛内、整天靠不着边际的想象,而且拥有的欢乐越多就越悲伤的人?

我必须从现在开始,从这个点上——如果不抓住现在,我将永远没有未来。我脚下的这个台阶不管是谁给的,可它是唯一的、别无选择的,我必须借助它往上走,而不是一直沉下去。如果我从此逃避,那么今后我永远不会面对自己和这个世界,血就会慢慢变凉,青春将成为一堆泥灰——青春如果不拿来挥霍,怎么还配得上说自己年轻过呢?这话不知道是听说的,还是我自己想出来的,反正都一样,反正也差不多。尤其是你当真拥有自己的青春之时,一定可以拿它来做点事情,要么用来怀念,要么用来后悔。

我觉得自己又积蓄起了满满的力量,我与它抱个满怀。

七

毓秀死了,突然而决绝,不管是多么令人难以置信。

那天我正在办公室整理材料,接到了毓秀弟媳的电话。我吃惊地问,是她让你给我打的?他说,是毓秀姐,她想见你。可能感觉出了我的迟疑,她哀哀地说,她病了,病得很重,你来看看她吧!

毓秀怎么这么快就不行了呢?难道她这是在提醒我终将败落的结局,我如电击一般呆住了。她那样骄傲的一个人,怎么可能会突然就被击垮了呢?放下电话,我就往毓秀家里跑。看到她像一根枯木般地躺在床上,心里竟然针锥一般地疼痛。看见我进来,她用骨瘦如柴的手拉着我,告诉我这些年她为了生个孩子,拼命吃药,一日三餐当饭吃，恨不得把药渣子都吞下去，结果却弄成个这样子。命里无儿难求子啊！她给了我一个笑脸，那是一种凄惨得我一辈子都忘不了的笑。

那一天，我跟毓秀待了大半个下午，她说了很多话，说她自己，说李梅，说她的不甘心。嘱咐我一定不要像她一样，要早早生个孩子。那才是女人最大的资本，你不知道啊，女人做母亲比做什么都重要！

毓秀是那天夜里死的，显然是死于药物中毒，她的神态倒是安详，只是浑身紫黑，嘴唇乌得如同黑炭，警察找我问讯了一个多小时。我一口断定她不是自杀。我反复回忆了我们待在一起的场景，写在不同的纸上。他们要求我待在厂区，而且得有一个保证人。我写下了金玉玺的名字，除了他，在这片寂寞的北方土地上，谁还能作为我的保证人呢？如今连毓秀也死了，她乌黑着脸，躺在殡仪馆的大冰柜里，浑身泛着死鱼般的清光，让我想起冻在公司冷库里的动物胴体。我实在忍不住，一次次跑到洗手间里去吐。

毓秀的死，我或许没有难过，反而觉得松了口气，于她，这未必不是一种解脱。

毓秀的丈夫一直在现场忙碌，尽心尽力，这可能是他对毓秀最殷切的一次照顾，可惜她连这也看不到了。毓秀的母亲在哭喊，呼天抢地，她被儿子搀扶着。那个相貌俊秀，让人睥睨的男人。母亲的哭号仿佛是被儿子绑架着，心怀叵测。

法医的解剖结果毓秀的肠胃里有安定，死于中药附子中毒。她的亲人们都想起来，她长期睡眠不好，每天都要靠两粒安定睡觉。至于附子，在她的药方上自然能查出每剂有10克的用量。问题出在煎药的方法，药师的要求是先煎熬附子一个小时，再加入其余的药物，熬20分钟后服用。可怜的毓秀的那个保姆，她把程序完全颠倒了，她把别的药物煎熬一个小时，加入附子再煮20分钟，使毒性得以最大地挥发。即使这样也不至于致人死，若是她感觉自己不舒服，及时送医院是无大碍的。毓秀吃了安定，很有可能她根本没有感觉到不适，她被自己睡死了。

对她的死，我自然不负有任何责任，可是当事情水落石出，我心里却不轻松。她那天找我和李庆余，是不是走投无路之际，想让我施以援手呢？虽然我帮不了她，至少可以给她点温暖，给她点安慰吧！可是，我没有。愧疚和自责不期而至，但是毓秀的主治医生透露了一个更为惊天的消息，她患的是宫颈癌，晚期了，已经扩散到淋巴，无论如何她也熬不了多少时日了。这个虚荣的女人，她死在她自己的刚强之上。连患癌症这等大事，她都瞒得滴水不漏。

毓秀的丈夫为她举办了一个盛大的葬礼，如同他们的婚礼一样体面。几十辆车几百号人，金玉玺携夫人参加了追悼仪式，我远远地望着他和他臂弯里衰弱不堪的妻子，猜不透，他们希望她死还是活着？

我心如死灰。我决定要离开这里。这个灰暗的城市，不管它生长着多么茂盛的经济力量，它仍然是一片荒漠。

一个星期后，我径直去了金玉玺的办公室，像第一次谈判一样，我说我答应他给我开出的条件，去意大利工作。金玉玺微笑着，好像这一切都在意料之中。他慢悠悠地说道：我们与意大利的合作将改写中国，不！将改写世界肉制品行业的历史，而你也将成为这个历史的一部分。

我吗？我也微笑着看着他，跟他一样笃定。我终于明白了微笑所拥有的力量，相信您跟我一样，并不会把历史当回事。我们都看重未来，不是吗？

哈！他摇了摇头，年轻人，我真羡慕你！

羡慕？我？

他朝我点了点头，表情严肃起来。我心里一阵迷乱，其实仔细想想，他出身寒微，又是在这样一个小地方开创事业，其中的委屈和苦楚别人是无法理解的。他落魄的时候也未必比我们普通人坚强，所以他对得来的成功必须时时处处小心地捧着，不能在砖头瓦砾上摔碎。而且，在某些方面，他确实不如我，他连回头的机会都没有。

博士，他像忽然想起来什么，从老板桌下的夹层里拿出一张银行卡递给我，看来是早有准备。我让四川方面打听过你的家庭，知道你上学家里付出的代价。这是我对你、也是对老人的一点心意。

我愣住了，看着他，脸涨得通红，想说的话一句都想不起来了。

拿着吧！他把卡放在桌子上，用一根指头推到桌子边上，我知道你需要，也会要。

谁让我是你的秘书呢！我回过神来，把卡拿过来看都没看就扔到包里。钱货两讫，如此一刀两断未必不是比虚无的爱情更实用的结果。我觉得我们两个都找到了相互之间的某种平衡。

他站起来。我知道我们的谈话该结束了，一切都该结束了。不能说没有遗憾，我也不能装作什么都没失去，但我心里一点抱怨都没有。如果在这个点上结束，我觉得刚刚好。

但我想起了毓秀的母亲，有一件事，我不能不管。

李毓秀死了，算是老天对她的惩罚，她还有老母亲，她弟弟的事情，可以网开一面了吧？我盯着金玉玺的眼睛。

他的脸色忽然寒了，瞪着我的眼睛里既有不屑，也有肃杀：你想说什么？

李毓秀，她的老人你不会不管吧？

我管不管，不是你该问的事儿！似乎是恼羞成怒，但他很快就抑制住了自己的情绪，可能觉得这话太伤人。博士，即使到了意大利，你也要记住今天我说的话：只管你该管的、能管的！他停顿了一下，懊恼地捶了一下桌子,你知道吗?李梅就是李毓秀弄回来的!如果不是从她回来的第一天我就警告她,我唯一的条件就是不能伤害你,你想想现在会是什么结果?

会是什么结果?我觉得心里有些东西像短路一样噼噼啪啪在爆炸,难道你觉得还有比现在更糟糕的结果吗?

你——他摊开两手,我都这么做了,你还不理解吗?

我心里涌出一种巨大的厌恶和悲哀,他这副讨饶的样子,跟李庆余的软弱有什么两样呢?我转身走了出去。我不知道他怎么会对我说出这样的话来。他不该跟我说这些,这不是他应该说的话。他是害怕我继续待在这儿闹他的心,还是因为对我歉疚?都这个时候了,没有必要再出卖一个惨死的女人来安抚我,他软弱了。

出卖。我想着这个词,一阵比一阵大的悲哀把我淹没。我想起他曾经怎样在我面前回避谈他的夫人,想起我的照片听之任之地落在李梅手里,脑子里突然一片空白。我迅捷地逃到电梯间,把头抵在电梯壁上,泪水夺眶而出。真是奇了怪了,一个人对幸福的感觉,总是比幸福本身的规模要小,而对悲伤的感觉,则比悲伤的规模要大得多。

但我发誓,这将是我这一生最后一次,为了自己而哭!

出了办公大楼,我头也不回地往前走,心里轻松了很多。我知道他正站在19楼宽大的窗口前看着我,相信他也很轻松。实际上,我没有输掉什么,他也赢了。这是我们两个都想要的结果。

走在回家的路上,我深深地呼了一口气,又深深地吸了一口。

这金帝的空气!尽管浑浊,却也营养啊!

拿到去意大利的签证,我直接回住处收拾东西。可是,临走我才感受到,这个小屋子竟然这么温馨,连门口地板上总是绊我脚的那一块凹陷都让我中意和亲切——每次擦地板的时候，我对它格外用心，终于把它磨成了一个月牙形的，有点像砚台似的缺口。我在大号马克杯里冲泡一杯挂耳蓝山，急不可耐地打开电脑，通过谷歌地图寻找到意大利，那在地中海蔚蓝色的波涛中的意大利。意大利，意大利，我轻轻念着它的名字，用手指轻轻摩挲着它——我抚摸着那在世界地图上像高跟靴子一样的国度，禁不住轻松地笑了起来。我的手指沿着西海岸一路北上，巴勒莫、那不勒斯、罗马、热那亚、都灵……这些曾经让我耳熟能详的名字，今天与我隔着荧屏劈面相逢。过不了多久，我的双脚就会实实在在地踏在这只靴子上，这情景是如此地激动人心——是的，也许这个世界就像一双靴子，它有自己的尺度，也有足够的空间；它既给我们限制，也给我们保护。

心情在咖啡里也像在酒中一样眩晕起来。短短的时间里，我的心好像镀了一层膜，对一切都能免疫了。但这有什么呢？至少我学会了爱自己，珍惜自己。这是自私，也是自重啊！

我找到金玉玺孩子们的邮件地址，开始给他们写信，这是我离开这里之前必须完成的工作。"孩子们，我必须告诉你们，你们的父亲既不是一个怪物，也不是一台只会挣钱的机器，只要能得到你们的爱和理解，让他像一个普通人那样，享受拥有一个温暖的家庭的权利，他真的会成为一个好男人——吾儿：……父亲留给你们的最大财产仅仅是做人做事的经验和原则。做一个诚实善良的人，一个被社会需要的人——这是我用身体、青春和信仰给你们换来的最好的礼物！"

发表于《人民文学》2016年第1期

春暖花开

春暖花开的时候,刘老师把一套写毛笔字的家什搬到自己院子里的花架下。今年春天来得格外早,但他是从电视里得到消息的。前几天,他从新闻里看到,淮南地区漫山遍野的映山红和油菜花开了,比往年提前了半个月。就是在那个时候,他突然兴之所至,决定要去看看自己的学生王鹏程。王鹏程去年从团市委书记的岗位上,调到淮南一个县当县长。从其他学生口中得知这个消息后,刘老师给王鹏程打了电话,那时王鹏程已经上任两个多月了。电话里,王鹏程再次跟刘老师确认了这个消息,最后还邀请他来淮南住几天,说老师的肺不好,淮南比淮北湿润,对肺部有益处。刘老师说,好好好,我一定去。

他站在那里写字,风轻轻蹭着他的腿,狗也跟着蹭。在这春天里,一切都变得不安分起来,而这一切的不安分,却让幸福有了一个具体的模样,宽泛而深邃。

晚上吃饭的时候,他把去淮南的决定告诉了儿子——老伴去世后,儿子媳妇过来陪他，住在他们家二楼。他对儿子说："你今天请假，陪我去买套西装，要好点儿的。"像往日一样，素来反对他跟学生拉扯的儿子，磨磨唧唧不想去。媳妇说："爸，衣服他不知道什么是好儿，我陪您去吧！"

他很满意这个媳妇，平时话不多，就是有眼色。其实，话本来就是说给媳妇听的，谁见过儿子陪父亲买衣服啊！

媳妇开车陪他到市里，转完购物中心五楼六楼整个男装柜台，才买到一身他满意的深灰色西装和一双黑色皮鞋。

接着，他又来到女儿家，对女儿说："我要去淮南看看我的学生王鹏程，你跟我去理理发，染染头！"女儿正在拨弄一堆石头，她把这叫做玉。这让他非常不屑，君子温润如玉，如果这就叫玉，君子还有什么品相？

女儿丢下手里的活计，给他泡了一杯绿茶放到沙发上，然后在父亲对面坐下。父亲从来不喝她的普洱，总是说，那几百年的老树叶子，我不相信还有什么营养！

女儿待他喝了一阵茶，才问道："哪个学生？过去老来咱们家蹭饭、现在当县长那个？"

他听了女儿这句话，气得把茶杯蹾在茶几上，说："你看你说的这叫什么话！"

女儿笑了，拍拍他的手背，说："老爸，别激动；听我的，千万不能去。"

刘老师吃惊地问："为什么？"

女儿说："为什么？好几年他都没来看过你了，人家就那么顺口一说，你就当真啊？你一个退休老师，他哪有工夫陪你？"

"你越说越过分了！那是我的学生！"刘老师真火了，他气愤地站起来，拉开门拂袖而去。他为女儿这么轻率地冒犯他们的师生关系而怒不可遏。

午休起床后，他又郑重地给镇上的党委书记打了电话。在电话里，他对党委书记说："我要去淮南看看你的学兄王鹏程，他一直想让我过去住几天。"镇党委书记是他晚几届的学生。

然后，他从容地走到院子里的花架下写毛笔字，每天临池是他几十年养成的习惯。进入四月，淮河以北也春暖花开了。沐浴在春风花香里，竟让他无端地想起"如沐春风"这个成语的典故来，"朱公掞见明道于汝州，逾月而归。语人曰：'光庭在春风中坐了一月。'"他一边轻轻地念叨着，一边在宣纸上反复写着"如沐春风"几个字，觉得此情此景与眼下诸事，结合得是如此地熨帖。

那么，他想，孔圣人"发愤忘食，乐以忘忧，不知老之将至"也是一种幸福吗？最近，中央电视台搞那个"你幸福吗"随机调查，深深地打动了他。他觉得，对于老年人来说，幸福就是需要和被需要，存在于欲望和满足之间的那个过程中。而把握住这个过程，就把握住了幸福。

写到身上微微出汗，他坐下来慢慢地品茶，满意地打量着周围的一切。由近及远，树绿着，天蓝着，风吹着，天地大美而不言。

真好。

没过多久，镇党委书记就带着镇长等人过来了。这个学生曾经在他的班里当过班长，也是他比较喜欢的，听话，大小事都不糊涂。党委书记说，一是来给老师送送行，二是想让老师给鹏程县长捎几句话，家乡人民祝贺他高升。

"没有高升啊，还是县处级干部嘛！"刘老师握手成拳，轻轻地捶着腰，淡然地说。

"那是。那是。"党委书记虚心地附和道。

"不过，"等大家都坐下后，他用茶巾擦擦手，给每人斟了一杯茶，"县长毕竟权力要大些，责任也大。"

一圈人相视而笑。个中道理自不待言，不说才好。

又说了半天闲话，党委书记请求晚上给老师送行。

"今天就免了，等我回来再说吧！"刘老师站起来送客。

赶个周一，一大早起来，他喝了一碗粥，吃了两个煮鸡蛋，然后换上新买的西装，拎着媳妇收拾好的旅行包就出发了。本来媳妇说要送他，被他拒绝了，他坚持自己走着去车站乘车。路上，遇到跟他打招呼的人，他都是一笑而过；而与他特别熟络的，他就停下来说上几句，最后总是会捎带上，"……嗯，我去淮南看看我的学生。"很快，整个镇子都知道了刘老师要去淮南，看他在那里当县长的学生；学生请他去住一段时间。镇子不大，刘老师也算头面人物，当县长的学生请他去，这些都是小镇上的新闻由头。

他一向从容，即使今天也不着急，况且头天晚上他就跟他另外一个学生、现在镇上开小巴的罗志军说好了，让他今天等着，他要坐他的小巴去火车站。罗志军一向顽劣，但对刘老师却尊敬有加。按刘老师自己的话说，知道跟他亲。罗志军在电话里说："刘老，您轻易不出远门，这是要去哪儿啊？"刘老师说："去淮南，鹏程一直想让我去住几天！""嗯嗯，去看县长啊！"罗志军的舌头都大了，他一天不喝酒就认为自己白活了一晌，"等您回来我组织镇上的同学们跟您接风啊，刘老！"

刘老师正色道："少喝点，不能误了我明天的正事儿！"

王鹏程跟罗志军是一届毕业生，那届学生虽然考上大学的没几个，但是是他当教师这一生最让他自豪的一次高考。他不禁想起考分出来那天，他从县教育局打听到王鹏程的考分，直奔他家的情景。天上下着瓢泼大雨，他的一只鞋底也在泥水里被粘掉了。他硬是踩着十来里泥路，半夜敲开了王鹏程家的门。当他看到王鹏程的时候，突然觉得喉头紧得说不出话来。"鹏程……"他努力抑制着自己，但是不管用，"你考了个状元！你可是咱地区的高考状元啊！"

睡眼惺忪的王鹏程后退两步，吃惊地看着高大苍白又瘦削的老师。他简直就像一条刚从水底游上来的鱼。

"鹏程，你考中了！你是状元，咱地区的状元啊！"这条浑身冒着蒸汽的鱼说。

师生两个的手紧紧拉在一起，热泪长流。这是刘老师代课老师转正后带的第一个毕业班。而王鹏程，是恢复高考后这个镇子考上的第一个名牌大学生。

刘老师已经很多年没坐过火车了。现在的火车和当年的绿皮车比，真是天渊之别。车厢干净整洁，人也少，每个人都有座位。天还不是太热，冷气就送得足足的，让他的这身西装显得格外得体。他在靠边的窗口坐下，掏出一本书来看，《笑林广记》。他当老师的时候，是不会看这种闲书的。一来没时间，二来嘛，子不语怪力乱神。现在，用一种闲适的心情再看，竟是那般有趣。看得高兴处，不禁呵呵地笑出声来。后来，他放下书揉眼睛的时候，被对面座位上的一对小夫妻吸引住了。他们在逗自己的儿子玩儿。他一直想要孙子，可儿子媳妇天天只想着自己快活，对老人的焦虑熟视无睹。他主动跟这对小夫妻搭讪起来，从哪里来，到哪里去……当得知他们要回淮南老家，他说：

"我也是要去淮南，去看我的学生，他在你们那里当县长。"

"啊？是吗？"小夫妻敬仰地看着他，热情相邀，说他们有车接，让坐他们的车，他们负责把他送到县政府。

"不！"他一下矜持起来，"我的学生要来接我。"

他觉得这样说，完全是为了避免给王鹏程找麻烦。

下了火车，还要转一个多小时的汽车才能到县上。看看时间还早，他在车站找了一个比较干净的小馆子吃了一碗面。在等面的时候，他掏出手机看了看。前几天他给王鹏程打电话，开始他都没接，接着就有信息发过来，"抱歉，我正在开会。"后来等到很晚，他好容易才打通电话，王鹏程压低声音说："哪位？我正在开会。"刘老师也赶紧小声说道："我是你刘老师，最近想去看看你。""好啊。"王鹏程说完就挂断了电话。看着学生忙成这样，刘老师想起女儿的话，有点想反悔。但后来又想通了，过去看看他说说话，就赶紧回来，不给学生添麻烦。

到了县城车站，他又给王鹏程打了电话。电话还是被挂断，接着是信息"抱歉，我正在开会"。他害怕再打扰他，就走到候车室，想找个座位坐下来。谁知道候车室内全是人，一个位子都没有。他站在人群中间，不知所措。这时一个学生模样的女孩站起来，把位子让给了他。他看看位子，又看看女孩，迟疑了一下，说："我是来……看看你们县长。"这句话把女孩弄糊涂了，她问道："您说什么？""没事！没事！"

他突然觉得自己浅薄得可笑。老年，是一个可笑的年龄呢！可是，他是从什么时候变老的呢？抑或是，他们怎么看出来他老了呢？莫非是，人的衰老表现在语言里，表现在性情里，表现在包裹和书里？

一瞬间，坐在汽车站候车室，他的学生、王鹏程县长治下的汽车站候车室，他突然感到深刻的困惑和极度的孤独。

一直等到过了下班时间，他才给王鹏程发了信息，"我已经到了县上。"半个小时后，王鹏程的电话打了过来，问："您是哪位？"刘老师心里咯噔一下，他以为联系这么多次，王鹏程会记下他的电话号码。

"鹏程，我是你刘老师。"他觉得自己的声音都走了腔。声音里有一丝委屈，也许是埋怨，或者是巴结。但他体谅自己，虽然只有两个多小时，但在感觉上，他好像被遗弃了太久。

"哦，刘老师？"王鹏程有点意外，"您已经到县里了？"他迟疑了一下，"这样吧，我今天太忙了，脱不开身。我先安排秘书接待您，明天我去看您。"

后来他被县政府孙秘书接着，安排在政府招待所住下。孙秘书很热情，安排得也很周到，这让他得到了莫大的安慰。毕竟，王鹏程是他最器重的学生，他知道好歹，也知道轻重。

晚上吃了饭，他想出去走走。刚到楼下，看到院子里停满了警车，大厅里也站满了人。他知道这是有活动，便赶紧回身往楼上走，在楼梯口迎面与从餐厅下来的王鹏程走了个碰面。他们是一群人，王鹏程正眉飞色舞地跟他们说着什么。他刚想上前打招呼，被旁边的便衣看见，上前阻拦住了。王鹏程也看见了他，但没停下来，一群人前呼后拥地出去了。等人去楼空，他准备上楼，孙秘书忽然在后面喊住他，说王县长马上要过来。他就站在楼下大厅里，又等了一会儿，王鹏程来了。这次刘老师看清楚了，他面色通红，但精气神十足，不像当团市委书记的时候那般文弱，这让刘老师暗暗高兴。他最得意的门生，怎么也得文武双全，有汉子气度嘛。

王鹏程过来，拉住刘老师的手，说了几句话，说他马上还得走，事情还没忙完。

"你赶紧去忙正事儿！等你闲了咱们再好好说话。"刘老师说。

王鹏程匆匆忙忙地走了。

他这才想起来，刚才王鹏程拉他手的时候，王鹏程的手心湿湿的，热热的。这让他想起他上学的时候，手心脚心老爱出汗，竟陡然生出一种慈父般的怜爱来。

然而上楼后，他又想了另外一个问题，也是来之前，他曾经跟镇党委书记触及到的那个问题：都是县处级干部，今天的县长王鹏程和昨天的团市委书记王鹏程，是一个级别吗？其间的深度、宽度、高度，以及那种难以言说的空间，让他有一种试图把握又频频失控的感觉，就像那天他踩着泥水去王鹏程家，那种滑腻的感觉。而这种感觉，是他在汽车站的候车室里，在刚才被便衣警察阻拦后，突然出现的。

第二天中午，孙秘书过来了，他告诉刘老师王县长忙，今天可能没时间过来。他在招待所待了一上午也不敢动，怕是王鹏程过来找他。听孙秘书这样说，他决定趁下午没事，到街上转转。

从招待所出来是一条老街，沿老街走不几步，就是县城的主干道。淮南的四月，已经有了初夏的感觉。四处绿意葱茏，生机勃勃，浑似江南。在这里工作生活，过的真是神仙的日子呢！他心里暗自为王鹏程来到这么一个好地方而高兴。

刘老师先是进了一家杂货店。店老板是个五十多岁的中年人。刘老师一边挑挑拣拣，一边跟杂货店老板聊了起来。

"……你们县里的县长是新来的？"他问道。

"也不算吧，来一年多了。现在领导换的勤，跟走马灯似的。"

"这个县长怎么样啊？我听其他人对他评价很不错。"

"是吗？"

"你觉得呢？"

"是吧！"那人看看他，有点警觉。

说不上来为什么，他竟然有点莫名的愤恨，转身出去了。这种人，怎么能当老板呢？在自己的店铺里还穿着睡衣，素质太差了！由这种人来评价领导，哪会有个好儿？

气鼓鼓地走了很远，刘老师进了一家茶叶店。在买了一包茶叶之后，他装作悠闲地说："刚才我在隔壁，听那个老板对你们新来的王县长评价不错。"他有点心虚，因而脸上有点发烧，真害怕人家认出来他是个老师。但他豁出去了，他想为他的学生、这个新来的县长讨回公道。他觉得他肯定会干得很好，因为，他毕竟是自己的学生，他不会看错人。

"不错不错，虽然这个县长爱说大话，但是也能办大事。"

他怔怔地看着那人，不知道这该算是好话还是坏话。况且把爱说大话这顶帽子胡乱往王鹏程头上扣，他觉得也太下流。他的学生，王鹏程，素来是一个低调谦和的人。同时，他也有点恨自己，这个老板素质也低，头发烫成两三种颜色，跟这样的人讨论他们的县长，自己也太不检点了！

出了茶叶店，他一点转的兴趣都没有了。当初他对这个县的好印象，也被彻底毁掉了。他为自己的学生感到委屈和悲哀，这个县，和他的人民，是配不上王鹏程的。他带着这种义愤和冲动回到招待所，在房间坐卧不安，兀自唏嘘了半天。几次拿出手机，找出王鹏程的号码，想打个电话或者发个信息。后来想想他那么忙，也不便在这个时候，用这种方式打扰他，毕竟见面说话的时间有的是。

下午晚饭前，孙秘书给他打了电话，让他在房间等着，先别下去吃饭。他想着肯定是王鹏程忙完了,要过来见他,便赶紧从床上下来,到卫生间洗了洗脸,整理一下头发和衣服,坐在沙发上候着王鹏程。快八点的时候,他听到有人敲门,连忙拉开门一看,孙秘书领着那天接他的司机,拎着大包小包的东西站在门口。他疑惑地问道:"孙秘书,你这是……?"孙秘书边往房间里面走边说:"到里面再说。"

他们到房间把东西放下后,也没解释什么,便拉着刘老师到楼下餐厅吃饭。在上菜的时候,刘老师问:"鹏程县长几点能到?"孙秘书看着他,尴尬地笑了笑,说:"刘老师,是这样的,王县长临时接到一个任务,要到杭州去谈一个招商项目。"

"哦。要多长时间?"

"最多一个星期。走之前,他让我安排好您的一切活动,让您在这里多住些日子。"

他心里掠过一丝不快,刚才送那么多东西,意思不就是下逐客令吗?但他没接话,两眼视而不见地看着眼前的餐具,孙秘书再说什么,他都没认真听。等内心里平静些了,他才决然地说:"我不住了,明天就走,家里还有很多事等着我。"

"那可不行,王县长肯定会批评我办事不力。您一定等他回来!"孙秘书显出一脸真诚。

王县长!王县长!王县长完全可以过来告诉我他要出差,至少可以打个电话跟我解释一下吧!他觉得心里像吃了粉笔灰,堵得慌。但他没表现出来,也不能表现出来。他是他县长的老师,他记得自己的身份。

但是孙秘书又让上酒的时候,他没再像前两次那样拒绝。何以解忧?唯有杜康。那天晚上他喝了很多酒。本来他不胜酒力,也不喜欢喝。但是他想把自己喝醉,只不过是越喝越清醒。他突然觉得有点悲哀,人在想糊涂的时候,却总是这么清醒。

但是回到房间他就撑不住了,吐了个一塌糊涂,晚上吃的喝的都还给了马桶。有一阵他就觉得自己不行了,心跳一会儿快一会儿慢。要真是这样死了,倒是挺省事的,很多东西都不用面对了。他想。

每吐一次,他就把自来水拧开喝一阵子,他仅有的医学常识告诉他,身体不能缺水。后来折腾了半天,果真慢慢恢复了。稍稍减轻一点,他就决心明天一早就走,坐第一班车走。但起来冲冲澡躺在床上,却怎么都睡不着,心里全是事儿。昨天洗的裤子,因为这里潮湿,现在还没干;是给王鹏程还是孙秘书留个条子,怎么写才能更体面些?要不要找个地方住两天再回去,免得让人知道了笑话?

折磨到夜里一点多,依然没有睡意,胃还有点痛。他想起火车上发的还有一小袋饼干,便从床上爬起来找出来吃了。然后把裤子拿下来,叠好压在褥子和床垫之间,准备把它暖干。孙秘书拿来的一堆土特产,他一样都没拆开看,整整齐齐地码在窗台下面。然后趴在桌子上,给孙秘书留了封信,一来告别,二来感谢他这两天的热情接待,"……我已年近古稀,所需甚微,所馈之物恕不私纳;鹏程县长如此勤民听政,旰衣宵食,是贵县人民之福,愚师甚感欣慰;我并非好为人师,不过对于好学之士,吾一生谨记圣人'吾未尝无诲焉'之教导罢了……"云云。

做完这一切,已经夜里三点多了。他重新躺下,眼睁睁地静待天明。

第二天一早,他直接去了汽车站。本来他想把房钱饭钱也结了,想想这样做会给他们办的太难堪,自己的学生脸上也会没面子。他满心里想的,还是他的学生王鹏程。

在淮南上车的时候，他在火车站买了一顶帽子戴上，免得到了淮北出站的时候，被熟人认出来。果然他刚一出站，就看见罗志军在站口揽客。他赶紧绕到一边。出来车站，他记得走不远有个路口，去镇子上的车都要经过那里。他刚在路口站下，一边取下帽子扇风一边等车。过了不久，一辆车飞奔而来，走到他面前突然停下了。罗志军的大嗓门响了起来："刘老，您怎么在这啊？快上车，刚好还有两个位子！"说着，罗志军跳下来，把他扶到车上，让前面座上的人让开，把老师安置在第一排坐下。

在路上，罗志军问他："您不是去住一段吗？怎么这么快就回来了？"

他说："还不是跟你一样！热情过分啊，顿顿都让喝酒，我身体受不了。"

"那是应该的！您对学生那么好，尤其是对他王鹏程，亲爹也不过如此。他对您好点，这叫良心。"

"怎么能这么说话！"他嗔怪道，"昨晚我喝多了，让我休息会儿。"说完，他闭上了眼睛，一路无话。半睡半醒之间，他听到罗志军在电话里召集人吃饭，说是给他接风什么的。他想制止他，但是他太困了，那种松弛下来后一泻千里的疲倦袭击了他。他睡着了。

罗志军喊醒他的时候，车子已经开到了饭店门口。他看到车下站着一群人，都是他的学生，镇上的书记也在。他站起来，整了整西装才下车。

"鹏程县长在那里还好吧？"吃饭的时候，镇党委书记问道。

"那还用说，好嘛！干得不错！"他努力地找着合适的词句，但觉得说出来的话还是干巴巴的。他想转移这个话题，但是根本绕不过去，大家关心的还是王鹏程。上了一道一道的菜，酒也好，都是他平时喜欢的。罗志军知道他喜欢什么。但他一点胃口都没有，动动筷子就放下了，酒也只是沾沾唇。他打不起精神来。

"刘老师，您专程去看他，给他多大面子啊，他还不高兴疯了？"有个学生趁着给他敬酒的时候说道。

"嗯，可不是，亲得拉着我的手就是不丢。"他放下酒杯，半眯上眼睛，用自己的左手握住右手比划着，"他还是你们上学时的老毛病，满手心里都是汗。"突然，他的手在空中停了下来，他觉得身上背负的一件重物卸下了，心里有些东西开始松动。他想起了王鹏程温热的手，想起很多很多以前的事情。那时候，王鹏程的父亲在建筑工地被砸断双腿，他要退学，去顶替自己的父亲。他跑到乡下，把王鹏程拉回来，住在自己的办公室里，到他们家吃饭。那可不就是他的儿子嘛！其实，自己的儿子，他哪里这么上心地管过呢？

他喝下学生敬过来的酒，心里更加敞亮了，心里的粉笔灰也没了踪影。"一身剩有须眉在，小饮能令块垒消。"这么好的话，是谁说的？

他觉得，他现在最想要的，就是酒。

"您应该多住几天，淮南那么多好吃好喝的东西，都应该体验一下嘛！要是换了我，不吃够喝够誓不回还！"罗志军嬉皮笑脸地说。

是啊是啊，那么多好吃的东西，孙秘书拿了多少啊，人家用了多大的心，自己怎么都没看看！真是太刻薄了。人家接你，给你安排吃住，还送那么多东西给你，多好的学生啊！

"呵呵罗志军，你这个吃货！刘老师这一辈子，什么都不计较，尤其是不计较吃喝。"镇党委书记笑道。

这话让他激灵一下，竟有些触电般的感觉。自己真不计较吗？学生们之所以对你这么好，不就是因为你跟他们从来不计较？现在怎么这么没出息，老了老了跟自己的学生开始计较了？

他有点眩晕，但他还是站了起来，两手支在桌子上，看着坐在他周围的学生，好像自己又回到了课堂上。那一张张生动的脸，曾经让他那么亲切和自豪。他突然觉得好羞愧，也好感动，眼睛里热热的。

"同学们，同学们，鹏程……还有你们，多好啊！好，好啊！"

他仰起头来，喝下一大杯酒。

醉意如期而至。

半夜醒来，他发现自己和衣躺着床上，新西装压得皱巴巴的。昨晚学生们怎么把他送回来的，他记不得了。儿子媳妇趁周末去市里看电影，到现在还没回来。他冲了一杯热茶，慢慢地喝完，然后径直走到院子里。

月凉如水，万籁俱寂。很远很远的地方，能听到河水流淌的声音。这条河辗转好几个省，从镇子中间流过，不舍昼夜流向淮河。而这次去淮南，两次穿越淮河，他都没有扭头看一眼。今年就不说了，等到明年，春暖花开，他一定要找个合适的地方住上一段时间，好好看看淮河。

发表于《人民文学》2018年第4期

天台上的父亲

一

也许是离开那个城市后我改变了信仰。其实也无所谓改不改变，一直以来我就没有坚定的信仰。妹妹一直说我迷信。我迷信了几十年，是从母亲那里传过来的。她是一个泛神论者，神灵附着在任何一个老旧的事物上。尤其是我父亲刚死的那段时间，她更加疑神疑鬼，即使是一根绳子，她都会端详半天，好像那上面写着神的启示似的。

我喜欢这个新来的城市的新区，它好像凭空多出来这么一部分，虽然与老城区仅仅隔了一条快速通道，便是另外一个世界了。它的空气像是刚刚过滤过，有真正的青草、河滩和森林的气味。我喜欢在夜晚独自穿过由石条铺成的曲曲弯弯的人行步道，像踩过一排排钢琴键。在道路的尽头，有一家小食店，卖一种当地的小吃，生意相当好。有一次，我饿了，进去要了一碗面，竟然排了半天队。

小食店的老板娘是个厉害角色。那天跟在我后面进去的是个小姑娘，那姑娘抱着她的狗，一只咖啡色的泰迪。她刚刚进门，女老板尖厉的声音就叫了起来,让狗马上出去。女孩愣了一下,面色变得通红,抱着狗羞惭而去。

面吃到一半,我越想越不对头,竟然一点胃口都没了,推开碗走了出去。我自己也觉得奇怪,莫名其妙地生了气,也许是生那个女老板的气,也许是生那个抱狗的女孩的,也许是生自己的。反正是气鼓鼓地走了。

父亲不在后,我的情绪在慢慢平复,已经不再那么焦躁、暴戾和善变。想起父亲在的时候,这个点他已经睡觉了。他就像一座时钟,到点该干什么就必须干什么,典型的强迫症。有一天傍晚,他看了一下表,到喝粥时间了。我母亲因为老家来了客人,耽误了一点时间。他气恼得把水杯都蹾碎了,弄得客人脸上红一阵白一阵的。

"过去他不这样啊!不是这样子啊!"我母亲老是跟我这样抱怨。过去他确实不这样,没退休之前,他是多么细心周全的一个人啊!每次下班进家门之前,老是听到他跟周围邻居打招呼的声音。虽然那声音低调、谦和得像讨好似的,但有一股感染人的韧劲儿,把我们的日子铺垫得绵密厚实。所谓岁月静好,就是那副模样吧。

某一天,一切都忽然起了变化。哦,对,开始时不是一切,只是有一些东西在起变化。退休之后,他的生活在慢慢缩小,像一个剩馒头,在变干,在缩水。他很少再走出屋外,即使晒太阳,也缩在阳台的藤沙发上。他频繁地看表,每小时必须听一次天气预报,《新闻联播》前五分钟,准时坐到客厅沙发上打开电视。

他为自己的一切都做上标记,好像怎样生活,还得看看他插的路标。

那家小食店今天好像客人并不多。一个年轻的姑娘坐在靠门的地方，一边看手机，一边吃着碗里的烩菜。那是一种掺杂着羊肉、白菜、炸豆腐丝和粉条的地方小吃，名字叫豆腐菜，这家店也是因为这个菜而出名。但我不大喜欢吃这个，我喜欢吃他们的羊肉汤面。

父亲过去爱吃羊肉，也爱吃豆腐。但他喜欢分开吃，不喜欢烩一起。他吃羊肉就是清水煮一下，然后捞出来，切成片，再用原汤冲成羊肉汤，里面什么调料都不放，原汁原味。豆腐也是，在水里煮一下，或者蒸一下，在小碟子里调一点料，就那样蘸着吃。

他退休的第一个国庆节，我们带他去郊区的农场玩儿，那里有个养殖场。他兴致勃勃地定了四只羊，说等春节的时候杀了吃。结果等到春节，我们带着他过去，他看到一群小羊羔追着母羊咩咩地跑，就心软了，不忍心让人家杀。

父亲死后，有一次我和妹妹趁假期带着孩子们到农场玩儿，路过养殖场，当她看到一群羊的时候，突然捂着嘴蹲在路边失声痛哭。我知道她想起了父亲，但我不知道该怎么安慰她。其实，很久以来，我们都无法安慰自己。刚刚过去的事情既像一个伤口，更像是到处游走的内伤，无从安抚。

二

我跟妹妹一起的时候，她几次都想努力回忆父亲跳楼的那个下午的一些细节，但不是很成功。不过，与其说是她忘记了，倒还不如说她宁愿自己忘记了。

在那之前，因为妹妹，也因为我，我已经从父母所在的城市搬迁到她生活的这个城市,两个城市相距一百四十三公里。这样一来可以在她去照顾父亲的时候,我照顾她的孩子;二来也是想逃脱那个逼仄的环境,出来透透气。守了父亲一年多时间,我几乎抑郁了。夜里莫名其妙地惊坐起,就再也睡不着了,整夜整夜地大睁着眼,大把大把地掉头发。开始我每天吃普通的安定,后来效果不好,就改用级别更高的,一直服用超过普通安定好多倍含量的药,据说那是正常人所能承受的极限。开药的医生反复对我说,你服药的时候一定要坐在床边,不然的话,可能吃完走不到床前就睡着了。但是这药对我没用,几乎没一点用,还是彻夜失眠。即使浅睡片刻,稍微有一点声音,我便一身大汗,惊厥得心脏好像要跳出来。

刚好闺密给我打电话,让我帮她运作一个项目。也刚好,她在妹妹所在的这个城市。我毫不迟疑,一口便答应了。我觉得那是生活对我关闭所有大门、在我走投无路之际,上帝给我打开的另一扇窗口。我必须猱身而上。

可是,当我面对妹妹,当她一遍又一遍地回忆那些细节的时候,我觉得,我就像赤脚踏在一团棉花上,或者是一团云。我们一直漫无目的地往前走,根本看不清楚眼前脚下的一切。

那个下午,那个燠热难耐的下午,到底发生了什么?按照妹妹的叙述,我仔细拼贴并努力还原那天发生的事情。妹妹说,那天本来该哥哥过来替换她看守父亲。母亲一早就买好了荠菜,给哥哥包他喜欢吃的荠菜馅饺子。包好饺子,十一点多了,又等了一会儿哥哥才来。他过来刚刚坐下不久,电话就追了过来,是嫂子的电话。两个人乒乒乓乓在电话里吵了起来,母亲的笑脸不见了,一会儿愁得眼看要拧出水来。妹妹朝哥哥打个手势,意思是让他小声一点。哥哥气得摆了摆手,说,不吃了!甩上门就走了。

她再打他电话，要么占线，要么无人接听。

妹妹和父母亲按时吃午饭。吃过午饭，按照惯例，看守父亲的人中午都要小憩一会儿。母亲中午不习惯午睡，由她来照看父亲。

本来妹妹已经回房间休息了，但是她好像听到了异常的响动，像是父亲窸窸窣窣的脚步声。她不放心，起来到父亲的房间，看到父亲和衣躺在床上，面朝里，好像睡得很熟的样子。于是她便回到自己的房间睡下了。她睡了不到半个小时就起来了，觉得屋子里静得怕人，她先走到母亲的房间。母亲像往常一样，安静地坐在那里，在翻看一本旧书。她问，我爸呢？母亲愣了一下，用手指了指父亲的房间。

妹妹走到父亲的房间，看到房间里空空如也。父亲不在房间。她觉得事情不妙，还没等她回过神来，家里的座机铃声大作。有人打电话报信说，父亲从我们小区西面人民会堂的天台上跳下来了——我父亲的一个下属在人民会堂前的广场散步，抬头看见楼顶上站着个人，像是我父亲。他心里嘀咕着，他爬那么老高是干吗呢？正在犹豫着要不要给我父亲招手打个招呼，就看见他往前一倾，好像有人从后面踹了他一脚，随后便如一只笨鸟般从上面飞了下来。

三

父亲跳楼那天，我正在外面参加一个开业剪彩。剪完彩，又参加午宴。等整个活动结束，我看到几十个未接来电，主要是我哥哥和妹妹打来的。我心头一紧，想着家里肯定出了什么事儿，就赶紧给我妹妹打过去。妹妹说，你赶紧回来，父亲跳楼了！

当时我好像被什么撞击了一下，脑子里一片空白，真说不清楚自己是什么心情，说是震惊或者悲伤吧，还真不是。说是轻松？也不完全是，反正就像是跑完马拉松，那种既松懈又虚脱的感觉。

莫名其妙地，想起周作人写的一件事，当他听到自己心心念念的初恋杨三姑娘患霍乱死了之后，"似乎很是安静，仿佛心里有一块大石头已经放下了"。

对，仿佛就是这种感觉。

在此之前，很久很久，我把自己沉到烦琐的事务中，我必须把自己变成另外一个人，才能保持自己。这话听着拗口，其实就是那么回事儿。

刚好上面说到的我的一个闺密，她老公是搞房地产开发的，在郊外盖了一爿市场，专门给她辟出一栋楼，让她按照自己的喜爱随便折腾。她不知怎么迷上了城市生活空间美学，决计玩儿这个。不过这玩意儿是什么东西，我们都说不清楚，可能就是因为说不清楚，大家都很兴奋。马不停蹄地跑到北上广深，还有成都，去看人家怎么做的。还天天到网上收集资料，一副煞有介事的样子。那些新鲜的、好像从生活中刚刚长出来的话语天天挂在嘴边，什么场景式空间呈现及场景革命营销手段，什么长期积淀所产生的生活方式，什么家具、艺术品和主人的关系。其实说穿了，在这些富丽堂皇的话语下面，不过还是卖家具，卖茶，只是把庸俗的赚钱套上华丽的美学空间外衣而已。

管他呢，我需要的，无非就是忙活，别停下来就行。

我的这个朋友，人家就是活得明白，按她的话说，什么时候活糊涂了，也就活明白了。她就是一个糊涂得说不清楚的人，说不清楚她天天在干什么，也说不清楚她喜欢什么。一会儿在东区学古筝，一会儿又在茶城听茶艺课，又有一会儿，跟着人家给流浪狗搞慈善。

不管怎么说，在一个新的地方，我需要一份工作，刚好也有工作需要我。我要把自己深深地埋在工作里，找不到自己。我必须逃离某些东西，达到某种新的平衡，可以让我自由自在地呼吸、欢笑或者静思，这才能让我们所有人都轻松，包括我周围的朋友，包括我的家人。这样子看起来，生活并没有变化，还保留着完整的样子，我不欠任何人，任何人也不亏欠我。

但是那天下午妹妹的那个电话，让这一切戛然而止。我匆匆结束了活动，没有参加他们的茶聚，同时也推掉了一系列类似的活动。一直到我坐在回去的车上，我才感觉到我与父亲的各种联系，不是因为他的死而中断了，而是相反，像突然通了电似的，那些生动的场景，杂沓的细节，纷纷扰扰地来到我面前。但我明白，那已经于事无补，就像我们曾经被父亲遗忘的那些岁月，疼痛，寂寞，空虚，还有恐惧。但所有这些事情，在它过去多年之后，就只剩下一片碎玻璃般扎痛的感觉了。

四

父亲死后，有很长一段时间我跟妹妹探讨我们和父亲在一起的细节。我觉得那时候她还小，不会记得那些事情。哥哥记得，他又不参与我们的讨论。

在我们很小的时候，那时候我八岁，我妹妹只有三岁多一点。父亲在县委武装部工作，后来因为什么问题，他被下放到一个偏远的部队外营地，后来，母亲也跟着过去了。他们就把我们兄妹三个寄养在乡下，我外公外婆那里。

那时候哥哥十一岁，比我大三岁，我们都没有独立生活的能力。外公外婆有好几个孩子，他们的好几个孩子又各自有好几个孩子，都丢给外公外婆照看。这些孩子年龄也跟我们差不多。那时候正是经济困难时期，生活条件极差。吃饭的时候我们不会抢，只有等着他们吃完，才能轮到我们。饭要么不够吃，要么已经凉了。外婆每天睁开眼睛就忙，但还是照顾不过来，等想到我们的时候，她已经累得话都说不出来了。有时候，她会把我妹妹揽在怀里，还没等她说话，妹妹已经睡着了，有时候是饿睡着的。

外公为了贴补家用，有时候出去打鱼，有时候出去干个手工活，每天都是很晚才回到家里。他回来的时候，一般我们都睡了。有一次他回来早了，就坐在门口抽烟。等到很晚很晚，其他的孩子都走了，他从怀里拿出三块烤红薯，给我们三个每人一块，那红薯还带着他的体温。我们三个狼吞虎咽，还没品出来味道就没有了。

其间母亲来过几次。她骑着自行车，从几十里外赶回来，浑身冒着热气。每次她都陪我们吃完晚饭，待我们都睡着了才走。父亲一次都没来过，母亲没说过他，我们也不敢问。有关他的消息，我们一点也不知道。

我们是有父亲的孩子，这一点在当时、当地非常重要。可是，我们的父亲呢？有一次哥哥跟我说，他觉得爸爸肯定是被抓走了，不然的话，不可能从不回来看我们，也不让妈妈告诉我们他的消息。我吓得立马哭了起来。哥哥不知道怎么结束那个场面，自己也吓得哭起来。但是没人问我们一句为什么，可能大人都有各自的烦恼，那烦恼比我们更甚。

那是寒冷的冬天，晚上外婆也许看到我脸上已经风干的泪痕，泪水流淌过的地方，是皴裂的。她用粗糙的拇指，给我抹了半天。

其实这些东西，现在看来可能并没什么——事实上也没有什么。过去我也曾和哥哥说起过。说起这些事情，哥哥总是一副茫然的表情，要么沉默，要么就是深深地叹气，牙疼似的。跟我一样，他也不会跟父亲交流。或者怎么说呢，经历过那样的童年，我们都学会了沉默，很多埋在心里的东西，都不愿意拿出来，好像这是我们在那次磨难里，得到的唯一一样值得珍惜的东西。

其实仔细想想，在那样的时代，又是那样的环境，我们是父亲为数不多可以忽略的人吧。除了自己的亲人，父亲必须对所有人、所有事情小心翼翼。而作为他的孩子，即使被忽略，也真的没什么，那些小小的伤害，绝对不是让我们与父亲隔阂的唯一原因。它也许就像挂在我脸上被风皴裂的泪痕一样，用手指轻轻一抹，就平展了。

很多年里，父亲没有给我们谈论过曾经发生的那段历史，也从没跟我们解释过什么，一次都没有。我们也从来没有主动问起过，更不可能给他说起我们当时的感受。好像我们没有共同的历史。还有一种可能是，我们都刻意回避着那段历史。也许在父亲看来，如果他说起这些，我们会把已经忘记的东西再一点一点捡回来。然后，怎么说呢，对他会有一次结算，那是他作为一家之尊所不能接受的。而对于我们来说，更害怕提起这样的事情时，被父亲淡淡地打发，让我们受第二次伤害。

再后来，到他退下来之后，是不是还想说这些已不得而知，但即使想说也已经晚了。我觉得，已经晚了的意思是，他没必要说，我们也没必要听了。我们空旷、寂寞，曾经被浓烈的遗弃感伤害的心灵，已经被许多新的东西填满了。生活就是这样，从心灵到房子，都会逐一被各种各样的物事填满，直到有一天，需要重新清理为止——在清理父亲房间的时候，这样的想法一次一次拍打着我。

也许，作为一个父亲，他生养了我们，本来就不该追问对得起还是对不起的问题。但这不是全部，好像缺了什么，有什么被某种东西隔膜着，就像隔着一层脏玻璃。只是我们和父亲之间，这种隔膜，再也不可能擦干净了。

五

妹妹曾经不止一次地说，想不到父亲会自杀，他没有任何自杀的理由啊！是啊，确实没有理由。他这一辈子，不管怎么对母亲，母亲对他始终忠心耿耿，一直到他死，一直到他死后，她做到了一个妻子该做的一切；我们兄妹几个，虽然各自生活都有不如意的地方，但算总账，还是过得去的，至少没有人成为他的负累。唯一可以解释的理由是，不是跟我们的隔阂，而是他跟这个时代和解不了，他跟自己和解不了。曾几何时，他是那样风光。但他的风光是附着在他的工作上，脱离开工作，怎么说呢，他就像一只脱毛的鸡。他像从习惯的生命链条上突然滑落了，找不到自己，也找不到可以依赖的别人。除了死，他没有更好的解决办法。

并不是妹妹最早发现父亲想自杀，而是母亲发现的。妹妹生性敏感，按她自己的话说，直觉大于理性。医学院毕业后，她分到一家医院的后勤部门，后来不甘寂寞，跳槽到一家咨询公司做人力资源管理。

实际上两个单位的活儿差不多，但是她觉得在后来这个部门自在，自主性大，有成就感。

有次她跟妹夫一起回来看父亲。过去看见他们回来，父亲都高高兴兴地去买菜，饭前总要把酒打开，先和女婿喝一阵子。可是那天父亲沉默寡言，一直到吃饭都没怎么说话。

那天回去的路上，妹夫闷闷不乐。妹妹说，父亲今天的情绪不是因为我们，而是因为他自己，肯定是他自己出了问题。后来妹妹为此多次回来，她发现父亲精神低迷，而且有一种死亡的气息覆盖着他。莫非他想自杀吗？她把她的看法跟母亲说了。还没说完，母亲就捂着脸哭了起来，母亲说，她早就知道这事儿，是因为她时时处处看得紧，父亲才没机会得手。

"那你怎么不告诉姐姐？"妹妹伤心地问。

母亲说，你姐姐离婚之后，就没看见她有过笑脸。她自己带一个孩子已经够难的了，现在那孩子又非常叛逆，就不让提她爸爸的事儿，只要一说起，就发飙，把你姐姐也快逼疯了！

说起来真有点悲哀，是父亲想自杀这事儿，让我们一家人又重新聚集起来——我们分散在三个城市，几乎很少团圆。我们都结婚成家后，每年也就交叉着见那么几次，春节或者中秋节，或者其他什么事由，反正很少有为了见面而见面的。为了见面而见面，我印象中好像只有一次，就是父亲过六十大寿那一次。

六十大寿，六十岁。对于我父亲来说，真的算是大寿了。他死那一年，还未满六十四。给他过寿那一天，母亲私下里说，有人给你爸看相，说他活不过六十三。如果按阴历算，可不就是嘛！可是母亲说的时候，我们都笑。那时父亲是多么沉稳、健康啊。可能他还没意识到退休对他意味着什么，我们也盼望着他早早退下来颐养天年，可以轮流到每个孩子那里小住。

当时我们只能被迫轮流陪他了。按照母亲的安排，我、小妹，还有哥哥，要轮流看守父亲，防止他自杀。也就是说，父亲想自杀这事儿，已经不是什么秘密了。

我还好说，自从离婚后，虽然没跟父母住在一起，但基本天天回家吃饭，而且我还算是个自由职业者，时间可以自己掌握。原来我想着我一个人看着父亲就行，但是几天跟下来，我就支撑不住了，一个人要想严防死守另外一个人，实在是太难了。有一次我去洗手间久了一点，他已经开开门走了出去。母亲在厨房做饭没发现。我头皮都是紧的，赶紧出门往楼上追。好险！好在我们提前把通往楼顶的小门锁住了，他正站在那里发呆。我拉着他的手往回走，我相信他能感觉出来我的手心像水洗的一样。

而母亲这样的决定，苦了我的哥哥和妹妹。他们都在别的城市住，虽然开车都不超过两个小时，但毕竟是各自一家人，家家都有本难念的经。哥哥的婚姻也朝不保夕，跟嫂子已经分居好几年了。两个人同在一个屋顶下，却形同陌路，很难说上一句话。只要一说话，双方就火力全开，闹得天昏地暗。

妹妹的小家庭还不错，妹夫在一家上市公司当财务总监，虽然忙一点，收入很可观。只是妹妹的孩子刚刚上小学，离不开她。自从她回来值班看守父亲，孩子的学习成绩就每况愈下。有一次她接完老师的电话，半天没说话。在我的反复追问下，她才告诉我，孩子在学校打了别的孩子。老师让他喊妈妈到学校去，他告诉老师，妈妈出车祸了。老师问，你爸爸呢？他说，他们一起出的车祸！

"这么恶毒的话，他是怎么编排出来的啊？"妹妹泣不成声。

有一次，父亲当局长时候的办公室主任来看他。他带了几个凉拌菜，还带了一瓶老酒。过去父亲爱喝两口儿，可是那天俩人坐在屋子里抽了一下午烟，父亲没动一下筷子，也没喝酒。

办公室主任走的时候，我去送他。我们是上下届同学，他跟我哥哥是好友，我跟他妹妹是好友。我们在一起情同手足，无话不谈。那天我把他一直送到小区后面的河堤上，临分手的时候，他站下来看着我说："你们打算怎么办？"

我扭脸看着远处，长叹了一口气，无话可说。没人知道该怎么办。

"这样子拖下去，谁都受不了，也终究不是解决问题的办法，最终会把一家人都拖垮。"他的眼里突然涌出泪水来。他跟了我父亲十几年，两人有父子般的感情，"你想想有用吗？你帮一个想活的人，可能还真有不少办法；但是，一个人如果想死，你没办法，一点办法都没有！"

六

父亲葬礼前我们家来了不少人——我觉得比葬礼那天来的人还多。他们是我父亲曾经的领导、同事、同学、同乡、下属……还有我们家多得数不过来的远亲近邻。在他们的惋惜、褒扬和悲伤里，我觉得父亲不是越来越清晰，而是越来越模糊。我真实的父亲，到底是什么样子？

父亲还上班的时候，有一次办公室主任跟我开玩笑，说与其说他是你父亲，还不如说是我父亲；我跟他在一起的时间肯定比跟你多。

这不是玩笑。这话说得一点都没错。我小的时候，父亲大部分时间在乡下，一年也见不了几次面。等他回城，我上大学去了。我大学毕业参加工作后，他基本上整天待在单位，真是以单位为家。市里干部们说，他是一个最爱开会的人。有人取笑他，说市政府一个灭鼠文件，他也得召开会议层层传达，并且让参加会议的人都表态，并记录在案。

最经典的一个例子是，有一次他开会传达上级的表彰文件。开到夜里一点多，有人实在坚持不住，他终于发了善心，说实在困得很的同志，可以趴会议桌上睡一会儿。

的确如此，他退休的时候从他办公室拉回来了整整一卡车笔记本和各种文件。几乎他每天的工作、生活甚至是思想，都记录在笔记本上。有一次市政府安排的一项重点工作出了纰漏，分管的副市长带着工作组到他们单位开会，说是要追查责任。他翻出两年前的笔记本，念给工作组听：当时是谁主持开的会，谁谁谁在哪里坐，几点几分都是谁发的言，都说了什么，一清二楚。笔记本证明那项工作完全是按照副市长的安排进行的。副市长当时弄得很下不来台，说，老张，今后我们都不敢跟你打交道了，什么你都有记录啊？

是的，什么他都有记录。记录挽救了父亲，那件事情最后不了了之。

他去世后，我们收拾他的遗物。我在他的笔记本上赫然发现，他有一次跟我母亲一起去我外婆家，竟然详细记录着那天发生的所有事情。"今天陪月娥（我母亲）回家看她父母。十点零七分到家。父母在，二弟三弟在。大弟去西安。饭后，两点四十五分，三弟说了两件事情，第一……"

我拿着他的笔记本给母亲看。哪知母亲只淡淡地笑笑，说，这事儿她一直都知道。

"你爷爷就是因为爱多说话被整死的;年轻的时候,你爸也因为乱放炮被整下乡,吃了半辈子苦头儿。他也得学会保护自己嘛!"

七

哥哥总觉得父亲的死跟他有关。每次他说起这个问题,总是絮絮叨叨地说个没完:要是那天家里没生气,要是他不急着赶回去,要是……妹妹跟我说,哥哥本来就神经质,千万别跟他讨论这些问题了,否则他会抑郁。

其实妹妹不用提醒我也明白,每次跟哥哥在一起,我都刻意回避这个问题。他和父亲之间的感情,远远比我们复杂,但又是一笔糊涂账。我也知道他这么多年是怎么挣扎着走过来的。他的婚姻是父亲指定的,嫂子的父亲跟我父亲是抗美援朝时期的战友,转业之后也分到了同一个地方。她父亲也够惨的,在冰天雪地的朝鲜战场上喝了一个多月生水,回国后一直肚子疼。到医院检查一下,说是直肠癌。把肠子切了之后化验,发现切错了,只是一般的炎症。好不容易身体恢复了,几年之后又发现患了胃癌,年纪轻轻就离开了人世。父亲和他的那些战友,就把抚养孤儿寡母当成自己的责任,那个时候他就决定,让大我哥哥三岁的战友的女儿将来做他的儿媳。

从结婚第一天起,俩人就吵架。据说结婚当天晚上,俩人闹得把结婚证都撕了。

在婚姻这件事上,尽管哥哥从来没有原谅过父亲,但也从来没有抱怨过他。像所有事情一样，因为是父亲做的，这事儿便没有了对错。

父亲死后，哥哥每次回家都坐在他的房间里，半天也不出来。他总是望着我们俩和父亲的一张合照出神。拍这张照片的时候，哥哥上大三，我刚刚接到大学录取通知书。我们爷儿仨就站在院子里的一棵枣树前拍了一张照片。父亲说，爷爷心心念念的，就是耕读传家。现在无地可耕，但是家里出了两个大学生，也算是给了爷爷一个交代。

照片上，父亲的身体明显向哥哥那边倾斜。一九五二年，他们的部队在朝鲜战场上中了一发炮弹，他的大腿骨粉碎性骨折，手术后一直没恢复，里面还打着一个钢钉。另外，还有一个弹片离心脏只差不到两厘米，没有让他的骨灰撒在三千里锦绣江山。后来他作为伤残军人荣归故里，在县委当了武装部长。

照相的人本来想让父亲坐在那里，但被他严词拒绝了。即使倾斜着身子，他也要稳稳地站着。

安葬了父亲之后，哥哥专门去重新洗印放大了这张照片，并郑重地放在父亲生前用的书桌上。那天他看着这张照片跟我说："爸再也不用走路了！"

我默然无言。妹妹说得好，只要哥哥说起父亲的事儿，我们一律不接茬。他说上一阵子就过去了。

可是有一次，他把自己灌醉了，把我和妹妹堵在屋子里发酒疯。他先指责我，说我离开这个家到妹妹那个城市去，完全是因为想逃避，不想承担责任。然后他又指责妹妹，说她是老公的家奴，天天把孩子圈在自己身边，完全被自己的小家给绑架了。

"你们一个比一个自私！"

说完之后，他突然抱着头，蹲在门口失声痛哭，说："是我杀死了父亲！是我们联手杀死了父亲！刚开始的时候我们爱父亲，心疼父亲，害怕他死。可是时间长了，我们还有耐心吗？我们每个人，都关心自己，可是，父亲呢？谁管？谁管？"

我坐着没动，我觉得他是借酒发疯。他说的不是醉话。可是妹妹受不了这些话，妹妹过去拍他的头，他把妹妹推开了。

他哭得像一个摔痛的小孩子。

"我们每个人都觉得自己的事儿比父亲自杀这件事儿大。有一次跟你嫂子生气，我就想赶在父亲之前自杀！那个时候我恨死父亲了，我就想，你怎么还不死啊！"

"哥！你太过分了！"我怒不可遏。

他低头痛哭，一句话都没再说。

哥哥的精神已经崩溃了。

回头想想，哥哥说的不是没有一点道理。我离开此地的目的，虽然未必完全是为了自己，但自己的因素占了大半。后来在陪伴父亲的过程中，我的情绪也已经失控了。有时候会低落到极点，自己关在屋子里一天不出门，不吃也不喝；有时候电话铃声就会让我心惊肉跳；有时候又暴躁欲狂，动不动就想发脾气，弄得我母亲都是小心翼翼地看着我的脸色说话。

父亲也一样，他也关在自己屋子里，只是让门留个缝儿。那个房间虽然比我的大一些，但是窗户被防盗窗护得严严实实。屋子里一切可以伤害身体的东西都被清理得干干净净。

他与我们，自己的老婆孩子，变成了一种敌对关系。我们防备着他，他也防备着我们。我们进行着势不两立的攻防战，真说不清楚是爱还是恨。

不久前，我的一个朋友过来，说起她的父亲。说起她父亲死后，她收拾父亲的遗物，父亲完整地保存着她成长过程中的一切，突然失声痛哭。我坐在她面前，不知道该怎么安慰她。我对那样的父女感情很陌生。但是不久，我也哭了起来，想起父亲纵身一跃的那一刻，那么寒冷，那么坚定，又是那么绝望。于是，我真的哭了起来，比她哭得还伤心。

莫非，真的是我们杀死了父亲？

这句话，不过是借哥哥的口说出来罢了。我记得在父亲的葬礼上，我们互相回避着，不敢看对方的眼睛。

八

母亲这一辈子，至少在儿女们看来，从来对父亲唯命是从，她努力放低身段来成全父亲。其实母亲也算一个知识女性，她是当时县女中的高才生。自从嫁给父亲，尤其是有了我们几个之后，她就把自己深深埋在家庭生活里，而且乐此不疲。她放弃了很多进步和晋升的机会，安心做一个家庭妇女，父亲到哪里她就跟到哪里，无怨无悔。

但是我们觉得，父亲对母亲虽然说不上不好，但也说不上好。工作上的事情、他遭受的委屈、和同事的关系……他从来不说与母亲听。开始的时候，母亲还问，还打听。父亲总是像没听到一样，沉默以对。后来母亲就不再问了。

在家里，他们也像同事关系，说话客客气气的，但是缺乏烟火气。他们一辈子都没吵过嘴，我也从没有看到过他们闹什么别扭。作为后人，怎么用现代眼光去理解他们的关系呢？可能这根本就不叫爱情，也许还可以说，这就是最好的爱情。毕竟他们相互陪伴着，走了一辈子。

还有父亲的笔记本，我觉得那是他人生的备份，虽然我只简单地翻了翻，看了没几页。如果认真地翻下去，我相信他和我母亲的一切，都会记录在笔记本上。也就是说，他们的婚姻生活会有记录，一旦发生变故，他就能向组织上交代清楚。想想这些，真让人有说不出的难受。他与母亲谈心、交合、探亲……我无法想象，一个人既活在现实中，还要活在发黄的纸上。

只是在父亲想自杀的事情发生之后，母亲对父亲的态度逐渐有了变化。在夫妻和家庭关系中，她慢慢找到了自己，就像一张洗印的照片，她在其中慢慢地显影。

她悄悄地掌握了主动权，对于母亲来说，这无异于一场革命，或者是政变。

有一段时间，父亲患了支气管炎，我和母亲每天陪他去医院输液。有天下午，天气晴好，输完液之后，我没有按惯例走大路回家，而是开车绕到河堤上。从那里回我家虽然绕远了一点儿，但是人少，环境也好。

刚到河堤上的时候，父亲像往常一样表情平淡，木然地看着车窗外。走到河堤中间的广场边，他突然咦了一声，用手指点着窗外。母亲说，把车停下吧。原来他是看到了自己的一个老战友，正在广场上散步。等我们把车子停好，走到广场的时候，父亲的那个战友已经走到树丛后面看不到了。但我们没有停下，也没有折转头往回走，而是沿着河堤一直向前，这也是母亲的意见。父亲一声不吭地夹在我和母亲之间，走了很久很久，直到他开始大口喘气，我们才在路边站了下来。

父亲又喘了一阵才慢慢平息下来。他跟我母亲说，让她跟老周——就是刚才跑步那个人，他也来我家看过几次父亲——联系一下，他想和他一起，去北方看看几个战友。

"好啊，"母亲热情地鼓励道，"我跟你一起去。"

"我想自己去！"父亲眼里突然现出热切的目光，那目光到现在我还记得，是一种强烈的生的光芒，像电弧光。

"让我自己去吧！"父亲的声音几乎是在乞求了。

"不！"母亲坚决地摇摇头。

父亲把目光转向我。我也坚定地摇了摇头。

那种光，突然像断电了一样，在父亲的眼里熄灭了。

九

这一年的中秋节，天气非常好。父亲去世三周年，我们兄妹三个约好跟母亲聚在一起过节。下午母亲安排我说，去买点东西，晚上到阳台上赏月。难得母亲有这样的兴致，本来我想拉着他们一起去，但哥哥闷头坐在父亲房间里，说他不想出去。我只好带着母亲和妹妹去了。在月饼柜台上，母亲坚持要买一块老式月饼。我知道她是给父亲买的，父亲爱这一口儿。

晚上，月亮东升的时候，我们和母亲来到阳台上。

"给你爸掰一块月饼，"母亲点着给父亲留的空椅子说，"昨天我梦见他了，他说过得还不错，就是晚上门口不安静。这几天你们去买点东西烧烧。"

我一边答应着,一边把老月饼切四块,放在留给父亲的那把空椅子前。

哥哥低着头不说话。最近一个时期他情绪反复无常,尤其是跟嫂子离婚之后,他轻松了没几天,就重新陷在抑郁的情绪里了。

"欢子,"母亲喊着我哥的乳名,"你从来没有梦见过你爸吗?"

哥哥摇摇头,又点点头,但是没抬头。

"你爸什么都没跟你说过?"母亲问,"我怎么不相信哪!"

哥哥一脸迷茫地抬起头看着母亲,然后又低了下去。

"你也别想不开。其实你爸自杀那一天,我什么都知道。你们想想,我怎么可能不知道呢?"

我打了一个激灵,起了一身鸡皮疙瘩,感觉父亲回来了,正坐在我们中间。哥哥也诧异地抬起头来。我和他对视了一眼,看到了他眼睛里闪着的某种光亮,让我突然想起我们被寄养在外婆家,他说父亲被抓时的情景。不过只是在心里一闪而过,冰凉而疼痛。

一时间我们都沉默了,谁都不知道该怎么接母亲的话,只是看着留给父亲的那把空椅子发呆。月上中天,突然感觉天气有点凉了,也许是气氛有点凉,我站起来给母亲披上一件衣服。

母亲对我说:"你把阳台上的灯打开。"

我开了灯,回头看见母亲拿出一个小布包摆在桌子上,示意哥哥打开它。哥哥把它展开,里面是一个弹片,磨得明晃晃的,铜已经变成了暗红色。

"这个东西,卡在离你爸心脏一指多远的地方,再往里挪一点他就没命了。"母亲用指头在心脏处比划着,然后把弹片对着灯光看了半天,好像它透明似的。过了一会儿,她把哥哥的手拉过来,把弹片放在哥哥的手里,"过去咱们家最难的时候,每当我想不开,你爸就把它拿出来搁在我手里,说,看看这个,还有什么想不开的?虽然最后他还是没想开,但是他让我想开了。要不是这,我真活不过来,哪还能把你们几个养大?"

哥哥拿着弹片,也朝着灯光照了照,脸上现出很复杂的神情。

"他去死,我怎么会不知道呢?"母亲又把话头转了回来,"他出去的时候,我看到了,想站起来。他就站那里狠狠地瞪着我,严厉地制止我。他知道我这一辈子都不敢违背他。不过,那时我也横下一条心,心想,只管让他走吧,看到底能会怎样!"

一片静寂。我们的心都提到了嗓子眼儿。

"结果,他真死了。"母亲好像沉迷其中,脸上平静得像说别人的一桩旧事,"死了就死了吧,谁不死呢?所以我觉得我对得起他。这也是我最后一次成全他,最后一次按他的意见办。"

我努力克制着自己,直到一波又一波强烈的情绪过去。我知道,今天即使母亲这样说,我们也不会这样去想,至少我不会。我们知道母亲对父亲的忠诚和爱,而且,我宁愿相信她这样说只是为了安慰哥哥,她不想让我们家的最后一个男人,再爬上天台。

事情只有这样想,对生者和死者,才是最好的安慰。

的确如此。也不过如此。

发表于《收获》2019 年第 3 期

黄河故事

一

如果不是为了给父亲寻找墓地，我觉得在很长的时间内我也不会再回郑州。如果不回郑州的话，我们家庭发生的那段历史，我是没有时间也没有心情讲出来的。但是话又说回来，试图忘掉历史的人，恰恰都是有故事的人。

至于为什么要寻找墓地安葬我的父亲，说起来真让人难以启齿。他死去几十年了，骨灰却一直在殡仪馆的架子上放着，积满尘土。而那些尘土，大部分却是别人骨灰的扬尘。我常常觉得上帝是个最好的小说家，他曾写出世界上最短、也是最精彩的小说："你必汗流满面才得糊口，直到你归了土，因为你是从土而出的。你本是尘土，仍要归于尘土。"归根结底，这也是我们要安葬父亲的动因，他一直没有被埋到土里。对于一个死去的人来说，没有埋到土里就等于没死完，没死透，没死彻底，只是一个野鬼游魂罢了。

我到深圳已经二十多年了，后来我又把母亲和妹妹接来深圳，她们也在这里十年多了,而我父亲的骨灰还留在郑州。每到清明或者春节,我和妹妹便依着老家的习俗,买点黄表纸,到楼下西侧的十字路口烧一烧,算是对往生者和活着的人都有个交代。火燃起来,明明灭灭地映红我们姐妹俩的脸。时间过滤了悲伤,更何况我们本来就不十分悲伤。我们有时还会一边烧一边说起别的事情,有时候还会笑起来。行道树上的火焰花偶尔有一两朵跌下来,轻微的一声响,像是一声轻轻的叹息。花开得正盛,在夜晚的灯光下更是红得决绝。深圳的花从冬天一直开到夏天,我们总是分不清木棉树、凤凰花和火焰木的区别,都是一路的红。但这火焰花开在树上像是正在燃烧的火焰,白天一路看过去,一簇簇火苗此起彼伏,甚是壮观。

火焰花下,适合我们搞这个仪式。也红火,也清爽。母亲从不参与,但也从不干涉,她对此没有态度。

最近几年过春节,深圳都是这种阴不阴、晴不晴温不吞的天气,好像对过年有着深刻的成见,非要闹情绪似的,让人一天到晚心里堵得像是塞满东西的屋子。我百无聊赖,睡得晚,起得也晚。那天早上起来下到一楼,看见母亲和妹妹还坐在客厅里有一搭没一搭地说话。昨天是阴历二十四。二十四,扫房子。打扫屋子时拿下来的全家福照片被母亲拿在手中擦拭。从侧面看起来,她像一架根雕。她很瘦,干而硬,又爱穿黑衣服。两只树根一样的手拿着相框,让人有一种硌得慌的感觉。她就是这样,以自己的形象、语言和作为,始终与世界拉开距离,至少是以这姿态与我拉开距离。

我没理她们,把面包片从冰箱里拿出来放进吐司炉里,然后拿了一只马克杯去接咖啡,自己随便弄点东西胡乱吃吃。每天早上我起得晚,而我母亲和妹妹总是六点多起床,七点多就吃完早饭了。她们俩还保留着内地的生活习惯,早睡早起。岂止是把内地的生活习惯带到了深圳,我看她们是把郑州带到了深圳,蒸馒头,喝胡辣汤,吃水煎包,擀面条,熬稀饭,而且顿顿离不了醋和大蒜。搬到深圳这些年了,除了在小区附近转转,连深圳的著名景点都还没看完。对于我母亲来说,什么著名的景点都赶不上流经家门口的那条河。不过那可不是什么小河,母亲总是操着一口地道的郑州话对人家说,黄河,知道不?俺们家在黄河边,俺们是吃黄河水长大的。

"这过完年啊——"母亲看着那张照片,嘴张张合合,往照片上喷着哈气。我看她夸张的样子,很想笑,对自己的亲生女儿,没有必要这般表演吧?的确,就这两年她像换了个人,会说起父亲。过去许多年里,她是从来不提我父亲的,我们当着她的面也从不说起父亲的任何事情。在我们家里,好像父亲这个人是从来不曾存在过似的。"你得回郑州一趟,人家一直打电话,说殡仪馆又要搬迁了。还得给你爸再挪个地方。"

"回郑州?"我端着咖啡,挨着妹妹坐在她斜对面,"你呢?"

"我们不回!"

我问的是她,她回答的是我们。我母亲这些年就是如此,她敢于替我妹妹的一切做主。而且,现在只要说让她回郑州,她好像遭受多大惊吓似的。

"那好吧!本来我也想回去一趟,趁着把我那套老房子处理了算了,现在郑州的房价正高。"

"别。你先问一下你弟弟,看他要不要,"她跟我说话从来就不容分说,"再一个说了,我老了也得有个挺尸的地方吧?"

"好。"我嘴上答应着,心里却暗自好笑。我弟弟又不在郑州,也很少回郑州住,他在郑州买个房子干什么呢?我的眼睛像透视镜一样,对她那点小心思儿清。她是想让我把那房子留下来,却又不肯说,她

249

在我面前是需要维持尊严的。我并不缺那一两百万元，我是故意说卖房子的事给她听。既然她不开口讲出来，我就没必要让她过于遂心如意。

"还有，"她停下手里的活儿，用右手食指重重地敲打着桌面，严肃地看着我和妹妹，"你们姐弟几个商量商量，让你爸这样挪过来挪过去终究也不是个办法。不行的话，在黄河北邙山给他买块墓地安葬了算了。人不就是这回事儿？不入土就不算安葬。你爸死几十年没安葬，他不闹腾才怪！入土为安。"

我妹妹好像才突然睡醒似的，从手机上抬起头，看看她，又看看我。估计刚才我们说的什么她都没怎么听，但只管伸个懒腰站起来说："好！我没意见。"

对母亲的话，我却一下子没有意识过来，端着咖啡杯子的手在唇边呆住了。自从我爸死后，几十年来她第一次这样郑重其事地主动说起安葬他的事儿。不知道为什么，我的心突然有点发紧，手心里汗津津的，说不清楚是疼痛、伤心还是恼怒。

"我打电话问过了，一块差不多的墓地二十多万，你们看看怎么办吧！"

我一边抿着咖啡，一边拿眼睛盯着她。我知道她这话是说给我听的，这钱弄到最后还是得我出。于是我想了一下说："妈，普通墓地二十多万，只能用二十年；好点的墓地五十多万，宽展，而且可以终身使用。你不是不想让我爸挪来挪去吗？再者说，还有你，百年后我爸身边可给你留个位置？"

我这样说的时候，眼睛一直没从她脸上挪开。她先是像被蝎子蜇了一样立起来，想说什么，又似乎感觉我不怀好意，叹了口气重重地坐下来说："百年之后是以后的事，我死了，自己又不当家。你们把我埋在那个……他身边，可不是我自己要求去的！"

她差点脱口说出"饿死鬼"三个字,过去她老是这样称呼我死去的父亲。

"那就这么定了?"

"好吧。那就买好的,五十多万的!"母亲说。

"妈,要不这样,"我笑着对她说,"要是二十多万呢,我自己拿了就算了。这五十多万,你看我们姐弟五个,一人拿十万,剩下的钱,包括安葬的各种开销全都由我包了。这样大家都尽点孝心,您觉得怎么样?"

她看看我,又看看我妹妹,好像没听懂似的,一脸迷茫的神情。

"不过我大姐二姐还有弟弟,你得先一个一个给他们打电话说一下。我这次回去好跟他们商量事儿。"

她终于弄明白我的意思了,估计心里有点恼怒,把镜框来来回回翻了几遍,然后面朝下,咣当一声扣在桌子上,说:"好吧!"

那是我们家唯一的一张全家福,我弟弟周岁那年照的,弟弟还被母亲抱在怀里。那个相框里父亲的照片,也是他留在世上唯一的一张。他表情别扭得好像走错了门似的,目光迟疑地看着镜头,一只眼大,一只眼小。

深圳这座城市,说到底也就几十年的工夫。可她平地起高楼,活生生长成一副王者之相,现代化的高楼大厦,大块的绿地,原生的和移植过来的古树,虎踞龙盘。生机勃勃的现世存在,会让人忽略她的历史。

我刚来深圳时,是一名工地上的建设者。那时我刚刚初中毕业,一个瘦骨伶仃的毛丫头。唯有的,是我眼睛里的那份倔强。我离家闯世界时的弱小,母亲可能早就忘了。可我怎么能忘得了呢?

灶王爷赏饭，从承包公司的餐厅开始，我慢慢起家，是这座新兴的城市成就了我。她包容、接纳、充满机遇，她给了我这样的打拼者一个广阔的生长空间。有时我关了灯躺在黑夜的床上，隔了窗去看外面灯火璀璨的一座城。偶尔一两声隐约的汽笛的回响，有恍若隔世之感。一切都是安稳的，踏实的，充满秩序的。我的屋子，纯天然的木质地板。我的床，我身边睡着了的丈夫。我以为我已经彻底忘了自己是他乡之人，忘了自己的过去。就像身处的这座城市一样，忘了她的历史。

刚开始做餐饮的时候，我的餐馆有几个拿手菜在附近名声传开了，生意还不错。后来我将粤菜、豫菜和其他一些地方菜融合，尽可能满足全国各地各种人的口味。名气渐大，不仅扩大餐馆，开了分店，又与人合开了一家快餐公司。

我有做菜的天赋。我们姐弟几个后来都开饭店，估计跟我父亲有很大关系。对此，我母亲是不甘心的，至少表面上死不认账。要说几个孩子也都挣钱，但开饭店挣的钱让母亲非常不屑。虽然她未必听说过"君子远庖厨"的圣人之言，但靠吃都能活一辈子，养活一家人，到底是个啥世道呢？这是母亲心里的疼痛。她羡慕我们的老邻居周四常，孩子个个有出息，不是县长就是局长，逢年过节家里跟赶集似的不断人，还都拎着大包小包的。我们家可好，不管谁回来都是浑身油渍麻花的，头发里都有一股子哈喇子味儿。

有时候我想呛她几句，想想又忍了。她抱怨的时候，从来不觉得自己住在深圳的高端小区，而且这些都是靠开饭店换来的。我，也就是她的亲生女儿，如今是多么耀眼！我是深圳几家最大的餐饮集团公司的老板之一。

我真的天生就是该吃这碗饭的，来深圳做餐饮业不几年，生意很快就做得风生水起，在周围的佛山、珠海、东莞都开了分公司。我做生意实在，舍得下本，而且保证食材新鲜地道。宁可利润少一点，薄利多销，也绝对保证质量。我的盒饭业务几乎包揽了半个城的学校、医院和工厂。

那时深圳的房子还不贵，我买了一套复式花园洋房，三层，楼顶还带个大花园。那年妹妹离婚后来深圳住几天想散散心，看到我过得这样舒适，非要闹着到深圳来跟着我，说是要换个环境。我说，咱妈又离不开你，你过来她怎么办？

小妹说："那肯定把咱妈也搬过来啊，你房子这么大，空着多不好！房子圈不住人气儿可不行。刚好你公司这也缺人手，用自己人不比用别人强？"

我权衡了一番，与我老公商量，可否让我母亲和妹妹来深圳与我们同住？我老公是个热情对待所有亲戚朋友的家伙，他哪会有不同意的可能。与其说是商量，只是想给老公打一下预防针，"你要有所准备，我妈可不是个一般的妈。"我说完定睛看他，我想让他明白跟我母亲共同生活的艰难。我老公不说什么，只是轻松地笑笑。从那张单纯得一目了然的脸上，我知道一切对他都不能构成什么问题。

就这么简单，我妹妹辞了职，开始当然是瞒着我母亲。她们就此搬到了我这里。千里迢迢，离境背乡，我们俩都不曾想到，母亲这回竟然这样顺当。她们在这里一住就是十多年，母亲虽然嘴上抱怨各种不如意，却从来不提回郑州的事儿。

眨眼之间就过完了年，年后这一段时间是餐饮业的淡季。我把公司的工作给合作伙伴和妹妹——她在我公司做财务总监——安排妥当，就从深圳回了郑州。

在高铁快进入河南境的时候，我不禁想起当初让她们来深圳的情景。开始妹妹跟母亲说这事儿，母亲像被烫了一下，差点跳起来。她说，那地方又热又潮，人还不卫生，老鼠长虫都吃，太恶心了！

妹妹说："家里有空调，热了你不用出门。况且也没人逼咱吃老鼠长虫不是？你想吃啥咱们自己弄。"

"反正我是不去！"母亲说。

我妹妹威胁她说："你要是不去，就自己留在郑州好了，我去！"

我妹是幺妹，除了她和我弟弟，家里没人敢跟母亲当面顶嘴。

母亲看着她，长长地叹了口气，犹豫了半天才说道："现在的你姐，可不是小时候的她。她要是发起脾气来，还不把我们俩给吃了？"

妹妹吃惊地问她："你乱说！我姐还会发脾气？您这是听谁说的？"

"不用听谁说！"母亲说。

妹妹说："妈，别老是挑剔我姐了。你有我姐这样的闺女，真是你的福气。看看你吃的用的，有谁对你这么好？"

"她有你对我一成好，也算我没白养活她！"母亲恨恨地说。

妹妹打电话笑着跟我讲起这个，我也在电话里把它当成笑话来听。我嘴上笑着，心里却有无限的酸楚。

我那些年是怎么过来的？

我做什么工作？我住什么房子？我结婚嫁了一个什么样的男人？谁关心过？特别是我母亲。我总是设想，哪怕哪一天家中接到我死在外面的消息，她肯定会一如既往地活。我在她心中的分量，并不比我父亲更重一点。

不过，我母亲能主动跟我妹妹说起我的脾气，我真有点吃惊。不是她以死相威胁、反复叮嘱我那件事情在任何时候、给任何人都不要说出去的吗？事情已经过去很久了，不管是我还是我母亲，都应该守口如瓶才是。所以这一辈子，这事儿绝对不会从我嘴里说出去。即使她说了，我也绝不会承认。

我故作轻松地说："我的脾气怎么了？别说我没脾气，即使有脾气，也绝对不敢在她面前发啊！"

"那是，谁都会，就你不会！"妹妹说。

说到最后，妹妹的声音却有点哽咽了。妹妹说："三姐，我知道你的委屈。咱们姐弟几个，你对咱妈最好，对咱们家贡献也最大。"

我说："胡说什么呢？哪里有什么委屈！而且早就过去了。"

很多东西，的确已经过去了，甚至从来就没人记得，比如我受到的冷落和伤害。

也或许一切都没过去，但我们谁都不愿意去触碰，那太危险了。

比如我父亲的死。

正月初十那天，我正在郑州丹尼斯进口超市买东西——去大姐家得给小孩们买点吃的。走到收款台拿出手机刷钱的时候，我看看有妹妹的几个未接电话，还有她给我发的微信，说母亲突然晕倒送医院了，是被急救车接走的。我顷刻之间急出一头汗，超市里太闹腾，我顾不得结账，放下东西就匆忙往外走。我想到春节前刚刚给她体检过身体，除了胆固醇有点高，其他各项指标都正常。医生还开玩笑，说再活二十年都没问题，怎么会出这种状况呢？她的身体按说不应该有大问题呀！除了这个，我还吃惊自己会如此地紧张，心里默念了几声菩萨保佑。

走到超市外面给妹妹打了电话。在电话里，妹妹的声音显得很轻松，依然像往日那样没心没肺的口气。她说，姐，你不用急着回来了。医生已经全面检查过了，没大问题，说是一过性的黑蒙，主要是脑部供血不足引起的。

我松了一口气，说："你快吓死我了，也不再发信息说一下。不过这距她上次犯病快二十年了,那次是二〇〇〇年的阴历七月二十六。"

"咦?"妹妹吃惊地说道,"我真服了你了姐,对妈最孝顺的真是你,连她生病的日子你都记那么清楚!"

之所以记得这个日子,是因为孝顺吗?也许是,也许不是。说是,事到临头我还是这么恐惧,怕她有个闪失;说不是,毕竟那是我自己的日子。

我打了一个哆嗦,被自己的心思吓了一跳。

因为,这个日子我死都记得,它与我母亲当时犯病的时间只是重合而已。但我发誓,我们家没人记得,包括我母亲也不会记得。

每年的这个日子,我都是当成自己的生日来过。

二

我跑了一个多小时也没找到殡仪馆。新开的道路横七竖八,连导航都常常弄错。周围布满了盖好的和正在盖的高楼大厦。世界在破坏中得以重建,但的确福祸相依,看是对活着的还是死去的人而言。死者为大,宜静不宜动。

每个城市都有自己的生长逻辑,但也习惯于模式克隆。有时候从郑东新区走过,我觉得自己好像并没有离开深圳,从建筑到周围的绿化,看不出来有什么差别。

绕了半天找不到方向,我只好停车向路边的一个老人问路。老人去掉头上的草帽,一张黢黑苍老的脸,我竟然认出他是过去我们村里的一个人,但是叫什么名字已经记不得了。我下了车,向他问好。他狐疑地看了我半天。我说出我父亲的名字。他看着我，擦了好几下眼睛，好像要哭的样子。估计他是沙眼，当地人叫风流眼，遇风流泪。他说他不愿意搬离这个村子，但是房子都拆完了，他就在工地上给人家帮忙，干点力所能及的零活。他虽然没我母亲年龄大，但也很老了，应该像我母亲一样，住在某个孩子家里享清福。

他朝右前方的一个地方指了指说，咱们村里死了的都在那挺着。"挺着"就是躺着的意思。我的父亲也在那个几乎看不到的地方挺着吗？我仔细看才看到一片灰砖建筑，它被灰头土脸地夹在几条道路中间，只是因为有一个在顶端抹了白漆的烟囱，才能让人勉强认出它来。这个建了不到十年的建筑，又面临着拆迁，它将成为饥不择食的城市胃口里的一粒齑粉。

我们那儿过去是郑州郊区比较偏远的村庄，不过村子靠近黄河，与我们紧邻的圃田，曾经出过一个叫列子的名人。这里在公元前400多年之前就被称作郑国，但郑国长得啥样，早已面目皆非了。不消说黄河水频繁泛滥，造了被毁，毁了再造。就是改革开放后，我们原来居住的村庄也早已经被那只巨大的城市之胃吞没了，舔得干干净净，没有留下任何痕迹。不过圃田竟然还有遗存，列子当年隐居修炼的那座屋子还在，据说已经申报了非物质文化遗产。列子在当地的传说颇多，除了是什么思想家、哲学家、文学家、教育家，还是养生专家，非常会吃。连庄子都夸他会轻功，能"御风而行"。这个传说跟当地人的会吃不知道有没有关系，据说国宴师傅很多都是来自这个地方。

如今，高速公路从此穿行而过，那些在这片土地上种植、恋爱、争吵和繁衍的人们不知所终。现在这里已经规划成一个市内森林公园，城区还在不断地扩充。他们模仿别的城市，将一些不知从哪里弄的古树移植过来，在这里生长得从容和傲慢，好像它们几百年前就住在这里似的。倒是我这个土生土长的当地人，举目萧然，无所凭依。

跟老人告别的时候，他问："你妈还在不？"

我说："还在。身体还好着呢！"

"嗯。"他把草帽戴上，低头摆弄着手里的扫帚，"你姐可是发大财了。你们姐弟几个都发财了。唉，"他目光犹疑了一下又说，"那又能咋样呢？你爸死了恁多年了。你妈倒是享福了。你爸死时候，还是我们几个人跑了几十里从河下沿抬回来的。"

他估计并没闹清楚我是我父母的哪个孩子。

"我爸的尸体那时候是怎么发现的呢？"我抓住仅有的一点机会，想跟他聊几句我爸。可他不再搭理我，只顾低头扫他的地去了，顷刻间我们之间沙尘横飞。

在城市的驱赶下，父亲的骨灰也搬迁了好几次。现在没地方去，只好暂时寄存在殡仪馆的骨灰堂里，跟无数素不相识的人挤挤挨挨相依为命。这已经是他的第三个栖息之地了。父亲命苦，生前没有过几天安生日子，死后也颠沛流离，不得安宁。更可悲的是，写着他名字的骨灰盒里，装的也许根本就不是他的骨灰，甚至也不是某一个人的骨灰，而是很多人的骨灰。这事儿细想起来真的很恐怖，幸亏我父亲性格好，没有什么仇人——在第二次搬家的时候，运骨灰的卡车在道路上发生了侧翻，所有的骨灰都撒了出来。当时殡仪馆严密封锁消息，很多年后我们才从别人口中得知。但大家都像我们一样，把它视为无稽之谈，更没人去殡仪馆闹事，都宁愿相信自己亲人的骨灰没有问题。

何止如此呢？父亲的死，到现在还是一个未解之谜。不过也说不定，也许根本没有什么谜。但是，在他死的前几天到底发生了什么？没有人告诉我们，母亲更是守口如瓶。虽然当时甚至其后很长时间，村里还有人在背后指指点点，说是我母亲逼死了父亲。但毕竟只是胡乱猜测，拿不到台面上。况且他堂堂七尺男儿，怎么可能会被一个比他矮一头的女人逼死？也太说不过去了。我只记得之前几天，母亲曾经跟父亲在食品公司闹过一场，但那绝不至于让父亲轻生。况且那个事情过去之后，母亲回家并没有再跟父亲继续闹腾，甚至提都没再提这件事，父母两个的生活也没有任何反常。

我父母一共生了我们姐弟五个，前面我们三个姊妹像下饺子似的来到人世间。从我记事起，我就知道我们家是母亲当家，满屋满院都是母亲。父亲像是一个影子，悄没声地回来，悄没声地走。母亲每天忙忙碌碌，忙完地里忙家里。可是父亲像个没事人一样，不是谁家有个红白喜事去帮人家做菜，吃一顿饱饭心满意足地回来，就是跟着一群人去打兔子钓鱼，好像他是这个家里的过客。

等添了我弟弟和最小的妹妹，家里日子更不好过了，经常是吃了上顿找下顿。父亲虽然不干什么活儿，但饭量很大，估计很多时候都吃不饱。有时候他站起来去盛第二碗饭，母亲就会看着自己的饭碗，恶狠狠地小声骂道："贪吃鬼！"母亲生气时的脸很黑，骂人的时候更黑，又穿一身蓝黑衣服，像一团沾满墨汁的废纸堆在那里。有时候她骂完，把碗咣当一声搁在桌子上，两只手扳着自己的一只腿，斜欠着身子坐在那里生气。她也不光生父亲的气，也生自己的气，生一堆儿女的气。我母亲这一辈子，大部分时间似乎都在生气。她觉得这个世界上的一切，都跟她的想法格格不入。

我虽然小，也明白母亲骂的这句话是什么意思。每当她这样骂父亲的时候，我们吃完各自碗里的东西，也不敢再去盛饭了。这倒成了一件体面事，母亲老是拿这事在外面夸自家的孩子懂事，说，我们家要是饭做少了，根本吃不完，孩子们那个懂事啊，你让我，我让你，谁都不肯吃；做多了反而不够吃，孩子们抢着吃。

在家里母亲倒是很少当着我们的面数叨父亲，有时候他们吵架也是回到自己屋子里，关着门吵。只是有一次中午，除了干菜和一点玉米面，母亲实在找不到更多做饭的东西。而父亲却从人家的宴席上吃得油汪汪地回来。母亲气得把水瓢都摔碎了，当着我们的面口不择言地数叨起父亲来，说："只有地痞流氓二流子才光顾着自己那张嘴，一人吃饱全家都不饿了吗？"

我父亲有时也会带一些剩饭菜回来，香气诱人。如果不被我母亲看到也就罢了，我们几个狼吞虎咽地吃一顿。若是被我母亲迎面碰到，她就一把夺过来扔在地上：

"连要饭的都不会吃人家的剩嘴头子！"

父亲也不辩解，闷声不响地回到屋子里，坐在凳子上抽耳朵上夹回来的那支烟，他不会抽烟，总被那明明灭灭的火和一团雾气弄得挤眉弄眼的。要么就面无表情地看着地下，很像在煞有介事地思考人生重大问题。

我们趁母亲转身的工夫，狼一样地抢食地上的食物。这更加让母亲恼羞成怒，她过去用脚踩，把馒头踢飞，然后逮着谁，迎头就是一巴掌。大的哭小的跳，场面甚是壮观，很像武打片里的一场群殴戏。

由此，我母亲更加仇视我父亲，所有的混乱不堪都是他带给这个家的。母亲需要稳定，需要长卑有序的尊严和面子，需要家有个家的样子。而父亲就是破坏秩序的始作俑者。

上学之后才听村里的老辈人说，我爷爷和我姥爷是世交。爷爷是个远近闻名的老中医，写一手好字，开的药方都被人当字帖用。姥爷家境富裕，是三村五里闻名遐迩的乡绅，也写得一手好书法。两个人到一起，就是写字、下棋、喝酒。据说我爷爷最佩服的人就是我姥爷，说他人仗义，事儿做得公道。要是没有我姥爷主持公道，村子早就乱得没有章法了。

母亲从未说起过他们，父亲也没说过。只是有一次我大姐入团要填表，问起姥爷和爷爷来。我正在纳鞋底子的母亲突然抬起头来，显出一脸的自豪。她说："你姥爷，真没白活！"后来听我二姨说，枪毙我姥爷的时候，正在上中学的母亲就穿着上白下蓝的学生装，站在离他爹很近的地方。枪响之后，血沫子顺着风扑了我母亲满脸满身，她眼睛都没眨一下。

"你爷爷也没白活！他跟你们姥爷一样都是体面人。"过了一会儿，她又补充道，"你姥爷拄着拐棍儿往村里一站，那没有不听他说话的。再大的事儿，他只要站那儿三说两说，什么事儿都摆平了。"

父亲出走的那天夜里，天气非常恶劣，外面电闪雷鸣，风雨交加。我们早早就上了床。半夜里我们突然被他们房间发生的激烈争吵弄醒了，然后就听见有什么东西被打碎和我弟弟惊恐的哭声。我们姊妹四个的房间与父母隔一间堂屋，他们住东屋，我们住西屋，弟弟跟着他们睡。

大约半个小时后，他们房间里安静了下来。除了听见外面的风声雨声，夜晚屋子里静得吓人，仿佛能听见我们几个的心跳。不过没有一个人说话，也没有一个人起来看看。刚开始的时候，被惊醒的小妹吓得想哭。大姐在她脸上狠狠拧了一把，她缩进被窝里再也没敢出声。

第二天早上我们才发现父亲不在。第三天，第四天，天气转晴了，万里无云，世事一派祥和。但我们再也没见到父亲。

母亲依然忙里忙外，操持着一家人的吃喝。我们没有一个人问起过他，好像家里压根就没有这个人似的。

第五天早上，我们还在梦里，就被母亲一个一个从被窝里拽起来。她让我们立马穿上衣服，往我们每人头上和腰里勒上一条白布。她冲我们喊:"都出去哭吧,你爹死了!"

二姐听了,坐在床上哭了起来。母亲一把把她拽起来吼道:"哭什么?要哭去后面好好哭!"

她的声音听起来,有好大的怒气。

那时我刚从二姨家回到这个家不久,心里根本不知道害怕。我们跟着母亲,来到屋后的院子里,看到院子中间的席子上躺着一个巨大的尸体,被水泡得像一头牛,浑身散发着腐臭的气味,头肿胀得像一个粪筐那么大。这怎么会是我们清秀瘦弱的父亲呢?我犹犹豫豫地站在那里。母亲不由分说便把我按跪下,然后就号啕起来。我们扭头看着母亲,她移开捂在脸上的手巾,拿眼睛狠狠地剜我们,我们只好也学她的样子,跟着号哭起来。

二姐只是默默地流泪。

在我们村子里,我们这个姓氏是一门很小的人家,没人出头管事儿,再加之父亲又是横死,所以也没举办什么葬礼。我们哭了一场,就把父亲草草送到火葬场了。

事后听母亲跟村上的人说,黄河水那么凶险,哪一年不淹死一堆人?父亲是趁下大雨到黄河捞鱼,被大水卷走了。再后来,母亲说起这事儿的时候,总是会在后面加上几句:"摔死的都是会骑马的,淹死的都是会浮水的。许是饿死鬼托生的,怎么那么贪吃呢?"

此次之后,再说起父亲,她都喊他"饿死鬼"。

我那时候懵懵懂懂的,听了母亲这话,真是觉得父亲是自己找死。他太贪吃了,下那么大的雨去打什么鱼呢?除了二姐,本来我们几个跟父亲也没多少感情,他死了也就死了,过去了也就过去了。我们甚至还有点庆幸,家里的空气应该不会再那么紧张了吧?

几十年后，母亲给父亲选择了黄河边的邙山墓地。母亲说，你爸活着的时候喜欢去北边的黄河打鱼，就葬在那里。我也觉得那个地方不错，人家的广告语就是"生在苏杭，葬在北邙"。虽然那个北邙说的是洛阳，但是邙山东西狭长，黄河边的邙山的确也属于北邙。

我找了好几个老同学，他们还都在管事儿的位置上，但是价格怎么也压不下来，五十万已经是最少的了。对于快速发展的城市来说，墓地本来就是稀缺资源，而邙山墓地更是寸土寸金。

母亲想把父亲安置在这里，不知道考虑了多长时间，肯定不是突发奇想，但也不会谋划很久，她是个心里存不住事儿的人——只有父亲的事情除外，那是她的黑匣子，也许父亲根本就没什么事儿。那到底是什么事情促使母亲做出给父亲买墓地这个决定的呢？她是突然想到还是悟到了生命中的某个东西？

那天我给母亲打电话，问她给大姐二姐和弟弟说了没有。我说虽然我的房子可以卖两百来万，但一下子也出不了手。这几年生意上连续投资，手上也没闲钱啊。母亲不耐烦地说："打了！都打了！"

其实，开始我就知道让我们姐弟几个每人都拿钱的想法几乎是不可能实现的。我母亲就是想要我主动说出来，所有的费用我一个人出。这话我早憋在喉咙口了，不吐出来，是不想让她觉得太随便，谁的钱也不是大风刮来的，况且各自是一家人，我可以在姊妹困难时帮他们一把，但每次把责任都推给我，显然令我不快。要是我遇着困难他们帮不帮我，就难说了。

但是出乎意料的是，现在母亲的态度突然转变了，立场似乎很鲜明。她斩钉截铁地给我说："我也想通了，这不是谁拿不拿的事儿，不是谁钱多谁钱少的事儿，而是你们几个，都得对你爸尽尽孝心！"

"你爸好歹也是一辈子，你们现在吃香的喝辣的，都这么好，做儿女不尽一点孝，良心上过得去吗？"

我天！这是我母亲吗？是从她口里说出来的话吗？一辈子否定自己丈夫，否定得完全彻底，几乎可以说是一无是处。她这是怎么了？这话从她口中一说出来，我在电话这头差点笑出声。可想想又有点沉重起来，无论如何，不管她是怎样想的，现在她能对我父亲说这样的话，做这样的事儿，至少对我们这些孩子们的感情算是一点弥补、一点安慰吧——那感情的缺口虽然随着岁月的流逝曾经模糊过，但只要认真打量，它依然在那里，从来没有消失过。

三

现在郑州老家这里只剩下了大姐一家人。弟弟随弟媳一家搬去了开封，母亲和小妹又跟我去了深圳。原来二姐和二姐夫住在辖区的东南角，他们在那里开了一家小饭店，主要卖卤肉、羊肉汤等地方小吃。二姐的卤肉店在附近很有名气，她会做生意，也很会做人。由于她的卤肉卖不完其他小店就没有生意，所以她每天卤多少肉是定量的，去得晚了就没了。她之所以这样做，主要是想给同行留足生存空间。后来二姐查出淋巴癌，为了看病方便，他们卖掉饭店和住房，搬到市人民医院附近去了。那儿离火车站也比较近。

大姐住的地方早已经由村庄变成了社区，是村子拆迁之后就地安置的。大姐夫在村里人缘好，大小也是个村干部，所以他们家分了临街的三层楼。大姐和大姐夫开的也有饭店，店面比二姐的要大得多。当初大姐执意要起个"大饭店"的招牌，大姐夫不同意，说二妹开个小饭店，我们起个大饭店的名字，自己不说什么，人家外人会看笑话。但大姐执意这样做，后来虽然生意做得很红火，但她的口碑还是赶不上二姐。二姐把饭店卖掉搬走跟这有没有关系，也未可知。二姐就是这种性格，酸辣苦甜都搁在自己心里，从来不抱怨什么。

陆续有了孙子辈之后，大姐忙不过来，大姐夫也不想干了，就把一楼二楼的饭店承包给人家。他们一家住在三楼。说实在的，有这么多年的积累，他们的日子过得轻松又殷实。

大姐和大姐夫都是二婚。要说也不算，反正也没办结婚手续就在一起过了。他们的婚姻认真说起来，绕的圈子还真不小。大姐现在嫁的这个人，我可以喊他姐夫，也可以喊他表哥。表哥的母亲是我二姨。二姨是母亲的堂妹。

曾经有那么几年时间，我被二姨抱养过。那时父亲还活着，不知道什么原因，那年夏天我拉痢疾，长达一个多月治不好。家里也确实困难，拿不出更多的钱给我看病，再加上当时农村的医疗条件有限，几片包治百病的小药片，却怎么也治不了我的病。拉了几十天，开始还会跑厕所靠墙根，慢慢的裤子都提不上了。医生束手无策，父母更是一筹莫展，到最后也就不再抱着我去医院了。父亲自己也想了很多办法，给我弄来一些药草，一样一样地熬了喝。我喝进去多少吐出来多少，终是没有用处。后来他干脆天天躲出去，不敢面对我，害怕看见我那难受的样子。母亲也不知道听谁说了，狗翻肠子人拉稀，这病没得治，就直接把我扔到灶火后边草灰堆里，随便拉去，反正也不用洗。她后来从不提这事儿。要说也没啥大惊小怪的，乡下小孩子命糙，哪个病了不是拖拖就好了？要是好不了，那也没办法，拖好了是病，拖不好了是命。说白了，其实是等我自生自灭。这样拖着拖着我真的就气息奄奄了。我不吃饭，也不再说话。我妈便在我们家西屋地上铺了一张席子,把我放在上面,就等着我咽气了。

不知道我二姨怎么听说了这件事儿,那天天还未明,她就拉着二姨夫来到我们家。一看见蜷成一团的我瘦得没了人形,二姨抱着我大哭道:"我的儿,你妈这是让你等死啊!"也许她是菩萨派来救我的,我已经两天没睁眼了。她的眼泪滴在我脸上,我奇迹般地睁开了眼睛,眼巴巴地看着她。二姨是个从不会说重话的人,那天和我妈呛呛了半晌:"就是个猫狗也不能看着她死吧?"我妈说:"你说得轻简,这都多少时候了?药也没少吃,钱也花干了。换你伺候她一个多月试试看!她自己不吃不喝,谁有本事救活她?"

二姨闻听此言,抱着我蹲在地上放声大哭。二姨夫把我从二姨怀里接过来,抱着我头也不回地就回了他家。他们没有闺女,只有一个儿子,就是上面我这个表哥。二姨天天没日没夜地把我搂在怀里不松手,熬一锅小米汤放在跟前,喂了吐,吐了再喂,愣是把我从死神手里夺了回来。

我的病奇迹般地慢慢好转了。待能吃点其他东西,我二姨夫就用一垛麦秸换了一只奶羊,一天一大碗鲜羊奶。家里养了两只母鸡,鸡下蛋的时候,二姨就让我蹲在鸡窝旁等着。带着体温的鸡蛋热乎乎地握在我的小手心里,快乐得眩晕。我奔过去交给二姨,全家人都舍不得吃,全都给我攒着。

我二姨不知道从哪得了个偏方,说鸡蛋囫囵着隔水干蒸,治痢疾。我吃的时候,表哥就在旁边看着。我让他,他就说不爱吃鸡蛋,可我分明听到他吞咽唾沫的声音。一个秋天过去,我吃胖了也长高了,最重要的是,我脸上有了笑颜。可能就是那些有爱的日子,奠定了我此后人生的信念。我每天几乎是贪婪地窝在二姨的怀里,这是我梦想中母亲的暖。而我自己的亲娘,自从我记事起就没有抱过我,还整天说我是块木头。我夜晚做梦都能梦见我母亲用一根指头戳着我的头说:"无情无义,整天木个脸,好像谁都欠她二斗米钱。"

在二姨家的几年,是我过得最幸福的时光,后来我也一直把那里当成自己的家。我还学会了撒娇,晚上躺在二姨的怀里,我娇羞地说:"我会听二姨二姨夫的话,好好念书。等我长大有本事了,买好多好多鸡蛋,给你们吃。"我第一次说出这样矫情的话,不敢看二姨的眼睛,我知道二姨会笑得嘴都合不拢。可是她的眼泪哗哗地淌,把我的头发都弄湿了一大片。

"我苦命的儿!"二姨用指头梳着我的头发,心疼地叹息道。

我把二姨夫抱我回去的那一天当成是我的新生。农历七月二十六。我母亲第一次晕倒也是在那一天。我一直有点奇怪,为什么母亲正赶上那一天生病?莫非冥冥之中真有什么神奇的力量吗?

表哥和我大姐是同班同学,在学校里两个人非常好,谁若有点儿稀罕的东西,都偷偷带给对方。但当着别人的面,两个人从不说话,一开口就脸红。这事儿被同学看出端倪,开始起哄,喊他俩两口子。二人也算是青梅竹马,情投意合。这事不知怎的传到我母亲耳朵里了,她跑到我二姨家大闹了一场。我妈不喜欢二姨的儿子,说他没有汉子气,太懦弱。她连带着把二姨二姨夫数叨得恨不得找个地缝钻进去,她跳着脚说,你们得管好自家儿子,他再招惹大姐,我闹得让他上不了学!

二姨小声回嘴道:"骂过来骂过去,那不是你的外甥啊?"

"我不认这个外甥!从小就瘪犊子一样!"母亲瞟了一眼二姨夫道。

其实二姨也不喜欢我大姐,她觉得我大姐太能了,也太自私,大的不睬小的不让,吃屎都得占个尖儿。所以二姨索性借着这个事儿,先托人给我表哥定了一门亲,好歹将这事平息了。

还是我大姐先结的婚。男方家庭条件不错，爹是邮电上的一个小头目，妈在卫生院工作，是有头脸人家的孩子。我母亲最看好的就是男孩的汉子气，高大威猛，坐像一座钟，走路一阵风。把我母亲高兴得合不拢嘴说："敢作敢当，一看就带种！"

但结了婚不久，俩人就开始打闹。我姐脾气逞强惯了，处处要压人家一头。那个男的也是个火爆脾气。结婚没几天就开始斗，男人索性不进家，在外头整夜玩。不回来就不回来，我姐丝毫也不会示弱。男人从外面打一夜的牌回来，看看锅里没个热乎饭。鞋上一脚泥，直接要进屋睡觉。我姐拦着劈头盖脸地吵道："邋遢死算了！我刚刚拖完地，你就不会爱惜点儿？"他闻听此言，穿着鞋跳到婚床上，边蹦边用被子褥子蹭他的鞋子。"我看你是皮痒欠揍，你算个鸟毛，这还是不是俺家？"我姐气得当下就扔下手里的活儿，回了娘家。

日子还得过，儿子不争气父母遭难，我姐一次次跑，他爸妈一次次带着他去我家把我姐接回去。这还不算什么，过些日子，我姐发现他不只是打牌，他爱赌成性。于是屡屡阻拦他，把他惹急了劈头盖脸就是一顿暴打。我大姐挺着大肚子，青紫着半拉脸哭着回娘家，说："妈，这就是你相中的男子汉，真带种！"我妈说："他爹娘不管吗？"我大姐哭着说："谁敢管他？说轻了，摔盆子打碗；说重了，电视机随手就砸了。"

我母亲不羞不恼地听着："看这样，儿子赌钱也不是一天半天了，他爹娘不管就是帮凶。有人生没人养的，你咋就恁好欺负？"

我大姐哪是个省油的灯？打不过儿子骂爹娘，打也打了，骂也骂了。开始他父母还管，后来干脆躲开不问了。一家人早已经是麻木了。

我妈说："不急。你现在还没有说话的地儿，等你肚子里的孩子落地，你还不想说啥说啥，想咋说咋说！"

半年后，我大姐果真生了一个大胖儿子。我妈仗势冲到人家家里找事儿，人家一家人慌着讨好，滚烫的鸡蛋茶堆尖捧上一大碗，这是当地最大的礼节。热脸蹭个冷屁股，我母亲推开家里人，当着人家爹妈的面训斥那男的："你要想当爹，就要有个当爹的样子！不好好过日子还不如早点离了算了，孩子我们带走！"

那男的还没说话，公公婆婆早就慌作一团，恨不得和儿子一起要跪下来磕头求饶。

"我们会管好孩子，他再不学好我就拿砖头拍死他。"那当爹的说。

我妈这一闹，再加上得了个大胖儿子，男的着实老实了一阵子。我妈还挺得意的，教导我姐道："这管男人啊，得看火候。你看关键时候我一出面，他就老实了吧？"

哪知话还没落地儿，要赌债的来家把门堵了。他在外面又输了十几万。堵门的说，不还钱就剁手。

我母亲得了信，没等我姐回去求救，就央着村里的一群人过去了，把一家人堵到屋里，问他们怎么办？

那男的知道这回祸惹大了，扑通跪在我母亲面前。

"站起来！"我母亲厉声说道，"大老爷们能随便跪嘛！"

那男的跪着没动。我母亲对我姐说："抱着孩子跟我回家吧！"

那男的从怀里掏出一把刀来，把自己的左手放在地上，用右手举刀把左手小指剁掉了。

一家人鬼哭狼嚎地扑到一起，妈妈捂着儿子的手说："钱我们替他还，我们还。"

到关键时候，爹妈还是心疼自己的儿子，舍不得打舍不得骂了。

我母亲看这情形，心早已经凉到底了。这样纵容着，还能有个好？她看着他血淋淋的手，丝毫不为所动。"离婚。"

那边的母亲哭号着说:"他年轻不懂事,再给他一些时间,他会改的。"

我母亲说:"摊上你们这样护犊子的爹妈,他这赌怕是戒不了的,没救了。"

我母亲这样说,好像她很懂。其实她真的见过,她小时候见他爹料理过赌徒,都是指天发誓,最后个个都家财散尽。赌真是改不了的。

我母亲说完,就带着众人把我大姐和孩子接回了娘家。

对方花那么多钱娶个媳妇,又得了个孙子,末了落个人财两空,毕竟心里过不去。三番五次来求情。男人长得确实排场,事到临头还会办事,今天买新衣服,明天买金戒指,说话求饶像换了个人似的。不知底细的真觉得我母亲不懂事,心也忒狠。我姐有点动心了,她说:"妈……"我母亲挥手截住她说:"这事儿啊,长痛不如短痛。你是不知道厉害。话我先撂这儿,你要还跟他过,今后他把你娘俩卖了也别再踩我的门了!"

拉拉扯扯,拖了一年多才把婚给离了。

这边大姐结婚不久,那边我表哥也结了婚。他们婚礼的时候我去了。女方长得比我大姐好看多了,人也温柔。结婚后两个人过得还不错,生了个女儿,我二姨给带着。那几年时兴到南方打工,男的女的都出去打工。表哥恋家,又担心二姨二姨夫的身体,不愿意到南方去,就在郑州随便找些零活做。表嫂跟着人家去了东莞,开始在工厂,后来做保洁,再后来我表哥都闹不清楚她做什么工作了。头几年一年还回来一两趟,给我二姨放下一点钱,大人小孩都买些吃的穿的。后来过年也不回来了。再回来就是要求办离婚,家产一分不要,女儿也不要,只要一张纸带走就行了。

表哥刚离了婚,我姐就带着儿子搬他家去了。大姐的儿子那会正是会说囫囵话的时候，忽闪着一双星星一样的大眼睛。见了我二姨二姨夫就喊爷爷奶奶，又忙不迭地去拉妹妹的手。二姨二姨夫又喜又忧，吓得一整夜睡不着觉，怕我母亲去闹。我二姨买了点心果子，要去找我母亲商量，临出门被我大姐拦下了。我大姐说，不去，不用说，越说事越稠。

大姐又说，这回由不得她做主。

结果我母亲一句话都没说，认了。真是愣的怕横的，横的怕不要命的。

我大姐和我表哥两个人虽然重新组织了家庭，但也没再认真去办结婚手续。法律上说是不允许近亲结婚，怕后代有遗传病。但他们还是坚持生了个儿子，很聪明，也很健康。

从那以后我们再见了表哥，都喊大姐夫。

我到大姐家的时候还不到十点，坐下唠了一会儿家常。大姐身边放着一堆儿童衣服，好像是刚刚洗过的，她在一件一件地拆衣服领子上的标牌。我也有这个毛病，女儿的新衣服先剪标牌，小孩子皮肤嫩，标牌摩擦怕孩子不舒服。几次我伸手想帮她，都被她拒绝了。后来她对大姐夫说，你带着三妹出去转转，她很久没回来了，看看咱们这里的变化。大姐夫迟疑一下，说，咱们一起去吧，今天三妹回来，我们别做饭了，到下面饭店吃算了。

大姐瞪了他一眼，说，去吧，我做饭！饭店的饭有啥吃头儿，你还没吃够咋的？

大姐夫没再说话，带着我出了门。只要他身边没有其他人，我依旧喊他哥。我说哥，不用开车，咱就在附近随便走走吧！他说，好。然后就自顾低着头，带着我向村子西边的新区走去。路两边种着香樟和银杏,都是很名贵的树种。树坑里看着是嫩绿的草,修剪得非常平整,用脚踩一下,却发现是塑料垫子。一棵棵排列整齐的塑料草苗种在垫子上,做得很逼真。新区刚刚建成,一派新气象,从道路到房屋都是新崭崭的,但是看起来满不是那么回事儿。不过要真挑毛病,又说不上来什么,就像看到那树坑里的塑料草坪一样,光鲜,却形容不出心里是什么滋味儿。说到底,是找不到家的感觉了,这也许就是我、包括我母亲和妹妹不愿意回来的原因吧。

我表哥打小就性子腼腆,也不善言辞。我妈一辈子就看不上老实巴交的人。可我了解他,他跟我二姨夫一样,心里特别实诚,就是说不出来。以我大姐的泼辣性子,那会儿怎么会喜欢上他?或者说他们怎么会相互喜欢?这也真是让人想不到。各花对各眼,世上的事儿确实不好说。

我被养在他们家的时候,表哥特别疼我,不用我二姨和二姨夫交代,他处处让着我。你能感觉他发自内心对我的接纳,好像我从来就是他自己家的妹妹。那时因为我瘦小,觉得他好高大。现在他明显变老了,不但头发全白了,眉毛胡子也星星点点地白着,背也有点驼了。他对着我笑的时候,我突然有种想哭的感觉。想起有一年下大雪,他去学校接我。他嫌我穿得单薄,不由分说就把自己的棉袄脱下来裹在我身上。路上的沟坎被大雪封平了,我不小心踏进一个坑里,半截身子都被埋进去了。他将我捞出来,顺势提起来扛在肩上往家走。大雪漫天,天地间晃动着我们兄妹俩,那情景我一辈子也忘不掉。我踢腾着要下来,怕他累着。他反而跑起来。不知触碰到哪根神经,我咯咯咯咯笑起来。他不知我为什么笑,却也跟着笑起来,越笑越止不住。他把我放下来,我们俩索性一边打着雪仗,一边大喊大叫大笑着往家跑。我表哥一向讷言,仿佛是被压抑得太久,需要来一次宣泄。毕竟是两个小孩子啊，生活的困窘过早让我们成熟到沉默。我们就那样疯着，笑着，闹着跑了一路。他笑起来的样子很生动，与平日里闷闷的模样大不一样，像是两个人。他只穿一件单褂子，却大汗蒸腾，头顶上都冒出烟来。那时他多健壮啊！

想着这些，我扭头去看他的脸。他要是笑的时候，模样仍是周正好看。而他却闷着，无端地露出几分悲苦。

我说："哥，你还好吧？"

"挺好的呀！"他回过头来，又那样看着我笑了笑。

"咱家那闺女现在咋样。"

"去找她妈去了，在那边成了家。偶尔回来一趟，看看奶奶。"

他看看我。

"只要孩子过得好就行。"我也看看他。

可能是天有点冷，他笑了一下，嘴巴略微有点僵硬。

"哥！"我站下来，也希望他站下来，说几句话，或者拉拉他的胳膊。可是他还低着头慢慢往前走。

我心里说不出来地难受，眼睛湿润了。

我们回到家的时候，大姐已经做好饭了，一个肉丝炒红辣椒，一个木耳海米炒白菜丝。主食是一盘素煎包，底子炕得焦黄。还有一盆紫菜蛋花汤，黑黑黄黄的热汤上，细细地撒着一撮青蒜苗沫儿，看颜色就觉得好喝。我们家的人都天生的好厨艺，再怎么简单的饭菜，也能做得像模像样。但说实话，招待远方的客人的确有点太寒酸了。

大姐夫看看菜，看看我，又看看大姐。大姐解下围裙扔在椅背上，用手捶着腰说："我们眼下比不得三妹，山珍海味人家顿顿吃。小户人家就这样，从小就在一个锅里捞稀稠，她啥不知道？"

我连忙说是是是，我现在吃得很少，减肥呢。

大姐夫拍了一下手说:"哎呀忘了！早上我起来专门给三妹买的她爱吃的烧鸡和合记牛肉还在冰箱里呢！"

我心里一热。大姐却有点嗔怒地瞪他一眼说:"那你还不赶紧拿出来？"

我也好几年没回来了。大姐虽然也比过去老了，但她吃得胖，看起来满面红光，好像跟大姐夫不是一代人。吃饭的时候，大姐跟我郑重地说起父亲墓地的事儿，她说母亲已经给她打过电话了，让她出十万块钱。

我故作轻松地说:"要说这事儿早就应该办了，老是让咱爸挪来挪去，连个固定的地儿都没有，也不合适。"

"这事儿是不是你的主意？"大姐瞪着我问。她跟母亲一样，从小到大就用这种口气跟我和二姐说话。

大姐夫低头给我夹了两块牛肉，又给我盛了一碗汤。虽然他没抬头，但我知道他在小心地听着。

"不是谁的主意，关键是这事儿应该办了。"我也明显感觉到大姐的话里有情绪，便努力显出不在乎的样子，"妈跟我和小妹商量，我们都同意了。"

"反正我是拿不出来这么多钱！"大姐忽然涨红了脸，眼里竟然涌出了泪来。她把筷子拍在桌子上，索性捂着脸哽咽着哭了起来，"我们比不得你，十万块钱跟拔根毫毛一样。老大老二生孩子的生孩子，上学的上学。都是些造粪机器，睁开眼睛就只管要钱，四处都是用钱的地儿。我和你姐夫都不干了，你们觉得我会屙钱啊？"

"大姐。"我看着她，一时不知道说什么好。她用"你们"这个词儿，更是让我觉得刺心，好像我们是合着伙子来勒索她似的。什么时候母亲被划到我阵营里来了？我和母亲，能是"我们"吗？

"三妹轻易不回来，你不会好好说话啊？"大姐夫想劝她。

"你出去！"她不容分说地尖声向大姐夫吼道，然后用手指了指门口。

我怕大姐夫尴尬，说："您先出去吧姐夫，没事，我跟大姐说说话。"

大姐夫出去了。大姐从座位上站起来，又一屁股坐在沙发上。她忘记了沙发上都是孩子的衣服，又像烧着了似的跳起来，换到另一个沙发上，用手拍着沙发扶手说："用钱的时候才想起来我是她闺女了？那时候咱弟弟卖房子，卖给人家要十六万，卖给我，她非撺掇着要十七万。你想想，我还是她亲闺女吗？"

大姐说的这事儿确实是母亲干的，当时弟弟在开封开饭店正缺钱，准备把这里的老房子卖了，对外要价是十六万。大姐知道了想要，来跟母亲说，意思是看能否再便宜点儿。母亲不晓得大姐知道底价，好像还很偏向大姐似的，把价格说到十七万。大姐气得脸都白了，房子也没买。虽然当时一万块钱不是个小数目，但事情已经过去这么多年了，她还在为这事较着劲。

"还有你！"她忽然用手点着我，对我怒目而视，"你这样干，有意思吗？你以为我不知道是吧？"

"我？"我一脸无辜地看着她，"我怎么了？"

"你怎么了？你知道为什么从小到大我和妈都不喜欢你吗？你心里藏的东西太深！你明知道这个事儿办不成，至少不是这么办的。是我、你二姐还是咱弟弟谁会拿出十万块钱来？可你为什么还非要撺掇母亲给我们都打电话呢？你这就是为了看她的笑话！你就是想证明给她看：这事儿谁都靠不住，最后还得靠你！这个家都得靠你！"

我的头好像受到重重一击，有点眩晕的感觉。她说的也不完全是错的，开始我的确就是想让母亲看看每个孩子的态度。她一辈子说一不二，也该清醒清醒了，该让她为她的自负难受一下。但后来也的确是母亲的态度变了,她说让儿女各自尽孝心,也是事实。我满脸委屈地说:"大姐,这事儿真不是我提议的,是咱妈说让每个儿女都为爸尽点孝心。您别想多了。"

大姐的口气也慢慢缓和了下来,但吐出来的话却更狠:"三妹,你用顺从来抵抗她,你用孝顺来折磨她,你以为我们都看不懂是吧?你这样做不嫌累吗?她都多大岁数的人了,你还要她,不放过她?再说了,"她冷笑一声,"她现在想要我们对咱爸尽孝心了,当时你们小不知道,可我能不清楚父亲是受了什么样的羞辱才跑去投河的吗?她就是这样指着父亲的头,"大姐的指头几乎戳到我脸上,"她那天说,你要是有一点囊气,就扎河里死了算了!"

她看着我惊愕的表情,放缓了语气:"当然,她也没想让父亲真的去死,只是图骂着痛快。可父亲却真的死了。父亲死了,死得那样难看,她落了一滴眼泪吗?家里死一只羊都比父亲死了更让她伤心!"

她一口气说了这么多,突然就安静了,似乎也痛快了一下。

我心中波浪滔天,恨不得放声大哭一场。但我脸上依然平静。我说:"大姐,我记得父亲出走那天我们几个挤在一张铺上睡觉,你是看见了还是亲耳听到了妈那样骂过爸?"

大姐脸红起来:"还用亲眼所见吗?全镇子里的人都知道。"

可能大姐夫听见屋子里声音小了,他推门进来了。我把大姐重新拉到餐桌边,把她的筷子捡起来擦了擦递给她,笑着安慰她说:"大姐,这事儿咱们几个还要商量着来。如果你现在真拿不出钱来,我先替你出了。"她不说话,大姐夫也不敢说话。我继续说,"现在我就是这样想的,就是想着把父亲的墓地买了,赶紧结束这件事儿。本来我已经考虑好了,这次回来处理我的房子,反正卖房子的钱我也用不着,就先给咱爸买块墓地,等你们以后宽裕了再说!"

"你们想买你们买，别说替我垫上的事儿！"大姐的火一下子又窜了上来，"咱爸活半辈子就是个笑话！他还没让咱们家人的脸丢尽？好意思去占几十万一块的墓地？人死了就是死了，埋啥样他还能知道咋的？况且这能改变他带给咱们家的耻辱吗？"

"大姐！"我的情绪再也控制不住了，站了起来。她怎么可以这样说自己的父亲？过去我是没忘记，但也没记住什么。"咱爸已经死几十年了，他是什么样都不重要了，重要的是他给了我们几个生命。你只记着他带给我们的耻辱？你倒要说说，咱爸到底带给咱们家什么耻辱？"

"那还用说？"她的嘴张了张，却并没说出什么来。

大姐夫连忙把我拉坐下，用乞求的目光看着我。我心一软，真的有点可怜他，于是就不再说什么了。

大姐一直没再动筷子，我和大姐夫也没动。屋子里的空气像凝固了似的，浓得化不开，让人喘不过气气来。又坐了一会儿，我站起来，从行李箱里掏出一堆给新生儿买的礼物，还有红包装着的两万块钱，放在客厅的桌子上。本来还想说点儿什么，但脑子里一片空白。

我甩上门，直接从楼梯走了下去。快到一楼的时候，大姐夫才气喘吁吁地撵了下来。我莫名其妙地对大姐夫说："哥，过日子不是靠忍的，她要一直难为你，该打就得打。男人不能软弱，软过了头就是窝囊，别像咱爸！"我哭了，大姐夫也流泪了。

四

关于父亲，我只听二姨只言片语地说起过。那时她已经是胃癌后期了。我负担了全部治疗费用。可她做了胃切除手术后,受不了化疗的折磨,坚决拒绝继续治疗,回到家里养病。

  人常常就是这样,你对他非常好的人,他未必会还报你的好;而对你有恩的人,你也未必会报答得了人家的恩情。我觉得我对二姨就是这样,除了每年打几个电话,回到郑州的时候去看看她。所谓看看她,无非就是给一点钱,拼命让她接受,几乎就是强迫了,为着让自己安心。我曾想接她到深圳跟我住,我母亲坚决反对:"她又不是没有儿子,你接她来算什么?再说了,还有你二姨夫,总不见得他也跟着来。"我母亲话说得咄咄逼人。这倒不是阻止我接她来的原因,我主要是害怕她过来,母亲那脾气,会让她整天心不落地。其实我心里很清楚,二姨那样责己的人,她哪肯就会真的来呢?

  我从来没有专门为二姨回来过,更没有在家陪伴过她。我不能放弃最后陪她的机会了。我丢下手头的工作,专门从深圳赶回来陪她,不管需要多长时间。

  她已经消瘦得不成样子了,但精神还算好,经常断断续续地跟我聊过去的事情,我姥爷,我母亲。"你妈这一辈子,也不容易。"我二姨一辈子都不会说自己的好,更不会说别人的不好。

  我给二姨熬小米粥,做手擀面,炖鸡蛋羹,就像我小时候她喂我一样喂她。她吃不了几口,只是神情快乐了一点。她催我回深圳,却拉着我的手一刻不肯松开。她依赖我,就像个小女孩。她没有闺女,我大姐肯定是指望不上。我哥有时回来看看,也只是看看,待不了多长时间,我姐的电话就会追过来。

  我二姨夫比我妈小好几岁,却也老得不成样子了。虽然身体没什么大毛病,但也说不上好,不是这疼就是那痒。他费力地照顾老伴,老两口相依为命。我真担心,我二姨不在了他怎么办呢?想想他那时候一口气抱着我走了十几里路，气都不带喘的。人，没几年好日子，就像二姨说的那样。

傍晚会有一段安静的时光，太阳落下去了，天还很亮。我扶二姨坐到院子里的躺椅上，看着倦鸟归巢，天一点一点地暗下来。啪的一声，一片梧桐叶子落下来，像是一头栽倒在地上。有一种锐疼刺进身体的某一处。隔壁邻居家有小孩在哭，是个口齿伶俐的女孩儿，估计也就五六岁的样子。她的哭闹里带着娇嗔，正是拥有全世界的年纪，那般理直气壮。我想到了我的女儿，她也是这样。哭起来无凭无据无法无天，感情竟然可以宣泄到如此畅快，哪是我们可以想象的啊！她们这一代人，生出来就含着金钥匙，享受万般宠爱。不过，总有那么一天她也会像我一样，坐在老人跟前，眼睁睁地看着亲人们一个个离开，却又无能为力。

我握着二姨的手，一个关节一个关节轻轻摩搓，有时候我们不知道怎么的就说起了我父亲。我没有打断她，也没有专门问过父亲的事情。我在她的叙述里慢慢地、小心翼翼地还原我的父亲，真害怕稍微多用一点力，父亲就消失了。但后来我发现，其实我的努力完全是徒劳的。在二姨的嘴里，我的父亲是一个矛盾体。有时候他是那样善良，踩死个蚂蚁都心疼，对人和气，甚至还有些儒雅。有时候他又是那么懒惰，颓废，让人哀其不幸怒其不争。在我母亲眼里，这些都还不是最重要的，母亲最恨的是他贪吃。听不得别人家里来客，他会在人家门前转几遍，生着法子也要去帮厨。那时正逢困难时期，谁家也不想多管一个人的饭。虽然他总能用简单的食材做出蛮像样的饭菜，但他不请自来还是让人家觉得是个笑话。遇到谁家有红白喜事，他就更不把自己当外人，不等请就提着菜刀找上门去。我大姐所说的耻辱，估计就是这个形象的父亲吧。除此之外，我还真不知道父亲曾经给我们家带来过什么耻辱。

其实，每个人都经不起认真打量，谁都有不堪的时候。只是，父亲遇到母亲，就像油遇到了水，妖怪遇到了孙悟空，她总是让我父亲现形。我有时候会走神，觉得现在的大姐夫，就好似当年的父亲。好端端一个体面男人，愣被大姐弄得一脸困顿。幸亏现在过的是好日子，吃穿用度不用忧心，大姐夫还不至于像父亲那样被羞辱。

"唉，你爸啊，"二姨说起我爸时候的表情，有时候看起来有些过于认真，反而让我觉得很陌生。她说的每句话也像是经过深思熟虑，字斟句酌的，这更是让我心里疑窦重重，好像她故意在回避着什么。所以她说的时候，我一字不落地听着，总是沉默以对，等她慢慢地表达完，生怕漏掉一个细节。"他算是生错了地儿，一辈子没跟人红过脸，也从来没见他说过别人的不是！"

"村里人都说他是个热心人，待人又得体！"二姨夫补充道。

而有时候她又会说："你爸确实是狗屎扶不上墙，也指望不上他。你妈一个人拉扯一大家子也真够苦的。如果不是他太那个，你想想你妈会那样对他吗？"

我问二姨关于我父亲留下食谱的事儿。这事儿过去在镇子远近传得神乎其神，说我爷爷家曾经有一本秘传的食谱，传给了我父亲。我父亲又传给了我二姐。父亲活着的时候私下教过的几个徒弟开的饭店，都说是我父亲秘传的手艺。而且我家姐弟几个都开饭馆，也都有几个拿手菜。

二姨夫说："怪了，我整天和他在一起，从来没听说过你爸留下过什么食谱，更没听说过他教过任何一个徒弟。"

我记得我曾经就这事儿问过我二姐。我二姐说，父亲死前确实到学校给她送过一个本子，那本子上也确实写的都是做菜的事儿，是父亲自己写的。但她没有仔细看，父亲死后她珍藏着，有一天却发现本子不翼而飞。

一直到二姨去世后，她说的父亲"那个"，我才多少明白一点是什么意思。在我拼缀起来有关父母的图景里，父母这桩婚姻，两个当事人都不大愿意，完全是我爷爷强行拉郎配一手造成的。

我父亲生于中医世家，家庭条件优裕，从小到大都是衣来伸手饭来张口，没受过任何委屈。可我父亲除了会念书，其他心思全用在吃上了，常常偷我爷爷的药材炖鸡煮鸭。他卤的猪头肉能香一条街，做年食也样样在行。开始我爷爷看他聪明，对他寄予厚望。后来看他只在意庖厨，非常失望。但他打也打了，骂也骂了，儿子却终是不上进，最后索性由他去了。好在那时候爷爷家丰衣足食，也不在乎父亲糟蹋一点食材和药材。父亲尽着性子痛痛快快当了几年"少爷厨子"。

而我母亲虽然是个女孩子，但从小就被我姥爷送进了学校，成为县中为数不多的女学生。她学校未念到毕业，解放了，我姥爷被当作恶霸被政府镇压。说起我姥爷，他的故事可以拍一部电影，肯定还得是加长版的。他出身优裕，自幼聪慧过人，过目不忘，完全可以考个好功名。但他志不在此，特别喜欢《东周列国志》里的人物，义字当先。他在乡里更爱出头逞强，喜欢当老大，仗着家里有钱，既喜欢仗义疏财，也热衷于抑富济贫。有人对他感激涕零，也有人对他恨之入骨。我姥爷被枪毙那一天，传说跪了一街筒子人，求政府手下留情，都是受过他恩惠的人。

我母亲自小就随父亲的性子，敢作敢为，倒也是个自立自强的主儿。父亲被镇压，她一点也不觉得羞愧，竟然指挥着愿意帮忙的人给爹爹办理了丧事，像送别一个正常人一样，丧礼办得有鼻子有眼儿。平日里出出进进，她腰板挺得直直的，小小年纪，家里家外都能独当一面。在全镇子上，也算是响当当的女汉子。我爷爷为此格外看好她，这桩婚事是过去爷爷和姥爷商量过的，所以尽管两个当事人都不满意，爷爷还是拿当年和我姥爷的约定镇着他们，逼迫他们结了婚。大概在我爷爷的世界观里，说过一次的话，就是诺言。

按照当时的形势，我爷爷的家财和他在当地的影响，也足以被划个地主富农。好在上天眷顾他，让他在我姥爷被枪毙后不多久竟然无疾而终。我父母结婚的时候，家里的财产大部分都被充了公，只给他们留下了两间破房子和必要的生活用具。

开始母亲还把对未来的希望寄托在父亲身上，想着他出身大家，见过世面，应该有主见，有魄力，两个人齐心协力挑起生活的担子，没有什么过不去的。她哪里会想到，父亲眼高手低，说起来头头是道，干起事情来百无一用。所以家里的事情，渐渐地都要由母亲来做主。

后来我大姐出生，家里的日子过得更加紧巴。刚好有一个机会，外地的几个客商要去武汉贩药材，不知道怎么打听到我父亲懂这个，就找到他让他帮帮忙，一起去一趟武汉。母亲想着这是个好机会，就把自己千辛万苦攒的一点钱拿出来，把自己的金戒指都卖了，让他跟着人家去武汉长长见识。

临行前，母亲一夜未睡，帮他收拾路上用的东西。缝了一条腰带，把钱夹在里面。

天还未亮，母亲就擀好面条，把我父亲喊起床。

面条里放了细细的姜丝、葱花、麻油，还卧了几个荷包蛋。

"人家说这面越拉扯越长，"母亲用少有的温柔口气说，"人在外面，得想着家里。一定多长个心眼儿，不能光顾吃喝。要把人家的生意照顾好，咱们自己也赚点儿。"

"这你就放心吧！"父亲胸有成竹地说。

吃过饭，母亲提着包袱，一直把父亲送到路口，看着他和那几个客商会合，直到看不见他们人影了才回去。

还是十几岁的时候，我父亲曾经跟着他的父亲我的爷爷去过武汉。我姥爷那一次也去了，他们是到武汉三镇拜访湖北的几个朋友，在那里好住了几日，天天吃香喝辣，坐着朋友的汽车到处游逛。那真是一个光怪陆离的世界，景美人美，吃的也美。尤其是武汉的小吃，让父亲乐不思蜀，大饱了口福。

父亲跟着那帮客商搭火车走到汉口已经是第二天傍晚了，他们草草吃了碗面就找地儿休息，准备第二天一早去药材市场。毕竟人家是来贩药材，不是来海吃胡喝的。但父亲被心里的馋虫勾着，哪里睡得着？看看一帮人睡了，他自己又溜到江边的小吃摊上一家一家地品味。吃到高兴处，也学旁边的人买了米酒大碗来喝。谁知道那酒喝着好喝，但后劲大。等他想站起来的时候，已经醉得东倒西歪了。好不容易找到住宿的旅馆，天已经快大亮了。他扔在床上昏睡了三天三夜。同去的人喊他不醒，见他不是个做事的人，也不再管他，把他身上的钱财洗窃一空，一去不回头。按后来母亲的说法，人家没把他扔长江里喂鱼，已经算是万幸了。

三天后父亲才醒来，看看身无分文的自己，一时间没了主意。后来他把自己身上值钱的东西都抵给旅馆才得以脱身，靠沿途要饭走回来的。母亲看见他蓬头垢面、衣衫不整地回来，只道是他被人偷了，不但没责怪他，反而还千方百计安慰他说，你不知道外面的险恶，第一次出去没经验，慢慢就学会小心了。

二姐和我出生后，家里的日子更难了。母亲找到我舅舅借了点钱，安排父亲去城里买一台缝纫机。她在城里上学的时候跟人学过一点缝纫，想把这个手艺捡起来挣点钱补贴家用。谁知道他去城里转了一圈，买了一辆三轮车回来了。

母亲看他煞有介事地骑着三轮车回来,样子看起来很是滑稽可笑,就耐着性子问他:"让你去买缝纫机,你怎么买个这东西回来?"

"这东西?这东西好啊!"父亲从三轮车上跳下来,像得胜回朝的将军,一边轻轻抚摸着三轮车座子,一边眉飞色舞地跟母亲说,"我去供销社问了,缝纫机要票,没有票人家不卖。这个不要票,这多好啊!多实用啊!给人拉点东西,既不用什么手艺,又自由自在,而且男女都能干。缝纫机就你自己能用,我不能在家闲着吧?"

母亲不但没生气,还就着这事儿,逢人便夸奖他有眼光,有头脑。

开始一段还真不错,给人家拉货送东西挣了点钱。每天见了钱,都完好地交给母亲。可巧有一天,他给饭铺子送菜,卸货的时候看见大厨正在做菜。他一时技痒,讪笑着凑过去说:"老弟,要不我帮你干一会儿?"

大厨斜睨他一眼,说:"老兄,还是好好送货吧!这活儿哪是你干的?"

父亲便去找掌柜的。掌柜的也听说过我爸,只知道他过去老是去人家帮忙,但没听说他在饭店做过。便对我爸说:"老兄,今天不行,这可开不得玩笑,外面好几桌客人等着上菜呢!"

父亲说:"不误事的。不误事的。"说罢就去菜案边站着。大厨正想看看他的笑话,便把刀顺过来,刀把子递给我父亲。

我父亲接过刀,神情立马肃穆起来。他挽了挽袖子,并未急着下手,而是一边用磨刀棍细细地磨着刀,一边认真地看着面前点菜的单子,仔细盘算了一下,才开始切菜。也未见他有大动作,只见菜刀贴着案板,像小鸡啄食似的不停地动着。不一会儿工夫,他面前就规规整整摆满了肉丝、肉丁、肉片和花红柳绿的各种配菜。案上的东西准备齐了之后,他才开始开火、架锅、烧油。在父亲的操持下,一时之间只见勺子翻飞,碗盘叮当。平时蔫不拉几的父亲,好像突然间换了一个人,简直像个音乐演奏家,把各种乐器调拨得如行云流水,荡气回肠。一会儿便让老板和大厨看傻了。

"我的天!"老板以掌击手,兴奋地喊道。

没多长时间,客人的菜全部做好了。菜案干干净净,锅灶也利利落落。这让掌柜的和大厨看得心服口服,半天才回过神来。掌柜的本来就是个二把刀,靠糊弄过路的赚几个钱。找的大厨也是一般的厨子,只能应付个粗茶淡饭而已。

"今天真是开眼了,想不到咱这里还有这样的高手!"掌柜的不住嘴地赞叹道,"人家多少有点手艺都去考厨师了,您咋没去呢?"

父亲就不能听到人家表扬他做菜好,这是他最高兴的事儿。他乘兴把大厨喊到跟前,把做菜的方法和火候一一讲给他,让他照着做。掌柜的也高兴,觉得我父亲实诚。待客人走了之后,让他拣拿手的做了几个菜,跟大厨三个人在外面坐了。

掌柜的说:"今天算是遇到高人了。不知道能不能请大哥委屈到我这小铺子里,算给小弟我帮帮忙。"

大厨也在旁边,不住口地喊我父亲:"师傅,师傅。"

我父亲说:"很抱歉,这个我做不了。"他知道如果要跟母亲提到这个,母亲肯定会跟他拼命。

"价钱您只管提。"掌柜的说。

"不是钱的问题。"父亲说。

掌柜的无奈,只好劝我爸喝酒。三个人喝干了两瓶烧酒。父亲喝了酒,仍和上次一样,头晕眼黑。掌柜的要找人送他,他大咧咧地说没事儿。两个人把他扶到三轮车上,他走了不多远,便一头栽到沟里,肋骨立时断了两根。

家里没钱，母亲只好把三轮车卖了，卖车的钱还不够治病的。母亲虽然脾气不好，但大事上总还是明白事理，人都这样了，她反而不再苛责，尽心给父亲治病。特别对于父亲喝酒，虽然坏了两次事儿，但母亲并没有过分责怪他。她觉得一个男人不吸烟，再不喝酒，就更没一点汉子气了。她偶尔说起我姥爷，一顿喝一斤酒，一点醉态都没有，说话滴水不漏，那叫一个威风！

但是出两次事以后，父亲再也滴酒不沾。他知道自己吼不住那一口。

看着他一个大男人整天无所事事，母亲暗自着急。想着他自小背过汤头歌，多少也懂点医术，于是就去托了镇上的一个人，让给他找点事干。这个人曾经是她爹的跑腿儿，和她家的人关系很好。过去她爹也常常带他在家里吃饭。她爹被镇压了，这个人却因为在政府里有关系，被树成受欺压的劳苦大众的典型，后来竟然当了干部。但他人倒不坏，当了干部之后对我们家还是比较宽容的，至少没有落井下石。我母亲去求他，他二话没说，就安排我父亲到镇上一个兽医站当临时工。要说这真是有点乱点鸳鸯谱，兽医跟人医毕竟是两码事。好在我父亲还懂点中草药，安排到兽医站，如果他愿意好好干，也说不定真的能干好。

但他去了不到半年就被开除回来了，还背了三十块钱的罚款。那时候的三十块钱，够一个家庭吃一年半载的。事情的经过是这样的：有个生产队的一头驴生病，已经病得走不成路了，用拖拉机拉到兽医站。那天刚好我父亲值班，看了看这头驴后，他说已经没有治疗的价值了。不知道他是想展示一下自己的手艺或者是可惜这头驴，他提议大伙儿凑点钱把驴买下来。五块钱买了一头病驴，杀了之后他配了煮肉的汤料，然后亲自下手卤了一锅驴肉。兽医站的人每人都分了一份儿。

后来不知为什么被镇上知道了，说是破坏人民公社生产资料，要追究兽医站的责任。兽医站的领导把责任一股脑推在我父亲一个人头上。他被开除不说，还罚了三十块钱。

不过他那次出事儿以后，卤煮驴肉便成为镇子上的一道地方名吃，一直到现在都经久不衰。再一个就是我父亲会做饭的名声也传出去了。

为了这件事，我母亲大病了一场，好久都没迈出过家门。身体好了之后，她性格像变了个人似的，脾气暴躁得简直像一支炮仗，遇火就着，对父亲再也没有任何温情。从此之后，我们家人再也没人敢在她面前说到吃的话题。没人在后面督促着，父亲也不再出门找事儿干了，天天浑浑噩噩混日子。后来发展到母亲在家里不管怎么对待他，他都跟木头人一样，装作没听见。

父亲死后，有一次母亲跟二姨哭诉道："如果他能出去拼一拼，就是把家里所有东西都输干，我也不会责怪他一句，他也不枉活一场！"

二姨说："人各有命，就像你说的，我嫁一个杀猪的，不照样得过日子吗？"

说起二姨夫，母亲总是不屑一顾，她觉得好歹我爸也是个少爷出身。"不过，他一个大男人，天天在家里混吃等死，活着就是丢人。就这你还说我家的孩子教育得好，教育得好。好什么好？不都跟他一样，一窝子饿死鬼托生的！"

我二姨夫在我二姨病逝后的第七天死于心肺衰竭。我回到深圳还没来得及喘气，又飞回了郑州，帮哥哥处理后事。

在我母亲嘴里，二姨夫一辈子都只是个杀猪的，是个没丁点出息的人。可这个杀猪匠和我二姨恩爱一辈子——可能也称不上恩爱吧，平淡夫妻，一辈子没吵过嘴，但也没爱得死去活来过；从没大富大贵过，可也从不缺衣少食，相依相伴过了一生。二姨缺少我母亲的志向，从不巴望自己的丈夫或者儿子能出人头地。他们两个相依为命，都活到八十多岁。

对于他们的去世，母亲并未表示过多伤心，该做什么还做什么。只是说到二姨的时候，她会说："要说不该啊，她比我身体好嘛！"或者说："她这一辈子，过得也不值。"对二姨夫的死，她没有任何态度，问都没问过，自然没人知道她心里是怎么想的。我想，她不至于对食品公司那档子事儿还耿耿于怀吧？

五

二姐是在孤独中长大的孩子，在我们家，她虽然比我处境好一些，但也不怎么讨母亲喜欢。为什么唯独我们俩不讨母亲喜欢呢？虽然我们从来没在一起说起过这个事儿，但是各自心里都有数。二姐贪吃，而且性子懒散。这是母亲最受不了的。而至于我，母亲说的更难听，她说我从长相到性格，特别像我父亲。有一次忘记因为什么事儿，她跟大姐说起我。她说，你三妹要是再长了胡子，活脱脱就是你爸又从黄河滩爬回来了！

在我们家，二姐长得最漂亮，就是不爱说话，是我们村有名的冷美人儿。我父亲最喜欢的也是二姐，暗地里夸奖这个闺女像个大家的孩子。二姐说，她不像我们几个深受母亲的控制，时时处处孤立父亲。她不但不讨厌父亲，甚至还有点喜欢他。他从来不打骂孩子，大小事说一句狠话都很少。她说她喜欢父亲看她时的目光，柔软得跟兔子一样绵软的眼睛。打记事起就喜欢腻着父亲，整半天整半天地拱在父亲怀里自个玩儿。父亲偶尔会给她讲些个故事，猫姑姑的鱼汤之类的，反正都跟吃有关。猫姑姑给小猫做鱼汤，新鲜的鱼放上几朵蘑菇，再加上葱、姜……煮出白浓浓的汤，那个好喝啊，把小猫的肚皮都撑破了。每次故事还没讲完，二姐的口水都流出来了。母亲嫌二姐贪吃，也可能与这有关吧。

我母亲不喜欢二姐的再一个原因，就是她脾气特别倔，自己不愿意干的事情，怎么说都不行，打骂也没用。有一次，她嫌母亲用我大姐的旧衣服给她改做的棉袄太难看，不愿意穿。母亲就把棉袄从她身上扒拉下来扔在地上，说不愿意穿就别穿！大冬天的，她硬是穿着一件单衣去上学，回来冻得感冒了好几天。

不过，说她贪吃还真有点冤枉她，我觉得她只是好吃，最多是会吃而已。在吃的问题上她比较挑剔，喜欢吃的东西一定要吃够，不喜欢吃的东西，宁愿饿着肚子也不吃。本来在我们家"吃"就是一个最大的贬义词，是一种恶。而她不但贪吃，还把倔劲儿用在吃上，这让母亲更加愤怒。一个人对吃这么讲究，还有什么救儿？所以母亲刻意要在家里创造一种以吃为耻的氛围，并把这种观念深深地种植在我们的骨子里：贪吃的人都不是什么好人，都不会有什么出息。

我们对于父亲的疏离就跟母亲的这种教导有关。一直到现在，我们也避免在母亲面前谈论吃。虽然都开饭店，但是在家里闭口不谈饭店的事儿。母亲不管在任何时候、任何情况下，也绝对不会去我们任何一家饭店吃饭。

二姐是我们家唯一的一个读书读出功名的人，这让母亲以吃为耻的文化受到很大的冲击。收到录取通知，二姐也不向她报喜，通知书关抽屉里，一句话都没有。其实母亲早已经听说了，但她不说，母亲也不问。她曾经向我大姐抱怨道，知道是个不孝顺的，翅膀长硬了还不知道会咋着呢！所以二姐考上学，本来是给家里挣足了面子，应该在村里放一场电影祝贺一下。有人提起这事儿，母亲一口回绝了。二姐走的时候她也没送，一早就下地干活去了。

我借了一辆自行车，把二姐送到了市内的学校。

二姐财会专科学校毕业后，分配到区政府上班。她漂亮，又有文凭，一上班就被区里一个副书记看上了，想娶回家当儿媳妇。副书记找了个中间人，就是原来跟着我姥爷，后来在镇子上当干部、给我爸安排过工作的那个人。他来找我母亲。刚刚说明来意，我母亲便说："其他人说这事儿，我不一定答应。要是您说了，我信！"

母亲跟二姐说这门婚事的时候，带着几分得意，好像她立了好大的功。"看看人家的那个家，若不是不讲出身成分了，人家能看上咱？"

让母亲想不到的是，二姐死活不答应。她知道那个副书记的儿子是个混世魔王，打架斗殴不说，多少女孩都被他糟蹋过。

对二姐的拒绝，母亲眼睛都没抬，说："年轻人，哪个不昏上几年？看人家那家庭，父母哪会不操心？结了婚就好了。"我二姐说："人家家好，和我什么关系？我是跟人过，不是跟他家庭过。谁想嫁谁嫁，反正不是我！"

母亲气得站起来，指着二姐半天说不出话来。后来看见二姐往外走，她在后面跳着脚说："从小到大你都哭丧着个脸，等着我死是吧？人，说一句就得算一句！我已经答应过人家了。你要不答应，要么你离开这个家，要么我死。你看着办吧！"

二姐二话不说，收拾了几件简单的衣服，头也不回地走了。

就是那一次，那一年的阴历七月二十六日下午，母亲又一次气得犯了病，一头栽倒在沙发上，口吐白沫，人事不省。后来拉到医院抢救了半天，虽然并没有生命危险，但还是把我们吓得不轻。

最终二姐还是屈服了。

本来就是硬撮合的婚姻，再加上性格差异那么大，结婚以后两个人完全过不到一起。书记的儿子不务正业，天天泡在歌厅酒吧，经常是十天半月我二姐还见不到一次他的人影。但我二姐从来没回家诉过苦，跟任何人都没提过这事儿。后来还是我母亲看着不对劲，结婚几年了也没孩子。找人一打听，两个人基本没在一起住。母亲把二姐找回去问她，这些事儿为什么不跟她说。

二姐说："不想说。"

母亲说："那就立马跟他离婚！"

二姐说："不想离。"

母亲说："你说不离就不离了？"

我母亲实在咽不下这口气，到书记家跳着脚骂了几次。人家那家也不是任人撒泼的地方，立刻催着儿子离了婚。本以为我们家还会闹，我母亲一句话没再说。我二姐净身出户，带着自己的衣服就走了。

二姐离婚后，那家人倒是有点后悔，毕竟自己家的儿子什么样他们比谁都清楚。二姐与他结婚几年，从不吵闹，也没向家里提过任何要求。在单位更是低调内敛，踏实得像颗螺丝钉。穷人家也能教养出这般又懂事又有尊严的孩子，他们觉得很难得。

他们再找那个中间人来说合，被母亲一口回绝了。

二姐离婚后也没有回娘家住，而是住在区里给的一间单身宿舍里，像是什么事都不曾发生过，安安静静地过自己的日子。二姐后来又找的这个人是她的同学，原来在西北当兵，执行任务的时候腿被冻坏了，是立过军功的。后来转业到地方上，安排在镇政府办公室工作。在学校的时候二姐倒没有怎么在意他，记不得他什么样子了。但现在他毕竟是当过兵的人，受过部队的训练，总是把自己收拾得整整齐齐，腰杆挺得笔直，办事利利索索，如果不仔细看，走路的时候完全看不出腿是受过伤的。二姐知道他的伤情有多重，他能坚持这个姿态，需要怎样的毅力啊！

这个人也很同情二姐的不幸，总是不动声色地帮助她。毕竟她的前公公还干着领导，虽然人家丝毫没有难为她，其他却很少有人敢和二姐走得近。势利是人的本能，她也不怪谁。可大家的冷淡和明显的距离感，让后来的二姐夫感到不快，他就是那个时候走近二姐的。

二人相处久了，日久生情。他向我二姐求婚的时候，我二姐就提了一个条件，要求两个人同时辞职，不再看人家的脸子了。

他二话不说，先打了辞职报告。

母亲听说了这事，跟二姐闹得要死要活的。一家子人都上不了台面，好不容易出了这么一个体面人，说不干就不干了。又要找二姐的同学去闹，被我二姐呵斥住了："辞职是我自己的事，也是我要求他辞职的，你找人家说什么理？"

我母亲说："不是因为他你会辞职？"

我二姐说："我结婚是你选择的，离婚也是你定的。难道你还想让我再来一遍吗？"

我母亲气得三天不吃饭，病得一个月起不了床。

二姐他们两个人辞掉工作结了婚，在他们居住的村（那会已经叫社区）东边盘下了一个餐馆，主卖卤煮驴肉和牛羊肉类的食品。周围的人都说二姐的卤肉好吃，传说是我父亲给她秘传过食谱，得过我父亲手把手的真传。每当有人问起他俩的时候，他们都矢口否认。这让人家越发觉得这传说是真的，而且添油加醋，越传越神。

后来是我问她，她告诉过我，父亲确实给过他一个做菜的笔记本。她一直藏在家里，不知怎么的，那个本子不见了。我二姐找我母亲讨要，我母亲死不承认，说她没拿。二姐这种性格，倔起来谁也没办法，天天追着母亲要。后来把母亲逼急了，母亲说："你说是我拿，就是我拿了。我塞灶火里烧了！"二姐更急，说："那是我爸留给我的，你凭什么烧了？"母亲劈脸给她一巴掌，把二姐打得一头撞在门上，头上立马鼓起了个大包。母亲说："我凭什么烧了？就凭我不想让你们成精！一个二个都成馋嘴精了！"

对于二姐的再婚，后来母亲再也没有干涉，可是她辞了公务员开饭店，真是让她吐了一回血，一下子老了好几岁，一个人关着门叹气："学还不是白上，真随了你那死鬼爹。原本我就说她哪来的恁大福气，到底是盛不住啊！"

母亲一次也没去过我二姐的店，经过那条街都绕着走。逢年节走娘家，我二姐绝不带自己饭店的食品，带的都是超市里买的礼物。

也真让我母亲说着了，也许是遗传基因的作用，也许父亲留下菜谱这件事在我们心里深深地扎下了根，要不我们姐弟几个怎么不约而同都选择了开饭店呢？

二姐他们的饭店开了几年，生意很不错，也赚了一些钱。她却一路瘦下去，而且一直没生孩子。二姐夫拉着她去医院检查，结果发现患了甲状腺肿瘤，已经有癌变了。虽然手术做得还不错，而且三个疗程的化疗做下来，二姐的身体并没有很大反应，头发也没掉。但二姐夫还是不放心，经常要拉着她去全国各地的大医院找专家。二姐想着刚好趁着这个机会，也可以给二姐夫治疗治疗他的伤腿。于是两个人一合计，就把饭店转让给别人，老房子也卖了，买了一个旅行车，天天跑着求医问药。最近我联系了她两次，他们一次是在北京，一次是在天津。直到我要走的前一天他们才赶回来。

本来我在郑州东来顺火锅店定了个房间,二姐喜欢吃涮羊肉。可是怎么说她就是不出去吃饭,我只好让火锅店把东西打包送到她家里来。

那天我到她家的时候,他们正在整理大包小包的中药,屋子里弥漫着一股药香。因为是逆光,或者是心理作用,我看着她瘦得像个影子一样坐在那里,禁不住一阵心酸。我屁股还没坐稳,她就说起母亲打电话安排父亲墓地的事儿,说早就该好好办了。然后,她手朝里面指了指,对二姐夫说:"你去把东西拿过来给三妹吧!"

二姐夫站起来的时候,我才拿眼睛去打量他。他也比过去瘦了,但精神头很好。他身上有一股正气,因此看起来哪里都大方端正,和二姐很是般配。关键是两个人相敬如宾,日子过得很称心。不过到底上了岁数,能看出来腿走着还是多少有点不利索。他回到里屋,拿过来一个用报纸包着的大纸包,在沙发上打开一看,里面是十捆百元钞票。

"这是十万块钱。"二姐夫指了指那钱,然后怕烫着似的缩回手,两只手来回搓着。

我"哦"了一声,站起来走过去,把纸包重新包好,放在二姐面前的桌子上。我说:"二姐,姐夫,这个事儿你们不要管了,先抓紧时间看病。二姐,尤其是你,谁不知道你现在过的什么日子?这几年你们俩看病估计把家里的钱都折腾差不多了。即使你们要出这笔钱,我也先替你们垫上,以后再说好不好?"

"那怎么行?"二姐生气地瞪着我,"谁也代替不了我,你也知道父亲跟我最亲。"说着她的眼圈红了,低下了头。

"我知道。等你们缓过劲来再说吧!我这次来不是要钱的,就是过来看看你们。一直想让你们去深圳住一段时间,你们总是害怕给我添麻烦。自己一家人,能有什么麻烦呢?"我的眼泪也流了出来,在我们家，我跟二姐最好，"而且我跟大姐也说好了，我的房子卖了，钱也不存了，先把坟地买了，把咱爸安置好，以后再说好吧？"

二姐低着头没说话，也没再推让。

我怎么会不知道父亲对二姐最亲呢？在我们家，唯一能跟父亲说话聊天的只有二姐。二姐跟我说过，父亲出走的那天下午，曾经专门到学校来找她。那时她还在上中学，他在学校门口旁边等着她放学出来。那是秋天了，他一个人瑟缩着站在离校门口很远的地方，害怕人家看见他。二姐出来没看见父亲，只顾低着头跟在其他学生后面往前走。后来她感觉有人在旁边跟着她，扭头发现了父亲，也不知道他已经等多长时间了。但周围都是同学，她也不好意思喊他，那时候的学生都怕家长到学校来，让同学们看到笑话。女儿在前面走，父亲就远远地跟在她们后面，直到周围没人了，二姐才站下来。

父亲从怀里掏出一个夹了肉的馒头递给二姐，馒头里的肉夹得很厚，一闻就是父亲卤料的味道。那是他从人家酒席上带过来的，包馒头的纸油汪汪的。二姐接过来，感觉还热乎乎的。

两个人站在那里，父亲看着瘦小的女儿三下五除二就把一个大馒头吞进肚里，意犹未尽。父亲的眼圈却登时红了，一脸的惭愧，那神情好像是在说："妞，爸没本事，要是你生在过去，想吃什么爸都给你做。"

俩人还没说几句话，远处又过来几个同学。二姐急得想走开，害怕被同学撞见。

"二姐，我想给你说个事儿，"父亲从怀里掏出一个红塑料皮本子递给二姐，"这个你放起来……"

那几个学生走得越来越近，二姐匆忙接了，没等父亲把话说完便扭头跑开了。

那是父亲和他的孩子说的最后的话,至于他还想说什么,永远也无从知晓了。

二姐说,她和父亲分开后就开始后悔了,以后很多年里,她一直为这件事情后悔,不仅仅是因为后来他死了。她说,当时她就非常伤心,一个寒瑟的父亲,特地来看女儿,她就那样把他撂开不管了。她应该让他把话说完,当时没想那么多,只是觉得以后还有机会。

"谁知道,再也没有机会了!"二姐每次说到这里,都会哭一次。

二姐讲了这一段故事之后,我曾经跟她讨论过这么一个问题:如果父亲不是自杀,他为什么要跑那么远去学校找你,交给你那个笔记本?在家里完全有足够的时间,也有很多机会啊!可见对于他的死,他是有预见的。至于那天夜里跟母亲发生的争吵,最多是促使他下决心的一个因素。说母亲逼死了父亲,完全是无中生有的臆猜。

二姐长长地叹了口气,说,咱们家那环境,还容得下他吗?然后又摇摇头说,别想它了,都过去了!

火锅把二姐家的温度升高了,她的新家还没开通暖气,空调功率太小。二姐解开围巾,脱了外套,我看到了她脖子上手术留下的疤痕。现在的外科技术好,倒是做得细细的不太明显。我站起来,把我脖子里的珍珠项链取下来要给她戴上,装饰衬托一下,刚好能遮住一部分痕迹。二姐坚决不要,使劲和我推让,脸涨得紫红,脖子上的疤痕变得更红了。二姐夫说:"三妹真心给你的,你要再推让就生分了。留下吧!你也从没给自己买过一件首饰。"我眼圈又红了,我那里有一大盒子珠宝玉器。看看我身上的衣饰,再看看她。同是一个母亲生的,命运却有着巨大的差距。

我说:"这珠子不值几个钱。二姐是个美人,戴在她身上就是比我戴着好看。"

那是我年前刚买的南洋珍珠,十毫米的金珠,我知道我要是说出来价钱,抵死她也不会要。

我对二姐夫说,该去给二姐添几样像样的衣服了,女人打扮得漂漂亮亮,运气都会跟着好起来。

二姐夫以军人的认真口吻说道:"是的,年前后我催她七次了!这几年病着,她心都懒了。"

我笑了笑说:"二姐,你过的是自己的日子,干吗总是跟谁赌气似的?"

她有心结,父亲的死,以及,母亲对她的干涉,一直都没有化解,沉积在她的心底。但我知道,你无法说服她,除非她自己走出来。

二姐这才不再推让了。她把珠子在脖子上转了一圈,问姐夫,好看吗?二姐夫笑了笑,点点头说:"三妹说得很对,人就得打扮,看着精神。明天就去买新衣服,咱好马得配好鞍。"

二姐的情绪也轻松多了,对我说:"三妹,现在咱妈最离不开的就是你了,你也够心累的。"

我笑了,说:"天底下谁会信啊?她不是离不开我,是离不开小妹。"

"信不信由你。"二姐本来也想笑,但没笑出来。她下意识地摸了一下脖子上的刀口,"我最了解她,你别看她说什么,要看她做什么。她就是嘴硬。她为什么自打去了深圳一趟也不回来?"

然后她拿起我的手压在她手上,认真地说:"别跟咱妈计较了,她一辈子就那样。她一直跟我过不去,更跟你过不去。我吧,生性就这样子。那时她可能觉得或许你能有点出息,能吃苦,也能忍。她就是怕你像咱爸,太没心劲儿了!你什么都不要,都不争取,她是恨铁不成钢。她最崇拜咱姥爷,就怕自己的孩子像咱爸。"

我的泪涌上来，努力把它压下去。但是仔细想想，二姐的话也让我不舒服。她怎么也会像大姐一样，看得出来我在跟母亲计较？这话从大姐嘴里说出来我还受得了，从她嘴里说出来我很难接受。不过话又说回来，我不是也一直觉得二姐心里在跟母亲计较吗？

但我不能跟她辩解。虽然我无论如何也改变不了她母亲也是我母亲这样一个事实，但母亲从小到大这样对待我，总得有一个理由吧？我始终痛苦的不是她这样对我，而是她为什么这样对我？

但是我说的却是：

"她那样子对咱爸，我这些年也一直在想，咱爸又有哪样做错了呢？说咱爸给咱们家带来耻辱，连大姐也这样说。咱爸到底给咱们家带来什么耻辱？"

"那要看怎么说了，每个人看问题的角度不一样，"二姐若有沉思地说，"算了，反正都过去了。"

二姐这话，让我更是难受，莫非她也曾经认为父亲给我们家带来过耻辱？

"我不认为咱爸给咱们家带来过什么耻辱，而且如果没有咱爸，咱们几个会开饭店吗？"我心里空落落的，有一种坍塌般的悲凉，"有些事情可以过去，有些事情永远都过不去。我现在每琢磨出一道菜，都会想，我这菜就是做给爸看的，就是想让他满意！咱妈整天讨嫌他，说他嘴馋，他要是活着，我就让他吃个够，龙肝凤胆我都给他买！"

一句话，说得我们姐俩的眼圈都红了。我们不敢看对方，眼睛盯着咕嘟咕嘟冒热气的火锅。后来还是二姐夫添菜，我们才结束了这难挨的沉默。

吃过饭，我们又说了一会儿话。临走的时候，我给二姐放桌子上五万块钱，说让她和姐夫看病用。她也没有推让。

第二天我回深圳是坐的飞机，我急着赶回去看看母亲的病情。大姐夫把我送到机场，接到二姐的电话，她和二姐夫也赶到机场送我。二姐还收拾了一包东西，说都是母亲爱吃的咸菜什么的，让我带回去。我把东西塞进行李箱里，回到深圳才发现咸菜下面整整齐齐压着十五万块钱。

但是那串珍珠项链她留下了。

六

最早起步的时候，我十几万块钱给自己在郑州买了套房子。一来那时候郑州的房子便宜，与深圳比起来像买白菜似的。二来是怕钱握在手里不牢靠，说到底更是为了让自己安心，万一哪天外面的路走不通了，自己总是个有家的人。

回到我自己的房子里，才觉得是真正回到了郑州，而不是像走在梦境里，飘忽得惶惶不可终日。有时候我不想受任何人打扰，就关掉手机，静静地坐在空荡荡的房子里想那些过去的事情。历史正汹涌而来，我像坐着时光之船，一点一点地穿越历史的激流，与自己的过往擦肩而过时，即使是伤痛也变成了甜蜜。

我想起了母亲。跟母亲在一起生活了几十年，我也没弄明白她。她的性格非常古怪，或者说非常奇特。我常常想，即使我父亲是一个上进的人，能达到母亲所要求的高度和标准吗？母亲最羡慕的人就是我们家邻居周四常，父父子子都是走的仕途，里里外外都风风光光。而我们呢？母亲觉得一家子都是卖饭的，挣再多钱，也是从人家嘴头子里抠出来的,怎么说得起嘴?一粒老鼠屎坏一锅汤,都是我爸把儿女都带歪路上去了。

二姨说,母亲的性格最像我姥爷。我姥爷最后被枪毙,也不是作了多大的恶,而是他眼睛太尖、嘴巴太利。他是镇上的摆事老大,谁家父子兄弟分家,闹三天打断胳膊腿都扯不清。着人请他来,他穿着长袍拄着拐棍往人家堂屋里一坐,三下两下就把家当给分了。虽然他处事公道,大家也都相信他,但毕竟事到临头,有满意的有不满意的,反正满意不满意都得听他的,一句都不敢抱怨。一个镇子就这么大,谁敢保准今后没事求到他门下?不过话又说回来,在熟人社会里,让人敬着却又让人怕着,终不是啥好事。

我从一开始就知道在这个家里母亲最不喜欢的是我。但她从来没说过我有哪一点不好,也许她是整个不喜欢我,也许是我没有一点讨人喜欢的地方吧。小时候我在家里就是干活最多的一个,她像从来没看见一样。其实,哪个孩子不渴望疼爱呢?我越是刻意迎合,她对我的反感越甚。莫非仅仅因为我在长相上像父亲?这无论如何说不过去,毕竟我性格不像父亲,也并不贪吃。

开始母亲最喜欢的就是大姐一人,说她不但漂亮,也会说话,办事也有胆儿,拿得起放得下。后来有了我弟弟,她的心思大部分就放在我弟弟身上了。但相对我们姊妹几个而言,她还是偏向大姐。没儿子的时候,她希望在女儿中培养一个男儿。有了儿子,她觉得找到了希望,殊不知真正性格像我父亲的就是我弟弟。但她不承认,也不允许我们任何人这样说。

父亲去世后,二姨曾经跟我说过,母亲找人算卦,人家告诉她我命里克父母,父亲去世就是因为我妨的。一直到今天,我和母亲从未亲近过。她和妹妹在一起,看电视都挤在一张单人沙发上,出门手牵着手。我哪怕靠近她一点，都能明显感觉到她身体的抗拒。

唉！她究竟是害怕我什么呢？以她的性格，我不相信她是害怕我真的会妨死她。

整个成长期我都非常自卑，为自己给父母带来厄运而惴惴不安，因此在她面前就更加局促，到后来说话也变得结结巴巴的。母亲说我长大了是个会使心眼的人，整天低着头，说话哼哼唧唧的像蚊子叫。

"低头婆子擒头汉！整天低着头，心里有啥见不得人的事儿？"母亲说。

母亲的情绪感染了大姐，或者说，大姐觉得她可以代替母亲。家里除了母亲，大姐就是当家人。父亲对这个家庭的影响几乎可以忽略不计。在这种环境下，家里的粗重活自然都是我的，洗衣服，做饭，打扫院子。我干活多，出错就多，经常被母亲责骂。我记得有一年冬天，快过年了，气温特别低。我提着一篮子衣服去河里洗。河上空旷无人，就我一个，棒槌敲打着衣服，空—空—空地传出老远。我并不觉得委屈，干活似乎天经地义。即使是这样的日子没有尽头，能让我待在这个家里就让我很满足了。我常常在书上看到"忧愁"二字。可忧愁是富贵人家的事情，我没有权利忧愁，我只是盼着母亲让我上学。我拼命地干活，好让母亲满意。

那天洗完之后，可能是蹲的时间太长了，站起来的时候一头栽倒在地上。两只手本来就冻得都是口子，地上的砂和石子儿都钻到伤口里，让我疼出了两眼泪。寂寞的旷野里，天那么高远，我那么渺小。

我要是栽倒在河里呢？我要被水冲跑了又有谁会拉我一把？也许死了会更好些，我父亲不会就是这样想的吧？

我吓得哭了起来，对着一河的水哇哇哇地号叫："啊—啊—啊—，爹呀，妈呀，二姨呀，二姨夫呀……"

在家里我不敢哭，掉滴眼泪都不容许。母亲心情不好时，碰巧我干的活她又不满意，她就会拧我，但只是拧我的胳膊、屁股。大姐也会拧我。她拧我的时候不说话，只是死劲儿掐我的脸。母亲也骂我："我还没死呢，你给谁哭丧？"偶尔她心情好些，便会笑话我："瞧瞧，自己倒会惯自己，我们家出了个小姐！"

我每次委屈得受不了了，就会跑去二姨家。我哭二姨也哭，她说，哭出来就好了，小孩子老憋屈着会落下病的。

那天哭完，回家我也没跟母亲说，自己跑到卫生室让医生把石子儿捡出来，包扎一下就过去了。直到我结了婚，在老公的哄劝下，又做了一次手术，把里面的最后一颗小石子儿拿了出来。那剩下的一颗石子，在我肉里疼了多少年？

估计我母亲从来就没想过，我那会儿还是个小孩子，而且是个十三四岁的小女孩儿。

在二姨家，我的身体和情绪都慢慢恢复了。读完小学，有一天母亲突然来到二姨家，说要把我带回去。二姨和二姨夫都很吃惊，说孩子在这好好的，你这是干什么？母亲不耐烦地朝他们摆着手说："闺女是我生的，我也没说过要把她送给你们。你儿子也大了，你们家就两间小房子，男大女大的，一个屋里住着不方便。她杵在你们家里，尽是碍事儿。"母亲说完，瞪我一眼命令说："站在这里干啥？还不赶紧去收拾你的东西！"

我靠着二姨站着，看着母亲凶狠的样子，腿都是软的。但我怕她跟二姨闹，便嗫嚅着说："我马上就去收拾。"

她朝我不耐烦地摆摆手说："那就赶紧去吧！"

二姨跟着我来到里屋，一边帮我收拾东西，一边流泪。二姨夫蹲在门口，一根接一根抽烟。表哥那天出去了，不知道是有事儿，还是故意躲出去了。不过即使他在，肯定也不敢说什么。

我跟着母亲回了家。原来是家里添了弟弟妹妹后，她腾不出手干家务活了。她见我身体好了，让我回来好歹多个帮手。那时候大姐在她面前还吃香，霸道凶狠，啥事都推给小的。二姐本来就倔，不大听她使唤，一天到晚捧本书，心不在焉地干点活儿她也看不上。二姐也没少挨打。母亲说："随她那死鬼爹，啥都别想指望。"

快开学的时候，我跟母亲说我要上学。母亲吃惊地看着我说："你也要上学？你大姐、二姐都上，你再上，莫非要把我拆骨卖肉？"

我说："妈，我保证一边上学一边干活，绝对不在家吃闲饭。"

"不上了！"她对于我敢还嘴，更加恼羞成怒。

过了好久，她看见我一直站在那里没动，口气有点儿软了，说："你这样的死脑筋，上也是白上。你先把家里活干好，以后再说吧！"

我不再乞求她，我知道跟她说软话没用，只有把事儿做好才有可能改变她的想法。所以我每天五点多起床，十点多才睡，把家里的事儿理得头头是道。我再提出上学的时候，她没有阻拦。

我初中毕业后，顺利地考上了高中。那天趁她在家做针线，我蹭到她跟前，跟她说我要上高中。

"不上！"她抬头斜了我一眼，就低下头去。父亲活着的时候，有时尽管她说话不好听，但还讲理。父亲不在之后，她的脾气变得更加暴戾，说话就跟放小刀子似的。

我站在她跟前，磨磨蹭蹭不走。

"你就是在这里扎根儿，也不能再上了！"

我依然站在那里。她干完手里的活儿，看都没看我一眼，噔噔蹬地从我身旁走出去了，脸色阴沉得像要下雨一样。

这次看来是真不让我上了。

我想到了二姨，我不想她还能想谁呢？趁母亲不在家，我去找二姨。到了二姨家已经快中午了，我看到二姨夫和哥正在吃饭。二姨不在，二姨夫说她去舅舅家去了。说话间，哥已经给我盛好了饭。在我吃饭的时候，哥说，你二姨明天才能回来，你要是有急事，我骑车载你去，或者我把她喊回来。我想了想说，如果二姨在那边没有急事的话，还是把她喊回来吧，我有点急事，在咱们家说方便些。我在二姨家里，说话就口齿利落，像换了个人。

我哥饭都没吃完，放下手里的碗，推着自行车就走了。

二姨半下午回来了。我一直站在门口等她。她看见我，眼圈先红了。还没待她进屋，我扑通给她跪下了，抱着她的腿哭着说："二姨，您救救我吧，我想上学！"

"你妈又不让你上学了？"二姨蹲下来，抱住我的腰，"我明天就去给她说。她要是不同意，我供养你！"

说话间，我哥也从外面进来了。我们四个人坐在屋子里，你看看我，我看看你，好像谁都没勇气再提这个话题。大家心里都明白，二姨去见我妈也于事无补。后来还是我哥打破了沉默，我哥说："这样吧，明天我去给大姨说，你上学，我去替你干活。"

"那肯定不行！"我脱口而出。我知道，二姨二姨夫身体都不好，这个家离不开他，我不能再拖累这个家庭。

"没事儿，"我哥说，"就这么着！"

我知道母亲的性格，我哥这样说也只能是安慰我而已。

我跑来二姨家，也只不过是哭一场，发泄发泄罢了。二姨能有什么办法呢？

吃过饭，我提出要回去。二姨也没再留我。她一直在哭，她知道自己斗不过我母亲，让我哥骑车把我往回送。我们一路无话，但好像又说了一路的话。我知道他说的什么，他肯定也知道我说的什么。

到了村口，我哥把我放下，连看都没看我一眼就折转头往回走，根本没提去找我母亲的事儿。我猜他肯定在哭。我看着他走远了，突然间又泪流不止，我喊道："哥！"可能是因为迎着风他没听见，或者他听见了不敢停下来，只顾低头骑着车走了。

我停了好大一会儿，拐上另外一条路。那条路直通黄河花园口桥，桥下就是黄河最深的地方。我走到黄河边，想着过往的一切，万念俱灰。前无目标，后无退路，还不如一死了之，免得牵累这么多人。我不是怕母亲的脸子，而是看不得二姨一家人的眼泪。

我还想到了我的父亲，肯定他也是怀着我这种绝望的心情，纵身跳入黄河的。父亲会浮水，我也会。既然黄河能带走父亲，也一定能带走我。

一想到父亲，我不但没有伤心，反而有一种说不出来的高兴。

月亮升起来了，把河滩照得恍如白昼。我沉着坚定，一步一步朝河边走去。河边是茂密的香蒲，我扒开香蒲往前走。前面有两只憩息的水鸟突然受到了惊吓，扑棱棱飞起来，就在我头顶上盘旋。我继续朝前走，眼前出现了一只鸟巢，像一个精致的手工编织的小篮子，那么小巧，那么温暖，挂在香蒲秆上。我走过去，看见鸟巢里有两只刚刚出生的水鸟，还有几只鸟蛋。在月光下，鸟蛋发出异样的光，好像通体晶莹剔透。我看着那两只幼小的生命，毛茸茸的，张着小嘴叫着。我站住了，犹豫起来，多么温馨幸福的一家啊！我不能打扰它们的生活。我折回头，慢慢往岸上走去。

在我抬头寻找那两只老鸟的时候，我突然看到了远处的城市。在夜色里，它离我是如此之近，灯火此起彼伏，照亮了半边天空。虽然在这里长大，可我从来没有这样认真地打量过她，尤其是没有看过她深夜里的面容。平时她僵硬的、阔大的钢筋水泥身躯，在夜里突然显得柔软起来，像起伏的山峦。她那明明灭灭的灯火，多像生命的律动。是的，她像有生命似的看着我，温柔地眨着眼睛。她在召唤我。我为什么不走向她？这难道不是一条比死亡更宽阔、更诱人的道路吗？

我的心一阵疼痛，一阵温暖。就这样死去，我不甘心。我要走进城市，我要感受城市。虽然我并不知道外面的世界等待我的将会是什么，但至少它会给我自由，让我自己能够决定活不活，以及，怎么活。

我没有明确的志向，我甚至没有梦想，我追逐的是一个可以远远离开家的地方，越远越好。

后来的事实也证明了，没什么，真的没什么。我一个身单力薄的小女孩子，随着建筑大军进入城市，而且直接去了深圳。那不是一道窄门，她所给我的生命的力量，比父母给我的更坚实，也更坚定。

说真的，从我离开家的那一天起，我已经下定了决心，不管混成什么样，我决不会再回家。

七

我父亲还在的时候，我二姨夫在郊区食品公司上班。那时候食品公司还属于国有，基本上所有的副食品都由国家垄断，不允许私人经营。其实说到底，二姨夫就是个杀猪的。这也是最让母亲看不起的地方，所以二姨夫很少到我家来。我母亲要是去他家也不搭理他，如果她偶尔去二姨家，碰巧只有二姨夫一人在家，母亲会扭头便走。她只跟我二姨说话。

二姨夫在食品公司负责杀猪、分割猪肉，最后还要处理猪骨头。认识他的人都说，杀猪匠可是个肥差，给个大队书记也不换。当时这活儿也确实是个肥差。看到他从街里走过，很多人都露出钦羡的目光。他浑身上下散发着猪油的香气，满脸油光。在那个吃不饱的年代里，他不但能吃上肉，还能喝上肉汤，确实让人羡慕不已。

他之所以能吃肉喝汤，就是当时猪骨头也是国有财产，不能随便废弃，要卖到废品收购站。收购站就在食品公司隔壁，但食品公司得把猪骨头处理干净才能交给收购站。这就是二姨夫能吃肉喝汤的根源。最后一道工序，是他负责把剔剩下的骨头放在大锅里煮，以便把骨头上的肉剔除干净。所以，他和食品公司的其他工作人员吃肉喝汤不但是权利，还是责任。

那时候生活匮乏，卖和买都凭票。一个人一月二两肉票，所以也不是天天杀猪，老百姓一年都吃不上几次肉，有时候十天半月才杀一回。每当杀完猪之后，食品公司的人就蜂拥而上，围着几口大锅啃骨头喝汤。有时候啃不完，还能从骨头上剔下一些肉来，被他们揣在身上偷着带回家。

刚刚开始的时候，二姨夫可怜我父亲，赶哪次杀猪多了就会偷偷地把我父亲带进去吃喝一顿。那是我父亲最快活的日子，他总是早早地去，帮我姨夫打打下手。熬汤的活儿他争着抢着就做利索了，啃一次骨头会让他高兴好几天。后来去得多了，他跟食品公司的人也熟络了，就不再偷偷摸摸，而是大摇大摆地去了。

有一次煮肉，父亲又是早早地过去。这次他带了一包自己配好的几味中草药，趁二姨夫没注意扔在汤锅里。肉还没煮好，香气已经溢满了半条街。食品公司主任跑过来，问我二姨夫是怎么回事儿。二姨夫只顾在烧锅后面低着头干活,也没太在意,就跟主任说,没怎么啊?怎么了?

主任说:"你鼻子让蛆堵住啦?还没闻见香味儿?"

话还没说完,副主任带着公司的好几个职工跑过来,都是奔着这香味儿来的。

二姨夫疑惑地看看我父亲。父亲也红了脸,嘿嘿地笑着说:"也没什么,就是在药铺弄了几味中药放进去。你们放心喝哈,滋补壮阳,保证可以让老婆满意。"对于他而言,说出这样的话等于是冷笑话。食品公司主任也没笑,他神情严肃地训斥道:"这是吃的东西,你敢乱弹琴,不要命了?"说完,他实在禁不住那馋人的香味,舀了一勺汤递给副主任。副主任刚一进口就笑靥如花,说:"是真他妈的好喝!"副主任又舀了一勺递给主任。

主任吹了吹,把一勺汤全部喝下去了。然后闭着眼,一脸的陶醉,向我父亲伸出大拇指说:"想不到你还有这个绝活儿!"

父亲得意地搓着手,嘿嘿地笑,那意思好像是说,我也不是白来吃肉的。

后来每逢杀猪的日子,主任都让我二姨夫喊上我父亲。二姨夫也不好到我家去,就站在我家门口附近等。后来我父亲掐好日子,有时候二姨夫还没上班,他就在路上等着他。

过了一段时间,食品公司主任说,你老是这样来不合适,万一人家说句闲话,我顶不住。这样吧,你读书多,每次你到食品公司来,也不是为了吃喝,你给大家说说书里的故事,算是咱们公司的理论学习夜校吧!

父亲听见这话,高兴得了不得,毕竟这是他的强项。每当吃饱喝足,他就坐在那里给大家说故事。从《水浒传》《三国演义》到《烈火金刚》，他讲得头头是道儿。高兴了甚至来一段"三言二拍"里的荤段子，让人听得合不拢嘴。大伙儿听得入了迷，恨不得彻夜不让他走，常常会说到凌晨才回家。食品公司的主任总结说："过去人家说书中自有颜如玉，书中自有黄金屋。现在应该加上一句，书中自有猪肉汤啊！"

这次他没得意，显出尴尬的神色，讪讪地笑着说："也是。也算是。"

那一天恰逢下大雨，雨水把我们家的后墙给冲垮了，眼看着房子摇摇欲坠。母亲让我和二姐去找他。我们赶到食品公司，看到他坐在一圈人中间，眉飞色舞地说着什么，周围的人轰然作笑。昏黄的灯光照着他油乎乎的嘴和黏腻腻的头发，活脱脱一个电影里汉奸的形象。我跟二姐羞得简直想找个地缝钻进去，互相推脱着谁都不肯进去喊他。我们捂着耳朵面朝着墙，既不敢看也不敢听。直到等着他讲完一段，二姐才让我过去喊他出来说话。二姨夫也跟着出来了，听了我们说的消息，俩人慌了说，你们先回去，我们马上再带几个人一起去看看。临走他还没忘记把用塑料袋装的省下来的一点碎肉递给我二姐。

我和二姐刚刚走出食品公司的大门，就看见母亲怒气冲冲风风火火地赶过来。她也没打伞，浑身淋得精湿。湿衣服像绳子一样缠着母亲，让她看起来像个水生动物。她一眼就看见二姐手里的塑料袋，不由分说，劈手夺下来，拿着那个袋子就冲进食品公司院子里。我和二姐在后面小跑才能撵上她。她进了院子后，刚好与他们带的一群人迎头碰上。她吼了一声冲向我父亲，把那包碎肉劈头盖脸地朝他砸去。碎肉和汤汤水水顺着我父亲的头发往下滴落。我二姨夫过来劝阻，我母亲一口痰吐在他脸上。然后也不管我们，扬长而去。

那是母亲第一次在有外人的场合没给父亲留脸面。

八

在深圳稳定下来之后,我回了一趟郑州,临行前专门去香港给母亲和姐妹们买了大包小包的东西。那时候她跟妹妹住在一起,我到郑州的时候,妹妹没在家,跟着单位的人一起出去旅游了。妹妹本来想让她也跟着一块去,她说跑不动,就留在家里。她这些年跟我妹妹几乎没有分开过一天。她依赖她,确切说是控制她。

我总觉妹妹的离婚是与母亲有直接关系的。这桩婚姻原本是母亲给定下来的。妹夫是个公务员,人长得体面,工作也体面。母亲的确比较满意,她自己也出去说,几个孩子里面这是她最满意的婚事。但妹妹结婚后,她几乎寸步不离地跟他们在一起生活。我妹妹心大,是个马大哈脾气。妹夫也是个有心胸的人。平日里小两口言来语去的,说了什么彼此并不在意。毕竟感情好,两个人有时候开起玩笑来也是不怎么讲分寸。当妈的听了,却觉得这里那里都不对劲。有时候女婿无意说点什么,她不等我妹妹开口,直接就接上去了,弄得女婿甚是尴尬。对于女儿,她更是任意指责,只要不高兴了,非要说出口来不可。

慢慢地,两口子之间就出现了罅隙。但我妹妹是个没心没肺的性格,大咧咧地不当回事,也从不拿老公当外人。有时候明知道母亲没理,却还是站在母亲这一边跟老公斗气,哭了闹了,就觉得没事了。时间长了,妹夫夹在两个人中间确实不好过,但他始终忍气吞声,觉得忍忍就过去了。但他的忍让换得的却是母亲变本加厉的控制。有一次因为单位提拔了几个人,没有妹夫,他回来向我妹妹发了几句牢骚,说了，心里的结也就解了。谁知我妹妹又说给了母亲。我母亲找个机会，就仔细地盘问妹夫，一边问一边横加指责。本来单位的事就够烦心的，回家还要再受丈母娘一遍羞辱，这把妹夫平日压下去的怨气激怒起来了。实在是忍无可忍，他分明不是在跟一个人过日子，而是在与两个人作斗争。于是，他就跟我妹妹摊牌说，咱妈仅在家里管管我也就算了，现在她连我工作的事儿也想管，这日子能过下去吗？妹妹又拿这话去吓唬母亲。谁知母亲根本不吃这一套，她说："不知道好歹的东西！乡下孩子，住我们的房，吃我们的饭，我们娘俩伺候得像爷一样，家务活没让他碰过一指头。凭啥还这么仗势？他说过不下去，那你就拿话撑着他！想怎么着都行，看看谁后悔！"

妹妹觉得母亲说的也有道理，就拿硬话撑住了妹夫。

婚最终还是离了，我母亲等着人家后悔，可很快那边就结了婚。刚离婚那会儿，我妹妹哭了一阵子。后来自己也觉得没了丈夫更舒适点，不用在意谁谁的感觉了，想睡就睡想起就起，妆不用化衣服也不用挑拣，饭想怎么吃妈就给怎么做，也挺好的。妹妹年轻貌美，在银行工作，收入不算差，离婚后介绍对象的也不少。我妈看了总是挑肥拣瘦不满意。她也懒得跟我妈理论，反正妈说好就好，说不行就不行，她没意见。她的口头禅就是，不操闲心，简简单单地生活，只要快快活活就成。只要不让她自己想事儿，处处让妈当家做主，她图个省心。反正我妹妹省心了，我妈就开心了。这世上如此般配的母女，说出来还真没几个人相信。

这次母亲不愿意跟着妹妹出去旅游也是有原因的。她曾经跟着出去玩儿过，和一群年轻人在一起，开始大家都客气着。可她还跟在家一样，什么事由着自己说了算。时间长了，大家就觉得老太太有点过分了。人家不驳她的面子，可也不理她那么多。出来玩带个老人，两边都很尴尬。她渐渐觉得大家都对她不敬，大家说什么故意递眼色。她插不上话，心里非常失落，旅游还没结束，就气鼓鼓地让妹妹带着她回来了。后来我妹妹出去玩儿，她十有八九都反对。这次见她实在要去，就赌气说懒得动，自己在家待着。

我赶到妹妹家已经很晚了，当天晚上也没说那么多，洗洗就睡了。第二天我睁开眼，已经快九点了。我听见客厅里有动静，便走过去，看见她正在翻我带的东西。我脸也没洗，就赶紧过去帮忙。

她低着头翻拣东西，看见我进来，一脸的尴尬。

"你这都是在市场上捡的货底子吧？"她说。

我笑着说："那可不是！这都是我去香港买的，因为怕不好带，我把包装盒都扔了。"

"且！"她拿起一支欧姆龙血压计扔在床上，"在咱们这地摊上，十块钱就买了。"

我耐心地说："妈，您不懂，那是专门给您买的，日本原装的，要一千多。"

"这也是给我的？"她拿起一打丝光袜子，当时比较时兴这个。"这能是人穿的？跟葱皮儿似的。"

"这是给妹妹买的，"我打开最大的那个包袱，"这是我给您买的几件衣服，您刚好试试合适不？"

她扭头看了看，不屑地说："不试。看着就不行。"然后拍了拍自己身上的衣服，"看看你妹给我买的衣服，哪哪都是合身的。布料还厚，穿着沉甸甸的。"

我笑了笑，拿起一件马甲给她披上，说："衣服可不是料子越厚越好。这个您还是先试试看吧！"

"咦？你啥意思？你是说你妹妹买的东西不好？"她好似遇到蛇一

样拨开我拿衣服的手,"不行!我不喜欢这不长不短的东西!"

"这个呢?"我把一件毛料外套往她身上披,"这是法国进口的,牌子货。"

她一把推开我,转身就往她自己房间里面走。

"我不需要你孝顺,我不要你的东西!也不会穿你买的东西!"她说。

我感觉到自己体内有一枚炸弹爆炸了,累积了几十年的能量一下子爆发出来。我冲过去,一把抓住她后面的脖领子,想把她拉回来。她一边往前挣,一边拿手往后面推我。但我毕竟比她力气大,强行把她拉回来按在沙发上,低声叫道:"我看你试不试!我看你试不试!"一边说,一边就往她身上套那件外套。她拼命挣扎,但是一言不发,咬着牙跟我对峙。但毕竟是那么大年龄的人了,很快她就不反抗了。

我们俩都斜靠在沙发上喘着粗气,愤怒地看着对方。

她忽然现出软弱的神情,几乎用乞求的口气跟我说:"今天这事儿,不管到啥时候,不管对谁,都不要说出去。说出去我只有死!好吗?"

我没理她,猛地站起来,走到卫生间用冷水冲了半天脸。我出来看见她很平静地坐在沙发上,冷冷地看着我。她那种眼神我是第一次看到,是一种深入骨髓的厌恶。我不禁一阵发冷。

"你回来就回来,买这些大包小包的东西干什么?就是为了让邻居看见,说你对我孝顺、对我好?"她的眼睛里突然流出了眼泪,这是我第一次见她流泪。父亲死的时候她只是干号几嗓子,并没有落泪。"你太有心眼了。你对我好?真对我好吗?"她的眼泪越过脸上的沟沟壑壑,那黑褐色的泥土一样的颜色。在这块土地上,我从来没感受到过温暖,"你这样子做给别人看,还不是为了报复我?小时候我对你不好,你偏对我好,看我老脸往哪搁?你就想这样子让我羞愧死是吧?"

我也冷冷地看着她,一句话都没再说。但是心里突然有一种极大的、恶作剧般的满足，我觉得我平生第一次在她面前占了上风。

第二天我就回了深圳。我和她单独住在同一个屋子里，觉得那三室一厅的屋子还是太小了，压抑得我时时刻刻都想爆炸。

九

关于父亲是被母亲逼死的说法为什么在我们镇子上不胫而走，到现在也没闹明白。其实我们家也没真正去追究过原因。一来也没外人在我们跟前说起过，二来母亲对这种说法压根儿没当回事，甚至连嗤之以鼻都算不上。二姨倒是跟我说起过，她的说法还有一定的合理性。她说："人家也不是说你妈逼死了你爸，而是你爸受不了你妈对他的态度，自己投河死了。"

态度？我估计这个词二姨不知道在心里斟酌过多少次，但我听了心还是往下一沉。这么多年我们要么是从未想起过，要么是忘记了或者刻意回避，在母亲营造的家庭氛围里，我们的"态度"在哪里？如果父亲真是被"态度"逼死的，那么这"态度"里，有多少是我们的成分？难道这些事情一股脑都怪在母亲一个人身上吗？

然而，想了一下我还是说："听说会水的人，投河是淹不死的，所以他们死的话也不会选择去投河。是不是真是我爸去打鱼被河水卷走了呢？"

"真不好说，"二姨轻轻地叹了口气，"那谁说得了呢？到底河跟河不一样啊，人家都说黄河是面善心恶，长江是面恶心善；我没去过长江，黄河每年淹死那么多人，有几个不是会水的？"

我说:"我爸跟他们不一样,他懂得黄河的水性。差不多每次下大雨或者发水,都要去黄河打鱼。"

二姨说:"常在河边走哪有不湿鞋?我约摸着那是你爸的命。"

在村人眼里,我父亲是一个非常幽默风趣,知书达理,而且相当有生活情趣的人。打兔子钓鱼,套野猪网鸟,还会讲故事,简直无一不通。更重要的是他的一手好菜,哪怕是一根白萝卜到他手里,都能做得跟别人不一样。毕竟他是大家庭出来的,吃过见过那么多,而且读过很多书,背过汤头歌,懂中草药。

我记得父亲在的时候还是大集体,没有包产到户,我们郊区人还靠种地过日子。有一次在田里干活,他到田边的沟里解手,发现了一个兔子窝。于是他又喊了几个人,从窝口开始刨土。然后他把耳朵贴近土地,听了一会儿,拿着铁锹朝地下插去。在他插下去的地方把土刨开,果然锹下有只兔子。父亲没用一滴水,把一个兔子剥得干干净净,然后跑着到周围采集了一些野草野花什么的塞进兔子肚子里,放在火上烤。那个香味儿弄得大伙儿也没心思干活了,到处跑着找兔子窝。后来我父亲还为此在生产队的大会上作了检讨。

那时候的生活已经渐渐有了起色,村里谁家有红白喜事总是请我父亲帮忙。我父亲忙活一天,可以得几个馒头,一盆抹桌子菜。我们家的生活虽然好了一点,肉还是吃不起。再说了,这总比父亲游手好闲强得多。母亲尽管厌烦得不得了,开始极力反对,后来到底管不了。父亲倔强起来,母亲也没办法。于是她只好睁一只眼闭一只眼,只当没看见,反正她是从来不会吃一口的。

有一次,母亲回我舅舅家走亲戚去了。刚好我家的一只羊被生产队的拖拉机撞倒了,流了很多血。眼看着奄奄一息快没命了,父亲趁着它死之前,就把羊杀了。其实羊很小,也很瘦。我爸用羊骨头烩了一锅菜,把好点儿的羊肉都给母亲留着,等着她回来再吃。

饭做好后,全家人正准备吃,我妈从姥姥家回来了。看见我们围着桌子等着吃饭,便问我大姐道:"哪里弄的肉这是?"大姐说,我爸把家里的羊给宰了。她并没有告诉母亲,说羊被撞着了。也可能是故意不说,也可能还没来得及说。母亲一听这话,二话不说就折返到厨房拿了一把菜刀出来,要去砍我父亲。父亲赶紧逃到西边屋子里,从里面顶住门。母亲拿着菜刀,一刀一刀剁在门上。她一句也不叫喊,害怕邻居们听见。后来菜刀深深陷在门板上,她实在没力气拔出来,才算作罢。

可等母亲回到堂屋,我们已经把桌子上的菜吃差不多了。母亲气得把桌子一把掀翻了,瘫坐在地上,一左一右地扇自己的脸。

十

刚到深圳的时候,我在建筑公司的工地上打小工。其实小工是最累的,搬砖,和灰,清理建筑垃圾什么的,都是小工的活儿。那种累是说不出来的,也不是劳动强度有多大,而是消磨你的耐力。所以多年之后有人问我那会儿累不累,我真不知道该怎么说,只能说记不得了,也许是真的想不起来。很多时候做梦都还是在搬砖,或者和灰。攀上脚手架,一脚踩空,我从上面掉下来了。正奇怪着摔这么狠怎么会不疼,恰好就醒过来了,一身都是湿淋淋的汗水。

那天是下班后的休息时间。男的都打牌喝酒去了。天气晴好,蓝天白云。我坐在简易宿舍门口看书。有个穿着休闲装,长得黑黑胖胖的大个子男人领个狗在工地上转。他已经从我跟前走过去了,又转回来，走到我的跟前问："你是在这里干吗的？"

"哪里？"我疑惑地指了指前面的工地，"这里？"

他认真地看着我，点了点头。

我说："我是工地上的工人。"

他吃惊地看着我："我们工地上有这么小的工人？"

我翻他一眼说："个子小不少干活，我都干一年了。"

我看看他，也不知道他是谁，听他说话口气蛮大的。我低下头继续看书。

"你多大了，闺女？"他没走，停下来站在我跟前。

"十八了。"我说。为了到这里打工，我多报了三岁。虽然我瘦了点儿，但个子不算低。

"你有十八？"他准备扭头走了，又拐了回来，也不跟我商量就把我手里的书拿过去。那是一本《高中数学》，他看着快被我翻烂的书页和我在上面记的笔记。

"这上面都是你写的？"他的声音温和得让我难受。长这么大，从来没遇到过有人这么温柔地跟我说话。再加上刚才那么没有礼貌，我有点不快。而且他的河南信阳话让我听起来有点困难，但出于礼貌，我还是认真地点点头。

然后他放下书，一声不吭地走了。

大概过了三四天吧，工头突然通知我让我去公司财务科报到。到了财务科上班以后我才知道，那天跟我说话的是公司老板，怪不得他说话口气那么大。他是怜悯我，他的女儿跟我差不多大小，因为神经衰弱，经常头疼，不能到学校上课，就请老师在家里教她。患个头疼就能请老师在家上学？反正有钱人就是任性。

老板安排我在财务科当了记账员。过去工地上的工友们看见我都阴阳怪气的，不知道我走了谁的门子。连我自己都觉得不可思议，运气来得太意外了。记账员的工作与做小工有天壤之别，相当于建筑公司的白领。在这里，我又打起了上学的主意。我一边工作，一边报考了电大。课程对我来说并不是很难，数学我能考满分。我不明白这么容易的题，有的学生为什么愣是学不会。上电大时，我是最优秀的学生。

老板的女儿叫任小瑜，我们是在我到财务科上班一年后才认识的。那天财务科长通知我说，下午下班后不要走，老板和老板娘要请你吃饭。当时我很诧异，我一个毛头丫头，人家老板凭啥请我吃饭，而且还带着夫人！

下班之后，科长把我领到职工食堂里面的小餐厅，把我介绍给老板就出去了。我看到老板和一个中年妇女在屋子里坐着喝茶，我站在门口手足无措。老板和那女的见我进来，都站了起来，热情地跟我握手让我坐下。坐下之后，我才弄明白这个妇女是老板娘。她并不像是影视剧里当家夫人，她们一个个耀眼而且霸道，一副高高在上、不食人间烟火的样子。而眼前这个女人看起来面目良善，模样周正耐看，但打扮得非常朴素，甚至还没有我们财务科的年轻员工打扮得入时。平时老板穿衣服也不十分讲究，那一次见他我还以为他是工地的工头之类的。

正说话间，一个女孩子推门进来了。她穿着一身运动装，理了一头短发，瘦得像根棍儿。皮肤是那种不健康的苍白，嘴唇也没有血色。但人看起来温和恬静，倒是个好孩子的面相。

"爸，"她走到我旁边拉了把椅子，"这就是你跟我说的爱学习的姐姐吧？"

老板摸了摸自己的头，不好意思地咧着大嘴憨厚地笑了。

他们三口热情地说着，开始因为紧张，我不知道他们在说什么，听了好一会才弄清楚是怎么回事儿。原来老板家里有个保姆兼家庭教师,现在人家结婚走了。她想让我接这个角色。

我一口回绝了,我说我还是想上班。

"你看这样好不好?"老板娘讨好似的看着我,"你半天上班,半天陪小瑜学习。至于家务,我另找人。"

"好吧好吧姐姐!"那女孩拉着我的胳膊摇晃着,"你这么小就出来打工,还能考上电大,肯定有一肚子故事!我爸爸天天在家夸你。我一个人在家好难挨,我想让你赔着我一起学习!"

"她叫任小瑜,"老板娘怜爱地看着女儿,"从小被娇惯坏了,不懂事,恳请你能带带她。"

老板也看着我,说:"先委屈你试试吧,也不勉强。不行了再说。"

我看着一家三口诚恳的样子,勉强答应了。那时候我对富人没有一点好感,也是多年仇富教育的结果。

任小瑜果然是个好孩子,虽然生在富贵之家,可一点都不娇横,还特别有善心。有一天学习完,我们一起出去散步,在小区外面看见一个孩子面前摆个牌子,上面写着:"我饿了,实在走不回家了。请好心人给我十块钱。"她马上就从口袋里掏出十块钱给那个孩子。回去的时候我问她:"万一是个骗子呢?"

她站下,认真地看着我说:"万一不是呢?"

我看着她,看着明亮的天空和宽阔无边的草地,看看远处的高楼和身旁盘根错节的老榕树,看看树上树下快乐的鸟儿在啁啾,我的眼睛润润的。纵使我是铁石心肠,也很难不被这样一个冰清玉洁的女孩打动。这一世界的好都属于她。我也已经长大了,想明白了很多事理。我不能责怪父母生下了我,但也不能不说,是自己投错了胎。家庭环境对一个人的性情影响太大了!

并非我天生不是个嫉恨人的人,我是被这一家人的善感化了。我在小瑜身上,不,在他们这个家庭也学会了很多东西,那是在我那个家庭根本体会不到的,那种亲人之间的爱和默契,那种充满善意的做事风格,那种待人处事的谦恭,都对我以后的人生产生了极大的影响。在他们家,我对财富,对富人有了全新的认识。穷不一定都是好,富也不一定就天然带着恶。

小瑜长得瘦弱,却是一个超级爱吃的家伙,也真是会吃。学习期间,基本上每周她都要带我去几个好吃的地方,从日本料理到墨西哥烤肉,从杭帮菜到川湘菜,从海鲜到笨鸡笨鸭,基本上没重样过。但让她想不到的是,只要吃完她爱吃的菜,回来我都能试着给她做出来。她喜欢吃川菜馆的麻辣小鲍鱼,每个礼拜都要去吃。偌大的一盘红辣椒碎,里面埋着可怜的几只小鲍鱼,一盘菜几百块,差不多是我半个月的工资。我拉着她去鱼市上转,鲜活的小鲍鱼十块钱一只。我们买了十几只,另外买了葱姜、新鲜的青花椒和小红尖椒。我回家用刷子将鲍鱼洗净,放在开水中烫一下,取出完整的鲍鱼肉,切片。锅里放一点橄榄油,先将鲍鱼片爆一下,加入葱姜和新鲜的红辣椒和青花椒。鲍鱼本身带鲜,不要任何调味品,只需一点生抽和黄酒。做出来之后看着就让人馋涎欲滴,小瑜一口气吃了半盘,老板和老板娘也连称鲜美,好吃。

做菜我这么无师自通,自己也感到很吃惊。虽然我很小就开始做饭,但都是萝卜白菜家常便饭,鸡鱼肉蛋都很少做,像海鲜什么的过去见都没见过。莫非我们家族真有会做菜的基因?

有一年过中秋节,老板要在家里请几个好朋友吃饭。任小瑜提议由我来做菜。她的这个提议立即得到了老板和老板娘的赞同。这就是这家人的风格,倒不是他们认为我能做好,而是觉得不该当着孩子的面驳我的面子。那天我和小瑜亲自跑到市场上买菜,把我们最喜欢吃的菜列了个菜谱，做了十几道菜。那真是我最得意的一次，菜还没上完，就把参加宴请的人的味蕾征服了，都交口称赞，说在哪个高级饭店请的专业的厨师？小瑜得意地把我这个半大妮子介绍给大家的时候，几位客人都惊呆了。

这样过了两年，小瑜的成绩上去了，我也拿到了电大会计学专业的本科毕业证，接着我还想考会计师资格。任小瑜也要去加拿大留学了。我完成了任务，也算报答了恩情，准备着离开这个家。临走的那一天吃过晚饭，我正准备回去休息，老板却招呼我留下了，说要给我谈件事儿。

"我们公司的餐厅，是我最头疼的事情。"老板开门见山地给我说，"换了好几任厨师，大家还是不满意。除了中午，实在没有办法了，才有一些人在这凑合着吃一顿。公司想接待客人，菜总是不让人满意，弄得很没面子。有些中层干部和员工请朋友吃饭，大家宁愿舍近求远出去，也不在咱们自己餐厅吃。这么大个公司，餐厅都弄不成个样儿，公司补贴很多，还连年亏损。"

我认真地听他说，没有插话。

"我的想法是，让你把这个餐厅管起来。"老板说。

我很吃惊，这可比不得在家里烧几道家常菜。况且我仅仅是一个小小的记账员，没有任何领导经验。但我也不想一口回绝，不就是做饭吗？我思考了一会儿才说："请您给我几天时间，我考虑考虑再说好吗？"

我长成了一个大姑娘，我有了自己的想法。

我私下里考察了一下，觉得餐厅的问题可以归纳为三个。第一个是主管负责制，会造成主管与厨师之间的矛盾，没有厨师负责制合理；第二个问题，我们公司大部分员工是北方人，而请的厨师都是当地的南方人，菜品和口味方面南北方相差太大；第三个问题是北方人晚上喜欢吃面条或者喝粥，而这些东西南方厨师根本不会做，或者做不好。

送任小瑜去机场的路上，我把我的想法跟老板讲了。我说："咱们这个餐厅，位置特别好，周围基本上都是市场和公司总部，想吃点好的要跑好远。如果我们做好了，公司的员工吃饭不但可以不花一分钱，餐厅还能挣钱。无非就是把公司临街的地方调整出几间房子给餐厅，需要朝外开个大点儿的门脸。"

然后我说出我的决定："我不想当这个主管。我想承包这个餐厅，我先试三个月，若是能成，除了我们的员工免费吃饭，我再给公司每月上交五万元利润，算是房租费。"

我说的是五万元，不是五百也不是五千。我被自己吓了一跳。对于做餐饮，我骨子里有一股子狂野。

老板还没答话，老板娘就激动地拍了一下车座扶手，说："这个也算我一份儿。反正小瑜走了，我在家也没事儿！"

老板微笑着点了点头，又摇摇头说："果真，我没看走眼啊！"

然后他侧过身问我："听小瑜说你爸自己写过菜谱，难不成真给你们留下过秘传绝技？"

我不知什么时候竟然给小瑜说起过我的父亲。但老板此时此地说起他，让某种情绪击中了我。我有点发抖，不知道是激动还是伤感。

我意味深长地回答说道："是啊！"

十一

我想说说我的爱情。

有人说穷人不配拥有爱情，毕竟贫贱夫妻百事哀。这是我从父母和我的那些穷亲戚身上看到过的。再美好的初见，也终是会被日子的窘困弄得千疮百孔。在我开始创业的那几年，拒绝过许多真真假假的求爱者。一晃我就过了三十岁了，任小瑜的妈妈给我介绍过不下十个人，我并不是没看上，是压根儿就没认真看过，心不在此。我一个人在深圳，唯一能待得住的地方就是小瑜家。叔叔阿姨两口子是真心待我好。小瑜一直在国外，每次假期回来我们俩都黏在一起，几乎没分开过。小瑜真是又懂事又孝顺，在国外也时刻惦记着爸爸妈妈，每次打电话都让我多去家里陪他们。我一有空就会去，反正我一个人也没什么事，真是把这里当成自己的家了。每次去都顺便在超市买些菜，亲自下手做给他们吃。阿姨常常开玩笑说："丫头，咱们家小瑜要是个男孩，我就让她娶你。你和这个家天生有缘分。"

小瑜当然不会娶我，她嫁了个美国老公。她那边欢天喜地，四处晒旅行照。这边爸妈哭得稀里哗啦的。就这么一个女儿，却远嫁到大洋彼岸。当时我也觉得嫁个外国人，心里无论如何都过不去。我打电话问她："你是不是吃错药了？你那么百依百顺的一个人，怎么在婚姻大事上不听听叔叔阿姨的意见呢？"

"你怎么这么糊涂呢？"她一边嘻嘻笑着，一边特别认真地跟我说话，"一码归一码，孝顺是孝顺，那是我应该做的；可婚姻是我自己的事儿，我不能让任何人替我做主。况且，我父母并没有阻拦我，一直说尊重我自己的选择啊。"

我的心一阵疼痛，想想姐姐和妹妹的婚姻。我对婚姻有一种本能的抗拒和恐惧，之所以一直不找对象，恐怕也和这个有关系。

每当叔叔阿姨心里因想女儿而伤感的时候，我就劝他们说，还不如移民到美国，索性跟着小瑜他们一起生活算了。叔叔说，他的公司离不开，如果他走了，从河南老家拉出来这几百号人怎么办？况且他一口西餐都咽不下去。阿姨也说，她一句英语都不会，跟个外国女婿生活在一起，她根本无法接受。

　　那些日子我怕他们伤心，去家里的时间更多了。我去他们家以后一直拿的有家里的钥匙，小瑜出国的时候我想还给他们，阿姨还把我说了一通："你也想走啊，小瑜不要我们了，你也想抛弃我们？"他们完全把我当成自己的女儿了。我出入自由，我交代保姆买什么菜做什么饭，我管制叔叔抽烟喝酒，带阿姨去做护理去上瑜伽课，一副当家做主的样子。不了解的人还以为我是任老板的另一个女儿。阿姨听人这么说，也从来不反驳，反而得意地看着我，一脸的幸福模样。我不得不说，我命好，开始闯世界就遇到这么一家人。并不是每个人都能如我这般幸运。

　　叔叔总是担心阿姨想女儿会想出病来，就让她每隔一段时间去美国看看小瑜。没跟他们在一起生活的时候，他们这样的人是别样世界的人，和我的家庭差之千里。他们原本也是基层小公务员出身，两夫妻辞了工作一起闯天下，同甘共苦，相濡以沫，一步一步熬到今天。与他们相处多年，从未见他们发生过大的口角。有时候叔叔因为工作不顺心，回家说话声音高一点，阿姨就连哄带劝地安慰他。阿姨不高兴叔叔喝酒，逢他喝醉也生气，生气也只是嗔怒："你不爱惜自己身体，你老了病了我可不伺候你！"叔叔就笑道："那还不好办？到时候我就找个年轻漂亮的伺候，你可别不乐意。"阿姨说："估计你不敢，你找一个试试？我不说话，你闺女估计就会收拾好你。"叔叔说："我怎么会怕一个毛丫头？我是怕你不要我，上哪再找一个给我亲手擀面条蒸馒头的女人？"

　　我觉得他们就像孩子一样，还保留着童心。这样从不斗心眼，对所有人都坦诚相待的两口子，怎么能把企业做这么大？可又如何能不把企业做这么大？这对我后来的企业管理也是一个深深的触动。

他们斗嘴的时候若是我在，就假装愤怒地提出抗议："秀恩爱等我不在的时候秀，别忘了家里还有一个大龄女青年。"我总能在合适的时候逗得他们哈哈大笑，我们合着就该是一家人。

真的！

就是那次，叔叔和阿姨又一起去看小瑜，我奉命在家里看家。家里还养着小瑜的宝贝狗任小白和任小白的女儿小小白。任小白是一只白色的泰迪犬，已经十四岁了，走路都有点蹒跚，得有专人伺候。阿姨不在，我就是狗保姆。

叔叔阿姨刚走不久，家里就来了客人。

我正打扫卫生，听见有人按门铃。我打开门看见一个一脸傻笑的人站在门口。小小白大声地抗议着，不想让生人进门。他却开口便叫："小瑜姐！"

来的人是个毛头小子，长相吗，乍一看一般般，仔细一看更加一般般。个头倒是不低，怎么着也得有一米八靠上。这么高大的个子，却一脸稚气，带着两只银元大小的圆饼眼镜，看起来很搞笑。

我被这个人的傻气逗笑了："你什么眼神，凭我这五大三粗的样子，你哪只眼看见我是你小瑜姐了？"

"那你是谁？"他把头伸进门里寻找。

"我是你小瑜姐的朋友，不行吗？"

我把他让在沙发上，给他倒了水，便上楼给小瑜打了个电话。小瑜那里是半夜，她睡意蒙眬地听我说完，在电话里哈哈大笑，她说："他就是我给你讲过的那个傻呆。"我在这边也哈哈大笑，"傻呆"的故事我听得可不少。我问小瑜："我该怎么安置他？"小瑜说："你怎么安置任小白,就怎么安置他得了!给他找个睡觉的地方,一天三顿饭管饱。出门脖子上挂个牌,写上咱家地址和你的电话号码,别万一走丢了回不来。"

这人是任小瑜的表弟,阿姨的亲侄子。阿姨姓乔,她侄子叫乔大桥。小瑜给这个表弟取绰号"傻呆"。傻呆也不是十分傻,是他们老家的高考状元,清华大学建筑系学生,今年硕士毕业。假期结束就要去美国读博,已经被美国康奈尔大学风景园林专业录取。小瑜说,她这个表弟除了会学习,情商是个零,一句囫囵话都说不好。谁要是问他长大干什么,他就回答,学习。要是问他有什么爱好,他仍是回答,学习。他在清华读了六年,北京城都没转过来。小瑜曾问他清华大学校园有什么特色。他直接给她发来一张校园的鸟瞰图,然后再发一大堆评论文章。再问他,他就说学校哪哪有几棵百年老树。再问仍旧说不明白,好像他在清华只待了六天,而不是六年。

"不知道这样一个傻呆,是怎么考上康奈尔大学风景园林专业的?这个专业一直是康奈尔大学的优势,别说在美国,就是在世界范围内都算得上前列了。"小瑜说。

也别说,看看那瓶底儿似的眼镜就知道为什么了。

家里多了一个人,让我很有压力,下了班还得想着给他弄饭。但他在家里待了两天我就放松了。乔大桥比任小白娘俩还省心,给啥吃啥。到了饭点,我做饭,他就规规矩矩地坐在餐桌边等着,两手放在膝盖上,等着我端给他吃。菜做好了,若是我忘了放碟子和筷子,他不说话,就坐在那里一直等着。我的天!这真是弄个油饼挂脖子上都不知道转圈吃的主。有一次我有个应酬,给他打电话说晚会儿再吃饭。一直到我回来,他就坐在餐桌边傻等着。我赶紧给他做了个蔬菜沙拉,下了一碗水饺。他呼呼啦啦就吃完了。我问他:"沙拉好吃吗?"

他回答："好吃。"我收拾碗碟时发现，洗的蔬菜全部吃了，旁边小碟子里的沙拉酱动都没动。我哭笑不得，笑话道："傻呆，你吃的是原味蔬菜。"

从那以后我就和小瑜一样称呼他傻呆。他随即就答应了，一点抗议的意思都没有。

我比乔大桥大七岁，在他跟前却像个妈。我带着他理发，进理发店时像个流浪汉，出来时就变成了一个少爷。我看他打扮得三不整四不齐的，就领他去买衣服。我挑什么他就穿什么，我是设计师，他就是我的模特。从服装店出来，就像换了个人，精精神神一个帅哥。

我给了傻呆一把钥匙，上班时我告诉他看书累了就出去转转。他也很听话，看一会书就到隔壁的市民广场晃悠一圈。那天我回来，他告诉我今天转了十一圈儿，走了三万多步。我说那好吧，今天犒劳你，咱们出去吃吧！他立马站起身，在门口等着我带他出去吃饭。在路上，我给他讲各种菜的味道和特色。他看着我，嗯嗯嗯地答应着。我以为他对这些不感兴趣，便说：

"人活着，不懂吃还有什么意思？"

"是的，可也不一定！"他认真地回答我，这是他第一次敢于反驳我。

"好吧，傻呆，"我像对待小孩子那样拍着他的肩膀，"你倒是给我说说，有什么意思。"

他脸红了，低下头，没有说话。

我的头发是轻烫一下披在肩上，做饭时以免碍事，就随便弄个什么绾一下。有一天我给傻呆煎牛排忘了弄头发，低头的时候头发挡住了眼睛。我正要用手理一下，头发忽然被身后的一双手拢起来。我知道是傻呆，也没太在意，只是感觉他用个什么东西给我别了一下。吃完饭我去清洗时才发现，头上别着一个水钻的发卡。我最不擅长的就是弄头发,不是披着就是绑着,被他这么拢起来别上一个头饰,一张脸都变得闪闪发光。我跑出去问傻呆:"你这东西哪来的?"他一脸诚实地回答:"在商场买的。"

"你自己?去商场了?为什么想起买这个?"

"你的头发总是披着,我觉得拢起来更好看,更显气质。"

"好看?气质?"天啊,这是傻呆在说话吗?

接下来还有更多的意外,他会突然买一本书说:"送给你的。"

"为什么要送我这本书?"简·奥斯丁的《傲慢与偏见》,小瑜推荐给我读过。

"你很像她。"

"谁?"

"伊丽莎白。"

"咦?傻呆啊傻呆,你是说我像伊丽莎白小甜瓜吧?皮糙肉厚是吧?"我说完哈哈大笑。

"有啥好笑的,"他沮丧地看着我,"我是认真的。"

"说你是个傻呆一点都没冤枉你!我哪里有一点伊丽莎白的影子?莫非哪里还有达西等着你老姐我是吧?"

调侃了几句,脸色突然就凝重起来。某种伤感的情绪蔓延开来,我的脸上肯定出现了类似忧伤的神情,也许那一会真的像迷茫时的伊丽莎白。

"你会有的。你很好,非常好。"

我看见了他镜片后的眼睛,纯净得像一只羔羊。

我把书还给他,突然无厘头地烦恼起来,懒懒地把他扔在客厅里,独自走了。我的突然翻脸让他不知所措,接下来的几天我都爱答不理的,我做好饭会命令他自己去端盘子,自己摆碗筷。他吃完了我又凶他，让他自己收拾。他真的去洗，我又劈手夺过来。我被一种前所未有的情绪控制了，一种深藏在心底，连自己都不知道的烦恼和喜悦。

我在黑夜里拧自己的脸，我这是在干什么？我面对的只是一个孩子，一个傻呆。

我给自己冲了个冷水淋浴，在镜子里，我甩甩头发让自己恢复精神。一切又恢复了原状，我回复成一个大姐，一个小母亲。我忘记说了，傻呆三岁就没了母亲。母亲说是进城购物时走失的，二十年没有消息。有人猜测死了，又有人说被人贩子卖到山窝子里了。失踪两年后被法院宣布死亡后，父亲又娶了后母，生了两个妹妹。傻呆是跟着祖母长大的，他读书的费用全是姑姑，也就是小瑜的妈妈出的。

闲暇时间，我又开始带着傻呆四处游走。我们去植物园，他拽一根草茎，三下两下就拧成一个戒指，捧着递给我。那么大的手，托着一点小小的精致，真是憨态可掬。抬眼看他的脸，一脸孩子气的傻笑。我们去看电影，他一下子变成另一个人，他会告诉我电影的来龙去脉，原著是谁，人物故事的合理和不合理，演员哪一点没表现到位，等等。他熟悉那么多演员，包括国外的，好像都跟他哥们似的。莫非他什么都懂得，却装傻充愣欺骗我们？

好在他就要离开了，他要去遥远的美国。我们，或许一辈子都不会再见面了。

果然我没猜错。傻呆真不傻，他去美国后开始对我全方位展示他的霹雳手段，一天一封邮件，狂轰滥炸。我不知道他从哪弄到我的邮箱，他并没有问我要过。傻呆的爱情炽烈到足以把我融化。我知道我们之间的差距有多大，年龄、文化以及阶级，每一项都足以让我窒息。所以我一直拒绝，绝望地等待着他苏醒。他开窍了，说不定哪一天就会和小瑜一样宣布婚讯，娶个洋妞也说不准。

这样痛苦地煎熬了三年，我瘦了，瘦得像个麻秆一样。瘦了之后也变白了。我不是矫情，我真的忧郁了，是那种来自心底的掩不住的哀伤。他们说我的气质越来越像一个大企业家。的确，我的生意越来越好，我变得越来越高级，离原来的我也越来越远。

这一天终于到来了，傻呆告诉我他提前毕业了。他发来穿着博士服的照片。那一刻我有点迷糊，不是说要五年才能毕业吗，怎么三年就毕业了？也太牛了吧？

照片上，他长大了许多，肩宽了，像一个成熟的男人了。他张开双臂，像个外国人一样对我歪着头笑着，那笑容我是那么熟悉。我多想扑进去，那个怀抱是我日思夜想的。我想爱他，好好爱！

傻呆说，美国有给他工作的机会。

我回复他，好啊，你有才华，那边的空间可以让你更好地施展。

傻呆说，我要你也过来，嫁给我。美国的中国餐也有很大的市场。

我毫不犹豫地告诉他，我不会去的！离开中国，我做出来的仅仅只是食物而已，不管挣多少钱都不会成为我的事业。我并不明白我为什么这样说，我是爱我的国家吗？还是爱差不多被我遗忘的家乡？我已经走得太远了。

我告诉他："忘记我吧！找个合适姑娘成家立业。"

我好久再没收到他的任何消息，我昏睡了两天，觉得一切都过去了。也许根本没来，也不该来。我要求自己把一切都放下，毕竟长痛不如短痛。

一个月后，阿姨打电话让我回家一趟，说有要事。我连忙放下手头的工作赶回家去。进门就看见了笑嘻嘻的傻呆。那一刻，我如遭雷击。阿姨说："大桥把什么都告诉我了，他要娶你。"

"我？"我也顾不得面前是阿姨，泪流满面，泣不成声。

"好孩子,这几年你一直都心事重重,你该早点告诉我。"

我呆呆地站着,哽咽着说:"阿姨,这不合适。"

"再没这么合适了,傻孩子!他不娶你娶谁呢!往后啊,该改口叫姑姑了。"阿姨过来拉住我的手说。

我和傻呆第二天就去办理了结婚手续。傻呆把工作签到了深圳的一家设计院。办完手续,我们默默走到办事处对面的公园里。好像一切才刚刚开始,又好像一辈子的话语都已经说完。他说:"你去哪我就跟到哪,我是你永不割舍的一部分。"

我看看他,把手递给他。这是我们第一次手拉手。他把我揽在怀里,我把头抵在他的胸口说:

"傻呆,我也是。"

傻呆说:"你是我生命中最重要的人。"

我说:"傻呆,你是我的全部。"

说完,我忽然颤抖起来,泪流满面。我拿着他的手放在我泪湿的脸上,轻声说道:"阿呆,阿呆,掐我的脸,我要疼!我不是在做梦吧?"

然后我就伏在他怀里痛痛快快地纵声哭出来。有生以来,我这是第一次这么痛痛快快地哭,那声音盖过了周围的一切。我的眼泪鼻涕濡湿了他的新衬衫,我哭花了自己精心勾描的脸。我把我这些年的眼泪都攒着,就是为了哭给他,一个傻呆,我的阿呆!

在傻呆面前,我彻底地打开了我自己。多年藏在心底的淤结,一层层地揭开,我的家庭,我的母亲,甚至我父亲的死。我说:"阿呆,一直以来我都是赌着一口气过来的。我也不清楚赌什么,反正是放不下。"

傻呆抚着我的后背,深情地说:"没事亲爱的,你会放下的。"

"会吗？"我在黑夜里大睁着眼睛。

不过，我终于相信了这个世界上是有爱情的。我的父母不懂得，我的兄弟姐妹不懂得，但我懂得了。

十二

这次回来，本来我不再想找弟弟说安葬父亲的事儿，我知道说了也是白说，我弟媳妇那一关就过不了，到时候不但拿不到钱，还会惹一肚子气。但母亲既然已经给他打了电话，说这钱要他们拿，我不见就是我没走到，到时候两边都会怪罪我。

这次母亲对父亲的事儿这么上心，我和妹妹猜了很多次，都猜不出来她的心思。是不是跟她这两次生病有关？也许她觉得自己也快走到了生命尽头，见面时要对父亲有所交代？

但母亲并不是那样的人，她一生都不肯示弱。

到弟弟那里去我还要了却一桩心愿，我想去看看他们那里办事处的派出所所长，我曾经托人家办过兄弟媳妇的一桩事儿，办完之后一直没有时间感谢。

弟弟算是弟媳家的入赘女婿。我们姐弟几个的婚姻，除了我还算顺当，其他几个的事儿扯起来都有点长。当年弟媳的父亲在我们村子边上开了一个超市，弟媳也跟着父母过来读书，刚好跟我弟弟是一个班。弟媳长得虽然不是太漂亮，但被娇养的孩子不一样，气质独特，且能歌善舞，自幼学得一手好琵琶。弟弟一门心思迷上了她，可是人家根本没把我弟弟放在眼里，她喜欢的是我们这个城中村村主任的儿子。高中一毕业，两个人就大操大办结了婚。

那时候城市化刚刚开始，村里大拆大建，政府和开发商都要征地，所以村主任是个肥差，恐怕也借机敛了不少钱。村主任的儿子买了一辆大路虎，天天跟开个坦克似的到处显摆。有次他拉着父母去朋友家喝酒，回来的时候被前面的一辆破手扶拖拉机挡住了路，路虎发挥不了威力，怎么按喇叭，前面始终不让开路。那天他们都喝了不少酒，情绪极度亢奋，再加上有点生气，他大着舌头问父亲："老大，今天让您破费点小钱吧？"他父亲眼睛都没睁开，大大咧咧地说："小子，你看着办吧！"他一脚油门轰到底朝拖拉机冲去。想着他这么好的车，对付一个破手扶拖拉机根本不是事。没成想拖拉机被撞飞了，车斗里拉的几十根钢筋借着惯力冲出来，有几根从路虎的挡风玻璃上直插进来，他父子两个穿个透心凉，当场就死了。

那时候我未来的弟媳刚刚生了一个儿子，正是在家里颐指气使作威作福的时刻。可是这突如其来的打击，让这个家顷刻之间支离破碎。婆婆虽然伤得不重，但精神却差不多崩溃了，家里什么事儿也管不了，家里亲戚过来连偷带拿，弄得一个家乌烟瘴气。弟媳本来贪图人家的家业，可房本上没一处写的是自己的名字。更难以接受的打击来了，婆婆失去了丈夫，失去了儿子，她再不能失去孙子。开始霸着孙子不让儿媳妇碰，后来干脆抱着孩子藏起来不见面了。

弟媳被这突如其来的变故弄得晕头转向，天天脸不洗头不梳，病得要死不能活，父母只好把她接回娘家。恰好那会子我们村子拆迁，把他们的超市也给拆了。她父母又带着他们回了老家开封。

我弟弟觉得这是天赐良机，一而再再而三地追到人家家里，捧着大金戒指求婚，非要跟人家当上门女婿不可。对这送上门来的好事，人家还能说什么呢？兄弟媳妇收拾得花枝招展地应下了这门婚事，二话不说就去办了结婚手续。老两口生有一儿一女，儿子结婚后另过了。跟前就这么一个闺女，父母高兴得不得了，直喊我弟弟活菩萨。他们觉得是我弟弟救了他家闺女，救了他们一家子人。

这事儿把我母亲气得一死一活的，但是没用。说来也怪了，母亲对我们几个姊妹从来都是斩钉截铁，不允许还嘴。就是对自己的儿子，从来没敢说过一句硬话。但这次我母亲开始还是拼命阻拦了，要死要活的。我弟弟说，我就是要娶这个人，你要是敢逼我，我立马去投黄河，让你们家断子绝孙！

母亲吓得脸色都变了，她知道我弟弟不会浮水。

母亲的重男轻女是摆在桌面上的。自从我们家有了弟弟之后，她就再也没有把我们姊妹几个看在眼里，全世界就只有她的儿子。好吃的好穿的都是他的。但弟弟是扶不上墙的烂泥，虽然也不干什么坏事儿，就是混吃混喝，没囊气，更没什么志气。有一次，我二姐说，他就是我父亲的翻版。这话被我母亲听到了，一巴掌扇到二姐脸上，五个指印几天都没下去。她死都不愿意承认自己的儿子像他爹，更不会允许自家人这样说。

弟媳她们那个镇子离开封中心城区很近，现在已经成了市经济开发区。说来也怪，不管我弟弟做事如何荒唐，自打和弟媳结了婚，突然就上路了。夫妻俩在镇上开了一家饭店，开始是我弟弟亲自掌勺，硬是把饭店一铲子一铲子炒出名气来了。后来他培养了几个徒弟，又招了大厨，生意慢慢做大了。开封是个古都城，古迹颇多，来看古城的人尽管不火爆，可也常年络绎不绝。几年下来，临街盘了几间门面房，接连生了两个闺女，一高兴后面又买了几亩地盖了个小院，日子过得相当滋润。

我母亲一直没认这个儿媳妇，这也是她这么多年不愿意回河南的一个原因。我妹妹有时候逗她,你不认媳妇总不会孙女也不认吧?我母亲说:"我这一辈子就厌烦闺女。"我母亲就是这样,她后半辈子都是吃闺女的,住闺女的,但是要让她心里认可闺女可真是不容易。

去年弟媳妇的娘家侄子想去当兵。但这孩子在当地名声太坏,品行差,打架斗殴是家常便饭,是派出所的"常客",所以派出所死活不给盖章。弟媳不知道怎么打听到我跟派出所所长的老婆是小学同学,关系很好。其实,过去许多年并不来往,只是近几年我成了家乡的名人,她来深圳旅游找我,是我接待的。她很是感激,关系就热络起来了。

弟媳便让弟弟给我打电话。我拒绝了,说这事儿不好管,让人家为难的事儿我开不了口。我弟媳自个儿给我打了电话,还没张口就先哇哇大哭。说她娘八十多岁了,就这么一个孙子,不把他安置好,老娘会死不瞑目。对于这个半路冒出来的弟媳妇,我不知道该怎么拒绝,也知道如果拒绝了她,我弟弟面临着怎样的处境。于是万般无奈,就给派出所所长的老婆打了电话。派出所所长的老婆倒是干脆利索,她在电话里说,这不是个事儿,你谁都不要找了,这事儿你妹子我说了算!咱们办事处就是走一个兵,也是你这亲戚的!

果真人家把这事儿利利索索给办了。

那天去看他们,因为带的东西多,我让大姐夫开车跟我一起去。现在郑州和开封已经实现了一体化,道路非常好走,我们早早就到了他们家。弟弟已经明显发福了,头发也谢顶得厉害,那个中年油腻的样子猛一看真像我父亲。但认真打量,跟我父亲还是相差甚远。我父亲骨子里有一种尊贵,那是别人触碰不得的,虽然历经岁月的削磨,但依然坚硬;而我的弟弟则缺少这种东西,他是一味地软。我母亲不承认儿子像父亲,我倒是觉得他不配像父亲。

我弟媳则打扮得光鲜亮丽,咋看起来比我弟弟小好几岁。其实她比我弟弟还大两岁。弟媳一副志得意满的样子,一见面没有寒暄几句,就高门大嗓地说着他们现在的一切,刚刚从云南买回来的红木家具啦,在云南茶山上定制的老树普洱茶啦,刚刚去日本旅游买回来的衣服啦。反正绕过来绕过去,就是闭口不提父亲墓地的事儿。

在我脑海里闪回的,还是我们过去的家庭。我想起父亲和母亲,心头难免有一阵心酸。看着我油腻不堪的弟弟,禁不住总是想到在昏黄的电灯光下说书的父亲。

说了一阵子话之后,我给派出所所长的老婆打了电话,说中午我请他们吃饭。人家也挺给面子的,我放下电话不久,两口子就带着几个关系不错的干警过来了。中午喝得很是高兴,两口子也很会办事,所长夫人给我带了礼物,场面弄得热热闹闹,给足了面子。弟弟弟媳也很高兴,我弟弟亲自掌勺,上的都是店里的高端拿手菜。我们几个轮番敬酒,大家尽兴而归。

吃完饭,我送走客人,去了趟洗手间。从洗手间出来,发现人都回后面院子里去了,只有大姐夫站在门口等我。我正要出去,却被服务员拦住了,说让我到款台结账。我愣了一下,笑着说,你弄错了,我是你们老板的姐姐,今天是你们老板请客。服务员也笑着说,老板娘刚才专门交代了,说是你请来的客人,这账她让你结。见我愣了一下,服务员说:"我听老板娘说,您是深圳回来的大富翁,这点小钱算什么啊?您不知道老板娘的脾气?这两千九百二十块钱如果您不拿出来,得从我的工资里扣。"

我笑了笑,赶紧从包里抽出三千块钱给她,说多出来的算是小费,我们深圳都兴这个。服务员立时脸笑得开了花一样,说,姐可真有气质,和我们老板娘比起来,您是牡丹,她也就是朵西蓝花。说了自己先捂着嘴笑歪了脸。

出了门,我看见大姐夫已经坐在车里了,知道他为刚才的事儿不高兴。我拉开车门,把他喊下来,小声说:"哥,算了,这种事儿一介意,反而显得我们小气,让咱弟弟也下不来台。"

他长叹了口气,跟着我回到后面院子里,坐下来喝了一阵子他们的古树普洱茶,又和弟弟弟媳说了半天话。弟弟说:"姐,你轻易不回河南,走时想带点啥?我给你买去。"弟媳妇不等我谦让就抢着说:"深圳什么没有,人家咋会稀罕咱这些不入流的东西?"我弟弟闷了一会儿,站起来又坐下,终还是起身去院子里翻出一袋子晒干的草叶子,说:"这是我们秋天在黄河滩挖的蒲公英,沙地里长的,连着根拔出来晒干的。这个熬水喝,消炎效果非常好。咱妈爱嗓子发炎,不用吃药,拿这煮水喝一天就好了。"弟媳妇也赶忙说:"对对对,蒲公英可是个好东西,特别是黄河滩里的,纯野生,听说还有降三高的作用呢!"

关于父亲的墓地问题,他们一字没提。我更不想再提起。

车子走到半道,我弟弟突然发来一条微信:三姐,我挺想咱妈的,她要是愿意回来住一阵子,我去郑州陪她。

我回复道:好的!想想过于程式化,便把感叹号删了,在后面加了一个愉快的笑脸。

我离开的那一天,大姐夫送我。二姐和二姐夫后来也赶了过来。在机场托运完行李,到了安检口跟他和二姐、二姐夫告别的时候,大姐夫递给我一个用旧了的小化妆包,他说是大姐让交给我的。我随手放在手提包里。在飞机的头等舱安置好之后,我带有几分强烈的好奇打开那个小包,里面一层一层地用餐巾纸包裹着一卷硬硬的东西。一共包了五层,打开之后,一个红皮笔记本的塑料封面里,夹着一个自制的小本子。那种纸质相当低劣，但剪裁得很整齐，顶头用白线极精细地缝合在一起。白线已经泛黄了，被手指摸过的地方也形成了灰黑色的霉斑。仔细辨认，缝起来的地方还露着"兽医站处方笺"的暗红色字迹。

那一刻，我几乎魂飞魄散。平静了好一会儿，哆嗦着掀开小本子，扉页上写着：《关于做菜的几种方法》。居然还用了书名号。一页页地翻下去，一共二十几页，每页一道菜，详细地记述了选材和制作方法。

这就是我们探寻了几十年的秘密，我父亲的菜谱。钢笔，漂亮的楷体，线条流畅优美，刚柔并济。

你可以想象我搂着那个本子，那种激动，那种癫狂，那种伤感，那种得意，简直是无法用语言能描述出来的。我静静地等待着飞机倾斜着身子升到两千米，五千米，八千米，一万米的高空，它的爬高过程也是我的心情爬高的过程。等飞机平稳了，我镇定地站起来，把自己关进头等舱的卫生间里，哭了笑，笑了又哭，纸巾用了一大堆，脸上的妆容被冲得乱花残蕊。我索性用清水洗了个彻底。假面消失了，镜子里几乎是一张让我自己陌生的脸。我打量着这张脸，想起傻呆常常说的一句话：你不化妆的样子才是最好看的。真的是这样，说不上是清水出芙蓉，但确实很好看。我对着镜子，给了自己一个开心的笑脸。

十三

回到深圳，我给母亲看了父亲的墓地购买合同。只是预付了定金，手续繁复得比买楼盘都不差,真正拿到墓地还得排队等到一年之后。这也就意味着父亲在入土之前,至少还得流浪一次。有人说现在的人生不起,活不起,也死不起,我算是信了。

母亲还没出院。她自己不愿意,说是要做完全部检查再说,反正现在国家给报销。我笑了,我说国家不报销难道还不给你看病是吧?

"那可说不定!"她总是喜欢口强。关于购买墓地大家兑钱的事,她一句都不提。

我和医生商量了一下,医院保留住院手续,白天观察,人晚上回家住,第二天早晨再来。医生同意了。母亲也挺高兴,在这里住几天,虽然住的是单间,可满楼道人闹哄哄的,医生护士一会一趟,她根本睡不安生。病号饭有盐没味的,估计受了不少委屈。在她下床我妹妹给她穿鞋的时候,她提出想吃老家菜,说人一生病,就特别想念老家的味道。

我笑着说道:"您和小妹天天在家不都是吃老家菜嘛!"

她说:"那不一样。"

我朝妹妹挤挤眼,依然笑着说:"不行您换个口味儿,去尝尝我们的餐厅好不好?"

她也不答话,径直朝门外走去。

我开车带着她们跑了半天才找到一家好点儿的河南馆子,点了几个河南特色的菜品。有红烧鲤鱼、老豆腐蘸酱、炸八块,尤其是她喜欢吃的扒羊肉。开始上菜,她吃得很高兴。我妹妹看她情绪不错,就特意多给她夹菜。后来等扒羊肉上来了,她把筷子放下,站起来趴在上面一边看一边拿鼻子吸溜吸溜闻着,然后摇摇头,扑地一声坐下了,脸色也阴沉起来。她用手指着盘子里的羊肉说,这菜不是这个做法嘛!肋条肉要用肥肉,这瘦不拉几的羊做不好。葱段也得用油炸黄,不能炒成这样黑不溜秋的!

　　我和妹妹惊呆了,从小到大,这是她第一次说到菜,而且是我父亲最拿手的一道菜。我和妹妹相互看了几眼,谁都不知道该说什么。后来还是妹妹说,这是在深圳,能吃到这样做的羊肉已经不错了,就凑合着吃点吧,回家让我们姐俩亲自给你做。

　　她要了一碗疙瘩汤,桌上的菜一口也没再动。吃完饭回家的时候,我们一路无话。最近一段时间,我觉得母亲的情绪确实很反常。

　　妹妹陪母亲住楼下,我和老公女儿住楼上。寒假还没有结束,老公带女儿去普吉岛玩去了,屋子被保姆收拾得纤尘不染。回家这几天,快把我累散架了。我把浴缸的水放满,想躺在里面舒舒服服泡个澡。

　　在我昏昏欲睡的时候,听到母亲和妹妹在下面说话。楼上楼下的浴室在同一个位置。母亲说:"……要说你们姊妹兄弟几个,嫁的娶的就你三姐夫最好。人有学问,又懂得跟人亲。我们娘俩在人家家一待这么多年,一个不喜欢的脸色都没有。"

　　"你不是说,住的是你自己闺女的房吗?"我听见我妹妹吃吃地笑。

　　"别再胡说,再怎么说人家是一家人!女婿脸难看,我能吃得下饭?再说了,你房子弄好几年了,要不是你姐夫不让搬,说住一起热闹,我们娘俩……唉,我能不知道好歹,大桥这孩子,待人亲。"

　　"而且是真亲,我姐夫是不是真有点傻,跟谁都像没出五服一样,傻亲傻亲的。"我妹妹又吃吃地笑起来。

　　我母亲叹了一口气:"我不是不想让你再找,是怕你找不到好人。你能遇着一个你三姐夫这样的,我死也瞑目了。"

　　我的眼睛湿润了,真上岁数了,最近变得越来越爱哭。我们姊妹四个,只有我一个人的婚姻是自己做的主。我母亲见到大桥后一直客客气气,不夸赞也不批评,从来没有态度。现在她这样评价大桥,其实也是对其她几个女儿的道歉。她实在太强势了。

母女二人沉默了一会儿。

后来我听到母亲说："……你爸啊，本事不大，气性不小。"母亲像是自言自语，也像是在对妹妹说。

父亲死的时候我妹妹还小，对父亲一点印象都没有。平时我和姐姐说起父亲，她也很少插话。

"妈，我爸已经去世几十年了，"我听见水花呼啦呼啦响，估计是在给我妈搓背。母亲这些年一步也离不开妹妹，她也真是会伺候人。"妈，您快快活活过好自己的晚年，什么都别想了。"

"唉——"母亲长长地叹了口气，"要是能放下就好了！"

我不忍心再听下去，起来把窗户关严实，也没心情泡澡了。浑身又疼又困，躺在床上怎么都睡不着。父亲死时的情景老是在眼前晃来晃去。父亲的死像一个死结，纠缠了我们几十年，莫非母亲想把它解开吗？突然想起来，在我回郑州给父亲买墓地之前，她曾经给妹妹我们两个说过这样的话："不入土就不算安葬。你爸死几十年没安葬，他不闹腾才怪！"这话是什么意思？到底是谁、怎么闹腾了？父亲肯定不会闹腾她，只有她自己闹腾自己，心里过不去这个坎儿罢了。

可是这道坎儿我也不敢往深处想，真不敢再想下去。

过得去吗？

过不去吗？

一股无以言表的杂乱而又清晰的疼痛浸透了身体的每一处。我们只有一个父亲，可是他已经死去了；而活着的，也是我们姐弟五个唯一的母亲啊！

母亲，我是恨着她的。可我恨了多少年就爱了多少年；恨有多深，爱就有多深。倏忽之间，她已经八十六岁了。我在黑暗中大睁着眼睛，任泪水濡湿枕头。我清晰地意识到，她离死亡越来越近了，这是我心底最恐惧的，要多恐惧有多恐惧。

我心里某些冷硬的东西在松动，好像沉积了几十年的冻土层在慢慢融化。尽管我不去想，可那些过往的日子突然雪片般地向我飞来，一层一层地落在我心底，令我百感交集。

下午在医院看妹妹给母亲穿鞋的时候，我突然想起一件事。我在郑州的老房子收拾东西的时候，看见母亲乱七八糟的衣服里面，还裹着一只纳好的鞋底子，只有那一只。当时我就猜想，另外一只是丢了，还是根本没纳出来？那只鞋底子很大，显然是父亲的。如果是父亲去世前纳的，为什么母亲还要一直保留着呢？

那只鞋底子虽然做工不是很精致，但明显看出来，母亲还是下了很大功夫的。鞋底子纳得厚厚实实，针脚密密麻麻。它像有生命似的与我对望。一瞬间，我被感动得热泪盈眶。我想起二姨说过，家里再穷，我母亲也保证父亲出门必须穿戴得齐齐整整，干干净净，能有模有样地站在人前。这母亲一针一线纳出来的鞋底子，曾经寄托过她多大的希望啊！

我拿起那只鞋底子，把它紧紧贴在脸上很久很久，感受着它的坚硬和温暖，然后把它放进我包里。我想，等父亲入土的时候，我一定要把它跟父亲放在一起。

郑州的小房子我在售房网上挂出去了。可我没告诉任何人，在东区最好的地段北龙湖西岸，买了一套带院子的洋房，两层带地下室，加在一起有四百多平。我母亲要是想回郑州就让她回来住，她稀罕土地，深圳的楼顶上搁满了盆盆罐罐，里面种满了荆芥、玉米菜、薄荷、小茴香，都是她让我妹在网上买的家乡的菜种。一个带院子的房子会是我母亲晚年最美好的期盼吧,可以让她任意栽花种菜。这里距开封也只有半个小时的车程,孩子们谁想陪她住谁就过来,反正房子足够大。

我待在郑州的这一段时间,抽空转了市区的各个地方。西区改造成了一个标准的绿城,拥挤却充满秩序。而庞大的郑东新区,高楼大厦之间,有着阔大的开放式公园,处处草木葳蕤,生机勃勃。郑州,也许克隆了别的城市,但她长得像谁又如何呢?无论像谁,她毕竟是她自己,她有自己的核心文化,她有自己的发展逻辑。过去那个老郑州是回不来了,但是一个崭新的郑州依然是郑州。人在变,城市也在变。我父亲死去几十年了,不也一样在改变?

我的家乡,一切皆好,一切都会变得越来越好。当我们想着她好,想着让她好的时候,她怎么能不好呢?

我父亲将回到黄河岸边的邙山,他可以俯瞰河流的两岸。他老人家在另外一个世界,也一定改换了容颜,体态从容,坦然以对。

我估算了一下,这个眼下已经拥有一千万人的特大城市,按照国家中心城市的规划,还有两千万人的增长空间。虽然这个城市处处都是豫菜,但不具规模,没有完备的标准,也不成体系。这里的粤菜馆子也有几家,但做得不伦不类,更是不具规模。我要回到郑州来,我想研究开发豫菜体系。我还想把地道的粤菜搬回来,甚至想搞一个菜系融合工程。我设想用餐饮撬动一个有着巨大的潜力的市场。这样的设想,母亲还会觉得做餐饮拿不出手吗?

我的父亲叫曹曾光,他生于黄河,死于黄河,最后也将葬于黄河岸边。他再也不是我们家的耻辱,我要完成的正是我父亲未竟的梦想。

发表于《人民文学》2020年第6期

风中的母亲

怎么说我们那个村子呢，我要说她是一个美丽的村庄，显然有些夸大事实。但若是我告诉你村子里的那些事物，空气香甜澄明，亮晃晃金灿灿的阳光，新盖起的房屋红瓦白墙，蹲在墙根晒暖儿的老人和狗，奔跑着的男孩女孩，道边栽种不久的果树，树木开着各色的花或者沉甸甸地挂满果子，雨后的叶子碧绿鲜亮……你是不是觉得很向往呢？真实的情况是，一整个村庄都找不见一棵大树。一个没有大树的村庄，总是有那么一点虚张声势、底气不足。许多新盖起的房屋都空着，院子里荒草丛生，院门也被荒草所包围。偶尔遇见一只狗，也是怯生生地夹着尾巴，好像随时准备着挨打的样子。

其实这并不是一个荒废的村庄，像绝大多数村庄一样，村里的年轻人大多都到城里打工去了，老人留在屋里看家。说是老人，到底有多老呢？也就四五十、五六十岁吧，当然还有更老的。这些人要么年轻的时候在城里用命换钱，得了各种各样治不好的疾病，再也跑不动了；要么是上有老下有小，拽住腿走不出去了。

前些年，在城里打工的年轻夫妻还会把孩子送回来。后来全国上下都在声讨"留守儿童"什么的，弄得政府和农民工两处都不显好，把孩子送回来的也越来越少了。一个村庄，没有年轻人，没有孩子，也没有猪牛羊，怎么看怎么不地道。街道寂寞而肮脏，到处是狗屎和塑料袋，风一吹，尘土就飞起来眯了人的眼睛。耕种过的庄稼地也不再齐齐整整，有些土地还荒着，举目望去，倒很像南方人说的那种癞痢头。很少有人家种瓜果蔬菜了，太操心，也太费工费力。于是，他们像城里人一样赶集买菜。后来因为人越来越少，集市也撑持不住，散了。超市取代了市场，开超市的去城里买菜，然后再卖给村庄里不再种菜的农人。

爱惜土地的老人都逐渐死去，他们埋在地下，成为最后一批土地守护者。剩下的这些男人和女人，怎么说呢，他们都生在新时代，都随时代改变了心性。男人不再热衷于种地，也不再热爱土地，他们宁可到城里做一些又脏又累的活儿。虽然出了苦力，但来钱快，麻烦事也少。女人也不再做针线，她们到集市上购买衣服和鞋袜，又省力又好看，比自己做的还划算。

我妈就是那些个赶集的队伍里最积极的一个。

我妈活了五十岁了，在人烟越来越稀少的村子里，她的的确确算是一个老人了。她宁愿相信她是一个老人，因为她的父母，她父母的父母，都是在这个年岁上成为老人的。她不信主，谁都不信，什么都不信。或者说，她不知道该信谁。婆婆在的时候，她信婆婆的。婆婆死了，她信老公的。老公也死了，她就无人可信了。别的女人信了主，或者信佛。主也好，佛也罢，离她那么远，怎么好相信呢？她就是这么想的，也是这么说这么做的。有时候，信主的一拨来拉她，她一脸迷茫地看着人家，突然口出惊人地说，你信主，你能不能让主跟我说句话我听听？信佛的那一拨过来，她也是这样，慢悠悠地问人家。她不是讽刺这些人，她根本不会讽刺人。她脑子里就是这么想的。

有时候我从城里回来看我妈，那些人就做我的工作。我说，主也好，佛也好，反正都是教人向善的。自己不生气，也不与人吵架。我妈天生的好脾性，她不懂得生气，更没什么可以吵架的人。你们何必再让她多一道手续呢？

我妈就钦佩地看着我，笑。我觉得她现在只信我。

我奶奶死的时候我还不省事。我爸是我奶奶寡妇熬儿养大的独苗。我爸说我奶奶可是个过日子的好手，麸皮子掺野菜，她都能在锅里炕出味道鲜美的饼子。我奶奶最拿手的就是做茄子面片儿。把茄子切成一寸见方的薄片，拌上面，放在地锅里干炕，不放油，就那么三翻两翻，待两面焦黄，放上葱花姜末儿，加水。稍等片刻，滚出汤味，再把擀好的面片切成菱形放入锅，待起锅时点几滴香油，再放一把荆芥叶，能香半条街。周围邻居还以为咱家天天吃肉呢！

"你奶奶面擀得好，薄得能照见人影儿。下到锅里那个筋道啊！"我爸说，"你奶奶做的饭可香死人了！"

然后每次他都把我奶奶做饭的流程，细细给我讲来。我不记得吃过我奶奶做的面，但爸爸说的那个过程，色香味俱全，听一听都好像含在嘴里，香得流口水。

但他从来不讲给我妈，因为他知道那没用。我奶奶见我妈第一面，还没说上三句话，就知道是个中看不中用的。我奶奶觉得娶个这样的媳妇，太不值，吃了大亏。因为我妈在十里八乡长得出了名地好看，娶我妈花了比别人家多一倍的钱。但奶奶没办法，我爸死活愿意娶她。我爸从小到大都听我奶奶的，但在娶不娶我妈的问题上，他说了过天话。他说，要不让娶她，我就让洪家断子绝孙！我家姓洪。

我奶奶看着这根独苗儿，妥协了。

媳妇娶到家没几天，我爸就跟我奶奶说，他要出去找活干。他兑现了求娶我妈时的谈判条件，挣的钱都交给奶奶。

我奶奶忧心忡忡地看着儿子，说，缘分这东西，会弄死人哩！

奶奶答应了我爸娶我妈，觉得我爸我妈都欠着她。所以奶奶活着的时候，一家大小吃什么穿什么用什么，都得由她说了算。我爸挣多少钱，给谁了，怎么花了，我妈问都不问一句。时间长了，再比比左邻右舍，我奶奶觉得这个媳妇也不算差，省心。邻居家的婆媳之间就没见消停过，整日斗得鸡飞狗跳。有婆媳见天不说话的，也有过不下去干脆上吊死了的。婆婆吊死了，就若无其事地埋掉，儿子和媳妇照样过生活。要是媳妇吊死了，家里就会折腾一阵子。娘家人来闹事，有大打出手的，也有闹得倾家荡产的。有的娘家人门户小，不敢来闹事儿。男人就会跟自己的亲娘闹，找个女人容易吗？不闹一闹，心里的气儿出不来。有时候闹得当娘的也活不下去了，一根绳吊在梁上，死了，事情才算有个了结。

农村就这点子事儿。被这些事儿热闹着，倒也显得不那么萧索。

我爸说，他找了我妈，几处省心。我妈省心，我奶奶省心，我爸也省心。我爸说，你呢？你不省心吗？从小到大你妈没动过你一指头，没骂过你一句。

我爸说这话倒是真的。我妈从来不和我爸生气，更不跟我奶奶生气。我奶奶说往东，我妈绝对不往西；我奶奶说赶猪，我妈绝不撵鸡。我妈不爱操闲杂心，话都不多说。我奶奶觉得娶来个媳妇，就像在院子里栽棵树一样，让开花就开花，让结果就结果。不赶刮风下雨，连个动静都没有。

我奶奶还不算老，家里地里的活都做得动。我妈说我奶奶身体好得很，直到有一天，做饭的时候一头栽在灶台边死掉了。那天好像是刮大风。我妈说，刮风天多了，也没见刮死过人，但我奶奶硬是被风刮死了。

我奶奶死的消息很快就传开了，毕竟她的死有点出乎大家的意料。一家人，没吵过，没闹过，不缺吃也不缺穿，怎么说死就死呢？村里人都跑到我家看热闹，大家都盼着有点故事。我妈胆儿小，我奶奶死了她一眼都没敢看。对于奶奶的死，她比村里人更加错愕。她从来没想过这个问题，她更没想过，我奶奶死了她该怎么处置？看热闹的人都笑我妈，说她不精细，婆婆死了哭都不会。在农村，哭婆婆可是一件技术活儿。

但终究死了就死了，人真正躺在那里，脸上蒙着黄表纸，大家指指点点热闹一会儿，也就没人说什么了。一把火烧了，前几天还擀面条的奶奶，被装在一个小盒子里，再买一口棺材，埋在自家的麦地里。我爸撇下我妈和我，又出门打工去了。

我妈长长地出了口气，好像重新托生了似的。但她也从此觉得生活过得更没意思了，没个人管她，她也没任何人可管，等于没个依靠，没个抓手。

后来我生了儿子，想想都有点后怕，我压根不知道我是怎么长大的，我妈一辈子连一顿像样的饭都没给我做过，更不要说教我做饭了。她老是买一筐馒头，放那儿干着，每天咸菜就干馒头，哪天高兴了还会烧点开水，放点盐，滴几滴香油，算是有点汤水了。要是遇到冬天，我们家不会吃一根青菜。她会去买人家腌好的咸菜疙瘩，切开让我们吃。我小小年纪就便秘，好几天不解一次大手。到了春夏就好了，我妈最会做的菜就是凉拌菜。拌黄瓜、拌水煮的青菜叶子，别人家拌黄瓜青菜都弄个蒜汁什么的搅拌一下。我妈就直接撒点盐放点香油,她懒得捣弄蒜汁,麻烦。哪一天她高兴了,西红柿切一切,撒一把白糖,好吃到我连碗底子的汁水都舔得干干净净。

后来我跟着她啃干馒头啃厌烦了,一点点大就会自己泡方便面吃。有时候懒得泡,把一包方便面拍碎了,装在书包里当零食吃,其实也是当主食吃。二十多块钱一箱的方便面,我爸每一次从城里回来都给我买上几箱。

有时候我爸从工地上回来,想吃家里煮的面条。我觉得那是我爸对老家唯一的念想了。那时候虽然我爸老是跟我讲奶奶做饭的故事,但我还不会做。我妈也不会,她就到面条铺里换二斤面。水烧开,就把面条和一捆洗好的菜叶一起放进去煮。我爸要是说咸了或者淡了,她就把我爸的碗接过来倒进锅里,淡了撒一把盐,咸了添一瓢水。有了我弟弟后,我爸越来越不愿意回家了,在城里挣一点吃一点,睡涵洞都不回来。我爸曾经骑着他的旧摩托车载我到城里去过几趟。城里人多车多,热闹得我透不过气来。城里的树木草地和画上电视上的一模一样,高楼像山一样高,山上那么多屋子,都空着,楼道里也空空荡荡的。我爸说,这楼还没盖好,等装修好了人就多了。我觉得那没盖好的楼也比农村强,怎么就没人住呢?我爸他们也不住,他和那些农民工夹着破旧的铺盖卷儿,就住在工地附近的涵洞里。夏天还好将就,冬天就像躺在冰窖里。我爸说一大片人挤在一起不怕冷。休息的时候,他就带着我到处游逛,给我买好吃的热乎乎的食物。我喜欢城里的食物。那时候我就想,等我长大一点也到城里打工,只要别让我住涵洞,什么活我都干。

要是手上有了点钱,我妈会一个人去逛市场,买好看的衣服。她很会给自己挑选衣服。村里女人都笑话她,说她买得又贵又不实用。

但我觉得好看，我妈是我们村子里最好看的女人。有时候，我妈也会给我买条花裙子。我上了村里的小学，我很瘦，瘦白瘦白的，穿上城里孩子才穿的花裙子和皮凉鞋，老师和同学都很羡慕。但我总是饿着，连嘴唇都发白。

我妈二十岁生了我，三十二岁生了我弟，我和我弟一个属相。我妈生了我弟弟，就完全不干家务事了。那一年过春节，我爸割了一大块肉回来——工地上发了点钱，再加上老婆生了儿子，于是就割了肉。我们父女俩把肉洗了，放在水里煮了整整两个小时，就为了闻那味儿。肉香得把我妈的馋虫都勾出来了，她前后到厨房看了三回。

我爸毕竟在工地上干过，见过世面。他给我二十块钱，让我去小卖店买了一棵白菜两棵葱，二斤豆腐，一捆粉条。我们把所有的东西都放在肉锅里一起煮。我爸说，他们在工地上天天都吃这。我没吭气儿，只顾低着头吃。我去过我爸那里几次，反正一次都没吃过。那天我吃了三碗，我妈吃了四碗。

我长到十二岁第一次吃这么好吃的烩菜，好吃得都快哭了。我妈怎么不这么做呢？她难道真的是不会做吗？我的亲妈，她从来没给我、也没给我后来出生的弟弟做过一顿像样的饭菜。好在农村的孩子不金贵，吃啥都能长大。虽然我在我妈的凑合中长大，但长得像模像样的。村子里的人都说，模子好。

我妈就只会给我弟弟喂奶，其他什么都不干了。我爸于是决定不让我上学了，他说，你闺女家，反正长大也是在村里寻个人嫁了，念书也没啥用处。再说了，你弟得有人看，你上学走了，把这一摊子扔家，谁洗衣服谁做饭呢？我看看我妈。我妈像没事人一样。于是，我爸的决定就这样落实了。其实我爸早就看透了。只是没说而已。家里有个女人，能给他生儿育女，他就很知足了。

其实我也挺高兴的,我跟着我妈啃干馒头啃怕了,听说做饭的事由我当家做主,就两眼放光。与不上学比起来,这更加实惠,不上就不上吧!那学也确实没什么可上的,况且就现在为止,我也比我妈识字多,也比她会算账。

我那年十二岁,由于对吃的恐惧和渴望,我很快就长了不少本事。我会熬米汤、蒸馍、炒菜,虽然没有学会奶奶擀一手好面条,但顿顿能吃上炒菜,也是一步登天了。其实炒菜也没什么难的,小卖店里什么都有,一桶油一瓶生抽,一盒十三香,就解决了所有问题。萝卜西红柿、豆腐大白菜、鸡蛋香椿叶,我能弄出好几样炒菜。我爸最爱吃我做的大烩菜,说我比他那次做的好吃多了。

吃饱了肚子,一切皆好。什么我都不觉得苦,冬天洗衣服,手上裂的都是大口子,我没有丝毫怨言。看看那些上学的孩子吧,他们更苦恼,每天天不亮就起床去学校,冬天的寒风把腔子吹得冰凉冰凉,夏天的太阳把头发晒得焦黄。迟到了要挨老师骂,考试不好要挨爸妈打。那是什么样的日子啊?想想就后怕。幸亏我退学了。我妈又不操心不管事儿,一天吃几顿,吃什么,什么时候吃,一切皆由我做主。我在小村庄里欢快地自由穿行,活得比满坡的苹果树都自在。我们村子里那几年时兴种苹果,家家都种苹果。那时还没有网购,开始的时候人家还来收,后来种得多了,苹果卖不出去都烂掉了。于是村子里的女孩子们都学我,上着上着都退学了,拉着架子车,满世界卖苹果。后来苹果树也砍掉了,我们就跟着男人们进城打工。

我妈每次给我打电话,十有八九都是弟弟的事儿,而弟弟的事儿就是钱的事儿。你弟初中没考上,借读费得两千。你弟想学画画儿,总不能让他长大像你爸一样去工地打零工吧?你弟弟去上学害怕家里有急事儿找他，想买个手机……

但有一次要钱，却不是弟弟的事儿。我妈说，你爸在工地上从脚手架上掉下来了，头撞在墙上，肋巴骨也摔断了几根。包工头躲起来不见面，不交钱医院又不收。

只要是跟我要钱，我妈表达得很清晰也很有条理，一点不像个糊涂人。但她每次跟我说这事儿，没等她说完我就问，多少钱？然后就把钱给她打卡上。这次说到我爸，开始我也没在意。听完才觉得不对头，就问她，我爸？我爸怎么了？她说，你爸在工地上摔下来了，死了。我的天！我爸死了她还这样跟我说话，像没事人一样！我放下电话就往家赶。

我爸确实死了，跟着一家装修公司打工，安装一块户外广告牌时，突然一阵狂风，把广告牌刮倒了，砸在梯子上。我爸连人带梯子从上面摔下来。颅内出血，因为没人交费耽误了救治，死了。

我爸死了。村里管事儿的人就让我们穿上孝衣，头上扎上白布条子，到工地去跪着。我妈也要跪，管事儿的人说，你可不能跪这儿，你是当家人了，好多事儿你还得应酬呢！于是我妈就呆呆地站在我们身后，手足无措看着我们。好多人围着我们看，他们指指点点，有说我爸死得可惜的，也有夸奖我们母女俩漂亮的。还有的说，这娘俩可惜了，要是生在城里，嫁个好男人，还不活得跟仙儿一样？

大家说说笑笑的像看戏一样，他们说这些我已经见惯不惊了。现在农村都是这样，死了人有跳脱衣舞的，结婚也有大打出手的。反正是丧事当喜事办，喜事当丧事办。

管事儿的领着工头来了。工头提着一个袋子，看见我妈，刺啦一声把袋子拉开，里面是一捆一捆的钱，整整十万块。我妈没见过那么多钱，看了一眼，赶紧把目光移开，求助似的看着我。我走过去要跟工头讲理，被我妈死死拉住了。她是怕我得罪工头，这钱就没有了。

工头指着我说，开工之前就说好了，出了事故我们不管。然后他从口袋里掏出一沓纸，在另一只手上摔打着，干一天活发一天工资，你们自己不小心摔死了，按理我们不该给你们一分钱！他又转头对着我妈，出其不意地笑了一下。那笑把我妈吓住了，下意识地往后退了一步。工头说，我是可怜你们母女俩。你还这么年轻，你要是愿意啊，可以来工地上给大伙儿做做饭，挣得保证比你男人都多！

我妈闻听此言，眼泪立刻成串掉出来了。她怎么可以想象给工地上几十个男人做饭？那不是难为她吗？工地上土气大，每一滴眼泪落在地上就砸出一个坑。我妈突如其来的眼泪把包工头吓坏了。包工头扔下钱，说，我只说让你来干活，你这是怎么了？还想讹我啊？

包工头可真错看我妈了，他是高看她了，我妈她哪有讹人的心计？

我十五岁出门打工，端盘子洗碗家政服务员什么都干过。我遗传了我妈的长相，村里人都说我比我妈长得还好看。女子长得美，多喝半盏水。同样是打工，老板总会多赏我一点。其实也不光拼的颜值，我干活麻溜，在餐馆里洗盘子洗得又快又干净。和我一起干活的女孩喜欢偷懒，后来俩人的活我一个人都干了。本来洗一天八十块，老板喜欢我踏实，干脆把另一个人辞了，一天给我一百。客人剩下的饭菜，他们让我随便吃。我是个不生事的，我和我妈一样话不多，稳稳当当倒像个有知识有家教的女孩。我有时被家政公司的人带着去人家家里搞清洁什么的，也都尽职尽责，干完后地缝里都找不到一丝灰尘。我从不打碎东西，主人给什么吃的我也不嫌弃，安安详详地吃。

有位阿姨很喜欢我，这个阿姨好像很有学问，家里到处都是书。零用钱就在窗台上随便放着，她一点不防备我会拿。那天干完活儿，我离开的时候阿姨要了我的电话号码。晚上下了班她来接我，非要请我出去吃饭。我一句都没问为什么，毫不犹豫就跟她上了车。路上阿姨说，我就喜欢这样大大方方的孩子，不扭捏。我没说话，她又问我，愿不愿意在她家里做事？我说，愿意！

阿姨扭头温和地看着我笑笑，问："为什么愿意？"

这倒是把我问住了，刚才答应她的时候，我想都没想。其实我想说，您看着就像个好人。但是我说不出口。

我后来在这个阿姨家里做了两年，吃住都在她家里。她一个月给我两千块钱，还给我买一年四季的衣服。那衣服可比我妈给我买的质量好太多了，就是我自己也没舍得买过那么贵的衣服。一条裙子几百块，一双鞋也是几百。我刚进城的时候赶时髦，跟着女孩子们把头发烫了染了，头发乱得像个草窝。阿姨亲自送我去理发店，我在店里待了一下午，做了营养发油，剪了个齐刘海的短发，整得像个城里的高中生。阿姨看了高兴地说，我还真是没看错人！

阿姨家就她一个人，她在家我就做两个人的饭。但她常常出去吃饭，说是应酬。她有时也带我出去吃饭，跟她的朋友介绍说，这是我女儿。大家都拍了手笑，说还真是长得像。除了公务活动，阿姨做什么都带着我，吃饭逛街做头发蒸桑拿。我有时候睡觉睡糊涂了，真的觉得我就是这个阿姨的孩子，我做梦都想有个阿姨这样的妈妈。

但她毕竟不是我妈。我有妈，我妈住在我们的村子里，她每个月都要等我寄钱回去。我妈只要知道我还活着，她从来都不想知道我是怎么活的。我干什么在哪里干，我妈好像从来没问过。

好日子总是不长久的。阿姨要调走了，她的丈夫在深圳，她要到深圳找她丈夫团聚去了。走之前她说，孩子，要不你跟我一起去深圳吧？深圳？我没去过深圳，在电视上看到深圳，就觉得远得我这一辈子也走不到。所以我很高兴,好不犹豫就答应了。那天我跟阿姨说,我要回去告诉我妈这件事。可是走着走着,我却犯了愁。我走了,我妈和我弟怎么办?主要是我妈怎么办?于是,走到半道我又回来了,我告诉阿姨,我不想去了。我不想去那么远的地方,我不喜欢。

在阿姨家干了两年,我跟她学了许多东西。我吃过日本牛排和三文鱼刺身,我穿过几百块钱的衣服和鞋子。最重要的是,我还跟着阿姨,坐飞机去过海南,在天涯海角照过相。我穿着短裙站在南国椰子树下的那些照片,在我们村子里曾经成为一个炽热的话题。村子里没有比我更见过世面的女孩子了。

阿姨走了,走时给我留下很多东西,许久我都没舍得打开用。我知道那是我最后的幸福,我偷偷哭了好几个晚上,我觉得我再没有好日子过了。

我越来越和我爸一样,在城里干什么活都行,就是不愿意回村里去。我在城里挣钱,我挣的钱除了自己简单的生活费,都用来养我妈和我弟弟了。我妈不爱操心管事,没有我爸了还有我。家里缺了钱她就管我要,反正我总能挣到钱。我妈觉得我养她和弟弟,是天经地义的。

后来阴差阳错,我到了小牛家的洗浴中心做了大堂接待。洗浴中心不大,是小牛家的一栋旧房子改建的。因为是在市场边上,生意倒是挺好的。我长得好看,举止得体,很受客人欢迎。老板娘就是小牛的妈。那次是去洗浴中心做保洁,小牛的妈觉得我干活踏实,人长得又好,当保洁工可惜了,就让我留下来在门口做接待。

在那里干了一段时间,我觉得小牛的妈是看上我了。她跟人家夸我说,我虽然文化低点,但见识却不低。关键是人长得好,性格也好。我觉得她们家小牛也不错,除了长得不好,其他都好。小牛头大个子矮，人倒精明得很，眼睛小，目光贼亮。小牛知道了她妈的意思，或者说他把对我的意思，变成了他妈的意思。反正他们俩都喜欢我。就这么撮合撮合，我们就经常在一起了。后来小牛还给我买了一条施华洛世奇的钻石项链。他很有眼光，项链比真的钻石都漂亮。我带上项链穿上新裙子，大家都说这姑娘像是从画上走出来的。

我不知道小牛家有多少钱，他家是城中村的拆迁户，家里做着好几门子生意。小牛的妈很会做饭，家里有保姆，她也亲自下厨。小牛的爸只吃他老婆做的饭。每顿饭都有好多个菜，汤水齐全。

每天晚上下了班，小牛就带我出去吃烤肉或者涮肉。他头上打了彩色发蜡，脖子上戴着大金链子，即使我们俩，他也点一桌子菜，看着就像一个大老板。他点的菜简直要把人的肚皮撑破了，吃得我眼泪汪汪的。我觉得跟着小牛吃这么好，就是真正的幸福。他会娶我吗？真有这样的好事，能嫁到城里吃香的喝辣的？后来小牛问我愿不愿意嫁给他。我想都没想就答应了。这事儿我不用征求我妈的意见。我妈不会管我的任何事儿，她也不知道该怎么管。反正闺女大了要嫁人，至于嫁到哪里，她不会管。其实我妈不是个贪心的人，她不懂得嫁女儿是可以要彩礼的。这一点让我婆婆很意外，她因而对我们母女两个更加另眼相看了。

我妈二十岁生了我，我二十岁生了我儿子。我婆婆生意上的事顾不过来，非让我把我妈接过来。我妈来了，还带着我弟弟。我弟弟初中没上完就不上了，整天和一帮小混混在一起耍。反正他也不缺钱，我挣的工资都是给他花的。我弟弟跟我一样，长得都随我妈，生得面皮白净，看起来文文气气的，穿的戴的像个有钱人家的公子。

我婆婆人不错，对我妈和我弟弟都很好。可是我妈过来能干什么呢？我把困惑告诉了我婆婆。我婆婆说，看你妈生得好模样，利利索索一个人。乡下的女人又没啥事，怎么不会做饭呢？你们这俩孩子怎么养大的，能帮我给你做做家常饭也好啊。

我羞愧难当，无法为我妈辩解。我妈倒没觉得有什么，理直气壮地辩解说，如今乡下的女人都不怎么会做饭，村里有小饭馆，男人在外头打工，女人就在家打牌，输了回家啃干馒头，赢了就下馆子吃饺子。

哦。怪不得呢！我婆婆说了这句意味深长地话，就没再说什么。她也是从乡下嫁过来的，她小时候在娘家，小牛她姥姥擀面条蒸馒头烙油饼塌菜馍做疙瘩汤，几乎样样都会。结婚之前她就跟着母亲一样样地学，把全套手艺都学到了手。

晚上我把我婆婆的经历说给我妈。我妈说，都怪现在的风气，怎么都出去打工啊？你姥姥也是什么都会做，那时候不兴打工，男人种庄稼，女人就做饭，一大家子人顿顿都不能将就。轮到我嫁你爸，农村男人都出去干活了，剩下老的少的吃饭不讲究，做熟就行，所以我就什么都没学会。我也没法指责我妈，就随口说了一句，你说农村人现在连家常饭都不会做了，这乡村不就毁了吗？我妈一脸迷茫地说，毁了？毁什么，我觉得还怪好哩！

我婆婆人真不错，尽管我妈什么都不会干，她还是留下了她。我生了儿子，给婆婆家长了脸。小牛他们家亲戚，没一个能生儿子的，要么一水儿都是女儿，要么不会生。婆婆让我给我妈里里外外都换上了时尚的新衣服。我妈虽然从来没离开过农村，但是她没干过农活，家务也不做。不操心的女人有一样好处，就是活得轻松，活得年轻。她换上新衣服，很像个样子，跟城里人也没啥差别。她不爱说话，忽闪着天真的大眼睛。别人说话她就安安静静地听，看上去心里蛮有数的样子。

我婆婆晚上去跳广场舞也带上她，大家都夸亲家母又年轻又好看。我妈也真是个人模子，她上辈子难不成是个跳舞的？百八十人的舞群，人乌泱乌泱的，我妈跳了两三天，就出了头，比人家跳三个月甚至跳三年都好。跳着跳着，她从最后一排跳到第一排。领舞的也不领了，立在旁边看她跳。舞曲一响，我妈就不是她自己了，好像她是上天派下来专门跳舞的，多高难度的动作都不是个事儿。她好像完全变了一个人，顾盼生辉，喜笑盈盈，完全没有了惯常的生涩。河岸上香风吹荡，杨柳摇曳。可那怎么比得了我妈的腰肢！它摇得比杨柳都柔软，比白云都飘逸。连我都吓到了，难不成我妈的春天来了？她怕是要开窍了。有一次，她跳得实在太起劲了，连着跳了两场也不休息。我过去喊她，她好像没听见似的，沉浸在音乐里。我去拉她，她对我打断她的舞蹈怒不可遏，狠狠地朝我手上打了一巴掌。那一巴掌，让我疼得差点跪倒。那是我第一次见她发怒，我吓坏了，赶紧逃到一边，迷迷糊糊地等着她跳完。

跳了一段时间广场舞，有一个人看上了我妈。他是小牛这个村的坐地户，比我妈大十来岁。老伴儿去世了，有一个女儿在别的城市生活。人家倒不嫌弃我母亲带着儿子，通过我婆婆，常常带我妈她们去吃馆子。开始我妈也不知道他是什么意思。待明白了，就想拒绝。我婆婆笑着说，城里人都这样。人家也不吃你，你不吃白不吃。后来那人就直接请我妈了。我婆婆觉得这是一门好亲事，就竭力撮合，反复跟我说，你妈要是能嫁到城里来，你弟弟可不有着落了？咱们离得也近，互相还有个照应。

后来那人要带我妈到他家里去看看。我妈不想去，但禁不住我婆婆可劲劝诱。我婆婆说："事情还是你说了算，你去看看他能粘住你？"那人住得离我们不远，也在村子刚刚开发的小区里面。两室一厅的房子，一个人住着，收拾得还挺干净。那人跟我婆婆说，他也没什么要求，一是看我妈长得有模样，带出去不丢人；二是能有个人做做饭说说话，比找个保姆强。

我妈勉强去了几次，每次回来都绷着脸说，累得骨头都散架了。我婆婆说，人家让你扛麻袋还是搬砖了？我妈脸上愁得能拧出水来，那倒是没有，我就是做不来饭。我婆婆说，嗨！那还算是事儿？我现教你。小葱炒鸡蛋，醋熘土豆丝，小白菜炕豆腐，肉丝青椒……先学会一样是一样吧。做饭对我妈可真不是个轻松活，再怎么教，不是咸了就是淡了，青菜弄得皮焦骨头生。做顿饭手忙脚乱，把个厨房弄得跟个事故现场似的。

那人也算个好说话的，说做不好饭就不做吧，咱们天天买着吃，又不是没钱。他让我妈坐下聊天。那人让她坐哪就坐哪，半天也没个动静，动都不动一下。她也不会聊个什么天，话都不知道该怎么说，人家问一句她嗯一声，拘束得像根木头。

那一段时间，我妈哪儿也不去了，吃完饭就打扮得干干净净的，坐在家里等着人家约她，好像那是一件必须要办的事儿似的。可是那人再也没约过我妈，他跟我婆婆说，你亲家空长了一副好皮囊，是不是脑子不够数？我婆婆便回来开导我妈，怕她心里不舒服。哪知道我妈得了婆婆的话，一下子松弛下来，就像解开了捆绑一身的绳子，高兴得跟个孩子似的。从此再不肯和人家见面了。

我妈是有可能改变身份，变成城里人的。但她错过了。其实错过了是我和婆婆的遗憾，她好像并不觉得。我用我的私房钱给我弟弟买了个车跑出租，虽然他挣的钱还不够自己花的，但毕竟是进了城。我妈害怕我婆婆再张罗着给她介绍男人，死活非要一个人回村里待着。村子里修了路，安了自来水，街道上还安了几盏高高的路灯。她一个人在家里，想吃吃，想睡睡，也蛮自在的。后来我又生了龙凤胎，可把我公公婆婆和小牛高兴坏了，天天笑得合不拢嘴。我婆婆恨不得把我供起来。我给我妈和我弟弟花那点钱，她也根本不在意。

我妈现在独自一人住在村子里，她和村里的妇女在一起，明显比在城里舒坦。我妈在城里见了世面，又学会了跳广场舞。跟大家伙儿说起来，人家都撺掇着她教跳舞。她从城里回来时我婆婆送了她一个小播放器，有好几十种广场舞曲。她就教村里的妇女们跳广场舞。我妈穿得洋气，身材越跳越苗条。村里的干部表扬她，说她丰富了乡村文化，还作为成绩上报到乡里。乡里书记乡长带着人来观摩了，表扬了村里，奖励了一套音响，号召外村的人也来学习。

我妈可找到自己喜欢的事情做了，天天教人家跳舞，很快在乡里成了远近闻名的能人。乡里管文化的副乡长亲自到我们家，亲切地接见了我妈。副乡长要和我妈握手，我妈连忙把手背在身后，羞怯地说我不会，我不会。大家都笑起来。副乡长也笑了，他说，现在新农村建这么好，村里妇女要是都像你这样打扮得漂漂亮亮的，跳跳舞，唱唱歌，新农村建设可不就有新内涵、新发展、新气象了嘛！

后来县里要在我们村开现场会，说是乡村文化建设搞得扎实有效，值得在全县推广。乡里领导决定让我妈参加会议，代表村里发言。还专门安排一个人写好稿子，让我妈背下来。我妈高兴得不得了，她一辈子都没有这么兴奋过，天天拿着稿子，吃完饭就站在屋子后面的空地上，好像面对着无数听众。甚至有时候还学着电视上的女人把一只手扠在腰上，另一只手挥舞着，蛮像一个真正的女演员。

终于到了会议召开的时刻，我妈抹了粉底子和口红，换上了她最喜欢的衣服盛装出席。一进会场，看着西装革履的那么多人，都坐在下面，大眼瞪小眼地看着台上的人，心里就发了怵。当大会主持人宣布她发言时,她突然感觉胃疼,疼得浑身打哆嗦,然后扩展到全身疼,胳膊腿都动弹不得,嘴也好像打了胶似的。她眼睛一闭就倒在地上,任谁也喊不应她。到底也没发成言,闹了个大笑话。

从此之后,我妈的广场舞再也不跳了。

我妈越来越爱打牌。打牌不用说那么多,话越少越好。大家都喜欢跟她打牌。她一天能打十几个小时,端坐在那里,你不说走,她绝对不会中途退场。输了赢了都很淡定,一句怨言都没有,可谓宠辱不惊。如果初次见她,肯定以为她是个娴雅淑静、里里外外一把手、办事干脆利索的人。她也越来越懒,每天都去小馆子吃。经过了城市的历练,她确实比过去进步多了。过去她不会做饭,也不怎么会吃饭,填饱肚子就行。现在她会吃饭了,觉得小馆子真好,南甜北咸东辣西酸,什么都有,也花不了几个钱,简直太好了!日子就这样过下去,有什么可发愁的呢?

村子里信主信佛的人还是常常来找她。但在我母亲看来,那些信了主信了佛的人,生活过得大多都不如她。她们干了家里的活儿就去忙地里的活儿。吃得也很差,喝一碗面条也要祷告半天。辛苦不值得嘛!即使有儿女在城里打工,也很少给她们钱。如果有个没结婚的儿子,那简直就不是人过的日子了。过去娶媳妇,人家要十万块钱彩礼,农村人觉得比老天爷都大。现在娶媳妇可好,要修屋盖房,要买辆车,还得外加三斤六两一百元老头票。老天爷,即使是新崭崭的票子,也得十五六万哪!娶个媳妇累死爹娘,可不是闹着玩儿的!你想想,她们不信主,信谁?信了主,大家的苦乐都在一起比对着,上下也都差不了多少,比着比着就想通了,好歹也算有个安慰。

我妈觉得她在村里是过得比较好的。闺女常常寄钱回家,手里没缺过活便钱。亲家也答应了,等小牛自己的公司做大了,就让我弟弟跟着他，不用再开着车满世界找客人了。她还想什么呢？她越来越懒得动，竟然一天天胖起来，像一个羊脂球。有时候实在找不到打牌的人，她就满村子转。路过村文化广场，看着那些穿得花花绿绿跳广场舞的女人，她也会坐在路边的台阶上看半天。那里面很多都是她教会跳舞的，都是她的学生。她内心骄傲着，这些人没一个有她跳得好的，可跳得好又如何呢？什么都改变不了。想想自己，想想那些曾经风光的日子，想想她那次开会发言所遭到的羞辱，竟觉得世道混沌无常，恍若有隔世之感。

有一次，她在那里整整坐了一个下午。人家跳完走了，她还在那里看着空空荡荡的广场。起风了，开始风很小，她没怎么在意。可是后来越来越大，刮得垃圾尘土遮天蔽日。她害怕了，赶紧给我打电话，说：刮大风了……。我说：你赶紧回家啊！她忽然抽泣起来：刮好大的风……

我想起奶奶，想起我爸，他们都是在风中死的。心里也莫名地难受起来，但没紧张。我觉得我母亲这么从容的人，是不会被风刮死的。不过也不好说，她这一辈子，虽然从来没有坚强过，但也从来没有如此软弱过。我说：快！赶紧回家，到家再给我打电话！

发表于《当代》2020 年第 4 期